Becky Dean

Aus dem Englischen
von Susanne Just

Arctis

Die Originalausgabe erschien 2022 unter dem Titel
Love & Other Great Expectations bei
Random House Children's Books

Deutsche Erstausgabe
1. Auflage 2024
© Atrium Verlag AG, Imprint Arctis, Zürich 2024
Alle Rechte vorbehalten
Love & Other Great Expectations © 2022 by Becky Dean
Übersetzung: Susanne Just
Lektorat: Jasmin Bals
Coverdesign: © 2022 by Libby VanderPloeg
Umschlaggestaltung: Niklas Schütte unter der Verwendung
des Coverdesigns von Libby VanderPloeg
Satz: Greiner & Reichel, Köln
Druck und Bindung: GGP Media GmbH, Pößneck
Printed in Germany
ISBN 978-3-03880-088-0

www.arctis-verlag.de

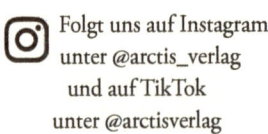 Folgt uns auf Instagram
unter @arctis_verlag
und auf TikTok
unter @arctisverlag

Für Mom und Dad, die mir beigebracht haben,
Geschichten und Abenteuer zu lieben,
und für Russ, mit dem ich am liebsten welche erlebe.

KAPITEL 1

Träume sind wie Knie – man weiß gar nicht, wie zerbrechlich sie sind, bis sie auf einmal zertrümmert werden.

Ich ließ mich auf meinen Platz in der ersten Reihe der Zuschauertribüne mit Blick über das Spielfeld der Fairview Highschool sinken. Mit der einen Hand rieb ich über die riesige Schiene, in der mein Bein steckte und die sich ganz eng anfühlte, nachdem ich einmal quer über das Schulgelände gelaufen war. Mit der anderen umklammerte ich den seltsamen Umschlag, den ich in meinem Schließfach gefunden, aber noch nicht geöffnet hatte, weil ich unbedingt pünktlich hier ankommen wollte.

Ankommen, damit ich gleich wieder gehen konnte, noch bevor das Spiel überhaupt anfing.

Mädchen in königsblauen Trikots und blau-weiß-gestreiften Socken saßen auf dem Rasen und dehnten sich. Ich hatte es noch rechtzeitig geschafft. Aufwärmübungen konnte ich gerade noch so verkraften. Die Spiele hingegen quälten mich noch mehr als die Physiotherapie. Eine Taktik, mit der man auch Terrorverdächtige geknackt hätte.

Wenn ich es die letzten zwei Wochen schon geschafft hatte, die Physiotherapiestunden auf dieselbe Zeit wie die drei Entscheidungsspiele zu legen, dann ... na ja, war das *reiner* Zufall gewesen.

Mehrere Mannschaftskolleginnen winkten mir vom Feld aus zu. Eine rief: »Wir vermissen dich, Britt! Können's kaum erwarten, bis du endlich wiederkommst!«

Beim Zurückwinken legte mein Herz einen Stolperschritt hin. Da würden sie noch lange, lange warten müssen. Aber sie wussten ja auch bloß von dem Knie und nichts von dem ganzen Rest.

Als schließlich der Fußball auftauchte, durchzuckte ein scharfer Schmerz meine Mitte.

Mit aller Kraft lenkte ich meine Aufmerksamkeit auf den cremefarbenen Umschlag. Auf die Vorderseite hatte jemand handschriftlich meinen Namen geschrieben: *Brittany J. Hanson*. Ein rundes Siegel mit Relief auf der Lasche zeigte das Monogramm *PCM*, wobei das *C* in der Mitte am größten war. Auf der Karte darin stand:

Ihre geschätzte Anwesenheit wird verlangt.
Heute, am 20. Mai, nachmittags um 15:15 Uhr,
im Kursraum A-6.
Eine einmalige Gelegenheit erwartet Sie.

Sie ähnelte den Ankündigungen, die wir zu den Collegeabschlüssen meiner Geschwister bekommen hatten, doch im Gegensatz zu denen stand auf dieser Karte nichts davon, wer sie geschickt hatte oder was der Zweck des Treffens war.

15:15 Uhr war ... ich warf einen kurzen Blick auf die Uhr bei der Spielstandanzeige ... vor vier Minuten.

Wäre das den Marsch wert? Schnell laufen konnte ich nicht, ich würde also definitiv zu spät kommen. Doch meine Neugier siegte.

Ich rief »Tschüss« und eilte so schnell es die Schiene an meinem Knie zuließ über das Schulgelände.

Einmalige Gelegenheit. Diese Formulierung brachte meinen Puls zum Rasen. So eine könnte ich gut gebrauchen. Sie müsste nicht mal einmalig sein – ich würde mich mit jeder x-beliebigen Gelegenheit zufriedengeben. Dieses Jahr hatte sie nämlich schon einmal angeklopft, aber nachdem ich sie hereingebeten hatte, war sie ohne ein anständiges *Auf Wiedersehen* gleich wieder hinausgestürzt.

Klar, einmalige Gelegenheiten waren selten. Ich sollte mir lieber nicht allzu große Hoffnungen machen. Aber das war immer noch besser als das Elend eines neunzigminütigen Fußballspiels, in dem ich nicht mitspielen konnte und deshalb Schmerzen litt – so, als würde man mir einen Fingernagel oder Zahn ziehen.

Außerdem ... Jemand, der in verschnörkelter Handschrift schrieb, servierte vielleicht auch kleine Snacks wie Mini-Sandwiches oder irgendetwas, das in Speck eingewickelt war. Und Speck verschmähte ich nie.

A-6 war mein Englischkursraum – aber warum sollte mich unsere Lehrerin, Ms Carmichael, zu etwas einladen? Ihre Kommentare zu meinen Essays enthielten oft Wörter wie *inspirationslos, nicht gut durchdacht* und *enttäuschend*. War sie die mysteriöse *PCM*, die Zugang zu meinem Schließfach hatte?

Als ich den Raum betrat, saß Amberlyn Hartsfield in der ersten Reihe. Spence Lopez, ein Junge aus dem Footballteam, hatte es sich ein paar Plätze weiter weg von ihr bequem gemacht, und ein anderer Junge saß zusammengesunken mit einem Buch in der letzten Reihe, sein Gesicht hinter langen Haaren verborgen. Sonst war niemand da. Und Snacks mit Speck gab es auch keine.

Schicke Einladungen für vier Leute? Seltsam.

Amberlyn schnaubte, womit sie mir zeigte, dass ihr meine Unpünktlichkeit nicht entgangen war. »Manche Dinge ändern sich einfach nie.«

Obwohl sie gemurmelt hatte, konnte ich ihre Worte deutlich hören, was sie sicherlich beabsichtigt hatte.

»Wie deine chronische Verklemmtheit?« Ich ließ mich auf den Platz neben Spence fallen und unterdrückte einen Seufzer der Erleichterung, nicht mehr stehen zu müssen. »Was auch immer das hier ist ... Es hat noch nicht angefangen. Also, wo ist dann das Problem?«

Sie schob einen bunten Notizblock mit der Einladung darauf exakt in die Mitte ihrer Bank. In ihren manikürten Händen sahen die Schreibwaren ganz natürlich aus. Wahrscheinlich bekam sie immer solche Post – Partyeinladungen, Kreditkartenangebote und politische Flyer auf schwerem Briefpapier in Umschlägen mit Prägung.

Ihr Blick zuckte zu meinem Bein und ich sah, wie die Herablassung aus ihrem Gesicht verschwand. Eine Sekunde lang hatte sie wieder Ähnlichkeit mit dem Mädchen, mit dem ich früher immer meine Geheimnisse und roten Skittles geteilt hatte.

Freundlichkeit aus Mitleid, basierend auf einer gescheiterten Freundschaft. Ganz toll.

Ich schluckte ein Knurren hinunter. »Gar kein Frühlingstraining heute?«, fragte ich Spence. »Musst du denn nicht den untersten Jahrgang quälen?«

Er schüttelte den Kopf, wobei die längeren Haare über seinem Undercut ebenfalls wippten. »Irgendwelche Mädchen haben unser Spielfeld für einen seltsamen Sport namens *Fußball* übernommen.«

Ich knuffte ihn in die Schulter.

Er grinste. »Die andern Jungs schauen beim Spiel zu. Sie haben darüber geredet, wie sehr dich dein Team vermisst. Wirst du denn in der Summer League spielen können?«

Jedes Mal, wenn mir so eine Frage gestellt wurde, fühlte es sich an, als hätte ich aus nächster Nähe einen Ball in den Magen bekommen, der mir die Luft aus den Lungen presste. »Weiß nicht genau. Vielleicht bin ich auch auf meiner Yacht und segle die Riviera entlang.«

Er schnaubte. In unserer Stadt südlich von Santa Barbara in Kalifornien gab es zwei Arten von Leuten – solche, die Yachten besaßen, und solche, die sie putzten. Spence und ich besaßen keine Yacht.

Eigentlich kannte ich die Antwort auf diese Frage. Die Diagnose des Arztes hallte mir immer noch im Kopf wider. Satzfetzen sprangen darin herum wie außer Kontrolle geratene Fußbälle: *Blutgerinnungsstörung, Blutverdünner, keine Kontaktsportarten, deine Ernährung umstellen, nimm dich in Acht vor spitzen Gegenständen. Sei vorsichtig, sei vorsichtig, sei vorsichtig.*

Aber solange ich die Einzige war, die davon wusste – solange ich diese Dinge nie laut aussprach –, bildete ich mir ein, alles in Schach halten zu können. Es ungeschehen machen zu können.

»Irgendeine Ahnung, worum es hier geht?« Er hob das Kinn und deutete damit nach vorne in den Kursraum.

»Nö. Ich hatte auf Snacks gehofft.« Ich sah mich um, doch es war immer noch kein Speck auf magische Weise aufgetaucht.

Der Typ ganz hinten streckte sich auf seinem Platz, dabei fiel mir auf, dass er ein Captain-America-Shirt trug und ein abgegriffenes Taschenbuch mit einem Raumschiff auf dem Cover las. Jetzt erkannte ich ihn auch: Peter Finch, ein mürrischer Typ, mit dem ich schon seit Jahren in mehreren Kursen war. Er schaute auf und erwischte mich dabei, wie ich ihn musterte. Sein ausdrucksloser Blick veränderte sich zwar nicht, doch er kräuselte die Lippen.

Ich hatte immer gedacht, dieser Gesichtsausdruck wäre bloß Superschurken vorbehalten, aber anscheinend war dem nicht so. Dreckig grinste er abwechselnd Amberlyn und mich an. Was war sein Problem? Captain America hätte eigentlich netter sein sollen.

Mit einem Seufzer drehte ich mich wieder nach vorne. Egal, um was es sich bei dieser Gelegenheit handelte … Es war hoffentlich etwas Gutes.

»Meinst du, das ist ein psychologisches Experiment?« Mit dem anderen Knie, das nicht in einer Schiene steckte, klopfte ich von unten gegen die Bank. »Um herauszufinden, wie lange wir hier rumsitzen?«

»Nein, Ms Hanson«, antwortete eine echt britische Stimme von der Tür aus. »Das ist es nicht.«

Beim Klang des vertrauten Akzents setzte ich mich sofort aufrecht hin.

Unsere Englischlehrerin, Ms Carmichael, schwebte durch den Raum und nahm an ihrem Pult Platz.

Wie immer führte sie in ihrem Kursraum den Vorsitz. Man konnte es einfach nicht anders sagen. In ihrem ersten Jahr als Lehrerin herrschte sie bereits über die Schule. Ihre ordentlich frisierten, kurzen Haare waren platinblond – vermutlich hieß diese Haarfarbe *Champagnerbläschen* oder *Altes Geld*. Eine Brille baumelte von einer Perlenkette um ihren Hals, stets begleitet von Perlohrringen und einem makellosen Make-up, das sie jünger aussehen ließ.

»Danke für Ihr Kommen.« Sie betrachtete jeden von uns. »Wie Ihre Einladungen schon ankündigen, habe ich eine einmalige Gelegenheit für Sie.«

Ihr Gesicht verriet nicht das Geringste. Ihre vornehme Stimme erfüllte den Raum, und sie sprach jedes Wort mit einem knackigen, britischen Akzent aus.

»Ich habe beschlossen, etwas ziemlich Aufregendes auszuprobieren. Ich habe Sie hierherbestellt, weil ich allen von Ihnen die Chance biete, um ein Preisgeld von einhunderttausend Dollar zu konkurrieren.«

Ein wildes Lachen entkam meiner Kehle.

Spence gab einen erstickten Laut von sich.

Amberlyn keuchte auf und setzte sich kerzengerade hin.

Unsere Fragen purzelten alle wild durcheinander: »Ist das Ihr Ernst?«, »Wie kann das denn sein?«, »Sie machen doch Witze, oder?«

Sie wartete, bis wir wieder verstummt waren. »Ja, das ist mein Ernst. Und nein, das ist kein Witz.«

Hundert Riesen waren … sehr viel Geld. So viel, dass ich es gar nicht begreifen konnte. Und wohl kaum eine Information, die man so beiläufig einfach ausplapperte. In meinem Gehirn tauchten Bilder von aufeinandergestapelten Geldscheinbündeln auf, von Onkel Dagobert, der in einem Schwimmbecken voller Goldmünzen schwamm.

Dann wurden sie von einem anderen Bild ersetzt: dem Brief vom University College Los Angeles, in dem stand, dass ich ihnen bis zum 1. September zehntausend Dollar für die Immatrikulation, das Studentenwohnheim und hundert andere Gebühren schuldete, von denen sie, wie ich vermutete, eine Vielzahl erfunden hatten, wenn ich immer noch vorhatte, mich im Herbst einzuschreiben.

Und das war bloß für dieses Jahr, um gar nicht erst von den drei darauffolgenden zu sprechen, in denen ich nicht die geringste Hilfe bekommen würde. Selbst wenn sie mich das Geld für dieses Jahr behalten ließen, würde es keinen Nachschub mehr geben. Die Leute bezahlen einen nicht für Arbeit, die man nicht machen kann.

Da mein ursprünglicher Lebensplan zwangsläufig in den vorgezogenen Ruhestand versetzt worden war, brauchte ich nun einen neuen. Wie meine Mom und meine Geschwister gerne anmerkten, brauchte es für die meisten Lebenspläne allerdings eine Ausbildung an einem College. Eine, für die ich nicht mehr länger bezahlen konnte.

Bis jetzt.

Dieses Preisgeld würde all diese erfundenen Gebühren und noch mehr abdecken.

Neben mir lehnte sich Spence nach vorne, wobei er sich seitlich an seiner Bank festkrallte.

Amberlyn ließ die Kappe ihres Stifts immer wieder schnell auf- und zuschnappen.

Träumten die anderen auch gerade von all den Dingen, die sie mit dem Geld anstellen könnten? College, ein neues Auto, die Welt bereisen? Es schien zu schön, um wahr zu sein.

»Woher kommt denn das Geld?«, fragte ich. »Wird das von der Schule gesponsert?«

»Die Schule hat diese Reise abgesegnet«, erklärte Ms C. »Doch sie ist eher ein persönliches Unterfangen. Ich wurde mit entsprechenden Mitteln gesegnet und möchte anderen gerne damit helfen.«

»Ich wusste gar nicht, dass man als Lehrerin so gut verdient«, murmelte ich Spence zu.

»Wer hat denn gesagt, dass das Geld von meinem Beruf als Lehrerin stammt?« Ms Carmichael sah mich an.

»Ist doch egal, wo es herkommt«, meinte Spence. »Was müssen wir tun, um es zu gewinnen?«

Gute Frage.

»Gibt es ein Bewerbungsverfahren?«, erkundigte sich Amberlyn. »Müssen wir etwas schreiben?«

»So was wie eine Buchvorstellung oder ein Essay?«, fügte ich hinzu.

Oder etwas Ähnliches, das mich wahrscheinlich sofort eliminieren würde? Ich hatte meine Gelegenheit zum Geldverdienen gehabt, doch die hatte sicher nichts mit akademischen Leistungen zu tun. Meine Chancen, irgendetwas von einer Englischlehrerin zu gewinnen, deren Diskussionen im Unterricht ich mied und deren Bücher ich ermüdend fand ... Da konnte ich auch genauso gut gleich aufstehen und gehen.

Ms Carmichael faltete die Hände und legte sie auf dem Pult ab. »Ah ja. Nun kommen wir zu dem spaßigen Teil.«

Mein hoffnungsvolles Herz schlug höher und dröhnte mir in den Ohren. Währenddessen wiederholte mein Gehirn immer wieder, dass das doch gar nicht wahr sein konnte. Der Rest meines Körpers ignorierte allerdings alle Logik. *Freu dich nicht zu sehr. Du kannst sowieso nicht gewinnen.*

»Der Wettbewerb ist eine Schnitzeljagd«, sagte sie.

Das klang vielversprechend. Actionorientiert, körperlich, konkret. Vielleicht hatte ich ja doch eine Chance.

»Inspiriert von klassischer britischer Literatur.«

Nicht so vielversprechend. Ich hielt den Atem an.

»Die in England stattfinden wird.« Sie grinste spitzbübisch, als wüsste sie genau, dass sie sich das Beste bis zum Schluss aufgehoben hatte.

Cool. Endlich konnte ich weiteratmen. Das Lachen blubberte erneut aus mir hervor.

Amberlyn kreischte. Spence begegnete meinem Blick, mit weit aufgerissenen und leuchtenden Augen. Sogar Peter hinter mir grunzte.

Aber ...

»Das ist nicht gerade billig«, merkte ich an. »Angenommen, wir sind auf das Preisgeld angewiesen ... Wie sollen wir uns denn einen Trip über den großen Teich leisten können?« Bei den letzten Wörtern versuchte ich, ihren Akzent nachzuahmen.

»Dafür wird gesorgt sein.«

»Sie zahlen also dafür, dass wir nach England fliegen können, *und* schenken einem von uns einhunderttausend Dollar?« Mit den Fingern trommelte ich auf meine Bank. »Wo ist der Haken an der Sache? Müssen wir das Geld fürs College oder für Bücher ausgeben oder so was?«

Obwohl wir nur zu viert waren, hob Amberlyn die Hand. »Ist das wie damals, als der Französisch-Club eine Reise nach Paris oder der Schülerrat eine nach Washington DC gemacht hat?«

»Da haben sie aber kein Preisgeld gewonnen«, erwiderte ich.

»Nicht, dass du wüsstest«, gab Amberlyn zurück.

»Es gibt keinen Haken.« Ms Cs Gesicht blieb ruhig. »Sie können das Geld verwenden, wofür Sie möchten. Sehen Sie es als eine Investition in Ihre Zukunft an.«

Ich klopfte leicht auf den Tisch. »Und wie soll das genau funktionieren?«

»Ich werde mich um die ganzen Vorbereitungen kümmern, mit Ihren Eltern sprechen und für eine adäquate Aufsicht sorgen, solange Sie in Europa sind. Sie müssen einzig und allein entscheiden, ob Sie gewillt sind, Herausforderungen anzunehmen und dabei vermutlich etwas über sich selbst zu lernen. Reisen haben für gewöhnlich diesen Effekt.«

Etwas über mich selbst zu lernen klang zwar nicht so lustig, aber zu einer Herausforderung sagte ich nie Nein. Meinen Sommer bei einer Schnitzeljagd in England zu verbringen war ein besserer Plan, als meinem Team von der Seitenlinie aus dabei zuzusehen, wie es ohne mich spielte. Oder als Hühnchen verkleidet an der Hauptstraße herumzustehen und ein Schild für das Restaurant *Lord of the Wings* hochzuhalten, so wie meine Geschwister.

»Warum wir?«, fragte Spence.

Peter hatte immer noch nichts gesagt, doch seine Haltung war jetzt aufrechter, und er hatte den Worten von Ms C mit weit aufgerissenen Augen gelauscht.

»Ich habe alle von Ihnen aus einem bestimmten Grund ausgewählt, der zu gegebener Zeit klar werden wird.« Ein Funkeln in ihren Augen und der Anflug eines Schmunzelns verrieten, dass Ms C gerade einen Riesenspaß hatte.

Was könnte bloß ihr Grund für mich sein? Englisch war bei Weitem nicht mein bestes Fach.

Doch diesen Wettbewerb konnte ich gewinnen, und zwar mit weniger Grübeln und mehr Action. In mir baute sich die vertraute Energie wie vor einem Spiel auf – ein Gefühl, das ich die letzten Wochen über vermisst hatte –, bei der sich meine Muskeln anspannten und meine Sinne schärften.

Tief durch die Nase einatmen, bis zehn zählen, langsam ausatmen. Ich sollte mir lieber nicht vorstellen, wie der Sieg mein Leben verändern könnte. Es ging selten gut aus, wenn man etwas wollte – vor allem etwas, worüber man keine Kontrolle hatte. Sogar Dinge, von denen ich dachte, sie unter Kontrolle zu haben, gingen in letzter Zeit schlecht aus.

Gleichgültigkeit war ein bewährtes Mittel zum Schutz.

»Wann geht unser Flug?« Amberlyn nahm erneut die Kappe von ihrem Stift ab und verharrte mit der gesenkten Spitze über ihrem Notizblock. »Wie lange wird der Aufenthalt dauern? Was können wir tun, um uns darauf vorzubereiten?«

»Falls Sie sich bereit erklären, werden Sie und Ihre Eltern eine

Geheimhaltungserklärung unterschreiben, und ich werde Ihnen Ihr Flugticket stellen. Sie werden Ende Juni abreisen und zehn Tage lang weg sein. Obwohl sie in London starten werden, wo ich mich anfangs auch mit Ihnen treffen werde, wird Sie die Reise durch das ganze Vereinigte Königreich führen. Weitere Einzelheiten – inklusive Details zu ihren Aufgaben – werden Sie bei Ihrer Ankunft dort erwarten.«

Amberlyns Griff um ihren Stift wurde noch fester, und ich konnte sie praktisch mit den Zähnen knirschen hören. Ich für meinen Teil fand, dass es mir entgegenkam, mich nicht darauf vorbereiten zu können.

Außerdem: London. Ich war noch nie weiter aus Südkalifornien herausgekommen, als bis zum Grand Canyon. Wenn ich schon nicht gewann, würde ich wenigstens eine Gratis-Reise nach England mitnehmen. Bilder von Männern in roten Uniformen – mit hohen, schwarzen Mützen – marschierten durch meinen Kopf. Ich konnte nicht anders, als breit zu grinsen.

»Warum die Geheimniskrämerei?«, fragte ich.

»Sobald es einmal um Ihr eigenes Geld geht, können Sie damit ja so geheimniskrämerisch umgehen, wie Sie möchten.« Diesmal lächelte sie breit, womit sie mir zeigte, dass ihr meine Nachfragen nichts ausmachten.

Gedanklich arbeitete ich einen Fragenkatalog ab: Würde Mom mich mitmachen lassen? Wäre es nicht vielleicht besser, sich einen Job zu suchen, bei dem ich garantiert Geld verdiente? Hätte ich gegen Amberlyn, Peter und Spence überhaupt eine Chance?

Mit Grübeln erreichte man jedoch nie etwas. Taten waren besser. Trotz meiner Bemühungen, mich nicht zu sehr zu freuen, loderte ein starkes Verlangen in mir auf. Ich musste den Glauben daran wiedererlangen, dass auch mir immer noch Gutes passieren konnte.

Ich nickte einmal. »Wo muss ich unterschreiben?«

KAPITEL 2

Einen Monat später überquerte ich den winzigen Spalt zwischen Flugzeug und Landesteg – der erste Schritt in ein neues Land. Mein Herz machte einen Hüpfer, und meine Füße wollten es ihm gleichtun. Begeisterung und Vorfreude unterdrückten die Tatsache, dass ich mich eigentlich fühlte, als wäre ich von einem Bus überfahren worden.

Amberlyn – mit ihren Schlaftabletten, ihrem Donut-förmigen Kissen und ihrem Schminkköfferchen in Reisegröße – sah aus, als wäre sie fit für ein Fotoshooting. Sie warf mir einen tadelnden Blick zu, als ich mich mit einem Winken von meinem Sitznachbarn, einem Geschäftsmann, verabschiedete. »Ich wette, er hatte noch nie so einen schlimmen Flug. Du bist so unhöflich.«

Der Arzt hatte mich angewiesen, jede Stunde einmal aufzustehen, damit mein verkorkstes Blut in Bewegung blieb, und außerdem ein paar Knieübungen zu machen, weshalb ich kaum geschlafen und den Kerl neben mir so oft zum Aufstehen gezwungen hatte, dass er mir schließlich den Sitz am Gang anbot.

»Wenn dir mal das Knie aufgeschnitten wird und sie dir Metallschrauben in die Knochen drehen«, sagte ich zu Amberlyn, »dann kannst du einen Kommentar abgeben.«

Sie drehte sich weg.

Egal. Ich war in England! Hier sprach man mit anderem Akzent.

Die Lautsprecherdurchsagen klangen vornehm. Und mal vom Abflug in LA abgesehen: Um hierherzukommen, war dies mein erstes Mal in einem Flughafen, weshalb sogar die Schilder, die uns die Richtung zum Zoll wiesen, meine Schritte federn ließen.

Ich konnte es gar nicht glauben, dass ich Mom überredet hatte, mich mitkommen zu lassen. Da sie mit dieser überbehütenden Eltern-Sache irgendwie spät dran war – und mit *spät dran* meinte ich den Zeitpunkt vor zwei Monaten, als sie beschloss, dass die stümperhafte Grätsche einer Gegnerin irgendwie ihre Schuld war –, schien Mom entschlossen, die verlorene Zeit wieder aufzuholen. Doch traurige Gesichter, viel Hausarbeit und ein Anruf von Ms Carmichael hatten sie dann doch nachgeben lassen. Mir ihren Wunsch zunutze zu machen, dass ich »etwas aus mir machen sollte«, so wie meine Geschwister, hatte auch nicht geschadet. Wobei ich bezweifelte, dass mich eine Woche in England in die Poly Grad School in Kalifornien wie Drew reinbringen würde – oder in die Jurafakultät von Stanford wie Maya.

Nachdem wir den Bereich zur Einreisekontrolle hinter uns gelassen hatten, marschierten wir zur Gepäckausgabe. Das Fließband war schrecklich bunt. Zwischen all den Koffern lag der Inhalt einer Tasche verstreut – T-Shirts, Unterwäsche, Hygieneartikel. Mehrere Leute schmunzelten oder glucksten, während sie ihre Koffer von der Wäscheflut befreiten.

Da wich mir das Blut aus dem Gesicht.

Nein.

Diese bunte Unterhose da war meine.

Ich machte mir nicht viel aus Mode, aber wenn ich in einem von diesen Bankraub-Filmen wäre und die Gangster alle zwingen würden, sich auszuziehen – um sicherzugehen, dass niemand eine Waffe oder ein Handy dabei hat –, wäre ich vielleicht auf der sicheren Seite. Denn wenn sie dann auf meine kreative Unterwäsche stoßen würden, brächte sie das bestimmt zum Lachen.

Da kam gerade meine Snoopy-Unterhose. Und die mit Comic-

Fröschen im Bikinistil. Punkte in Regenbogenfarben, Harry Potter und Superman.

Puh. Und war das da meine Zahnbürste auf dem Metallförderband? So viel zum Thema, den Mundgeruch nach dem Flug loszuwerden.

Da erblickte ich meine königsblaue Sporttasche mit dem Namen unserer Schule in weiß darauf. Komplett offen und größtenteils leer. Außerdem – was mich zusätzlich davon abhielt so zu tun, als hätte ich nicht die geringste Ahnung, wem dieses Zeug gehörte, bis alle weg waren – stand in gestickten Buchstaben *Hanson* auf der Seite.

»Hey, Britt, ist das nicht deine?« Spence versuchte nicht mal, sich das Lachen zu verkneifen. Oder leise zu reden.

Amberlyn hob ihren riesigen, perfekt mit Reißverschlüssen gesicherten, pink-karierten Koffer vom Förderband, wobei sie einen meiner Sport-BHs zur Seite schob.

Meine Anziehsachen legten einen Vergnügungsritt auf dem Gepäck anderer Leute hin. Ich hatte keine andere Wahl, als alles einzeln einzusammeln. Mit hoch erhobenem Kopf – und gegen die Röte in meinem Gesicht ankämpfend – bahnte ich mir mithilfe meiner Ellbogen einen Weg nach vorne, verpasste Spence im Vorbeigehen einen Schulterstoß, schnappte mir die leere Sporttasche und fing an, Kleidungsstücke hineinzustopfen. Die Tasche roch nach frisch gemähtem Gras und verschwitzten Schienbeinschonern, aber ich hatte keine andere.

Spence lachte einfach weiter und machte keine Anstalten mir zu helfen – nicht, dass es mir gefallen hätte, wenn ein Typ meine Unterwäsche anfasste.

Schweigend ging Amberlyn neben mir in die Hocke. Sie reichte mir T-Shirts und einen Hoodie, wobei ihre Aufmerksamkeit eher auf dem Gepäck ruhte als auf mir. Ich angelte mir mein Deo, meine Laufshorts, meine Jeans und meine Socken und stopfte alles hastig in die Tasche.

Amberlyn räusperte sich. Von einem ihrer Finger baumelte meine Ninja-Turtle-Unterhose. »Echt jetzt, Britt?«

Ihr Ton war eher belustigt als höhnisch, was mich kurzzeitig in eine Zeitschleife katapultierte – nämlich in die vor sechs Jahren, als wir noch Freundinnen waren. Sie ließ sie in meine Tasche fallen und stand auf, wobei die Zeitschleife so schnell wieder in sich zusammenfiel, dass ich ihre bloße Existenz anzweifelte und bloß Schutt und Asche davon übrig blieben.

Ich glaubte zwar, alles gefunden zu haben, doch ich wartete noch eine weitere Runde des Förderbandes ab, um ganz sicher zu sein. Als ich den Reißverschluss der Tasche zumachte und gerade weggehen wollte, spürte ich Blicke auf mir.

Ich schaute mich um, doch die meisten Leute sahen woanders hin, noch bevor sich unsere Blicke treffen konnten.

»Ich vermisse noch die TARDIS-Unterhose«, verkündete ich laut. »Ich weiß, dass die irgendjemand haben muss. Wenn Sie jetzt vortreten, werde ich von einer Anzeige absehen.«

Leises Gekicher ertönte.

Ich habe nämlich schon vor langer Zeit gelernt, dass die Leute einen nicht auslachen können, wenn man einen Witz macht und als erstes lacht.

»Los, Britt.« Wenn Amberlyns Stimme Augen gehabt hätte, hätte sie sie verdreht.

Ich warf mir die Sporttasche über die Schulter und ging erhobenen Hauptes auf die anderen zu. Dieser Zwischenfall würde meine Stimmung jedenfalls nicht trüben.

Peter und Spence trugen schicke Rucksäcke im Backpacker-Stil. Amberlyn zog ein Set aus zusammenpassenden pinken Koffern hinter sich her.

Als wäre der Flug nicht schon schlimm genug gewesen: Amberlyn hatte stundenlang über den Englisch-Notizen aus dem letzten Jahr gebrütet, die jedes Buch und Gedicht abdeckten, das wir je gelesen hatten. Peter kritzelte in ein Heft, womit er andeutete, dass er rein aus Vergnügen schrieb, was Ms Carmichael wahrscheinlich liebend gerne sah. Und Spence zog einen England-Reiseführer heraus, was mich dazu gezwungen hatte, ihn abzulenken, indem ich über die Sitze hinweg mitlas und ihn auf witzige Ortsnamen wie *Catbrian*, *Felldownhead* und *Great Snoring* aufmerksam machte.

Da Ms C nur vage Andeutungen zu den Einzelheiten des Wettbewerbs gemacht hatte, hatte ich mir gedacht, dass man zur Vorbereitung nicht viel tun konnte, außer, mir einen Pass zuzulegen. England hatte zu viel Literatur zu bieten, um jedes einzelne Buch zu lesen, selbst wenn ich gewollt hätte. Was ich nicht tat.

Die Konkurrenz hatte also schon vor der Landung einen Vorsprung. Jetzt, bevor wir den Flughafen überhaupt verlassen hatten, kam ich rüber wie eine Anfängerin, die nicht mal einen Reißverschluss richtig zumachen konnte.

Achtung an alle Flugreisenden: Britt Hanson wächst das alles über den Kopf.

Egal. Gepäck war egal. Dass Leute meine Unterwäsche gesehen hatten auch. Alles, was zählte, war gewinnen.

Konzentrier dich darauf.

Im Vorbeigehen feixte Peter: »Coole Strümpfe.« Er nickte zu meinem Bein hinunter. »Soll wohl ein Modestatement sein?«

Beim Hinknien waren zwei Druckknöpfe meiner Trainingshose aufgegangen, weswegen jetzt die Kompressionsstrümpfe darunter hervorlugten, die ich zu verstecken versucht hatte. Die engen, weißen Strümpfe gingen mir genau bis unters Knie und verbargen die unteren paar Zentimeter meiner Narbe.

Mein Herz setzte aus. Schnell drückte ich die Knöpfe wieder zu. »Die helfen dem Blut beim Zirkulieren. Ich hab schließlich Schrauben in meinem Knie.«

Schnellen Schrittes lief ich auf den Zoll zu, bevor sonst noch jemand die Strümpfe erwähnen konnte. Dass die anderen mir Fragen stellten, fehlte gerade noch.

Draußen empfing uns ein Mann in einem dunklen Anzug, der

ein Schild mit *CARMICHAEL* hochhielt. Eine Stadtlimousine wie die, in der der Präsident fuhr, wartete am Bordsteinrand. War die etwa für uns? Niemals. Wobei ... Wenn Ms C das Geld hatte, uns hundert Riesen zu schenken, war eine Limo wahrscheinlich bloß Kleingeld für sie.

»Könnten wir vielleicht kurz bei einem Drogeriemarkt anhalten?«, bat ich. »Ich brauche eine neue Zahnbürste.«

Peter schnaubte, und Spence bekam einen Lachanfall.

»Natürlich, Miss«, erwiderte der Chauffeur, während er unsere Taschen in den Kofferraum lud und die Hintertür aufmachte.

Die Ledersitze im Inneren waren einander zugewandt, und eine Glasscheibe trennte uns vom Fahrer. Spence streckte sich aus, während sich Amberlyn vernünftig hinsetzte und wütend seine Turnschuhe auf dem Ledersitz anstarrte. Peter hatte sich in der Ecke zusammengekauert, als ob das Auto für ihn und uns drei zusammen zu klein wäre, wobei der Blick in seinen Augen sagte, dass er mich, die Welt, Hundewelpen und Regenbögen hasste.

In der neuen App, die wir heruntergeladen hatten, schickte ich meiner Mom eine Textnachricht, um ihr Bescheid zu sagen, dass unser Flugzeug nicht über dem Atlantik abgestürzt war. Dann saugte ich alles in mich auf.

Die Straßen in der Stadt waren überfüllt. Altmodisch aussehende schwarze Taxis stellten einen enormen Kontrast zu den riesigen roten Bussen dar, die aussahen, als wären sie direkt aus einer Zeichentricksendung für Kinder herausgefahren. Fußgänger bevölkerten die Gehwege, und ein paar wahnsinnig mutige Radfahrer teilten sich die Straße mit winzigen Autos, die von unserem Monsterfahrzeug in den Schatten gestellt wurden.

Ich wollte mein Gesicht an die Fensterscheibe pressen, damit mich die Welt da draußen aufsaugen, mich in einem Stück in ihren Trubel herunterschlucken könnte; aus der Blase im Auto ausbrechen, mich in die Menschenmenge stürzen, Teil des Vergnügens sein.

Der Fahrer schlug eine malerische Route ein – vorbei am *Buckingham Palace*, dem *Big Ben*, einer gewaltigen Kirche und einer reich verzierten Zugbrücke. Meine Augen hüpften von einer Sehenswürdigkeit zur nächsten – einer faszinierenden Mischung aus neu und alt, breit und schmal, altmodisch und modern. Mein Herz klopfte im Takt der Stadt.

Das konnte doch alles unmöglich wahr sein! Ich blinzelte mehrmals, aber London war immer noch da. Ein Lachen blubberte aus meiner Brust.

Ununterbrochen versorgte uns Amberlyn wie eine Stadtführerin mit Kommentaren zu den Sehenswürdigkeiten, bis sie Peters zorniger Blick verstummen ließ. Fast – aber nur *fast* – tat sie mir deswegen leid, wenn sie mir durch ihr Wissen nicht wieder einen Schritt voraus gewesen wäre.

Wir kamen in einem schicken Viertel an, in dem die Straßen von Bäumen gesäumt und weiße Häuser von Säulen gestützt wurden. Blumenkästen und ordentliche Topfpflanzen schmückten jeden Balkon. Der Fahrer parkte vor einigen Reihenhauswohnungen.

Während er uns die Autotüren öffnete, kam ein anderer Mann aus dem Gebäude. Er führte uns den Gehweg hoch und in eine Lobby mit poliertem Marmorboden. Meine Turnschuhe quietschten, und ich spürte, wie die Kristallkronleuchter und glänzenden Holzvertäfelungen angesichts dessen, wie amerikanisch ich war, ihre Nasen rümpften.

Ein schmucker Messingaufzug, der von einem Mann in einer dunklen Uniform bedient wurde, brachte uns ins oberste Stockwerk. Die Penthouse-Wohnung hatte cremefarbene Wände mit goldenem Stuck, bodentiefe Fenster und dunkle Parkettböden mit Plüschteppichen darauf.

Als wir hereinstapften, saß Ms Carmichael bereits auf der Kante eines Sessels und wartete. Ihr korallenfarbiges Kostüm und die Perlen hätten direkt aus dem Kleiderschrank der Queen stammen können.

Amberlyn war in ihren Leggings, dem süßen Pullover und den Stiefeletten die Einzige, die schick genug für diese Wohnung aussah. Ich war nicht nur underdressed, sondern müffelte nach der eintägigen Reise auch –, und ich musste mir dringend die Zähne putzen.

Ms Carmichael erhob sich. »Ich hoffe, ihr hattet einen angenehmen Flug. Sicherlich seid ihr müde, doch das beste Mittel gegen einen Jetlag ist Beschäftigung.«

Nach einer Mahlzeit, die auf echtem Porzellan in einem richtigen Speisezimmer serviert worden war, machten wir es uns auf den Ledersofas bequem, während unsere Lehrerin auf einem Stuhl Platz nahm. Die Situation erinnerte mich an ihren Unterricht. Mein Fuß wollte einfach nicht stillhalten. Die Stadt hatte mich kurzzeitig von der Herausforderung abgelenkt, die vor mir lag.

Vier mir unbekannte Leute standen jetzt an die Wand gelehnt vor uns. Zwei Frauen, eine davon in einem schwarz-weißen Kleid und die andere in einer Bluse und einem Rock. Und zwei Männer, beide in Anzügen. Alle schienen sie von Mitte zwanzig bis Mitte dreißig zu sein.

Die Männer waren zu jung für Ms Carmichael und zu alt für mich. Aber das bedeutete ja nicht, dass ich die Aussicht nicht genießen konnte.

Ich fing Amberlyns Blick auf und wackelte mit den Augenbrauen. In dem Versuch, ein Lächeln zu unterdrücken, presste sie die Lippen fest aufeinander, doch sie nickte tatsächlich, als wollte sie sagen: *Ich weiß.*

»Versuchen Sie doch bitte, mit dem Sabbern aufzuhören, Ms Hanson.« Ms Carmichael hob eine Hand und einer der beiden Zuckerstücke brachte ihr einen Stapel Umschläge.

Aufregung durchzuckte mich. Zeit herauszufinden, was ich tun musste, um zu gewinnen.

»Nun, zu den Einzelheiten: Sie werden eine Reihe von Hinweisen erhalten, die Ihnen verraten werden, wohin Sie reisen und welche Aufgaben Sie erfüllen müssen, um wiederum den nächsten Hinweis zu erhalten. Insgesamt sind es acht Hinweise. Die Aufgaben und Örtlichkeiten werden mit verschiedenen Werken der klassischen Literatur zu tun haben.«

Ungefähr jetzt wären Amberlyns Notizen vielleicht doch ganz nützlich.

»Sie werden außerdem ein Notizheft vorfinden. Dieser Wettkampf ist von den *Canterbury Tales* inspiriert, und daher hätte ich gerne, dass Sie Ihre Erfahrungen in einer Reihe von Erzählungen festhalten. Am Ende des Abenteuers werden Sie diese bei mir abgeben.«

Erzählungen schreiben. Notizhefte. Bücher, an die ich mich kaum erinnern konnte, oder die ich nicht gelesen hatte. Ich steckte in ernsthaften Schwierigkeiten.

Sie gab die Umschläge herum. Ich ließ den Inhalt auf meinen Schoß rutschen. Zusammen mit einigen Bögen Papier, dem Notizheft und dem Stift fand ich auch ein Klapphandy, das ich sicher nicht benutzen würde, da es kein Datenvolumen hatte, und einen kleineren Umschlag voller bunter Geldscheine, die aussahen wie Monopoly-Geld.

»Die Handys sind Prepaid-Handys für Notfälle«, erklärte Ms Carmichael. »Darin sind meine Nummer und die Nummer Ihrer Begleitperson eingespeichert.«

»Begleitperson?« Ich musterte die Leute an der Wand, und mein Blick blieb an einem der gut aussehenden Männer mit tiefbrauner Haut und vollen Lippen hängen. »Können wir uns wen aussuchen?«

»Sie wurden bereits jemandem zugeteilt, der Sie begleiten wird.« Ihre Lippen zuckten. »Ihre Begleitpersonen werden zusehen, auf Ihre Sicherheit zu achten und die einzelnen Herausforderungen zu überwachen, ohne Hilfestellung zu leisten. Sie werden hauptsächlich auf sich gestellt sein.«

»Wie Babysitter also«, fasste ich zusammen.

Die jüngste Dame am Ende der Reihe in Rock und flachen Schuhen zog einmal die Nase hoch.

Ich lächelte sie an, doch sie hob bloß eine Augenbraue.

Ms Carmichael atmete einmal tief durch. »Sollten Sie in Schwierigkeiten geraten, werden sie Ihnen als letzter Ausweg behilflich sein. Außerdem stehen Ihnen zweihundert Pfund für Verkehrsmittel, Verpflegung und Unterkünfte zur Verfügung. Falls Sie mehr benötigen, wird Ihr *Babysitter* Sie damit versorgen. Im Rahmen des Angemessenen. Ihnen allen habe ich in dieser Wohnung ein Zimmer zugeteilt, sollten Sie es brauchen, oder falls Sie etwas von Ihrem Gepäck hierlassen wollen.«

Skeptisch betrachtete sie Amberlyns riesige pinke Koffer, die vermutlich ihre gesamte Bibliothek, ihren kleinen Bruder und genug Kleidung beinhalteten, um einen Second-Hand-Shop auszustatten. Oder – in ihrem Fall – einen Designerladen.

»Sie haben neun Tage. Ich erwarte von Ihnen, dass Sie Ihr Notizheft am Morgen des 7. Juli abgeben.«

Ein festes Abgabedatum? Ich wippte mit dem Fuß und warf ihr einen flüchtigen Blick zu. »Es ist also kein Wettrennen?«

»Nicht in dem Sinne, als dass der oder die Erste automatisch gewinnt«, stellte sie klar.

»Wo bleibt da der Spaß?« Zeit war messbar. Etwas Greifbares, das mich gewinnen lassen könnte.

»Sehe ich auch so«, meinte Spence.

»Hier geht es um die Erfahrung«, fuhr Ms Carmichael fort. »Sie sollten nicht so sehr darauf fokussiert sein, möglichst schnell an den nächsten Ort zu gelangen, sodass Sie die Gegenwart nicht mehr schätzen können.«

Ich lehnte mich zu ihr nach vorne und stützte mich mit den Ellbogen auf den Knien ab. »Also, wie gewinnt man?«

»Ich werde Ihre Erzählungen bewerten und mit jedem von Ihnen ein privates Gespräch führen. Mehr sage ich im Moment nicht dazu. Ich möchte, dass Sie – ohne vorgefertigte Ideen von mir – geistig frei und offen sind, um zu erleben und zu schreiben, was immer Sie möchten.«

Die Chancen, dass ich irgendetwas auch nur entfernt Inspirierendes schreiben würde, waren gering. Ich hätte gerne gewusst, was sie von mir wollte.

Ms C verlagerte ihr Gewicht auf dem Stuhl leicht. »Irgendwelche Fragen?«

Zu viele, als dass ich gewusst hätte, wo ich anfangen sollte. Die wichtigste war allerdings: Warum war ich hier?

Die *Babysitter* traten nach vorne, und die junge Frau, die meinen Witz anerkannt hatte, kam auf mich zu. »Ich bin Alexis und werde dich begleiten.«

»Schon in Ordnung«, grummelte ich laut beim Aufstehen. »Du kannst ruhig *babysitten* sagen. Ich seh dir an, dass ihr ganz sicher dasselbe Wort dafür benutzt.«

»Ich glaube, ich habe den Ausdruck *Nanny* verwendet.« Sie lächelte zwar nicht, doch in ihren Augen funkelte es.

»Auch gut. Du kannst mich Britt nennen.«

Meine Nanny war Mitte zwanzig, kleiner als ich, mit einem schulterlangen, braunen, welligen Bob und großen, braunen Augen. Ihre blaue Bluse steckte in einem engen, schwarzen Rock, den sie mit praktischen, jedoch stylischen flachen Schuhen kombiniert hatte. Obwohl sie wie eine elegante Elfe aussah und auch so klang, spürte ich, dass sie mich wegen meiner legeren Kleidung und meiner lauten Stimme nicht verurteilte.

»Nenn mich Al«, sagte sie.

Unerwartet. »Wie witzig. Als mein Bruder Drew und ich noch klein waren, war er besessen von Batman. Er hat immer so getan, als hätten wir einen Butler namens Alfred und ihn dann immer gebeten, Sachen für ihn zu erledigen.« Ich verstummte. »Aber du fährst mich jetzt wahrscheinlich nicht mit einem Batmobil einmal quer durch England, oder? Das wäre richtig cool.«

»Ich glaube, dass Ms Carmichael von euch erwartet, öffentliche Verkehrsmittel zu benutzen«, entgegnete sie. »Außerdem habe ich gehört, dass das Batmobil eine ganz schlechte Treibstoffeffizienz hat.«

»So wie diese verrückten roten Busse? Cool.« Ich musterte die restlichen Begleitpersonen, die in anderen Ecken des Raums mit den Leuten aus meiner Klasse redeten. »Was machst du denn genau für Ms Carmichael?«

»Ich babysitte amerikanische Teenies.«

»Und ist das ein gut bezahlter Job?«

Sie hob eine Augenbraue. »Ich habe den furchtbaren Verdacht, dass es in ganz England nicht genug Geld gibt, um mich für deine Betreuung angemessen zu bezahlen.«

»Ich mag dich, Al.«

»Dann sind ja alle meine Träume in Erfüllung gegangen.«

Ich grinste. Wir würden gut miteinander auskommen. »Ich brauche einen Plan. Ach so, stimmt. Du sollst mir ja gar nicht helfen. Kannst du mir mein Zimmer zeigen? Oder muss ich erraten, welches meines ist?«

»Ich glaube, das liegt innerhalb der akzeptablen Hilfeparameter.«

»*Akzeptable Hilfeparameter*«, wiederholte ich in einem schrecklichen britischen Akzent. »Danke.«

Sie nahm meine Sporttasche, und ich folgte ihr den Flur hinunter zu einem Zimmer mit dunkler, moderner Einrichtung – einem Doppelbett, einer kleinen Kommode und einem Nachttischchen. Draußen war der Himmel trotz der späten Stunde noch hell. Unter uns erstreckten sich Baumwipfel und Gebäude.

»Ich bin draußen, wenn du mich brauchst.« Al schloss die Tür und positionierte sich, wie ich annahm, wie ein Bodyguard im Flur. Seltsam.

Ich ließ mich aufs Bett plumpsen und krempelte sofort meine Hosenbeine hoch. Die engen, kratzigen Strümpfe mussten weg. Der Arzt hatte zwar empfohlen, sie bis zu drei Tage nach meiner

Ankunft zu tragen, aber *empfehlen* war ja nicht dasselbe wie *anweisen*. Nimm das, Vokabeltest!

Ich rollte die Strümpfe hinunter, zog daran und wackelte mit den Zehen, nachdem ich sie endlich befreit hatte. Mit ausgestreckten Beinen fiel mir jetzt auf, dass meine Bräune langsam verschwand. Normalerweise waren meine Knie und Oberschenkel immer schön goldbraun und meine Unterschenkel – die für gewöhnlich von den Schienbeinschonern verdeckt wurden – blass. Auf diese spezielle Bräune war ich immer stolz gewesen. Sie war ein Erkennungsmerkmal, das eindeutig verriet, dass ich eine Fußballspielerin war.

Doch das war ich nicht. Nicht mehr.

Noch ein Grund mehr, eine Hose zu tragen. Die Narbe verstecken. Die nachlassende Bräune verstecken. Das Problem verstecken.

Ich rollte die Hosenbeine wieder nach unten.

Lieber nach vorne schauen als zurück. Ich holte den ersten Hinweis heraus.

Der Umschlag enthielt auch ein Blatt Papier mit der Überschrift *Richtlinien*, aber das klang langweilig. Ich konzentrierte mich lieber auf die coolen Sachen.

Ich musste bloß Hinweisen folgen, ein paar Geschichten schreiben und ein bisschen Geld gewinnen.

Gar kein Problem.

KAPITEL 3

Während ich den ersten Hinweis las, kaute ich auf meinem Stift herum. Er stand auf dickem Tonpapier, ähnlich wie unsere Einladungen, und war ebenfalls in verschnörkelter Handschrift geschrieben. Unserem Schulleiter musste man unbedingt mitteilen, dass Ms C mit dem Benoten von Schulaufgaben noch nicht genug ausgelastet war.

*Ein altes, gesellschaftliches Leid wird dich nach Lane's End führen.
Dort kann man Pips, Davids und Olivers Geister immer noch spüren.*

*Tu etwas Gutes und bring jemanden zum Lachen.
Um einen Hinweis zu erhalten und dich auf den Weg zu machen.*

Das konnte ich schaffen. Oliver, Oliver, Oliver ... *Oliver Twist?* Das Buch hatten wir im Unterricht zwar nicht gelesen, aber den Filmen zufolge war Oliver ein Waisenkind. Vielleicht waren Pip und David ja auch welche? Waisen konnte man als »gesellschaftliches Leid« zählen. Bedeutete das, ich musste einen Ort mit Waisenkindern besuchen?

Ich kramte das billige Smartphone heraus, das Mom mir vor

der Abreise gekauft hatte – mit einem Minimum an internationalem Guthaben darauf, das hauptsächlich dafür bestimmt war, meine Pflichtnachrichten an sie zu schicken. Die Knieoperation, ihre Eintrittskarte in den Club der besorgten Eltern und ein Flugticket nach England hatten sie endlich dazu gebracht, mein Prepaid-Klapphandy upzugraden.

»Hey, Al!«, rief ich Richtung Tür, da ich annahm, dass sie, auf meine Anweisungen wartend, im Flur stand.

Die Tür ging einen Spalt breit auf, und ihr Gesicht erschien.

»Gibt es hier WLAN?«

»England ist nicht im finsteren Mittelalter stecken geblieben, Ms Hanson.«

Ich wedelte mit meinem Handy herum. »Darfst du mir das Passwort verraten oder muss ich dafür erst ein Rätsel lösen?«

Sie zog einen Mundwinkel nach oben und ging einen Schritt ins Zimmer. »Es ist tatsächlich ein literarisches Zitat. Denk an *Existenzkrise*.«

Ich bewarf sie mit einem der Kopfkissen.

Sie fing es auf und legte es auf die Kommode. »Das Passwort lautet *seinodernichtsein*. Ohne Leerzeichen.«

Echt jetzt? »Danke. Dann vermutlich bis morgen.«

»Die Vorfreude wird mich die ganze Nacht lang wachhalten.« Sie ging wieder hinaus und machte die Tür hinter sich zu, bevor ich noch mein zweites Kopfkissen nach ihr werfen konnte.

Eine kurze Suche bestätigte mir, dass alle drei Namen in dem Hinweis sowohl Figuren von Charles Dickens als auch Waisenkinder waren. Zehn Punkte für mich. Bei einer weiteren Suche stieß ich auf viele Waisenhäuser und wohltätige Stiftungen, die Kindern in der ganzen Stadt halfen. Nützlich. Aber eines am äußersten, östlichen Stadtrand hieß *Lane's End Kinderheim*. Eine gute Tat vollbringen klang recht einfach. Ich würde mir etwas einfallen lassen, wenn ich dort war.

Jetzt, da ich einen Plan hatte, wollte ich auch gleich loslegen.

Aber es war schon zu spät, um bei einem Waisenhaus aufzuschlagen, in dem die Kinder jetzt vermutlich schliefen.

Hatten die anderen den Hinweis auch erraten? Hoffentlich konnte heute Nacht niemand mehr damit anfangen. Wir mussten schlafen. Und das hier war ja auch kein direktes Wettrennen. Eigentlich schade, weil meine Chancen besser stünden, bei einem Wettrennen zu gewinnen als dabei, ein Hunderttausend-Dollar-Tagebuch zu führen.

Ich seufzte. Das Community College, an dem ich bloß eine zweijährige, mittelmäßige Ausbildung würde absolvieren können, wurde immer wahrscheinlicher. Das war auch nichts *allzu* Schlechtes. Nur logisch. Doch die Bilder von der UCLA – mit ihren grünen Rasenflächen und dem großen, quadratischen Innenhof – weigerten sich, aus meinem Kopf zu verschwinden. Dort würde ich neue Leute kennenlernen und Sachen entdecken, und es lockte das Versprechen, zu Football- und Basketballspielen gehen zu können, auch wenn es mit dem Fußball vorbei war. Außerdem hatte ich zwei Geschwister, die in verschiedenen Masterstudiengängen studierten, was gewisse hochtrabende Erwartungen in meiner Familie mit sich brachte. Niemand erwartete zwar von mir, diesen Erwartungen gerecht zu werden, aber dadurch lösten sie sich auch nicht in Luft auf.

Ich musste gewinnen – so viel stand fest. Vielleicht wuchs mir das zwar alles über den Kopf, aber kampflos würde ich mich nicht ergeben.

★

Früh am nächsten Morgen schrillte mein Wecker. Mein Kopf fühlte sich an, als wäre er mit Watte vollgestopft, und meine Augen, als hätte ich ein Kilo Sand darin. Aber es gab Geld zu gewinnen! Ich warf die Gegenstände von Ms Carmichael in meine Umhängetasche und ließ die Sporttasche zurück, da ich nicht wusste, wohin ich unterwegs war. Heute lieber keine Wiederholung des Unterwäsche-Unfalls riskieren.

Im Speisezimmer war der Tisch voller Teller mit Spiegeleiern, Toast, Speck, Bohnen und gegrillten Tomaten. Al saß alleine da, trank Tee und las einen Agatha-Christie-Krimi. Von Amberlyn, Peter und Spence fehlte jede Spur.

Ich stürzte einen starken, heißen Tee hinunter, schluckte die tägliche Tablette – meinen neuen, lebenslänglichen Begleiter, der verhinderte, dass mich der gestrige Flug umbrachte, – und schnappte mir zwei Scheiben Toast. »Bereit?«

Sie steckte das Buch in ihre Handtasche. Heute trug sie ein Business-Kostüm, bestehend aus Rock und Blazer.

»Steht in dem Hinweis irgendwas von einem Vorstandsmeeting?«

Sie hob eine Augenbraue. »Woher soll ich das wissen? Ich darf dir doch nicht helfen, weißt du noch?«

Ich deutete auf ihr Outfit. »Du siehst so ... *geschäftsmäßig* aus.«

»Das ist eben mein Kleidungsstil.«

Ich sah an mir hinunter, auf meine Jeans, mein T-Shirt und meine blauen Turnschuhe. »Wenn dich das glücklich macht«, sagte ich. »Der Typ, der neben mir im Flieger saß, meinte, London hätte ein tolles U-Bahnnetz. Fällt es unter die akzeptablen Parameter, mir zu verraten, wo die nächste Haltestelle ist?«

»Ich denke, das wäre vertretbar.«

Ich ging auf die Tür zu und hoffte, dass ihr nicht auffiel, dass ich keine Ahnung hatte, wie ich mich in der U-Bahnstation zurechtfinden sollte, wenn ich einmal dort war. Aber ich lernte Dinge besser, indem ich sie einfach tat, also würde ich mich damit befassen, sobald ich da war.

Al lotste mich zur Haltestelle, die von einem Schild mit einem roten Kreis und einem blauen Balken ausgewiesen wurde, auf dem *UNDERGROUND* stand. Danke, London, dass du die Benutzung von öffentlichen Verkehrsmitteln einfach gestaltest.

Doch als ich dann vor dem U-Bahnfahrplan stand, war ich schon weniger begeistert. Der Plan erinnerte mich an den Sommer, in dem meine Schwester versucht hatte, Stricken zu lernen, und sich der Faden zu einem regenbogenfarbenen Knäuel verheddert hatte. Zwölf geschwungene Linien, jede in einer anderen Farbe, mit Hunderten von winzigen Namen. Wer hatte das denn für eine gute Idee gehalten? Ich versuchte, mich an alles zu erinnern, was mein Sitznachbar im Flieger über die verschiedenen Linien und Haltestellen gesagt hatte.

Leute drängten sich an mir vorbei. Alle wussten, wohin sie mussten, ganz sicher und zielstrebig. Mit den Ellbogen bahnte ich mir einen Weg durch die Menge, eindeutig entgegen der Gehrichtung, und ging auf das Schild zu, auf dem *TICKETS* stand.

In einer Stimme, die Wegbeschreibungen stilvoll klingen ließ, beantwortete der Mann hinter dem Fenster meine Frage, wie ich in den Osten der Stadt kam und mich dort zurechtfand. Er gab mir ein Tagesticket, mit dem ich so oft wie nötig durch ganz London fahren konnte, und erklärte mir, wie ich zum Bahnsteig kam.

Schließlich verabschiedete er sich mit: »Willkommen in London, Mum.«

Ich brauchte einen Moment, bis mir klar wurde, dass er mit Mum *Ma'am* meinte, und noch einen, um zu entscheiden, dass mir seine Manieren gefielen.

Ich bezahlte, wobei ich wegen der Wechselrate gar nicht wusste, wie viel es wirklich kostete.

»Lass dir die Quittung geben«, sagte Al hinter mir.

Wir reihten uns in die Schlange ein, die nach unten zu den Bahnsteigen unterwegs war, und ich verrenkte mir den Hals, um alles sehen zu können. Al zog mich auf die rechte Seite der Rolltreppe, und ich verstand auch sofort, warum, als jemand links an uns vorbeistürzte.

»Das ist so cool.«

»Du magst also Menschenmengen, Schlangen und dunkle Tunnel?«, fragte Al zwei Stufen hinter mir, was anscheinend die offizielle, unausgesprochene Regel für einen anständigen Abstand zwischen zwei Personen war.

»Dort unten könnte eine magische Welt auf uns warten.«

»Dein Optimismus kennt ja gar keine Grenzen.«

»Ich habe da so ein Gefühl, dass ich genug für uns zwei brauchen werde. Diese Woche wird super. Wirst schon sehen.«

Alexis' Outfit hatte ich schon für geschäftsmäßig gehalten, aber sobald wir am U-Bahnsteig waren, fiel mir auf, dass viele Leute sehr schick gekleidet waren. Schwarze Anzugschuhe waren wohl die inoffizielle Fußbekleidung für britische Männer über achtzehn. Perfekt geschneiderte Anzüge an durchtrainierten Typen, die das total bringen konnten. Andere trugen Lederjacken, Trenchcoats, Kleider und Jeans. Die meisten lasen Zeitung, starrten auf Handys oder hörten über Kopfhörer Musik.

Ein Querschnitt durch das Leben, – und alle fuhren mit demselben Zug. Da die öffentlichen Verkehrsmittel in Südkalifornien nicht so toll waren, trug diese Erfahrung hier noch zusätzlich zu der britischen Atmosphäre bei. So viele Leute, und sie waren so *englisch*. Hunderte von Fremden mit Geschichten und Akzenten. Am liebsten hätte ich mit allen geredet.

Der Zug war gerammelt voll. Ich schob mich hinein und wollte gerade nach einem Haltegurt greifen, da stand ein Mann auf, deutete auf seinen Platz und ließ mich hinsetzen.

Britische Manieren. Ich konnte mich gerade noch so davon abhalten, ihn nicht zu umarmen.

Das Mädchen neben mir war vermutlich nur ein paar Jahre älter als ich. Sie trug ein Seidenkleid und flache Glitzerschuhe.

»Die Menschen hier in London sind alle so schick.« Ich deutete auf sie und dann auf meine Turnschuhe. »Man sieht sofort, dass ich eine Touristin bin.«

»Schon in Ordnung«, sagte sie freundlich. »Hier gibt es so viele Touristen. Keinen interessiert es, was du trägst.«

»Bist du auf dem Weg zur Arbeit? Fährst du immer mit der U-Bahn?«

Wir unterhielten uns, bis der Zug seine erste Haltestelle erreichte.

»Please mind the gap between the train and the platform«, verkündete eine kühle, weibliche Stimme aus den Lautsprechern.

Mir entkam ein lautes Lachen. Dieses Lachen, das ich nicht kontrollieren konnte, das Bären aus dem Winterschlaf riss und alte Männer dazu zwang, die Lautstärke an ihren Hörgeräten herunterzudrehen. Ich schob es auf den Akzent, die seltsame Formulierung – fielen die Leute wirklich in diesen winzigen Zwischenraum? – und den Jetlag.

Mehrere Leute sahen zu mir herüber, ohne mir direkt in die Augen zu schauen. Wenn Engländer in ihre Anzüge schlüpften, setzten sie dazu anscheinend auch Gleichgültigkeit und eine ausdruckslose Miene auf.

Das Mädchen lächelte, ganz leicht nur, ohne Zähne zu zeigen. »*Mind the gap* ist so ein London-Ding. Es gibt T-Shirts und alles.«

So eines musste ich mir unbedingt kaufen.

Je weiter wir uns vom Stadtzentrum entfernten, desto leerer wurde der Zug. Ich wippte mit dem Fuß und zog an einer Haarsträhne. Al saß in der Nähe und starrte Löcher in die Luft. Sie war eindeutig nicht die Gesprächigste. Wie sollte ich bloß neun Tage überstehen, ohne mit jemandem zu reden?

Ich hörte der Stimme beim Ansagen der Haltestellen zu, bis zu der Station, die ich brauchte – eine der letzten am Stadtrand. Doch die Station war noch einige Häuserblocks von dem Kinderheim entfernt.

»Weißt du, wo wir hingehen?«, fragte ich Al.

»Ms Carmichael hat uns über die Hinweise informiert. Und ich war hier schon mal. Da lang.«

»Akzeptable Hilfeparameter. Die gefallen mir.«

Wir durchquerten Viertel aus Reihenhäusern, die aussahen wie Wohnanlagen in Amerika, und bogen auf eine Straße mit braunroten Häusern aus Ziegelstein mit privaten Gärten ab. Die Straße kam mir normal vor, bis auf die Formen der Fenster, die Automarken und die Farben der Steinhäuser, die gerade fremd genug waren, um mich daran zu erinnern, dass ich in einem anderen Land war. Als ich die richtige Hausnummer fand, traten wir durch ein hüfthohes Gartentor und gingen eine Einfahrt aus Kopfsteinpflaster hoch.

»Die Kinder hier sind also Waisen?«, fragte ich.

»Ein paar. Andere haben vielleicht auch Eltern, die sich aber nicht um sie kümmern können.«

»Das ist echt scheiße.«

»In der Tat.«

Schlachtplan: etwas Nettes tun. Eine Geschichte schreiben.

Ob sie mich wohl erwarteten? Mehrmals betätigte ich den Türklopfer in Löwenkopfform. Niemand machte auf.

»Wahrscheinlich sind sie zu laut, um die Tür zu hören«, meinte Al.

»Wenn du was gegen Lautstärke hast, wird das aber eine lange Woche für dich.«

»In der Tat.«

Ich grinste. »Kommst du öfter hierher?«

»Ein Teil meiner Arbeit ist es, Ms Carmichael bei ihren ehrenamtlichen Tätigkeiten zu unterstützen.«

Ich warf ihr einen Blick zu. »Sie hat also mehrere?«

»Eine beträchtliche Anzahl, ja.«

»Woher hat sie denn das Geld dafür? Hat sie eine Bank ausgeraubt?«

Als Gesichtsausdruck blieb unverändert. »Wenn ja, wurde ich nicht darum gebeten, das Fluchtauto zu fahren.«

Na ja. Einen Versuch war's wert.

Ich klopfte erneut, diesmal fester.

Da wurde die Tür geöffnet. Ein ungefähr zehnjähriges Mädchen mit großen blauen Augen und lauter Sommersprossen auf der Nase streckte den Kopf heraus.

Ich ging in die Hocke, damit ich mit ihr auf Augenhöhe war.

»Hi. Ich bin Britt.«

»Du redest aber komisch.«

»*Du* redest komisch«, sagte ich, obwohl ein Kind mit britischem Akzent das Süßeste überhaupt war.

Ihre Hände flogen sofort zu ihren Hüften. »Wir reden alle gleich. Das heißt, du bist die Komische.«

»Stimmt auch wieder. Wie heißt du? Können wir reinkommen?«

»Ich bin Nadia.« Sie schnappte sich meinen Arm und zog mich hinein. »Komm mit, spielen!«

Sie zerrte mich an einer Frau im Alter meiner Mom vorbei, mit kurzen, grauen Haaren und einem freundlichen Lächeln, die gerade mit einem Jungen am Tisch saß, der jünger war als Nadia.

»Hallo. Schön dich zu sehen, Alexis. Willkommen. Ich heiße Harriet«, stellte sie sich mir vor. »Die Kinder sind im Garten.«

»Ich will spielen«, sagte der Junge.

Harriet wandte ihre Aufmerksamkeit wieder ihm zu. »Wenn du mit deinen Mathehausaufgaben fertig bist.«

»Mathehausaufgaben im Plural?« Ich schnitt eine Grimasse in die Richtung des Jungen. »Und ich hätte gedacht, dass *eine* schon schlimm genug wäre.«

»Ich kann dir helfen.« Al nahm Harriets Platz am Mathetisch ein und sah dabei so glücklich aus, wie ich sie bisher überhaupt noch nicht gesehen hatte. Lieber sie, als ich.

Ich folgte Nadia zur Hintertür. Im Garten rannten zehn Kinder herum. Ein paar von ihnen waren im Grundschulalter wie meine neue Freundin, doch die meisten waren Jugendliche. Spence war bei ihnen. Sein Babysitter hatte sich gegen einen Zaun gelehnt.

»Magst du Fußball?«, fragte mich Nadia. »Ich liebe Fußball. Aber sie lassen mich nicht immer spielen. Aber du bist ein Mädchen, wenn du also mitspielst, müssen sie mich auch lassen.«

Ihr süßer Akzent lenkte mich so sehr ab, dass ich ganz vergaß, dass *football* in britischem Englisch ja *Fußball*, und nicht *American Football* bedeutete.

Die Kinder spielten sich gegenseitig einen Ball zu. Einen wunderschönen, perfekten Fußball.

Eine Welle der Sehnsucht überkam mich und zog mich hinunter in gefährliche Tiefen. Was konnte schon passieren? Die Erlaubnis zu joggen hatte ich ja, mein Knie war also kein Problem mehr, solange ich keine scharfen Haken schlug. Was die Sache mit dem Blut anging ... Na ja, das hier war ja kein vollwertiger Kontaktsport, keine Partie unter Rivalen. Das würde schon gehen. Oder? Solang ich gut aufpasste?

Die Frage, die Mom mir gestellt hatte, als ich ihr von dieser Reise erzählt hatte, hallte in meinem Kopf wider: *Seit wann hast du denn gelernt, vorsichtig zu sein?*

Meine Füße trugen mich näher heran. Das federnde Gras hieß meine Schritte willkommen. Mit meinem Laserblick verfolgte ich die Bewegungen des Balls. Fast konnte ich ihn schon an meinen Füßen spüren.

Ich ging noch näher heran.

Ein Junge trat den Ball. Er segelte über die Köpfe seiner Spielkameraden hinweg.

Bewegte sich in Zeitlupe.

Und kam direkt auf mich zu.

KAPITEL 4

Mein Instinkt steuerte mich. Mit dem Oberschenkel nahm ich den Ball an, sodass er vor meinen Füßen landete, und passte ihn dann zu dem Jungen zurück, der ihn herübergeflankt hatte. Der Ball flog über die anderen hinweg und landete genau vor ihm.

Er winkte.

Ich erstarrte. Erschauderte. Schluckte. Dieser eine Spielzug war wie einen lang verlorenen Freund zu umarmen, einen Ball in den Magen zu bekommen und ein Familienmitglied zu verlieren – und zwar alles in einem.

Die Kinder spielten weiter, und langsam wurde die Welt um mich herum wieder scharf. Ich hatte es getan. Zum ersten Mal nach Monaten wieder einen Ball getreten. Nichts Schlimmes war passiert, zumindest nicht körperlich. Allerdings sollte ich *genau jetzt* weggehen.

Ich versuchte, einfach am Spielfeldrand stehen zu bleiben, doch die Jungs spielten mir den Ball immer wieder zu. Ihn zurückzuspielen fühlte sich so gut an – so richtig –, dass ich nicht damit aufhören konnte. Meine Füße bewegten sich nach vorne, egal wie oft ich es ihnen verbot.

Gewöhn dich nicht dran. Das kann so nicht weitergehen. Das nimmt sonst kein gutes Ende.

Ein hoher Ball segelte auf mich zu, und ich passte ihn in einer perfekt gezielten Kopfballvorlage zu einem Jungen in einem Chelsea-Trikot.

Als ich das nächste Mal am Ball war, griff mich meine weibliche Gegenspielerin an. Jahre der Praxis kontrollierten meinen Körper. Ich täuschte rechts an, stupste den Ball aber nach links, zog ihn mit der Fußspitze nach hinten und drehte mich um sie herum. Einige Kinder johlten.

»Britt Hanson ist zurück, Leute«, sagte Spence in einer Kommentatoren-Stimme.

Bevor mir überhaupt klar wurde, wie es dazu kam, spielten wir eine Partie, in der auf der einen Seite Bäume und auf der anderen zwei Gartenstühle die Tore markierten.

Mein Knie zwickte bloß ein paar Mal. Ich wollte den Ball klauen, über das ganze Feld dribbeln, kräftige Schüsse auf das Tor abfeuern. Die Luft an mir vorbeirauschen spüren, während ich das Feld entlangraste. Jubeln und schreien und anfeuern.

Als ich an Spence vorbeilief, nickte der mit einem provokanten Funkeln in den Augen zu meinem Knie hin. »Sicher, dass du spielen solltest?«

Dieser kleine Kommentar begrub mich unter einem riesigen Haufen Realität. Dabei kannte er die Wahrheit ja gar nicht. Er zog mich bloß auf, sonst nichts. Aber seine Worte stoppten mich schneller als ein unzulässiges Foul.

Nein, da war ich mir ganz und gar nicht sicher. Unsicherheit auf dem Feld war ein neues Gefühl für mich. Das war eigentlich *mein* Gebiet. War es einmal gewesen. Jetzt nicht mehr.

Ich zwang mich dazu, den Jungs den Ball zuzupassen, Nadia zu decken und den anderen Vorlagen zu liefern.

Das war doch bestimmt sicher genug, oder? Denn so, stellte ich mir vor, mussten sich Abhängige fühlen. Nachdem ich wochenlang auf eisernem Entzug gewesen war, hatte ich eine kleine Kostprobe bekommen und konnte jetzt nicht mehr genug davon kriegen. Ich wollte mehr, mehr, mehr. Doch bald schon würde ich wieder zum Aufhören gezwungen werden, was diese eine Kostprobe sowohl wertvoll als auch gefährlich machte.

Spence, der nicht zufrieden damit war, dass ich in der Verteidigung spielte, dribbelte auf mich zu, den Kiefer entschlossen nach vorne gereckt.

Mein Gehirn berechnete den exakten Winkel für eine Grätsche. Ich konnte ihn erwischen. Ich verlagerte mein Gewicht. Und erinnerte mich dann daran, dass eine Grätsche genau die Aktion war, die mich erst in diese Situation gebracht hatte.

Hektisch suchte ich nach einer Alternative, mit der ich nicht als Feigling dastehen würde. »Nadia, schnell, schnapp ihn dir!«

Sie griff an.

»Was ist los?« Spence schaute lange genug auf, um mich mit zusammengekniffenen Augen anzusehen. »Angst, zu verlieren?«

Das Verlangen, ihm das Gegenteil zu beweisen, loderte in mir auf, angefeuert von meinem flammenden Stolz. Aber was, wenn ich hinfiel? Was, wenn mein Knie nachgab? Was, wenn er mich trat – woran ich gewöhnt war –, jedoch nicht, wenn sich ein einfacher blauer Fleck als tödlich erweisen konnte?

»Wollte dich vor den Kindern nicht blamieren«, sagte ich.

Ich dachte, Spence würde Nadia davonlaufen, doch er wurde langsamer und ließ sie den Ball stehlen. Ich feuerte sie an, als sie in die entgegengesetzte Richtung davonschoss.

Er schüttelte den Kopf, doch ich zuckte bloß mit den Schultern und grinste, um die Tatsache zu verbergen, dass ich eigentlich schreien wollte.

Beim Fußball konnte ich mich immer darauf verlassen, das Sagen zu haben. Ich liebte es, Leuten wie Spence schlagfertige Antworten zu geben und sie zum Schweigen zu bringen, indem ich gut spielte. Ich ballte meine Hand zur Faust und atmete tief ein, doch Luft konnte das gähnende Loch in meiner Brust nicht füllen.

Nach einer halben Stunde keuchte ich, meine Oberschenkelmuskeln brannten, und mein Knie schmerzte. Das Laufverbot über die letzten Wochen hinweg hatte meine Form ruiniert. Trotz des kühlen, bewölkten Wetters hatten sich Schweißperlen auf meiner Stirn gebildet.

Ein leichter Nieselregen hatte eingesetzt, der den Kindern nichts ausmachte, doch ich verschwand mit einer Verbeugung vom Feld und stellte mich zum Anfeuern an den Rand.

Spence kam zu mir. »Packst du den Regen etwa nicht?«

Da ich wusste, dass er eine scherzhafte Antwort erwartete, zwang ich mich, einen unbeschwerten Ton anzuschlagen. »Halte deinen Gestank nicht aus.«

Er lachte. »Ich dachte, du wärst hart im Nehmen.«

Warum interessierte ihn das? Hoffte er etwa darauf, dass ich mich verletzte und nach Hause fliegen musste?

»Niemand ist hart genug, um das auszuhalten, Kumpel.«

»Geht's deinem Knie gut? Du wirst dich die Woche über aber nicht davon ausbremsen lassen, oder?«

»Das hättest du wohl gerne.«

Meinem Knie ging es gut. Der Arzt hatte mir schon vor Wochen die Erlaubnis gegeben, ohne Schiene herumzulaufen. Er wusste, dass ich hier sein würde, und hätte mich gewarnt, wenn es problematisch gewesen wäre, zu Fuß in England unterwegs zu sein. Warum musste Spence es trotzdem ansprechen? Idiot.

»Hey, Spence? Warum brauchst du eigentlich das Geld? Mit dem Sport und deinen Noten …?«

Er hob eine Schulter. »Ich hab zwar ein Angebot für ein Teilstipendium bekommen, aber ich will für das Bachelorstudium in Jura an die University of Southern California gehen, und dafür haben sie mir nichts gegeben. Die ist viel zu teuer, um sieben Jahre lang Studiengebühren zu zahlen. Meine Familie findet, ich sollte die ersten zwei Jahre zu Hause bleiben und aufs Community College gehen. Aber ich bin bereit für was Neues, verstehst du? Und dieser Preis ist so viel mehr, als ich je mit Kellnern oder Rasenmähen verdient habe.«

All das konnte ich gut verstehen. Den Wunsch, neue Erfahrungen zu machen. Die Mindestlohn-Jobs. Und die Zahlen der Studienkredite für das Jurastudium meiner Schwester und den Masterstudiengang meines Bruders, die sich in meinem Kopf auftürmten, obwohl sie akademische Stipendien bekommen hatten.

»Ich wusste gar nicht, dass du Jura studieren willst.« Ich konnte ihn mir gut als Anwalt vorstellen, wie er Kriminellen hinterherjagte, so wie seinen Gegenspielern. »Meine Schwester studiert in Stanford. Sogar mit einem Stipendium sind die Gebühren absurd.«

»Ja, und das will ich nicht, wenn es sich vermeiden lässt. Es kann nicht jeder so ein Star sein wie du. Für ein Football-Stipendium war ich nicht gut genug, und meine Familie kann mir nicht helfen. Also bin ich auf mich allein gestellt und ich würde alles tun, um zu gewinnen.«

Mein Dasein als Star hatte mich aber nicht so weit gebracht, wie er glaubte. »Warum meinst du, hat dich Ms C ausgewählt?«

»Weil ich charmant und genial bin?«

»Sind das Synonyme für *egoistisch* und *redet bloß Mist*?«

Seine Augen weiteten sich in gespielter Überraschung. »Du kennst das Wort *Synonym*?«

»Also *mich* hat Ms C ja wegen meines großen Wortschatzes ausgewählt.« Sie hatte mir *tatsächlich* in vielen Essays Komplimente für meinen Wortschatz gemacht. Ihr Problem damit war eher, wie ich die Wörter, die ich kannte, benutzte.

Spences Lächeln verschwand. »Warum brauchst du denn das Geld? Du hast doch schon vor einer Ewigkeit ein Angebot von der UCLA bekommen.«

Meine Leichtigkeit verflog sofort. »Teilweise. Aber ...« Ich hob mein Bein.

»Nach deiner Verletzung haben sie das Stipendium zurückgezogen?«

Ich wich seinem Blick aus. »So was in der Art. Schadet also nicht, ein bisschen extra finanzielle Unterstützung zu haben, was?«

»Stimmt. Na ja, ich bin dann mal weg. Hals- und Beinbruch.«

»Wenn sich hier jemand ein Bein bricht, dann du.« Ich warf ihm ein Lächeln zu.

Spence lächelte zurück, verabschiedete sich und ging mit großen Schritten davon.

Ein Junge, den ich vorher noch nicht bemerkt hatte, saß vor dem Haus auf dem Boden und las drei jüngeren Kindern unter dem Dach der Veranda etwas vor. Er war ungefähr in meinem Alter und trug eine Brille mit dickem Rahmen. Haare fielen ihm über die Stirn, fast bis in die Augen, und unter seinen – im Schneidersitz verschränkten – Beinen blitzten rote Chucks hervor. Süß, auf eine nerdige Art und Weise.

Langsam, um mein Humpeln zu verbergen, ging ich auf ihn und die Kinder zu.

»Achtung! Eure Köpfe!«, rief da jemand.

Ich fuhr herum. Der Ball schoss geradewegs auf den lesenden Kerl zu und würde ihn gleich im Gesicht treffen.

Ich stieß mich ab. Wieder einmal hatte mich das Muskelgedächtnis fest im Griff. Ich sprang hoch, sodass ich parallel zum Boden in der Luft war, hob mein linkes Knie und schwang mein rechtes Bein nach hinten. Ich hatte schon genug Fallrückzieher gemacht, um den hier perfekt ausführen zu können. Ich streckte die Hände nach unten aus, um meinen Aufprall abzufangen, gefolgt von meinem Hintern. So landete ich vor dem Jungen auf dem Boden. Der Ball segelte zurück zum Feld.

Er sah auf und blinzelte. »Danke.«

Mitten im Dreck liegend erstarrte ich. Warum hatte ich das getan? War mein Knie jetzt wieder verletzt? Blutete ich? Hatte ich einen blauen Fleck abbekommen? Würde ich jetzt sterben?

Weh tat mir nichts. Ich wusste, wie ich für einen von diesen Schüssen landen musste. Ich wackelte mit den Zehen. Beugte mein Knie. Atmete durch. Es ging mir gut. Ich hatte nichts unglaublich Dummes getan. Na ja, schon, aber ich war noch mal damit davongekommen. Hoffentlich. Ich würde auf Blutergüsse achten müssen.

»Alles in Ordnung bei dir?« Die Stimme des Jungen holte mich wieder in die Gegenwart zurück.

»Oh. Ja. Alles gut.« Außer, dass es mir peinlich war, so auszusehen, als hätte ich gerade einen Kampf gegen einen Rasenmäher verloren. Ich stand auf und wischte mir den Schmutz und das nasse Gras vom Körper.

»Warum hast du das gemacht? Ich bin dir natürlich dankbar, aber ...« Der Kerl schaute mich an, als ob ihm nicht ganz klar war, *was* genau ich war.

Ich musterte ihn. Er hatte ein kleines Grübchen am Kinn und Augen, deren Farbe irgendwo zwischen Braun und Gold lag. »Brille.«

»Brille?«

Ich gestikulierte zu seinem Gesicht hin.

»Ich glaube, ich brauche noch etwas mehr als das.«

Ich nahm einen weiteren tiefen Atemzug, um sicherzugehen, dass ich immer noch am Leben war. Jep. Ich ließ mich neben ihn auf den Boden plumpsen. »Du willst also die ganze Geschichte hören?«

»Absolut. Dee, hol doch noch ein anderes Buch.« Er gab das, das er gerade vorgelesen hatte, dem Jungen auf seinem Schoß, und die kleinen Kinder rannten nach drinnen.

Ich konzentrierte mich auf den süßen Jungen. »Na gut. Mit vier Jahren habe ich mit dem Fußballspielen angefangen. Mit sieben war ich dann ziemlich überzeugt davon, bereit für die amerikanische Nationalmannschaft zu sein. Drei Jahre im Kinderfußball sind nämlich echt eine Ewigkeit.«

Obwohl er still dasaß, fokussierte er mit intensivem Blick mein Gesicht, als ob er voll und ganz präsent wäre und mir zuhörte. Das war sowohl furchteinflößend als auch schmeichelnd. In meinem Bauch regte sich etwas.

»Als Kind war meine Lieblingsspielerin Carli Lloyd, eine amerikanische Stürmerin. Wahnsinnige Schussgenauigkeit, hat tonnenweise Tore gemacht.« Mir fiel auf, dass ich mich nach vorne gelehnt und sich immer mehr Begeisterung in meine Stimme geschlichen hatte. »Eines Tages hab ich im Garten geübt. Mein Dad war auch draußen und hat gegärtnert. Ich beschloss, dass das die perfekte Gelegenheit war, um ihm zu zeigen, dass ich ebenfalls eine super Torschützin war. Ich hatte geplant, den Ball mit Effet in einer perfekten Kurve um ihn herumzuspielen und das Tor auf der anderen Seite zu treffen, auf diese oldschool Art und Weise wie Beckham.«

Mit der Hand machte ich eine Kurvenbewegung.

Der Junge stöhnte mitleidig auf.

»Genau«, sagte ich. »Weder der erste noch der letzte meiner brillanten Pläne, die komplett nach hinten losgegangen sind. Ich hab nicht nur seine Brille kaputtgemacht, sie ist auch noch zersplittert und hat ihm das Gesicht zerkratzt. Ich hatte Glück, dass er nicht blind geworden ist. Jetzt hab ich ein Radar für so was. Wenn ein Ball auf irgendjemanden mit einer Brille zusegelt, spüre ich das aus dreißig Metern Entfernung, und ich muss denjenigen oder diejenige einfach retten.« Ich breitete die Hände aus. »Ich kann nichts dagegen tun. Das ist meine Superkraft.«

»Dann wirfst du dich also oft vor irgendwelche Fremden?« Er zog eine seiner Augenbrauen minimal hoch.

»Besser, als mich auf sie *drauf*zuwerfen, oder? Ich hätte dich auch foulen können.« Puh, echt jetzt? Damit hatte ich ja ein tolles Bild vor seinem geistigen Auge heraufbeschworen. »Ich meine, ich hab mich für die höflichere Variante entschieden, den Ball zu treffen.«

Meine Peinlichkeit störte ihn nicht im Geringsten. »Du warst doch viel zu weit weg, um mich zu foulen.«

»Guter Einwand.«

»Die Hälfte der Jungs«, er nickte zu den Kindern hinüber, »wird jetzt darauf bestehen, dass du ihnen diesen Schuss beibringst.«

»Äh, ja. Vielleicht später.« Konnte ich ihnen das auch beibringen, ohne es noch mal vorzumachen? Denn nicht einmal *ich* war waghalsig genug, um diesen Spielzug sehr bald zu wiederholen. Außer, sie zielten mit dem Ball wieder auf seine Brille. »Vielleicht gehst du zum Vorlesen lieber rein? Könnte gefährlich werden.«

»Was, wenn ich meine Brille abnehme?« Er ließ sie von seiner Nase gleiten, wodurch ich direkt in seine goldbraunen Augen blicken konnte.

Mein Hals wurde ganz trocken. Was war los mit mir? Süße Jungs hatten normalerweise wenig Wirkung auf mich. Aber ich war an Sportler gewöhnt. Vielleicht erstreckte sich meine Immunität nicht auf attraktive Nerds.

Ich blinzelte und tat so, als würde ich ihn mustern. »Weiß nicht, kommt drauf an, wie dringend du sie brauchst. Siehst du denn so den Ball rechtzeitig auf dich zukommen? Ich rette nämlich nur Leute mit Brille. Ohne bist du auf dich allein gestellt.«

Seine Lippen bebten. Mir fiel auf, dass er sich nicht viel bewegte. Über meine ganze Erzählung hinweg hatte er sich kaum gerührt, bloß sein Gesichtsausdruck hatte sich minimal verändert – allerdings ohne seine Schultern, Hände oder sonst irgendwas anzuheben. Ihn umgab eine gewisse Ruhe. Damit hatte ich keine Erfahrung.

»Ich bin übrigens Britt.«

Er setzte seine Brille wieder auf. »Du klingst aber nicht sehr britisch.«

Ich stieß mein lautes Lachen aus. »Ich hätte gedacht, das wäre der offensichtlichste Witz überhaupt, aber du bist der Erste, der dazu etwas sagt. Glückwunsch.«

Damit hatte ich mir ein Lächeln verdient, das die rechte Seite seines Gesichts mehr erreichte. »Luke Jackson.«

Bevor ich etwas antworten konnte, ging die Tür auf, und Al kam nach draußen.

»Morgen, Luke«, sagte sie.

Er nickte ihr zu. »Alexis. Wie geht's?«

»Gut.«

»Ihr zwei kennt euch?« Ich schaute erst die eine, dann den anderen an.

Plötzlich zog jemand an meinem Arm.

»Los. Bring uns bei, wie das geht.« Nadia schnappte sich meine Hand und zerrte daran.

»Ich hab dich ja gewarnt«, meinte Luke.

Ich ließ mich von dem Mädchen auf die Beine ziehen.

Al räusperte sich leicht. »Bist du sicher, dass du das tun solltest?«

Mein Kiefer spannte sich an. »Wer hat dir das verraten?«

»Mir was verraten?« Ihre zu weit aufgerissenen Augen schrien geradezu »*schuldig*«.

»Weiß Ms C eigentlich alles?« Natürlich tat sie das. Sie war ja auch wie eine Spionin oder ein Ninja mit der Undercover-Tarnung als *echte, britische Lehrerin*. »Hat sie ihr Geld damit gemacht, private Datenbanken zu hacken und persönliche Informationen zu verkaufen?«

»Ich …«

»Mir geht's gut, Alexis.« Ich wirbelte herum. »Ich geh jetzt mit den Kindern spielen.«

Wenn ich doch bloß meinen Frust auf dem Spielfeld rauslassen könnte. So fest wie nur möglich schießen könnte. So weit und schnell dribbeln könnte, bis die letzten drei Monate zu weit hinter mir lagen, als dass sie noch einen Einfluss auf meine Zukunft haben könnten.

Ich hätte nicht hier rauskommen sollen. Nach mehreren Wochen, in denen ich nicht gespielt hatte, jetzt zu wissen, dass ich immer noch diesen Fallrückzieher machen konnte … Noch genauso dribbeln konnte. Vielleicht wäre es besser gewesen, das weiterhin nicht zu wissen. Aber ich konnte die Kinder nicht enttäuschen, also gab ich ihnen Tipps und ließ sie üben, dann trottete ich zum

Haus zurück. Luke saß nicht mehr dort, und das Herz wurde mir ganz schwer. Wie dumm. Es hätte mir nichts ausgemacht, noch länger mit ihm zu reden.

Nadia folgte mir und hüpfte neben mir her.

Zählte es als gute Tat, Kindern Fußballtricks beizubringen? Einfach mit ihnen zu spielen? Oder sollte ich noch mehr tun?

»Gefällt es dir denn hier?«, fragte ich sie.

»Ist ganz in Ordnung. Besser als dort, wo ich zuletzt war. Ms Harriet ist nett.«

Bei der Tür blieb ich stehen, ging aber nicht hinein. »An wie vielen Orten hast du denn schon gewohnt?«

Sie verzog das Gesicht. »Zuerst war da noch Oma, aber sie ist krank geworden. Dann ein paar Pflegeeltern. Ich dachte, eine Familie würde mich vielleicht adoptieren, aber dann ist die nach Liverpool gezogen und hat es sich anders überlegt.«

»Wie lange kannst du denn hierbleiben?« Ich deutete auf das Haus.

»Bis mich jemand adoptiert. Aber dafür bin ich jetzt fast schon zu alt. Aber ich hab immer noch bessere Chancen als Jimmy. Niemand will Teenager.« Das sagte sie mit so einer Selbstverständlichkeit, dass es mir einen richtigen Stich versetzte.

»Na ja, ich würde dich wollen, wenn ich hier leben würde und, du weißt schon, eine richtige Erwachsene wäre. Bestimmt kommt bald eine andere liebe Familie.«

»Du bist nett.« Sie umarmte mich stürmisch. »Auch wenn du echt komisch redest.«

Zuerst war ich zu überrascht, um zu reagieren. Dann schlang ich ebenfalls meine Arme um den kleinen Körper und erwiderte die Umarmung.

Es war schön, dass es Orte wie diesen gab. Wie ein Zuhause. Besser als die Armenhäuser damals zu Dickens' Zeiten. Oder als Taschendieb auf der Straße zu enden. Die Kinder wirkten nicht unglücklich. Aber der Gedanke, niemals Eltern zu haben, musste schon traurig sein. Wäre ich auch an so einem Ort gelandet, wenn Mom etwas passiert wäre? Oder wäre mein Dad – wohin auch immer er hin abgehauen war – wieder zurückgekommen?

Nadia ließ mich los und drückte mich auf den Boden. Ich ließ sie meine Haare flechten, den Zopf dann wieder auftrennen und noch mal flechten.

Das kam mir nicht wie eine besonders schwierige Aufgabe vor. Die würde vielleicht dem ungeselligen Peter etwas ausmachen, der nie ein Wort sagte, oder Amberlyn nerven, die Kinder nicht mochte, weil sie laut und unordentlich waren. Aber mir machte es Spaß, auch wenn es traurig war. Angesichts ihrer Reaktionen auf Luke, Spence und mich glaubte ich nicht, dass oft Leute mit den Kindern spielten.

Und doch war aus Nadias Stimme keine Spur von Selbstmitleid herauszuhören. Konnte ich denn dasselbe über mich sagen, was die letzten paar Monate anging?

Hier zwang mich Charles Dickens bereits, über mich selbst nachzudenken.

Als Nadia verkündete, dass meine Frisur jetzt fertig wäre, umarmte sie mich erneut und hüpfte davon, um wieder beim Fußball mitzuspielen.

Jemand räusperte sich. Ich erschrak, fuhr herum und sah Ms Harriet hinter mir stehen.

»Entschuldige, wenn ich dich erschreckt habe«, sagte sie. »Danke, dass du etwas Zeit mit den Kindern verbracht hast. Sie haben immer so viel Spaß, wenn Leute zu Besuch kommen.«

»Es war mir eine Freude. Wirklich. Sie sind wunderbar.«

Sie wedelte mit der Hand. »Das ist für dich. Danke.« Sie reichte mir eine Karte und nickte mir zu, dann ging sie wieder zu den Kindern zurück.

Ich lehnte mich an die Wand und öffnete den Umschlag.

*Der Mann namens Boz war in vielen Straßen zu Hause.
Durchstreife sie rasch, aber mach auch eine Pause.*

*Im Pub, wo schon mehr als ein großer Autor einkehrte.
Sei flink wie ein Taschendieb, dann bist du
auf der richtigen Fährte.*

Ich kramte mein Handy hervor und fand heraus, dass *Boz* einer von Charles Dickens' Spitznamen war. Mehrere Karten zeigten verschiedene Routen für selbstgeführte Touren zu allen möglichen Sehenswürdigkeiten, die mit Charles Dickens zu tun hatten. Langweilig. Aber dann … Oh! *Unterhaltsame und historische Charles-Dickens-Tour.* Bingo!

Was den Rest betraf, würde die Tour hoffentlich bei dem richtigen Pub Halt machen. Außerdem nahm ich an, dass sich der zweite Teil des Hinweises auf den jungen Taschendieb aus Oliver Twist bezog, der eine Gruppe von kriminellen Kindern anführte.

Ernsthaft? War das meine nächste Aufgabe? Etwas klauen, um an den nächsten Hinweis zu kommen?

Das konnte ja noch interessant werden.

Drinnen fand ich Al. Luke saß auf dem Boden, erneut inmitten der jüngeren Kinder. Ein Buch lag aufgeschlagen vor ihm. In meiner Brust flatterte es. Ich war froh, dass er noch nicht weg war.

Ich musste zwar weiter, aber Lukes sanfte Stimme zog mich in ihren Bann. Unauffällig trat ich näher heran, wobei ich mir Mühe gab, nicht gesehen zu werden.

In der Geschichte kamen Drachen und Ritter und Prinzessinnen vor. Seine Stimme war tief und sanft, mit einem knackigen Akzent, wie die Stimme aus dem Off in einem Film oder die eines Helden aus den Jane-Austen-Filmen, die uns Ms Carmichael anschauen ließ. Er verlas sich kein einziges Mal. Die runden Augen der Kinder waren auf ihn gerichtet. Meine ebenso.

Einige murmelten die Wörter mit ihm mit. Hatten sie denn so wenige Bücher, dass sie den Text schon auswendig kannten?

Ich ging hinüber auf die andere Seite des Raums zu Al. Leise fragte ich: »Würde es Ms Carmichael etwas ausmachen, wenn ich von dem übrig gebliebenen Geld, das sie uns gegeben hat, ein paar Bücher und Sachen für hier kaufe?«

»Sie spendet oft etwas an diese Einrichtung. Ich bin mir sicher, dass ihr das nichts ausmachen würde.« Ihr Blick ruhte weiterhin auf Luke. »Das ist nett von dir.«

»Woher kennst du Luke eigentlich?«

»Er ist mein Cousin.«

Was? »Du hast ihn aber wie einen Geschäftspartner begrüßt.«

»Wir kennen uns nicht sonderlich gut. Er brauchte eine Beschäftigung für diesen Sommer, und ich habe ihm vorgeschlagen, hier ehrenamtlich zu arbeiten.«

Ich wandte meine Aufmerksamkeit wieder Luke zu. Beim Lesen verzichtete er auf alle anderen Bewegungen. Mit einem Finger blätterte er die Seiten um. Ein leises Lächeln, das mit wenigen Gesichtsmuskeln auskam. Seine Zurückhaltung gab mir das Gefühl, laut und auffällig zu sein.

»Luke, warum jagt der Ritter den Drachen immer?« Ein Junge neben Lukes Schulter wippte ungeduldig auf und ab. »Ich würde ihn in Ruhe lassen, damit ich nicht gebrutzelt werde wie die anderen Ritter, die ihn auch töten wollten.«

Luke schloss das Buch und konzentrierte sich voll und ganz auf den Jungen. »Weil das ein Märchen ist. Märchen sind spannende Geschichten, die beim Lesen Spaß machen, aber sie bringen uns auch bei, dass das Gute über das Böse siegt. Ritter sind mutig, ehrenhaft und edel, und sie kämpfen gegen Monster, um uns zu zeigen, dass auch wir gegen Monster kämpfen können.«

»Wie Bill aus meiner Schule? Der stinkt wie ein Troll. Vielleicht ist der ja auch ein Monster.«

Ich hielt mir den Mund zu, um nicht laut loszulachen.

»Er könnte eines sein«, meinte Luke, und ich rechnete es ihm hoch an, dass er nicht lachte. »Aber vielleicht ist er auch einfach einsam wie der Einsiedler im Wald. Als der Ritter nett zu ihm war, hat ihm der Einsiedler Eintopf und eine Karte gegeben, die ihn zur Höhle des Drachen geführt hat.«

»Wenn ich also nett zu Bill bin, hilft er mir vielleicht dabei, einen Schatz zu finden?«

Einer von Lukes Mundwinkeln formte ein Grübchen in seiner Wange, doch sein Gesicht blieb ernst. »Man kann nie wissen, Dee.«

Während Luke sprach, erkannte ich etwas in seinem Gesicht. Er liebte das, was er tat, doch es war eine Freude, die von Traurigkeit getrübt wurde. Oder Bedauern.

Es war, als ob mein Innerstes nach außen gekehrt und auf sein Gesicht projiziert worden wäre.

Er sah auf, und unsere Blicke trafen sich. Die Zeit blieb stehen.

Der Anflug eines Lächelns stand immer noch auf meinem Gesicht, doch vor lauter Panik verrutschte es, sodass ich eher dem Ungeheuer aus der Geschichte ähneln musste.

Er rückte seine Brille zurecht und konzentrierte sich wieder auf die Kinder, wobei er mir das Gefühl gab, mich so einfach gelesen zu haben, wie die Seiten vor ihm.

Die Luft wurde immer dicker, warm und stickig. In meiner Brust wurde es ganz eng.

Ich stürzte hinaus vor die Haustür.

Der bewölkte Himmel war ganz schwarz geworden, und feiner Dunst hing in der Luft. Ich atmete ein paar Mal tief ein.

Hinter mir knarzte die Tür.

Ich erschrak.

»Sorry.« Luke blieb neben mir stehen, die Hände in den Hosentaschen, und blickte reglos auf die Straße hinaus. Er war größer als ich gedacht hatte und überragte mich um einige Zentimeter, war allerdings nicht dünn, sondern drahtig. Er roch nach Seife und Pinien – eine nette Abwechslung zu den Typen in meiner Schule, die sich immer komplett in einer Wolke aus Deo einnebelten.

Die Stille fühlte sich an, als lastete ein Gewicht auf ihr.

»Du bist ein Naturtalent.« Meine Stimme klang höher als mir lieb war. »Du könntest ja ... keine Ahnung, Hörbuchvorleser von Beruf werden. Du liebst Bücher, oder?«

Ein sehnsuchtsvoller Ausdruck huschte über sein Gesicht, als würde er an etwas Wunderschönes denken, das er nie haben konnte. »Was ist mit dir? Die älteren Jungs haben praktisch gesabbert, als sie dir beim Fußballspielen zugeschaut haben.«

Ich war mir ziemlich sicher, dass mein Gesichtsausdruck nun seinem ähnelte. Ich wusste mit Sicherheit, dass ich an etwas Wunderschönes dachte, das ich nie haben konnte. »Ich hab mal gespielt.«

Die restliche Geschichte blieb irgendwo zwischen meinem Hirn und meinem Mund stecken, so wie immer in den letzten Wochen.

In einem traurigen Fast-Lächeln presste er die Lippen fest aufeinander. »Es ist eigentlich besser, gar nichts zu lieben, oder? Wenn es einem egal ist, kann man nicht so leicht verletzt werden.«

Ich antwortete nicht. Ich konnte nicht. Nicht, nachdem er das, worüber ich wochenlang nicht nachdenken wollte, so perfekt in Worte gefasst hatte. *Wechsel das Thema.* Aber dieses eine Mal fiel mir nichts ein, was ich sagen konnte.

»Du dürftest gar nicht spielen, oder?« Seine Frage war ruhig. Behutsam.

In meinem Hals und in meinen Augen prickelte es heiß. Aber ich hatte schon seit Jahren nicht mehr geweint, nicht als mein Knie mit dem schlimmsten Schmerz, den ich je gespürt hatte, zertrümmert wurde, und auch nicht in der Arztpraxis, als ich die Neuigkeiten erfahren hatte.

»Na ja, es war schön, dich kennenzulernen, aber ich muss jetzt weiter.« Ich ging die Eingangsstufen hinunter.

Luke bewegte sich nicht.

Ich schaute zurück. Trotz meiner Unhöflichkeit lag Mitleid in seinem Blick.

Er zog einen Regenschirm aus seiner Tasche. Eine Speiche verfing sich oben an der Öffnung, und mehrere Gegenstände purzelten auf den Gehweg. Einer davon war eine kleine Schachtel, die beim Herausfallen aufsprang und eine goldene Armbanduhr enthielt. Luke hob die Schachtel blitzschnell auf, ließ sie sofort wieder zuschnappen und stopfte sie eilig in seine Tasche. Die anderen Gegenstände, die nun vor dem Eingang verstreut lagen, waren Bücher.

»Du trägst ja eine ganze Bibliothek mit dir herum.« Ich kniete mich hin, um ihm beim Einsammeln zu helfen.

Das erste Buch, das mir in die Hände fiel, war *Die Canterbury Tales*.

Ich erstarrte. Ms Carmichael hatte doch gesagt, dass der Wettkampf von diesem Buch inspiriert war. War das etwa ein Zeichen? Ich blieb in der Hocke sitzen, obwohl mein Knie vor Schmerzen aufschrie. Ich räusperte mich. »Stehst du generell auf unmöglich zu verstehende Literatur oder einfach nur auf Chaucer?«

Er kniete sich neben mich hin und sammelte die anderen Bücher ein, wobei sein Arm einmal kurz mein Knie streifte, als er um sich griff. Er fasste seine Brille an der Stelle, wo das Gestell hinter dem rechten Ohr in den Rahmen überging, und rückte sie zurecht. Es war eine kultivierte Geste – und nicht so, wie wenn der typische Nerd seine Brille am Nasensteg hochschob. »Chaucer ist gar nicht schwer verständlich, wenn man ihn richtig liest.«

»Dann hab ich ihn bisher wohl immer falsch gelesen.« Mit dem Daumen blätterte ich rasch durch die Seiten. »Ist das Absicht? Hat Al dich darauf angesetzt?«

»Ich bin mir nicht sicher, ob ich weiß, was du meinst.« Er zog die Augenbrauen zusammen.

Ich betrachtete das Buch in meinen Händen, ein Taschenbuch mit abgegriffenen Seiten, nichts Besonderes. »Warst du denn schon mal auf einer Pilgerfahrt? Wie diese Leute?«

»Macht man das heutzutage überhaupt noch?«

»Irgendwie schon.« Ich musterte ihn erneut. Schlau, gebildet, süß. Lustig auf eine trockene Art und Weise. Außerdem würde es mir nichts ausmachen, ihm weiterhin beim Reden zuzuhören. Außer er hatte vor, mir noch mehr Fragen zu stellen, von denen ich nicht vorhatte, sie zu beantworten. »Hast du Lust, bei einer zu helfen?«

»Über was für eine Pilgerfahrt reden wir hier denn?«

Ich gab ihm das Buch zurück und beäugte Al, die am Rande des Eingangsbereichs stand und so tat, als würde sie nicht zuhören. »Was hast du denn diesen Nachmittag noch so vor? Und was hältst du von Dickens?«

KAPITEL 5

»Ich hätte nie gedacht, dass sich Dickens' Literatur als beliebtes Ziel für eine Pilgerfahrt eignet«, meinte Luke, während wir in der U-Bahn saßen. »Soziale Ungerechtigkeit, Kinderarbeit und Obdachlosigkeit schreien wohl kaum: *Wir sind einen Besuch wert.*«

»Ich glaube, ich brauche ein besseres Wort als *Pilgerfahrt.*« Ich trommelte mit den Fingern auf meinem Oberschenkel herum. »Mission? Das klingt episch.«

»Unnützer Weg?«, schlug er vor.

»Keiner hat gesagt, dass du mitkommen musst.«

»Ich hatte sonst keine anderen Verpflichtungen.«

»Du redest ja wie Al.«

Meine Worte waren unbeschwert, doch ich bemerkte den Schatten in seinen Augen. Dieser verriet, dass er sehr wohl eine andere Verpflichtung gehabt hätte, die er aber lieber vergessen wollte. Der Blick sah genauso aus wie der, den ich die letzten paar Wochen über im Spiegel gesehen hatte.

Mit uns saßen nur drei andere Fahrgäste in der Bahn, in der es bis auf das Klackern der Räder auf den Schienen still war. Während die Stadt vorbeiflog, erklärte ich leise den Grund für meine Reise nach England, wobei ich die Dinge ausließ, die ich meiner Meinung nach laut der Verschwiegenheitserklärung nicht ausplaudern sollte – hauptsächlich die Tatsache, dass meine Lehrerin steinreich war. Aber wenn Lukes Cousine für Ms C arbeitete, wusste er das vielleicht.

Al saß ein paar Plätze weiter weg von uns und unternahm nichts, um mich aufzuhalten. War es Teil ihrer Anweisungen, die Richtlinien durchzusetzen oder Ms C davon zu berichten, falls ich sie verletzte?

»Du musst also verschiedene Orte besuchen?«, fragte Luke und legte den Kopf schief.

»Und Aufgaben erledigen und Geschichten schreiben. Hoffentlich nicht in Altenglisch, das kann ich nämlich nicht lesen.«

»Die altenglischen Autoren sind einfacher, wenn man die Texte laut liest. Sie haben die Wörter zwar anders geschrieben, aber viele klingen erstaunlich ähnlich.«

»Vielleicht solltest du mir dann was vorlesen.« Zu meinem besseren Verständnis, nicht wegen seiner heißen Vorlesestimme, natürlich. »Klingt, als wüsstest du viel über Literatur.«

Er runzelte die Stirn, doch einen Wimpernschlag später glättete sie sich wieder. Das halbe Lächeln kehrte zurück. »Klingt, als wüsstest du recht wenig.«

»Wenn du damit nicht recht hättest, wäre ich beleidigt.«

»Sind solche Wettbewerbe«, er kaute auf seiner Unterlippe herum, »denn gängig in Amerika?«

Ich konnte mein lautes Lachen nicht unterdrücken, das einmal quer durch den Waggon sprang. Die anderen Fahrgäste sahen in unsere Richtung. Ich setzte mich anders hin und antwortete leiser: »Das ist so ganz und gar nicht gängig. Ich glaube immer noch nicht, dass ich wirklich hier bin.«

»Da bin ich ja erleichtert. Ich hatte schon Angst, dass noch mehr verrückte amerikanische Schüler und Schülerinnen auf unser Land losgelassen würden. Ich glaube nicht, dass wir das verkraften könnten.«

»Bloß ich. Und drei andere aus meiner Klasse, aber keine Sorge. Ich bin mit Abstand die Verrückteste.«

»Das ist tatsächlich eine Erleichterung.«

Ich lachte erneut. Seine ruhige Stimme mit dem vornehmen Akzent und das leichte Kräuseln seiner Lippen machten alles lustiger.

»Für dich vielleicht«, murmelte Al. »Ich bin schließlich diejenige, die ein Auge auf sie haben muss.«

»Gib's zu«, entgegnete ich. »Es macht dir Spaß.«

Sie antwortete nicht, doch um ihren Mund zuckte es.

Der Zug fuhr ratternd in einen Bahnhof ein, und als die Türen aufgingen, strömte kalte Luft in den Waggon.

Wir stiegen aus, um mit einer anderen Linie weiterzufahren. Ich starrte die Schilder an, aber Luke legte mir leicht die Hände auf die Schultern und bugsierte mich nach links. Im Weitergehen zwinkerte er mir zu, weswegen meine Wangen ganz heiß wurden.

Als sich unser neuer Zug in Bewegung setzte, fragte ich: »Hast du denn schon mal eine Dickens-Tour gemacht?«

»Tatsächlich bin ich noch nicht so lange in London.«

»Wo kommst du denn ursprünglich her?«

Er rückte seine Brille zurecht und warf mir einen kurzen Blick zu. »Erklären einem die Eltern in Amerika denn nicht, dass man das nicht fragen sollte?«

Ich verdrehte die Augen und stieß ihn leicht mit dem Ellbogen in die Seite.

Sein Lächeln verschwand. Störte ihn meine beiläufige Berührung oder dachte er an etwas ganz anderes?

»Ich bin in Oxford aufgewachsen. Ich habe die ganzen historischen Orte in London gesehen, aber keine Touristenattraktionen.« Seine monotone Stimme verriet mir, dass es etwas Persönliches war. Hoffte ich zumindest. »Stand das in deinem Hinweis? Dass du eine Dickens-Tour machen sollst?«

»Irgendwie schon. Hier.« Ich kramte in meiner Tasche herum und legte ihm die ersten zwei Karten mit den Hinweisen auf den Schoß. »Ich schummle nicht, Al.«

Luke überflog die Zeilen, wobei ich nicht erwähnte, dass ich den neuen Hinweis noch nicht ganz entschlüsselt hatte.

»Insgesamt bekomme ich acht Hinweise. Dann muss ich etwas über meine Erfahrungen schreiben. Das ist von den *Canterbury Tales* inspiriert.«

»Canterbury. Dann bist du ja wirklich eine Pilgerin.« Er blätterte zur nächsten Seite. »Hast du den Zettel mit der Überschrift ›Richtlinien‹ gelesen?«

»Nö. Man kommt aus Schwierigkeiten leichter wieder raus, wenn man sich auf seine Unwissenheit berufen kann.«

»Da steht ›keine Hilfe‹, Pilgerin.«

»Du hilfst mir doch gar nicht. Ich hab die Rätsel selbst gelöst. Und ich werde auch meine eigenen Geschichten aufschreiben. Du fährst nur zufällig mit mir im selben Zug. Bei dieser Tour werden ja auch viele andere Leute dabei sein, schätze ich mal. Außerdem würde Al mich aufhalten, wenn ich die Regeln brechen würde.« Ich winkte ihr zu.

»Würde ich das wirklich?«, fragte sie, die Füße überkreuzt, aufrecht dasitzend und ohne von ihrem Buch aufzusehen, als ob sie zum Tee an einem Tisch säße und nicht eine geheimnisvolle Mordgeschichte in einer muffigen Bahn läse.

»Liest du überhaupt oder tust du nur so, damit du mich ausspionieren kannst?«

»Das nennt man Multitasking.« Ihre Lippen bebten minimal. »Und ich würde niemals jemanden ausspionieren. Ich bin die Höflichkeit in Person.«

Ich schnaubte.

Luke strich die Karten auf seinem Schoß glatt und verlagerte sein Gewicht, wobei seine roten Schuhe kurz aufblitzten. »Gut, und wenn du die Hinweise richtig interpretierst und über sie geschrieben hast … Was dann?«

»Dann gewinne ich ein Preisgeld.«

»Was würdest du damit machen?«

Noch so eine Frage, über die ich versucht hatte, nicht nachzudenken. Eins nach dem anderen – gewinnen. Und das Hühnchenkostüm vermeiden. »Aufs College gehen. Und du? Gehst du noch zur Schule?«

»Ich habe gerade erst meinen Abschluss gemacht.« Er gab mir die Zettel zurück. »Das ist verrückt. Das ist dir schon klar, oder?«

Anscheinend war er so geschickt darin wie ich, unangenehme Themen zu vermeiden. »Ja, aber es ist auch eine Abwechslung und gereist bin ich auch noch nie, also konnte ich nicht Nein sagen. Außerdem brauche ich das Geld wirklich.«

Dieses Gefühl kam zurück, wollte aus mir herausbrechen, als würden mich sonst die Sehnsucht und Verzweiflung und das *Bedürfnis* danach regelrecht zerreißen.

»Zumindest ist es lustig, oder? Mit den Kindern hattest du ziemlich viel Spaß.« Er warf mir einen Seitenblick zu. »Auch, wenn du versucht hast, keinen zu haben.«

Zum Teufel mit seiner Entschlossenheit, mich zu analysieren. Und seiner Treffsicherheit. Aber dieses Spiel konnte man auch zu zweit spielen. »So wie du? Offensichtlich liest du echt gern, da du ja eine halbe Bibliothek dabei hast. Und du hattest genauso viel Spaß, obwohl du den lieber nicht gehabt hättest.«

Seine Augen verloren etwas von ihrem Glanz, doch er blinzelte, und dann sahen sie wieder so aus wie vorher. Fast hätte ich es gar nicht bemerkt. Fast.

»Bücher sind wie Abenteuer«, sagte er. »Sie bringen dich an neue Orte und lassen dich zu anderen Menschen werden. Die besten bringen dir was über das Leben bei oder inspirieren dich.«

»Vielleicht lese ich sie dann falsch. Ich finde Bücher ganz in Ordnung, wenn die Geschichte spannend ist. Aber ich erlebe die Abenteuer lieber selber und treffe *echte* Menschen.«

»Dann ist dieser Wettbewerb perfekt für dich, Pilgerin.« Seine Augen blitzten auf, und er zog einen Mundwinkel nach oben, sodass ein winziges Grübchen entstand.

In meiner Brust regte sich wieder dieses blöde Flattern. »Pilgerin, hm? So ist das also, Herr Professor?«

Obwohl ich lächelte und in einem neckischen Ton gesprochen hatte, huschte etwas Dunkles über sein Gesicht.

Der Zug wurde langsamer, und Luke stand auf. »Das ist unsere Station.«

Okay. *Herr Professor* würde ich ihn also nicht mehr nennen. Das klang zwar nach einem viel besseren Spitznamen als Pilgerin, aber da hatte ich anscheinend einen Nerv getroffen.

Wir stiegen aus der U-Bahn aus, wobei Al uns mit etwas Abstand folgte, und gingen hoch zur Straße.

An ein Gebäude draußen vor der U-Bahnstation gelehnt, saß ein Mann. Er trug eine schwarze Jacke, hatte die Kapuze aufgesetzt und über seinen Beinen lag eine Decke. Neben ihm stand ein leerer Pappbecher von Starbucks.

Luke kramte in seiner Hosentasche herum und ließ ein paar Münzen in den Becher des Mannes fallen. »Passt das so?«

»Danke.« Der Mann nickte einmal kurz.

Luke erwiderte die Geste und ging weiter.

Er las Waisenkindern vor und gab obdachlosen Menschen sein Wechselgeld. Definitiv eine Liga über den Typen zu Hause.

Ich stupste ihn am Arm an. »Versuchst du, einer dieser Ritter zu sein, von denen du vorgelesen hast?«

Er strich sich die Haare aus den Augen. »Das waren doch bloß ein paar Pfund.«

»Für dich vielleicht«, gab ich zurück. »Für ihn war es eine ganze Mahlzeit.«

Er zog den Kopf ein, und seine Wangen liefen rosa an.

Auf der Website stand, dass die Tour an der Ecke beginnen würde, also gesellten wir uns zu fünf Wartenden. Einen von ihnen erkannte ich.

Peter begrüßte mich mit seinem gewohnt feindseligen Gesichtsausdruck, die Hände in die Taschen seiner ausgeblichenen Jeans gestopft. Er trug ein Starfleet-Academy-T-Shirt, und die struppigen Haare hingen ihm ins Gesicht, allerdings viel schlaffer als Lukes.

Al begrüßte den heißen Typen, der Peters Babysitter sein musste. Die Jacke hatte er ausgezogen und die Ärmel seines Hemds hochgekrempelt. Entweder hatte Ms C einen strengen Dresscode oder sie stellte bloß Leute ein, die sich schick anzogen.

Ich marschierte auf Peter zu, und Luke folgte mir. »Siehst du jeden so mürrisch an oder hast du dir den Blick nur für mich aufgehoben?«

Peter schürzte die Lippen. »Weißt du das echt nicht?«

»Was weiß ich nicht? Dass dein Gesicht immer so aussieht?«

Er schnaubte, aber nicht auf eine *Ich-finde-dich-witzig*-Art und -Weise. »Typisch. Du glaubst doch nicht wirklich, dass du eine Chance hast, zu gewinnen?«

»Ich verliere nie.«

»Es gibt für alles ein erstes Mal. Ich habe nämlich vor, zu gewinnen – also wirst du lernen müssen, wie das geht.« Sein Blick schoss hinüber zu Luke. »Spannst du schon andere ein, die deine Arbeit für dich erledigen?«

»So was nennt sich *Freunde finden*. Solltest du auch mal versuchen.« Ich schnappte Luke am Arm und zog ihn an den anderen Rand der Gruppe.

»Du bist ja ziemlich beliebt«, stellte er mit einem neckischen Funkeln in den Augen fest.

»Wir haben schon seit unserer Kindheit mehrere Kurse zusammen gehabt, aber ich hab noch nie wirklich mit ihm geredet. Er ist nicht gerade der offenste Mensch. Und er scheint mich zu hassen, allerdings habe ich keine Ahnung, warum.«

Trotz unserer vielen gemeinsamen Jahre wusste ich nicht viel über Peter. Warum hatte Ms C ihn ausgewählt? Und warum den Rest von uns? Irgendeinen Grund musste sie ja gehabt haben, aber Peter konnte ich nicht so einfach danach fragen wie Spence.

Ich ließ Lukes Arm wieder los, damit er nicht glaubte, dass ich nach Gründen suchte, um ihn zu berühren. »Also, erzähl mir was von dir.«

Er hob eine Schulter. »Da gibt es nicht viel zu erzählen. Ich bin ziemlich langweilig.«

»Familie?«

»Was ist mit der?«

Ich verdrehte die Augen.

Erfolglos versuchte er, ein Lächeln zu verbergen. »Bloß mein Dad und ich.«

»Bei mir gibt es auch bloß meine Mom und mich. Ich habe zwar Geschwister, aber die sind schon älter. Maya studiert Jura und Drew Architektur. Sie sind die Überflieger in der Familie.«

»Du scheinst mir aber auch nicht dumm zu sein.« Seine Mundwinkel zuckten. »Vielleicht ein bisschen aufgedreht. Und laut. Aber nicht dumm.«

Damit ich ihm nicht verraten musste, dass ich nicht so schlau war, wie er dachte – und dass ich Google gebraucht hatte, um die Hinweise zu verstehen –, deutete ich auf einen Laden mit Landkarten im Schaufenster. »Ich schaue da mal kurz rein, bevor der Tourguide kommt.«

Die Karten-App auf dem Handy zu benutzen, verbrauchte zu viel Datenvolumen.

Luke folgte mir in den Laden, in dem es noch mehr London-Andenken wie Tassen und Schneekugeln und die *Mind-the-Gap*-T-Shirts gab, von denen meine U-Bahn-Freundin erzählt hatte.

Ich suchte mir eine Landkarte für das gesamte UK aus, und als wir wieder draußen waren, deutete ich auf den Titel. »Kannst du mir das erklären? Ich höre immer wieder ›UK‹. Ich dachte, ich wäre in England?«

»England, Wales, Schottland und Nordirland sind eigenständige Länder, die zusammen das Vereinigte Königreich bilden, das sogenannte UK. Alle aus diesen UK-Ländern sind Briten, aber nur

Engländer, wenn sie auch aus England kommen. Wenn sie aus Wales oder Schottland kommen, ist es besser, du nennst sie Waliser oder Schotten.«

Ich drehte die Karte um. »Und das normale Irland?«

»Kein Teil des UK und falls du ihnen das vorschlägst, könnte es passieren, dass du hochkant aus dem Land geworfen wirst.«

»Alles klar.«

»Hast du dir die Quittung dafür geben lassen?«, fragte Al.

»Die hat ungefähr zwei Pfund gekostet.« Ich holte den Zettel aus den Untiefen meiner Hosentasche und gab ihn ihr. »Hängst du die alle bei dir an der Wand auf?«

»Ordentliche Buchhaltung ist nichts, worüber man sich lustig macht.« Sie strich die Falten wieder glatt.

Bevor ich etwas erwidern konnte, kam der Tourguide an. Seine rotbraune Jacke mit dem langen Rockschoß, die viktorianische Krawatte und die flache Schirmmütze ließen ihn aussehen wie eine Figur von Dickens, was vermutlich auch der Sinn der Sache war. Er hatte einen polierten Gehstock mit einem Messingknauf dabei.

Ich grinste. »Kann ich den adoptieren? Oder ihn auf Handtaschengröße schrumpfen, um ihn mit nach Hause zu nehmen?«

»Seien Sie gegrüßt«, sagte er. »Ich heiße Rupert und bin für heute Ihr Guide durch die Welt von Charles Dickens.«

Für Dickens interessierte ich mich vielleicht weniger, aber dieser Kerl war einfach zum Knuddeln.

Wie eine Gruppe Fünfjähriger, die einem Fußball hinterherrannte, drängelten wir uns hinter ihn, während er uns in einen kleinen, etwas heruntergekommenen Park führte und dabei über Dickens plauderte.

Ich versuchte mich zu konzentrieren, damit ich unter keinen Umständen den Pub verpasste, den ich finden musste, aber da gab es so viel Geschichte, und zusätzlich wurde ich immer wieder von der Tatsache abgelenkt, dass ich tatsächlich gerade durch London lief. Das hier war ein neues Land, und ich war hier – Zuhause war stattdessen ganz weit weg, und ein sympathischer Mann in einem Kostüm sprach mit einem entzückenden Akzent, während wir unter dem bewölkten englischen Himmel eine Straße mit lauter roten Bussen entlanggingen. Der graue Himmel machte mir nichts aus – er passte perfekt zu meinem imaginären Bild von London.

Als wir neben einer Wand zum Stehen kamen, zwang ich mich, zuzuhören.

»Hier befand sich das berühmt-berüchtigte *Marshalsea Prison*.« Rupert machte eine ausholende Armbewegung. »Das Heim von Kriminellen, ja, doch größtenteils von Schuldnern. Als Dickens zwölf Jahre alt war, wurde sein Vater dorthin geschickt, da dieser seine Rechnungen nicht bezahlen konnte. Letztendlich entschlossen sich Dickens' Mutter und seine Geschwister dazu, mit ihm in der Zelle zu leben, um dem Armenhaus zu entkommen.«

Eine rotbraune Mauer aus Ziegelsteinen mit zwei Toren und einem kleinen Schild waren das Einzige, was noch davon übrig war. Wie gut, dass Leute heutzutage nicht mehr wegen Schulden ins Gefängnis kamen. Meine Familie hätte nämlich hingemusst, nachdem Mayas erste College-Rechnung gekommen war –, und wenn nicht damals, dann sicher vor ein paar Wochen, als die Rechnungen vom Arzt kamen. Ich könnte darauf schwören, dass sie sich auf unserem Küchentisch vermehrten wie wildgewordene Kaninchen.

Irgendwie erschien mir das angemessen. Eine einzige Wand war von einem schrecklichen Ort übrig geblieben, der Leben zerstört hatte. Eine einzige Linie, die mittig über mein Knie verlief, war das einzig sichtbare Zeichen von etwas Größerem, das mein Leben zerstört hatte. Obwohl das, was mein Leben tatsächlich zerstört hatte, eigentlich komplett unsichtbar war.

Wir marschierten Rupert auf der überfüllten Straße hinterher. Gewöhnliche rechteckige Gebäude säumten die Straße, aber nicht allzu weit entfernt durchstach ein spitzer Wolkenkratzer den Himmel wie ein Glassplitter und sah sogar moderner aus als alles, was wir in LA so hatten. Unsere nächsten Stationen waren eine beeindruckende Kathedrale und ein riesiger Markt unter einer bogenförmigen Glasdecke mit Ständen voller Essen, das ich liebend gerne probiert hätte, während wir auf dem Weg zur Themse waren.

Ich liebte diese Stadt. Die Tatsache, dass sie schon so lange existierte, neben den Anzeichen dafür, dass sie weiterhin blühte, und das schiere Gefühl der Lebendigkeit gaben mir selbst ebenfalls das Gefühl, lebendiger zu sein.

Am Fuße einer einfachen Betonbrücke hielten wir an. Dort erklärte uns Rupert die Geschichte der *London Bridge* bis ins Detail und die Rolle, die sie in einem von Dickens' Büchern spielte, das ich nicht gelesen hatte.

»Wenn ich ein Bauwerk nach meiner Stadt benennen müsste, wäre es das da.« Ich zeigte zu der schickeren Brücke flussabwärts zu unserer Rechten, mit grauen Steintürmen, hellblauem Geländer und einer Zugbrücke, die ich an unserem ersten Tag gesehen hatte.

»Sicher, dass nicht die da die *London Bridge* ist?«, fragte ich Luke flüsternd.

Der schüttelte den Kopf, doch seine Mundwinkel zuckten.

»Ich werde deinen Vorschlag aber ans Parlament weiterreichen«, kommentierte Luke.

Das Parlament. Hier gab es ja ein Parlament und keinen Kongress wie in Amerika, weil wir hier in England waren!

Wir überquerten die langweilige Brücke und machten uns auf den Weg ins Herz der Stadt, an einer Kirche mit einer riesigen Kuppel vorbei, die ich schon aus meilenweiter Entfernung gesehen hatte. Mein Knie wurde langsam steif, doch ich zwang mich, normal weiterzulaufen, und biss angesichts des leichten Schmerzes die Zähne zusammen. Stattdessen konzentrierte ich mich auf die Menschen, wie die Gebäude miteinander verschmolzen, auf die Stadt, die sich so lebendig anfühlte, und trotz der Steifheit in meinem Knie gab ich dem Wunsch nach, einmal in die Luft zu hüpfen.

In der Fleet Street blieb Rupert stehen, um uns von ihrer Geschichte zu erzählen und erklärte, dass der junge Dickens dort in einer Anwaltskanzlei gearbeitet hatte.

Der Mann namens Boz war in vielen Straßen zu Hause, fiel mir der Hinweis wieder ein. Wir mussten schon nahe dran sein.

»Hey, Britt«, rief Peter da von der anderen Seite der Gruppe zu mir herüber, sodass ihn alle ansahen. »Weißt du noch, als Ms Carmichael uns erzählt hat, dass Dickens als Barrister gearbeitet hat, und du meintest, er hätte bei Starbucks Kaffee gemacht?«

Ich funkelte ihn zornig an. »Ich hab bloß Spaß gemacht.«

Hatte ich nicht. Aber das mit Starbucks hatte ich nicht gesagt, nur den Teil mit dem Kaffee.

Die restliche Gruppe kicherte. Eine ältere Dame schüttelte den Kopf, als hätte ich die Queen beleidigt.

Ich zermarterte mir das Hirn nach einer Verteidigungsstrategie, einem anderen Witz, aber Lukes Anwesenheit machte meine Gedanken ganz dickflüssig. Ich hatte ihn gerade erst kennengelernt, deswegen wusste ich gar nicht, warum mir das so wichtig war, aber ich konnte den Gedanken nicht ertragen, dass er mich jetzt für eine Idiotin hielt. Dank Peter büßte ich langsam meine Coolness ein, und Luke würde seine Meinung zu meiner Intelligenz sicher noch mal überdenken.

»Tatsächlich«, sprach Luke über das Gelächter hinweg, »hat Dickens als Gehilfe und nicht als richtiger Anwalt gearbeitet. Er hasste Anwälte. Und Politiker.«

»Ganz richtig«, bestätigte Rupert, und als er mit seinem Vortrag fortfuhr, ließ die Aufmerksamkeit der anderen wieder von mir ab.

Eine angenehme Wärme flutete durch meine Brust. Ich warf Luke ein dankbares, halbes Lächeln zu.

Er strich sich die Haare aus den Augen, richtete seine Brille und nickte, als wollte er sagen: *Fall erledigt.*

Nimm das, Peter, dachte ich. *Du bist hier nicht der Klügste.*

Die Tour führte uns zu mehreren zauberhaften, gartenähnlichen

Innenhöfen und zu einem Pub in einer engen Gasse. Rupert blieb davor stehen. Das Erdgeschoss des Gebäudes war aus dunklem Holz, der erste Stock hingegen aus braunem Ziegelstein, und auf einem runden Hängeschild stand: *Ye Olde Cheshire Cheese, wiederaufgebaut 1667.*

In England gab es einen Pub, der älter war als mein Land. Verrückt.

»Dickens streifte gerne durch diese Straßen.« Rupert drehte sich schwungvoll um, sodass sein Rockschoß nur so flatterte. »Jeden Tag lief er mehrere Meilen weit, um die Menschen in London zu beobachten. Viele seiner frühen Werke verfasste er hier in diesem Pub und veröffentlichte sie anonym, bevor er genug Selbstbewusstsein hatte, um seinen Namen unter einen seiner Texte zu setzen.«

In diesem Pub also. Ich sperrte die Ohren auf.

Peter bahnte sich mithilfe seiner Ellbogen einen Weg zu mir. »Du hättest deine Essays auch anonym schreiben sollen, dann hätte Ms Carmichael nicht immer gleich gewusst, wem sie die ganzen Cs geben soll.«

»Das war immer ein B-, aber danke dir. Ich hab lieber ein B- in Englisch als ein A im *Arschloch-Sein*.«

Hoffentlich wusste Luke nicht, wie das Benotungssystem in Amerika funktionierte.

»Viele andere Autoren besuchten diesen Pub ebenfalls, wie zum Beispiel Tennyson, Twain und Doyle«, fuhr Rupert fort, womit er bestätigte, dass dies hier der Ort war, an den ich wollte. Er drehte seinen Stock in den Händen. »Diese Gegend hier hat ihn zu Teilen von *Oliver Twist* inspiriert, das erste Beispiel in Romanlänge für Dickens' Sorge um arme Kinder und seinen Wunsch, die Oberschicht durch eine fiktive Geschichte auf die Not der Armen aufmerksam zu machen. Seine Geschichten brachten Ungerechtigkeiten ans Licht und rührten die Menschen so sehr, dass in den Jahren, die auf seine Veröffentlichungen folgten, viele Reformen durchgesetzt wurden. Seine Geschichten haben die Gesellschaft verändert.«

»Okay.« Ich rückte von Peter ab und lehnte mich zu Luke hinüber. »Das ist ziemlich cool.«

»Dickens ist einer meiner Lieblingsautoren.« Seine Augen leuchteten. »Er war nicht nur ein begnadeter Geschichtenerzähler, sondern brannte auch für eine Sache und hat sein Talent dafür eingesetzt, auf eine einzigartige Art und Weise etwas zu erreichen.«

Ich wünschte, ich hätte die Fähigkeit, etwas zu erreichen, woran man sich Jahrhunderte später noch erinnern würde. Aber jetzt, da ich den Fußball nicht mehr hatte, hatte ich gar nichts mehr.

Die Tour endete vor einer Bar, und Rupert lotste uns zu der nächsten U-Bahnhaltestelle. Luke und ich blieben stehen, während die anderen sich langsam zerstreuten, wobei Peter mir einen zornigen Blick zuwarf, als er um eine Ecke verschwand – wie ein Dämon, der in den Hades zurückkehrte.

»Du bist wie ein Held aus einem Dickens-Buch. Setzt dich für die Unterdrückten und Niedergetrampelten ein.« Ich schüttelte den Kopf. »Nicht, dass ich Peter, der sich über mich lustig macht, damit vergleichen will, wie es Waisen in einem Armenhaus ergangen sein muss. Mann. Sorry. Eigentlich kreise ich nicht immer so um mich selbst, versprochen.«

»Ich verstehe durchaus Spaß.«

Ich stopfte die Hände in meine Hosentaschen. Was jetzt? Mit Luke war es lustig, und mir würde es nichts ausmachen, ihn besser kennenzulernen ... Aber ich musste mit dem Wettbewerb vorankommen, und er hatte wahrscheinlich andere Dinge zu erledigen. Nach nur einem halben Tag konnte er leichter hinter meine beabsichtigt sorglose Fassade blicken als irgendjemand zu Hause. Vielleicht war es da klüger, getrennte Wege zu gehen.

Aber auf der anderen Seite: Wer hatte denn gesagt, dass ich klug war?

Luke und ich schlenderten die Straße hinunter, wobei wir beide bewusst langsam gingen. Der Nieselregen hatte sich inzwischen verstärkt. Ich hätte meine wasserabweisende Windjacke nicht bei

Ms C liegen lassen sollen. Luke holte erneut seinen Regenschirm hervor und hielt ihn über uns. Sein rechter Arm drückte gegen meinen linken, warm und fest. In unserer trockenen Blase fühlte ich mich sicher – sie beschützte mich vor Peters Versuchen, mich lächerlich zu machen, vor der zerplatzten Hoffnung, die mir das Fußballspiel heute wieder gegeben hatte, und vor der lauernden Gefahr, dass meine Mutter enttäuscht sein würde, wenn ich diesen Wettbewerb nicht gewann.

In unausgesprochener Übereinstimmung blieben wir zögernd an der Ecke stehen.

Mit der Spitze meines Turnschuhs scharrte ich auf dem Gehweg. »Danke, dass du mitgekommen bist.«

»Das hat Spaß gemacht. Besser als ...« Er presste die Lippen zusammen.

Was hätte er wohl gemacht, wenn er nicht mitgekommen wäre? Ich spürte, dass er nicht vorhatte, diesen Gedanken ganz auszusprechen.

»Ich muss in diesen Pub gehen, in den *Cheese-Dingsda*.«

Er nickte. Er hatte den Hinweis gelesen.

»Ich bin achtzehn, dann ist das ja vermutlich erlaubt, oder?«

»Das ist das Alter, mit dem man hier legal trinken darf. Außerdem sind Pubs wie Restaurants. Da gehen auch Familien hin.«

»Ach. Cool.« Mein Magen gab ein peinlich lautes Knurren von sich, was mich daran erinnerte, dass ich seit dem Toast vor ein paar Stunden nichts mehr gegessen hatte. »Da gibt es aber keine *Fish and Chips*, oder?«

Luke grinste verschmitzt. »Wir sind hier in London. Überall gibt es *Fish and Chips*.«

Ich spielte an dem Gurt meiner Tasche herum. Stellte mir vor, wie ich alleine oder mit Al aß, die sich weigern würde, sich mit mir zu unterhalten.

»Lust mitzukommen? Geht auf Al.« Ich sprach lauter, damit Al mich hören konnte.

Ihr Gesichtsausdruck blieb unverändert.

Luke holte sein Handy aus der Hosentasche und legte die Stirn in Falten. Auf dem Bildschirm wurden mehrere verpasste Anrufe von *Dad* angezeigt. Ein harter Zug legte sich um seinen Mund. Dann blinzelte er, jegliche Gefühlsregung war verschwunden.

»Klar.« Er stopfte das Handy zurück in seine Tasche. »Warum nicht?«

KAPITEL 6

Wir gingen zurück zu dem Pub, von dem ich jetzt wusste, dass er der richtige war. Drinnen hatte ich wegen dem schummrigen Licht, der dunklen Decke und den weiß verkalkten Wänden das Gefühl, als hätten wir eine Höhle betreten – eine, die nach Bier und Frittierfett roch. Das Gefühl verstärkte sich noch, als wir eine Treppe zu unterirdischen Räumen hinuntergingen. Darin stand ein Mischmasch aus normalen Tischen, Bartischen und separaten Sitzgruppen mit Bänken, außerdem gab es viele kleine Nischen, aber am späten Nachmittag nur wenige Gäste. Von über der Bar starrte ein toter, ausgestopfter Papagei in einem Glaskasten auf uns herunter. Alles fühlte sich richtig historisch an.

Peter sah ich nirgends. Versteckte er sich und wartete darauf, herauszuspringen, um mich zu erschrecken? Oder hatte er die Aufgabe bereits erfüllt und war durch einen Hinterausgang hinausgeschlüpft?

Und die anderen ... Waren die auch schon hier gewesen? Ich wollte nicht schon am ersten Tag hinterherhinken.

Da ich meine Aufgabe noch vor mir hatte, hörte ich auf, darüber nachzugrübeln.

Luke und ich suchten uns einen Tisch. Al zog ihr übliches Buch aus der Handtasche und setzte sich unweit entfernt in eine der Nischen. Allein.

»Ich soll hier ein Verbrechen begehen«, flüsterte ich ihr zu. »Solltest du mich da nicht lieber im Auge behalten?«

»Das tue ich doch. Aus der Ferne. Irgendjemand in diesem ganzen Fiasko muss ja außen vor bleiben, damit ich dich für den Fall, dass du erwischt wirst, wieder rausholen kann.«

»Vergraul Luke nicht. Außerdem bin ich geschickt wie die Taschendiebe in *Oliver Twist*. Das wird super laufen.« Hoffte ich zumindest.

»Schon wieder dieser Optimismus.« Ihre Augenbraue schnellte nach oben. »Der ist wahrlich grenzenlos.« Sie steckte sich Kopfhörer in die Ohren und beugte sich über ihren Krimi.

Hatte sie vor, das die ganze Woche lang durchzuziehen? Ich sah schon viele einsame Mahlzeiten auf mich zukommen.

»Na ja«, ich wandte mich Luke zu, »gut, dass du dabei bist. Bei meinem ersten Mal *Fish and Chips* will ich nicht allein sein.«

Luke zog den Stuhl unter dem Tisch für mich hervor und als ich mich hinsetzte, sah ich zu ihm auf, wobei sich unsere Blicke kurz trafen. Ein Funke schoss durch mich hindurch.

Nachdem wir am Tisch Platz genommen hatten, bestellte ich *Fish and Chips*, und Luke fragte nach einem Burger. Der Kellner brachte uns die kleinsten Wassergläser, die ich je gesehen hatte.

»So ... Ich werde jetzt einfach mal laut denken, und du solltest nicht darauf antworten, weil es um meinen Hinweis geht.«

Er presste die Lippen zusammen und nickte einmal kurz, wobei sich kleine Fältchen um seine Augen bildeten.

»Darin stand, dass ich flink wie ein Taschendieb sein muss. Das ist doch verrückt, oder? Kriminell. Dass mich meine nette, brave Lehrerin entschlossen an ein Leben in der Kriminalität heranführt ... kann ich mir jetzt nicht so recht vorstellen.«

Nur an einem anderen Tisch saßen Gäste, und die ignorierten uns. Sie sahen aus wie ganz normale Leute, warum sollten die also meinen Hinweis haben?

Luke hob ganz langsam die Schultern.

»Das ist doch total irre, dass ich gerade darüber nachdenke, wen ich beklauen soll.«

Luke machte ein Gesicht, das sagte *Ja, das stimmt,* und nickte erneut.

Wer hätte gedacht, dass man Taschendiebstahl begehen musste, um bei einem von Büchern inspirierten Wettbewerb zu gewinnen?

Der Kellner kam und stellte die Teller vor uns ab. Als er wegging, sah ich, dass ein Umschlag aus seiner hinteren Hosentasche hervorlugte.

Ich fuchtelte wild vor Luke herum und deutete aufgeregt darauf. Der cremefarbene Umschlag und die rechteckige Form sahen genauso aus wie mein erster Hinweis.

Luke lachte einmal kurz auf.

»Soll ich ernsthaft etwas aus der Hosentasche unseres Kellners klauen?«, zischte ich ihm zu.

Luke breitete die Hände aus. Stumm, keine Hilfe.

»Puh. Lass uns zuerst was essen.«

Mein Fisch erinnerte mich an Hühnchensticks und tropfte vor Fett. Neben dicken Pommes und dem Fisch lag außerdem irgendein matschiges grünes Zeug auf dem Teller.

»Guacamole?« Das war zwar nicht die Soße, die ich normalerweise mit Pommes essen würde, aber ich war aus Kalifornien, deshalb störte mich das nicht.

Luke grinste. »Erbsenpüree.«

»Wie bitte?«

»Stell dir einfach Guacamole aus Erbsen statt Avocados vor.«

Stattdessen hob ich lieber ein Stück Fisch zum Mund. Der Backteig war knusprig und fettig und schmeckte richtig lecker, so wie frittierte Dinge eben schmecken. Der Fisch im Inneren zerging mir augenblicklich auf der Zunge. Hitze verbrannte mir den Mund. Ich wollte gerade schon den Bissen ausspucken, bevor mein Mund Verbrennungen dritten Grades erleiden konnte, wollte aber auch nicht, dass Luke dachte, ich hätte die Manieren einer Barbarin. Ich zwang mich zum Runterschlucken und schüttete das winzige Glas Wasser ohne Eis auf einmal hinterher.

Lukes Schultern bebten, und ich nahm an, dass ich mein Leiden nur schlecht verborgen hatte.

Nachdem sich meine Zunge wieder erholt hatte, probierte ich den nächsten Bissen etwas langsamer. Echter Fisch in einem echten Pub mit einem echten englischen Jungen. Selbst wenn ich den Wettbewerb verlor, war es diesen Moment wert. Nicht, dass ich vorhatte, zu verlieren.

Ich beäugte mein leeres Glas. Perfekt. Ich winkte dem Kellner und hob es hoch. Nicht gerade höflich, aber ihn zu bestehlen auch nicht – das machte also auch keinen Unterschied mehr.

»Wenn du die Pommes wie eine echte Britin essen willst, musst du Essig darüberträufeln.« Luke zeigte auf eine Flasche.

Ich spritzte dunkle Flüssigkeit auf ein paar Pommes und probierte. Die Kartoffeln hatten den Essig aufgesaugt, waren pampig im Mund und hinterließen einen sauren Geschmack. »Joa, ne, sorry. Da ist mir guter, alter Ketchup lieber.«

Der Kellner kam mit ausdruckslosem Gesicht zu uns, anscheinend komplett ahnungslos, dass ich ihn gleich nach bester flinker Taschendieb-Manier beklauen würde. In meiner Brust legte mein Herz einen Stepptanz hin. Meine Hände zuckten nervös. Ich konnte das schaffen.

Doch der Mann setzte mein neues Glas ab und ging so rasch wieder davon, dass ich vermutete, dass er mir das Leben absichtlich schwer machte.

Ich schnaubte, und Luke lachte wieder.

»Oliver Twists Leben muss superstressig gewesen sein«, bemerkte ich. »Ich würde das nicht jeden Tag machen wollen, um zu überleben.«

»Vielleicht ist das ja der Sinn und Zweck der Aufgabe? Um dich von einem Leben voller Verbrechen abzuhalten?«

»Es funktioniert zumindest.« Für den Moment wandte ich meine Aufmerksamkeit wieder den Pommes zu. Ich brauchte einen anderen Plan.

In der Mitte unseres Tisches stand ein winziges Tellerchen mit Mini-Ketchup-Päckchen darauf, doch auf dem Nachbartisch stand eine ganze Flasche. Ich lehnte mich hinüber und schnappte sie mir.

»Das trifft es schon eher.« Ich schüttelte die Flasche.

Da stieß Luke einen erstickten Laut aus.

Der weiße Deckel rollte neben einer Spur aus roter Soße über den Boden.

»Uuuups.« Ich streckte mich, um den Deckel aufzuheben. Doch als ich mich wieder aufsetzte, erstarrte ich.

Der Ketchup war nicht nur auf den Boden gespritzt, sondern auch einmal quer über Luke.

Große Kleckse waren vorne auf seinem Hemd, seinem Kragen und seiner Schulter gelandet. Und auch *in* seinem Kragen. Wie war das bloß passiert? Er schaute nach unten, um sein Hemd zu inspizieren. Außerdem ein Spritzer mitten auf seinem linken Brillenglas. Und noch eine Spur über seinem Gesicht und in seinen Haaren.

Mir stockte der Atem. Was hatte ich bloß getan?

Das Lachen blubberte aus mir heraus. Ich konnte es nicht aufhalten. Ich sollte nicht lachen. Luke war ein neuer Freund. Ein netter, süßer Junge, den ich noch nicht vergrault hatte.

Und ich hatte sein weißes Hemd und sein Gesicht über und über mit Ketchup bekleckert.

Aber die große Menge an knallroter Substanz und der Ausdruck auf seinem Gesicht – derselbe ruhige, nichtssagende Ausdruck wie den ganzen Tag über – waren einfach göttlich. Ich presste die Lippen aufeinander und lenkte mich damit ab, Servietten zu sammeln. Als ich aufsah, um sie ihm zu geben, und ihn dabei noch mal anschaute, brach das Gelächter wieder aus mir hervor.

»Sorry, das tut mir so leid.« Ich schob ihm die Servietten hin und versuchte, sein Hemd über den Tisch hinweg abzutupfen.

Gefasst wischte er den Ketchup weg.

Ich hatte eine Szene gemacht – wieder mal –, und zwar diesmal auf seine Kosten.

Hör auf zu lachen. Hör auf zu lachen. Egal, wie oft ich es mir befahl, ich konnte einfach nicht. Er würde mich ganz schlimm finden. Gemein. Herzlos. Zu peinlich, um mit mir in der Öffentlichkeit gesehen zu werden. Ich unterdrückte ein weiteres Kichern.

Der Kellner kam zu uns. »Ist alles in Ordnung, Sir?«

»Mir geht's gut. Das ist bloß Ketchup.« Luke tupfte weiter auf seinem Hemd herum.

»*Bloß* Ketchup.« Ich prustete erneut los. »Meinst du denn, er hat gedacht, das wäre Blut? Wie, als hätte ich dich mit meiner Gabel abgestochen?« Meine Worte gingen halb in meinem Gelächter unter. »Wie müsste man denn jemanden abstechen, um derartig überall mit Blut bespritzt zu sein?«

Er griff nach einer weiteren Serviette und wischte sich das Gesicht ab.

War er sauer? Hatte ich unsere neue Freundschaft mit einer unglücklichen Soßen-Katastrophe beendet?

Der Kellner kam mit einem feuchten Lappen zurück. »Hier, Sir.«

Luke stand auf. »Bin gleich wieder da.«

Der Kellner nahm den Haufen aus benutzten Servietten vom Tisch, der wie ein Beweis dafür aussah, dass hier ein Ketchup-Mord begangen worden war, und ging in die Hocke, um den Boden aufzuwischen.

Mein Herz machte einen Sprung. Das war meine Gelegenheit.

Ich kniete mich nah neben ihn, und als seine ganze Aufmerksamkeit dem Boden galt, ließ ich meine Hand langsam auf den Umschlag zugleiten – der außerdem zufällig in der Nähe seines Hinterns war.

Ich hoffte wirklich, dass gerade keine anderen Gäste zuschauten.

Noch ein Stückchen weiter … Endlich klemmte ich den Umschlag zwischen meinem Zeige- und Mittelfinger ein. Gleichzeitig mit ihm stand ich auf, zog den Umschlag heraus und hielt ihn mir sofort blitzschnell hinter den Rücken.

»Danke, Sir. Tut mir leid wegen der Sauerei.«

Er ließ sich nicht anmerken, ob er mitbekommen hatte, dass ich den Umschlag aus seiner Tasche gezogen hatte oder ob er den Verdacht hegte, dass die Ketchup-Sauerei ein bösartiges Ablenkungsmanöver gewesen war. Zum Teufel mit den Briten und ihrer ausdruckslosen Mimik.

Ich machte es mir auf meinem Stuhl bequem, steckte den Umschlag unter meine Oberschenkel und starrte meinen Teller an.

Und jetzt? Den Umschlag dort zu öffnen, wo ich ihn gestohlen hatte, kam mir vor wie eine Zurschaustellung meines Verbrechens. Ich würde mich gedulden, bis wir gingen. Aber sollte ich auf Luke warten oder sollte ich weiteressen? Was ließ mich reuevoller wirken?

Ich setzte den Deckel auf die Ketchupflasche, doch der wollte sich nicht zuschrauben lassen.

Siehst du!, wollte ich sagen. Gar nicht meine Schuld. Defekte Ausstattung. Das Restaurant war schuld.

Natürlich hätte ich die Flasche nicht schütteln müssen. Und ich hätte den Deckel auch mit einem Finger zuhalten können. Aber woher hätte ich wissen sollen, dass in diesem Pub keine Soßen-Sicherheitsinspektionen durchgeführt wurden?

Ich entschloss mich dazu, höflich zu sein und trank noch ein Glas Wasser, anstatt weiter zu essen. Eine Sammlung leerer Gläser zierte jetzt den Tisch, doch den Kellner würde ich sicher nicht noch mal rufen. Von wegen *mein Verbrechen offen zur Schau stellen* und so weiter.

Als Luke zurückkam, waren die Spritzer weg, doch sein Hemd war von orange-roten Flecken übersät. Von seiner linken Kopfseite tropfte ihm Wasser auf die Schulter.

Er ließ sich auf seinen Stuhl plumpsen.

Ich hielt den Atem an.

Und dann grinste er. »Nächstes Mal benutz bitte den Essig.«

Ich lachte wieder, diesmal erleichtert. »Das tut mir so leid. Ich werd dir ein neues Hemd kaufen. Das ist das Mindeste, was ich tun kann, nachdem ich so gelacht hab. Aber ich konnte einfach nicht aufhören. Tut mir leid.«

»Das hast du schon gesagt.« Er klaute sich eine meiner mit Essig vollgesogenen Pommes. »Mach dir keine Sorgen deswegen. Ich habe schon in dem Moment, als wir uns kennengelernt haben, kapiert, dass du gefährlich bist – aber ich bin trotzdem geblieben. Eigentlich geht das also alles auf meine Kappe.« Das Funkeln in seinen Augen und das kleine Grübchen neben seinem Mund, das sich wegen einem unterdrückten Lächeln bildete, ließen mich endlich entspannen. »Das kannst du in deine Erzählung einbauen, wenn du willst.«

»So was von. Aber ein neues Hemd kauf ich dir trotzdem.«

»Schon in Ordnung. Isst du diese Pommes eigentlich noch? *Das* ist jetzt das Mindeste, was du tun kannst.« Er lehnte sich nach vorne und klaute noch eine.

Ich schnappte mir meine Gabel und tat so, als würde ich damit auf seine Hand einstechen. »Es tut mir ehrlich leid.«

»Hör auf, das zu sagen, oder ich schütte Essig über den Rest.«

Vorsichtig ließ ich Ketchup aus der beschädigten Flasche auf den Teller rutschen. »Du riechst total nach Ketchup. Jetzt will ich dich irgendwie ablecken.«

Hatte ich das gerade wirklich gesagt?

Lukes Gesicht lief rosa an.

»Äh. Ich meine. Meine Pommes in dich dippen? Puh, das ist ja noch schlimmer. Ich halt jetzt einfach die Klappe.«

Wir lachten beide, und die Peinlichkeit verpuffte.

»Etwas Gutes hatte dein Ketchup-Bad allerdings.« Ich lehnte mich näher zu ihm. »Ich hab meinen Hinweis bekommen.«

»Ich hab also deinen ersten Schritt zum Kriminellen-Dasein verpasst? Jetzt kann ich mich ja ehrlich auf meine Unschuld berufen, da ich gar nicht da war, um dich aufzuhalten.«

»War gar nicht mein erster Schritt. Als ich sieben war, hab ich mal eine Tüte Gummibärchen geklaut. Drew, mein Bruder, hat mich dann gezwungen, sie zurückzubringen.«

»Ich bin schockiert. Entrüstet. Wusste ich es doch, dass Amerika das Land zügelloser Gesetzlosigkeit ist.«

Als sich unsere Blicke trafen, brachte sein schiefes Lächeln mein Inneres zum Tanzen.

Er blinzelte zuerst. »Das ist ziemlich mutig, weißt du.«

»Was denn? Dass du mit jemandem zum Essen geblieben bist, der Ketchup in eine Waffe verwandelt hat?«

»Genau.« Seine Augen warfen Fältchen. »Aber auch in ein neues Land zu reisen und auf sich allein gestellt einfach umherzustreifen.«

Wärme durchströmte mich. »Ich wurde also von verrückt zu mutig befördert? Danke.«

»Die zwei Sachen schließen sich ja nicht gegenseitig aus.« Sein Grinsen kam wieder zum Vorschein, und ich rümpfte die Nase, was ihn noch breiter grinsen ließ.

Nachdem wir fertig gegessen hatten, bezahlte ich mit meinen heimlichen Reserven der seltsamen Währung und gab Al den Beleg.

»Siehst du? Niemand ist verhaftet worden«, sagte ich zu ihr.

Sie hob die Augenbrauen. »Der Tag ist ja noch jung.«

Ich schüttelte den Kopf und ging weiter, bis ich eine Bank fand, an der die Stadt an uns vorbeirauschte.

Mit dem Rand des Umschlags klopfte ich mir auf den Oberschenkel. Vor Luke wollte ich ihn nicht aufmachen. Für die letzten Hinweise, die Luke auf den ersten Blick enträtselt hatte, hatte ich viel Hilfe von Google in Anspruch genommen. Was, wenn dieser hier schwieriger war, ich ihn nicht lösen konnte, und er es dann bereute, den Tag mit einer Idiotin verbracht zu haben? Ich wollte nämlich nicht, dass er wegging ...

»Willst du den auch irgendwann aufmachen oder den ganzen Abend lang bloß anstarren?«, fragte Luke lächelnd.

Toll. *Danke, Luke, es war schön mit dir.* Ich zog die Karte heraus.

Pendragons Eiland ist sagenumwoben.
Finde den Felsenturm und stell dich den Proben.

Auf deiner Mission musst du dich mit
fremden Rittern umgeben.
Um den Gral zu finden und die nächste Prüfung abzulegen.

Da hatte sich irgendjemand aber viel zu sehr mit dem Reime-Wörterbuch ausgetobt. Aber die ersten Hinweise hatte ich bereits entschlüsselt. Dann konnte ich den hier auch lösen.

Pendragon bedeutete König Artus. Wir hatten die Gedichte über König Artus gelesen, und ich hatte Filme gesehen, denen es definitiv an historischer Genauigkeit mangelte. Das Problem: König Artus war eine Legende. Eines der wenigen Dinge, an die ich mich aus dem Unterricht erinnern konnte, war, dass Ms Carmichael gesagt hatte, dass Hinz und Kunz eine Theorie zur Identität von König Artus und dem Ort seiner Tafelrunde hatten. Na gut, das waren zwar nicht ihre exakten Worte gewesen, doch das Ergebnis war dasselbe – wenn ich nicht jeden Schrank im ganzen Land nach einer Geheimtür absuchen wollte, wie sollte ich dann einen mystischen Ort besuchen?

Zumindest die Ritter und der Gral klangen nach einer Mission, hinter die ich mich klemmen konnte, sobald ich erst einmal herausgefunden hatte, wohin ich musste.

Ich kam nicht drum herum. Ich brauchte das Internet wieder. Ich öffnete meine neue Landkarte und breitete sie auf meinem Schoß aus. Zu schade, dass nicht einfach eine Stadt namens Camelot aus dem Nichts auftauchte.

In der Hoffnung, nicht gleich am ersten Tag mein ganzes Datenvolumen aufzubrauchen, kramte ich mein Handy hervor. Ein Ort in Wales könnte Camelot gewesen sein. Wales lag allerdings jenseits des Meeresarms, was eine längere Reise erforderte. Moment mal … In dem Hinweis war die Rede von einem Eiland gewesen.

Avalon. Danach suchte ich dann. Italien kam mir unwahrscheinlich vor. Cool – an einem anderen Ort gab es einen Felsenturm, wie im Hinweis.

»Glastonbury«, riet ich laut und spähte zu Luke hinüber. »Meinst du, dass es als Hilfe zählt, wenn du nickst, wenn ich das Richtige sage?«

Seine Mundwinkel hoben sich. Er griff nach der Karte, nahm sie, legte sie auf meinem Schoß zurecht, und hielt die Hand so darüber, dass er mit dem Daumen Südwest-England bedeckte. Ich blinzelte, bis ich den winzigen Stadtnamen fand.

»Es ist Glastonbury«, sagte er, wobei er es »*Glass*-ton-bree« aussprach, und nicht »Glass-ton-*berry*« wie ich.

»Sag das noch mal.«

Er wiederholte es.

»Noch mal.«

Er hob eine Augenbraue.

»Was? Es gefällt mir eben, wie du das sagst.«

Sein Gesicht lief rot an.

Ich versuchte, ein Grinsen zu unterdrücken und mich zu konzentrieren. Würde es als Hilfe zählen, wenn ich mich nach Reisetipps erkundigte? Das hier ginge alles schneller, wenn ich privat ein Auto mietete. Allerdings war ich dafür noch zu jung, und außerdem würde ich den beiden meine Versuche, auf der anderen Straßenseite zu fahren, nicht antun.

Ich spielte mit der Karte herum. »Du kannst mir nicht zufällig einen kleinen Überblick über die öffentlichen Verkehrsmittel zu anderen Städten geben, oder? Wie zum Beispiel nach Westengland? Nur theoretisch.«

»In den großen Bahnhöfen gibt es viele verschiedene Züge und Reisebusse. Mit Paddington kannst du nichts falsch machen. Bestimmte Städte, die eventuell mit König Artus zu tun haben, sind vermutlich zwischen drei und vier Stunden Fahrt entfernt.«

Bis ich meine Sachen bei Ms C abgeholt, den richtigen Bahnhof gefunden und eine dreistündige Reise zurückgelegt hätte ... würde ich erst spät dort ankommen. Ich seufzte.

»Kein Fan von Zügen?«, fragte Luke.

Meine Schultern mussten nach unten gesackt sein. »Doch, Züge sind super. Aber ich muss in neun Tagen mit acht Hinweisen fertig werden. Ich will keine Zeit verlieren.«

»Das ist weise.«

Kein Wort, mit dem mich Leute normalerweise beschreiben würden.

»Am besten lässt du dir ein bisschen Spielraum und Zeit zum Schreiben«, fuhr Luke fort. »Beim Reisen geht immer was schief.«

»Wie zum Beispiel, wenn man von bösartigen Rittern angegriffen wird?«

Er hob eine Augenbraue und bei dieser Geste fiel mir auf, wie ähnlich er Al war. »Oder wenn man seinen Zug verpasst oder einem der Pass gestohlen wird.«

»Deine Fantasie braucht ein bisschen mehr Übung. Die ist viel zu praktisch veranlagt.«

»Typisch ich. Immer praktisch veranlagt.« Ein bitterer Unterton schwang in seinen Worten mit.

»So hab ich das nicht gemeint ... Praktisch veranlagt ist doch gut. Wenn ich praktisch veranlagt gewesen wäre, müsste ich jetzt nicht so dringend diesen Wettbewerb gewinnen.«

Puh. Warum hatte ich das gesagt?

Er legte den Kopf wieder auf die Seite, was ich als Einladung deutete, weiterzusprechen.

»Ich meine, danke. Das ist alles.«

Ich beugte mich vor, um mein Handy zurück in die Tasche zu stopfen und mein Gesicht zu verbergen. Ich hatte es lange genug vermieden, über die nahe Vergangenheit zu sprechen. Dann würde ich mich jetzt auch nicht kopfüber mit einem Fremden da hineinstürzen. Mit Luke hatte ich jemanden, der nicht wusste, was passiert war und mich nicht bemitleidete. Er vermutete vielleicht, dass irgendwas los war, aber mit Sicherheit wusste er es nicht. Und dabei wollte ich es auch belassen.

Ein Bild schoss mir durch den Kopf, in dem Luke mich begleitete, wir es uns im Zug gemütlich machten und zusammen auf eine epische Mission aufmachten, während der er mich mit diesem zuckersüßen Akzent neckte. Blöde Vorstellung. Ich schob sie beiseite. »Danke. Dir ist schon klar, dass ich ohne dich einfach zum nächsten Bahnhof gelaufen wäre und improvisiert hätte?«

»Falls du gewinnst, kannst du mir ja einen Teil davon abgeben.«

Ich verschränkte die Arme. »*Sobald* ich gewinne, meinst du.«

Er schaute mich an. »Sobald du gewinnst.«

»Danke.« Schroff faltete ich die Karte wieder zusammen.

»Glastonbury«, sagte er, wobei er das Wort betonte, »soll ein interessanter Ort sein. Mit vielen Mythen und Legenden.«

»Warst du schon mal dort?«

Er schüttelte den Kopf.

»Bist du generell schon viel gereist?«

»Nicht wirklich. Schulausflüge, ein gelegentlicher Urlaub. Mein Dad hat viel gearbeitet. Du?«

»Kaum. Das war meine erste Flugreise, meine erste U-Bahnfahrt. Als ich noch kleiner war, haben wir ein paar Familienausflüge in Kalifornien gemacht, aber wir hatten nie das Geld, um weiter weg zu reisen.« Ich spielte an der Hinweiskarte herum. »Es gibt so viele Orte auf der Welt. Ich habe eine lange Wunschliste.«

»Hoffentlich stand England da auch drauf, dann hast du den ersten Punkt schon mal abgehakt.«

Seine Augen waren voller Wärme und sein intensiver Blick erfüllte mich mit einem angenehmen Kribbeln.

»Weißt du was? Dieser Ausflug klingt lustig!« Jetzt lächelte er so breit, so aufrichtig, wie ich ihn vorher noch nie hatte lächeln sehen. Seine Augen strahlten, und sein Gesicht kam mir jünger vor, sorgloser. »Willst du zufällig ein bisschen Gesellschaft? Nicht, dass meine Cousine keine erfreuliche Begleitung wäre ...«

Sein Ton war scherzhaft, doch das Leuchten in seinen Augen verriet, dass er es halb ernst meinte.

»Das kommt drauf an. Bietest du dich etwa freiwillig an?« Mein Ton war fast genauso unbeschwert wie seiner, ich versuchte jedoch, ein wenig ernster zu klingen, für den Fall, dass er es wirklich ernst meinte. Ihm die Möglichkeit offen zu lassen.

»Du musst vielleicht beaufsichtigt werden, was die korrekte Aussprache von einigen Wörtern angeht. Du möchtest doch sicher nur ungern jemanden beleidigen.«

Mein Herz *wumm-wumm-wummerte*, wobei ich hoffte, dass er das nicht hören konnte. »Es wäre doch tragisch, wenn du die Früchte deines ganzen Unterrichts verpassen würdest. Außerdem hattest du Chaucer dabei. Das ist wie ein Zeichen.«

Unsere Blicke trafen sich und schossen dann wieder auseinander. Ich widerstand dem Drang, mit der Karte herumzuspielen. Die Vorstellung machte mich ganz hibbelig, aber ich wollte nicht zu versessen darauf wirken.

Erneut trafen sich unsere Blicke. »Ist das denn erlaubt? Keine Hilfe, weißt du noch? Ich will dich ja nicht disqualifizieren.«

»Das hier ist doch ein freies Land, oder? Wenn du morgen also am Bahnhof auftauchst und zufällig in die gleiche Richtung unterwegs wärst, könnte ich dich ja schlecht davon abhalten, oder?«

»Bist du dir sicher?«

Luke redete zwar nicht viel, aber er war witzig und verstand meinen Humor. Er wusste sehr viel mehr über Literatur als ich. Ich fürchtete mich davor, England zu sehen und das mit niemandem teilen zu können. Und er wirkte, als wäre er auf der Suche nach etwas. War das nicht der Sinn einer Mission?

Auf der anderen Seite ... Wollte ich wirklich, dass er meine Dummheit mitbekam, wenn ich unweigerlich irgendwann auf einen Hinweis stieß, bei dem ich nicht mehr weiterwusste? Außerdem mochte ich ihn bereits mehr, als ich sollte. Es war einfacher, sich nicht anzunähern, so wie Al zwar körperlich mit mir reiste, aber trotzdem nicht wirklich *bei* mir war. Ich sollte mich lieber jetzt von ihm verabschieden, bevor ich noch Gefühle für ihn entwickelte.

»Ich bin mir sicher.« Die Worte entkamen meinem Mund, noch bevor ich sie aufhalten konnte. »Wenn du das Risiko eingehen willst.« Ich deutete auf die Ketchupflecken auf seinem Hemd. »Ich bin offensichtlich ziemlich gefährlich.«

»Das Risiko nehme ich in Kauf.« Die Hitze in seinem Blick verbrannte mich. »Alexis«, rief er, ohne den Blick von mir abzuwenden. »Würde es deiner Chefin was ausmachen, wenn ich euch begleite?«

»Solltest du nicht eher fragen, ob es *mir* was ausmacht?« Sie nahm einen Ohrstöpsel heraus. »Ich bin schließlich diejenige, die sich die nächste Woche mit euch herumschlagen muss.«

»Ich meine«, ich sprach mit ihr, ließ den Blickkontakt zu ihm aber auch nicht abbrechen, »ist das denn erlaubt? Er hilft mir auch nicht. Ich werde die Hinweise selbst entschlüsseln und meine eigenen Erzählungen schreiben.«

Al zuckte mit den Schultern. »Ich glaube nicht, dass es ein Problem wäre. Aber dein Dad ...«

»Hat mir nicht länger vorzuschreiben, was ich tue.« Lukes Ton sagte eindeutig: *Diskussion beendet.*

»Bist du dir auch sicher, dass du das willst?« Ich sprach leiser, meine Worte waren allein für ihn bestimmt. »Musst du denn keine anderen Sachen machen? Kindern vorlesen? Leute retten?«

Wir schauten uns immer noch in die Augen.

»Das mit den Kindern ist freiwillig. Ms Harriet wird es schon verstehen, wenn ich mir ein paar Tage freinehme.«

»Keine Arbeit oder sonst irgendwas?«

Seine Kiefermuskeln spannten sich an. »Im Moment nicht.«

»Also ... ziehen wir das durch?«

Unsicher, auf welche Antwort ich hoffte, hielt ich den Atem an.

Er kaute auf seiner Lippe herum und fixierte etwas in weiter Ferne. Wahrscheinlich stellte er sich gerade Dinge vor, die er erledigen musste, anstatt mit einer Fremden einmal quer durch das Land zu gondeln. Doch sein Gesichtsausdruck wurde hart.

Er konzentrierte sich wieder auf mich und hob einen Mundwinkel. »Dann sehen wir uns morgen früh um acht Uhr am Bahnhof Paddington, Pilgerin.«

KAPITEL 7

Als ich in Ms Carmichaels Penthouse-Wohnung zurückkehrte, saß Peter im Wohnzimmer und las ein Begleitbuch über die Mythologie der beliebten *Elven-Realms*-Reihe. Weil normale Geschichte nicht schon schlimm genug war. Von Amberlyn und Spence war weit und breit nichts zu sehen. Waren die etwa schon in Glastonbury? Vielleicht hätte ich einfach den Hinweis klauen und loslaufen sollen, anstatt noch zum Essen zu bleiben.

Nachdem ich den ganzen Tag herumgelaufen war, machte sich ein dumpfer Schmerz in meinem Knie breit. Ich warf mich auf die Couch und ließ meine müden Füße seitlich über die Armlehne baumeln, damit ich die Einrichtung nicht schmutzig machte. Ms Carmichael hatte zwar bestimmt eine Putzfrau, doch da meine Zukunft in ihrem Scheckbuch lag, wollte ich sie nicht verärgern.

Jetzt, da ich wieder WLAN hatte, schrieb ich meine tägliche Nachricht an Mom, um ihr mitzuteilen, dass ich nicht überfallen oder von Londoner Tauben entführt worden war. Das war zwar nicht genau das, was sie wissen wollte, doch der Wettbewerb hatte ja gerade erst angefangen, also gab es noch gar nicht so viel zu erzählen.

»Wo ist denn dein Freund?«, feixte Peter. »Hast ihn schon mal losgeschickt, damit er deine Arbeit für dich erledigen kann, was?«

»Ich bin bestens dazu in der Lage, meine Arbeit selbst zu machen.« Einen gut organisierten Freund – jemanden, der sich im Land auskannte, – wegen Verkehrsmitteln um Rat zu fragen, kam mir nicht falsch vor. Ich schummelte nicht. Ich benutzte bloß verfügbare Quellen.

Ms Carmichael betrat den Raum.

Ich kontrollierte noch mal, dass meine Füße auch sicher nicht das Sofa berührten. »Ach.« Ich sprang auf. »Kann ich Sie kurz unter vier Augen etwas fragen?«

»Natürlich.«

»Erzählst du ihr von deinem Freund, der dir beim Schummeln hilft?«, rief Peter uns nach.

Ms C führte mich in ihr Büro, in dem ein riesiger Schreibtisch und ein Bücherregal standen, das alle Wände einnahm. »Sie wollten mich etwas fragen?«

»Kann ich mein übriges Geld für neue Sachen für die Kinder in dem Waisenhaus ausgeben? Also zum Beispiel, wenn ich in billigen Unterkünften übernachte und preiswert esse?«

»Das kann ich sicher einrichten.«

»Cool.« Ich umklammerte die Lehne des Holzstuhls, der vor ihrem Schreibtisch stand. »Und was Peter da gerade gesagt hat, von einem Freund, den ich kennengelernt habe ... Das ist Als Cousin. Er arbeitet ehrenamtlich im Waisenhaus. Ich hab den ersten Hinweis entschlüsselt, bevor ich ihn kennengelernt hab, aber er ist neu in London, also haben wir ihn auf die Dickens-Tour mitgenommen.«

Sie klappte ihren Laptop auf. »In den Richtlinien steht *keine Hilfe*. Dass Sie keine neuen Freundschaften schließen dürfen, steht nicht darin.«

»Wenn es nicht explizit verboten ist, ist es also erlaubt. Die Denkweise gefällt mir.« Ich blinzelte. »Also, was den Rest dieser Reise angeht ...«

»Ich habe keine Kontrolle darüber, wer in diesem Land in einen

Zug steigt.« Sie presste ihre Lippen aufeinander, als würde sie gegen ein Lächeln ankämpfen. »Haben Sie eine gute Reise, Ms Hanson.« Dann fing sie an, auf ihrer Tastatur herumzutippen, und ich war entlassen.

✱

Der Bahnhof Paddington war ein höhlenartiges Gebäude mit Zügen, Schienen und Menschen, in das mehrere Fußballfelder hineingepasst hätten. Es gab Bahnsteige für die U-Bahn – für innerhalb Londons – und für Züge – Fernzüge, die in andere Teile von England fuhren.

Mit meiner Sporttasche, die ich mir übergeworfen hatte, stieg ich aus der U-Bahn aus und folgte den Schildern zum Zugbereich. Al ging hinter mir her, ohne mir jegliche Hilfe anzubieten, und trug einen Trenchcoat über einer Anzughose. Sie zog einen kleinen Rollkoffer hinter sich her.

»Heute siehst du aus wie eine Spionin«, sagte ich.

Sie strich ihren Mantel glatt. »Wenn ich ihn trage, hab ich mehr Platz im Koffer.«

Amberlyn musste unbedingt Unterricht im Packen bei ihr nehmen.

Endlich erspähte ich einen Ticketschalter. Luke lehnte an einer Wand in der Nähe, ein großer Rucksack zu seinen Füßen. Mein Herz machte einen Hüpfer, und meine Schultern entspannten sich. Ich hatte schon befürchtet, dass sein gesunder Menschenverstand zu Hause wieder eingesetzt hätte.

»Du siehst überrascht aus.« Er stieß sich von der Wand ab, schulterte seinen Rucksack und schüttelte sich die Haare aus den Augen. Er nickte Al zu. Sein Outfit, bestehend aus Jeans, den roten Chucks und einer grauen Jacke über einem verblichenen T-Shirt, ähnelte dem von gestern. Wie schaffte er es, einen so einfachen Look so süß aussehen zu lassen?

»Du hast es dir aber nicht anders überlegt, oder?« Einer seiner Mundwinkel wanderte nach oben. »Das Packen hat mir nämlich ziemliche Umstände bereitet. Ich habe fast zehn Minuten gebraucht.«

Ihn jetzt hier zu sehen, überzeugte mich davon, dass ich es mir ganz sicher nicht anders überlegt hatte. Ich zuckte mit den Schultern und grinste. »Ich dachte nur, dass du dich vielleicht rausreden würdest. Schließlich bin ich gefährlich.«

»Gewisse Sachen sind das Risiko wert.«

Er begegnete meinem Blick, und die Temperatur schoss um zehn Grad in die Höhe.

Wir kauften unsere Tickets und steuerten den richtigen Bahnsteig an. Der Zug hatte gemütliche Einzelplätze mit hohen Rückenlehnen und Bildschirme in den Hinterseiten der vorderen Reihe. Keine billigen Sitzbänke oder gesplittertes Plastik. Ich setzte mich ans Fenster.

Al blieb bei unseren Sitzen stehen. »Ihr wisst schon, wo wir umsteigen müssen, oder? Ich hab nämlich keine Lust, in Wales zu landen.«

»Ach, das wäre auch möglich?«

Ihre Lippen zitterten. »Hast du ein Hotel gefunden?«

»Hat keinen Sinn. Ich weiß ja gar nicht, wie lange wir dort sein werden. Was, wenn ich heute noch woanders hin muss? Wir werden einfach improvisieren.«

Sie seufzte. »Ich vermisse mein Büro.«

»Du bist komisch.«

»Bist du wirklich«, pflichtete Luke mir bei.

Sie ignorierte uns und ging ins hintere Ende des Waggons.

Erst durchquerten wir die Stadt, doch dann lichteten sich die Gebäude und gingen in grüne Felder über, die mir regelrecht zuschrien, mit einem Ball über sie hinwegzutoben. Ich stellte mir den Geruch von Gras vor, frisch gemäht und von Tau überzogen. Kühle Luft auf meinem Gesicht, den Wind in meinem Haar.

Sehnsucht und Traurigkeit verknoteten sich in meiner Brust. Ich schob das Gefühl beiseite und genoss den Anblick, der in meiner Vorstellung das klassische England sein musste.

»Wie geht es mit deinem Reisetagebuch so voran?«, fragte Luke.

»Gestern Abend war ich zu müde, um noch daran zu arbeiten. Jetlag. Und Schreibblockade. Eine ernsthafte Schreibblockade.«

»Du kannst ja jetzt schreiben. Ich schau dir auch nicht über die Schulter.«

Natürlich würde er das nicht. Dafür war er viel zu nett.

Entschlossen, die Blockade niederzureißen, holte ich das Tagebuch und die hingekritzelten Notizen über die Kinder, die Tour und den Pub heraus. Die waren allerdings noch weit von einer Geschichte entfernt, in der es um den Ketchup-Schrägstrich-Klau-Unfall gehen sollte.

Ich konnte die Notizen später dazu benutzen, um spannende Erzählungen zu schreiben, nachdem ich Zeit gehabt hatte, alles in mich aufzunehmen. Mein Gehirn brauchte Zeit, um alle Erfahrungen zu verarbeiten.

Ich wollte zwar gewinnen, aber das war einfach nicht mein Ding. Heftiger als nötig stopfte ich das Heft wieder in meine Tasche zurück.

Luke sah mich von der Seite an.

»Was?«

»Nichts. Das war ganz schön schnell, sonst nichts.«

Ich seufzte. »Englisch ist nicht mein bestes Fach. Meine Lehrerin macht mir zwar Komplimente zu meiner Grammatik und meinem großen Vokabular, aber das ist auch schon alles, was ich gut kann. Und das auch nur dank meiner Schwester, die mich während ihrer Schulzeit mit all den komplizierten Wörtern gefoltert hat, die sie lernen musste.«

»Und, wo ist dann das Problem?« Er fixierte mich mit demselben direkten Blick wie im Waisenhaus.

»Meistens beschwert sich Ms Carmichael darüber, dass ich die

Bücher bloß zusammenfasse, anstatt sie zu analysieren. Anscheinend zeigt das meinen *Mangel an kritischem Denken* auf.« Für den letzten Teil versuchte ich, Ms Carmichaels kultivierte Stimme nachzuahmen. »Mein Tagebuch muss echt gut werden. Sie wird mehr wollen als ›ich bin hier und dort hingefahren und hab dies und das getan.‹«

»Das wird schon.« Er betrachtete mich. »Willst du vielleicht einen Ratschlag? Keine Hilfe. Bloß einen Ratschlag.«

»Vielleicht ...«

»Der Wettbewerb ist doch von Literatur inspiriert, oder? Sinn und Zweck der meisten Literaturkurse ist die kritische Analyse. Inhaltszusammenfassungen kann man im Internet finden. Was den Ausschlag gibt, ist die Botschaft, und wie sie zu dir persönlich spricht.«

»Warum muss die zu mir sprechen?«

»Sieh es doch mal so ...« Luke umfasste seine Brille. »Was macht ein Buch denn zu einem Klassiker?«

Sag du's mir doch, Professor. »Ein Ledereinband und hochgestochene Sprache?«

»Ein Klassiker erzählt uns etwas über das Leben. Regt zum Nachdenken an. Erzählt die Geschichte einer einzigen Person, gibt einem aber das Gefühl, dass sie die eines jeden, egal wo, sein könnte.« Beim Sprechen fingen seine Augen an zu leuchten, und Leidenschaft erfüllte seine Stimme. Die Begeisterung machte ihn sogar noch süßer.

»Aber wie viele dieser Schriftsteller haben gedacht: Hey, jetzt setz ich mich hin und schreibe etwas, womit ich Schüler und Schülerinnen Jahrhunderte später noch quälen kann? Was ist falsch daran, einfach eine gute Geschichte lesen zu wollen?«

Er hob eine Schulter. »Nichts, außer, dass du meintest, du bräuchtest *mehr*, um zu gewinnen.«

Da hatte er nicht unrecht. Wenn ich die geringste Hoffnung haben wollte, musste ich mir was überlegen.

Um das Thema zu wechseln, erinnerte ich mich an Lukes Worte vom Vortag, als er gesagt hatte, ich würde Dinge falsch lesen.

»Das ist deine Chance, um zu beweisen, dass du recht hattest mit Chaucer.« Ich reckte das Kinn und starrte ihn ungeniert an. »Hast du es denn dabei?«

»Mach dich bereit.« Er holte ein Buch aus seiner tragbaren Bibliothek hervor, räusperte sich und fing an zu lesen.

Mit seiner weichen Stimme und seinem sexy Akzent vergaß ich ganz, der Geschichte zu folgen und genoss es einfach, wie sich seine Lippen bewegten und wie vornehm seine Aussprache der Vokale klang. Ich ertappte mich dabei, wie ich mich nach vorne lehnte. Nach ein paar Minuten fiel mir allerdings auf, dass sich die Wörter fast normal anhörten und die Geschichte von zwei Rittern erzählte, die um eine Frau kämpften.

Als er aufhörte, sagte ich: »Du kannst mir gerne jeden Abend was vorlesen.«

Er hob die Augenbrauen.

Ich hüstelte. Ernsthaft, warum musste ich immer wieder Dinge sagen, die unangebracht klangen, wenn er in meiner Nähe war? »Ich meine, ich hätte dich letztes Jahr gut für meinen Englischkurs gebrauchen können. Dann hätte ich vielleicht nicht Google für mein Essay über die *Canterbury Tales* benutzen müssen.«

Seine Mundwinkel zuckten, und obwohl ich ihn erst seit einem Tag kannte, wusste ich, dass er sich gerade eine sarkastische Antwort zurechtlegte. »Wie ich höre, ist Google ein Experte in allem.«

»Wenn es im Internet steht, muss es ja wahr sein.«

»Ja, vermutlich ist das ein Teil des Anreizes. Wahrheit und Genauigkeit auf jeder Seite.« Er klappte das Buch zu und legte es sich in den Schoß. »Für uns klingen die Wörter komisch, aber Chaucer war ein Revolutionär, weil er in Mundart geschrieben hat.«

»Ja, Ms C hat das erwähnt. In der Sprache des gemeinen Volkes.« Ich hielt inne, grinste vielsagend. »Ich wette, die wollten auch einfach nur eine gute Geschichte.«

KAPITEL 8

Glastonbury war ganz anders als London. Bunte Läden säumten die Straßen im Zentrum und waren mit hängenden Blumentöpfen dekoriert. In den Schaufenstern wurden Dinge wie Kristalle, geschliffene Steinkugeln, Gesteinsgravuren und Halsketten mit Sternen ausgestellt. Andere Läden verkauften Badezusätze und Kerzen.

Das berühmte Musikfestival in der Stadt hatten wir zwar verpasst, aber auch so spielten mehrere Straßenmusiker Gitarre oder Saxofon. Ein Kerl hatte eine Blockflöte und klang damit, als wäre er direkt einer mittelalterlichen Kirmes entsprungen.

»In der ersten Klasse hab ich auch mal Blockflöte gespielt«, flüsterte ich Luke zu.

Er klopfte mir auf die Schulter. »Du warst bestimmt super.«

»Oh, das war ich.«

Überall hing der Geruch von Räucherstäbchen dick in der Luft, als hätte jemand eine LKW-Ladung Kräuter in einem Blumengarten abgeladen und den ganzen Haufen angezündet.

Ich rieb mir die Nase. »Irgendwie komisch hier.«

Luke verzog das Gesicht, als müsste er gleich niesen. Dieser Gesichtsausdruck blieb, bis wir die Hauptstraße, die er High Street nannte, verließen und uns auf den Weg zu dem Felsenturm machten.

Ich hatte angenommen, dass wir einfach irgendwo auf einen Felsenturm hochsteigen müssten, doch anscheinend befand sich dieser ganz oben auf einem Hügel außerhalb der Stadt. Und das war ein steiler Aufstieg. Innerhalb von Minuten bedeckte feuchter Schweiß mein Gesicht und meine Arme, doch mein Knie schien in Ordnung zu sein.

»Das ist aber ein komischer Ort für König Artus.« Während wir uns die Stufen hochschleppten, kamen wir an einer Gruppe von Frauen in weißen Umhängen vorbei, die in einem Kreis auf dem Boden saßen und meditierten. »Ich hatte mir eigentlich geheimnisvolle Wälder und altertümliche Burgen vorgestellt. Und keine Hippies und Esoteriker.«

»Woher willst du wissen, dass König Artus kein Hippie war?« Lukes Gesicht hatte einen niedlichen Rotton angenommen, und er schnaufte die Worte schwerfällig, während er versuchte, Luft zu bekommen.

»Jetzt stelle ich mir einen Typen mit Bart und einem Schwert vor, der Schlaghosen trägt und einen VW-Bus fährt, statt auf einem Pferd zu reiten. Danke vielmals.«

Er stieß ein keuchendes Lachen aus.

Als wir endlich den Gipfel erreicht hatten, zerrte der wahnsinnig starke Wind an meinem Pferdeschwanz. Der Ausblick war es allerdings wert. In weiter Ferne konnte ich sogar glitzerndes Wasser sehen.

Zielstrebig ging ich auf den quadratischen Steinturm zu, doch dann stellte sich mir eine Gruppe von Leuten in den Weg.

Sie trugen schwarze, ritterartige Umhänge und fuchtelten mit Plastikschwertern herum.

Ausgezeichnet.

Einer trat auf mich zu. »Wie lautet deine Mission?«, fragte er mit donnernder Stimme.

Gab es darauf eine richtige Antwort? »Ich bin auf der Suche nach dem Gral.«

»Gute Antwort«, kommentierte Luke.

Ein paar der Ritter schmunzelten. Sie sahen aus, als wären sie in meinem Alter, und insgesamt waren es zehn. Die Theatergruppe des örtlichen Colleges?

»Um an den Gral zu kommen, musst du erst deine Ritter um dich scharen und dich als würdig erweisen.«

Er gestikulierte zu mehreren Gegenständen auf dem Boden, die mir noch nicht aufgefallen waren: vier Haufen aus Schilden und Schwertern, wobei die Schilde vier verschiedene Farben hatten.

Ich warf Luke einen Blick zu, der mit den Schultern zuckte, und Al, die eine Augenbraue hochzog. Zur Antwort verengte ich die Augen und grinste. Eine Herausforderung.

»Wärst du gerne eine Ritterin, Al?«

»Meine Bezahlung schließt keinen Verlust von Gliedmaßen mit ein.«

»Wenn du wegen einem Plastikschwert Gliedmaßen verlierst, machst du irgendwas falsch.«

»Ich darf aber gar nicht helfen. Ich würde dich wirklich nur ungern in Schwierigkeiten bringen.«

Angesichts ihres verschmitzten Grinsens schüttelte ich den Kopf.

Andere Leute in der Nähe starrten die Ritter neugierig an. *Fremde Ritter um mich versammeln …* Fremde? Das konnte ich schaffen.

Auf dem roten Haufen lagen weniger Schilde, und da bemerkte ich Amberlyn, die ein paar davon trug und am Fuße des Hügels umherlief, bisher aber noch ohne Rekruten. Es war ein Wunder, dass sie sich in diesen Stiefeletten noch nicht den Knöchel verstaucht hatte. In dem ganzen Gepäck, das sie dabei hatte, wären doch sicher auch noch andere Schuhe gewesen. In meinen Turnschuhen fühlte ich mich pudelwohl. Sie bemerkte, dass ich ihr zusah, neigte einmal kurz den Kopf, um mich zu grüßen, und ging dann weiter.

Ich entschied mich für Blau – unsere Schulfarbe, in der ich zwei Bundesstaatenmeisterschaften gewonnen hatte –, hob die Schilde vom Boden auf und konzentrierte mich auf ein Pärchen in der Nähe.

»Seid gegrüßt, werter Herr und edle Dame. Kann ich Euer Interesse dafür gewinnen, mir bei einer noblen Mission beizustehen?«

Sie sahen sich an.

»Warum nicht?«, meinte der Mann.

»Was müssen wir denn tun?«, fragte die Frau.

»Sobald ich meine Ritter um mich geschart habe, werden wir die Burg einnehmen!« Ich ließ meinen Arm zu dem Turm hin schweifen.

Sie lachten. »Klar doch.«

Nacheinander senkte ich das Schwert auf die Schultern des Mannes. »Hiermit schlage ich Euch zum Ritter ...«

»Jason.«

»Ritter Jason.« Ich gab ihm einen Schild und ein Schwert und wiederholte die Geste bei der Frau. »Hiermit schlage ich Euch zur Ritterin ...«

»Tina.«

»Ritterin Tina. Ich danke Euch beiden für Eure Tapferkeit.«

Sie warteten, während ich auf eine Familie mit zwei Kindern zuging, die die Herausforderung ebenfalls annahmen. Die Kinder fingen sofort damit an, sich gegenseitig mit den Schwertern zu bekämpfen.

»Hebt Euch Euren Mut für die Feinde auf, tapfere Ritter.«

Eine Gruppe Jugendlicher lehnte ab, doch ein älteres Paar stimmte zu. Während ich den Hügel auf der Suche nach Rekruten auf und ab ging, kam ich in Amberlyns Nähe. Als sie auf ein Paar zuging, lauschte ich.

»Ich brauche Freiwillige«, verkündete sie. »Würden Sie mir helfen? Es ist ganz einfach. Sie müssen bloß ein Schwert schwingen. Das wird nicht lange dauern.«

Die beiden beäugten sie kritisch, runzelten die Stirn und schüttelten die Köpfe. Angesichts ihrer vor Frust weit hochgezogenen

Schultern war ich mir sicher, dass sie schon viele Absagen bekommen hatte.

Kein Wunder, dass sie bisher bloß zwei Leute hatte. Bei dieser Aufgabe ging es um den legendären König Artus! Sie musste die Leute inspirieren, eine Vision aufleben, es wie ein lustiges Abenteuer klingen lassen, das sie verpassen würden, wenn sie ablehnten – und nicht wie einen Ausflug zum Zahnarzt.

Ob sie immer noch Event-Planerin werden wollte, wie damals, als sie noch jünger war? Den Teil mit dem Leute herumkommandieren hatte sie zwar voll drauf, aber an dem anderen, bei dem sie die Leute inspirieren sollte, musste sie vielleicht noch etwas arbeiten.

Ich führte meine Ritter auf den Turm zu. Ein Schild und ein Schwert waren übrig geblieben. Ich warf Luke ein teuflisches Grinsen zu.

»Seid Ihr bereit, Sir Luke?«

Er seufzte. »Wenn es sein muss.«

Er nahm das Schwert, und sein gespielt genervter Ausdruck wich leuchtenden Augen. Als ich mich wegdrehte, hieb er mit der Waffe nach meinem Arm. Ich fuhr herum. Seine Augen weiteten sich unschuldig.

Ich fuchtelte mit meinem Schwert vor ihm herum. »Hey! Du bist doch auf meiner Seite. Heb dir das für die Feinde auf.«

Sein schiefes Grinsen kam zum Vorschein.

Ich schlug ihn zum Ritter und baute mich vor meinen Kriegern auf. Sie umklammerten die Plastikschwerter und scharrten mit den Füßen, wobei sie eher weniger wie furchtlose Soldaten aussahen. Ich musste sie motivieren. Eine feurige Rede halten, die eines Aragorn oder König Artus würdig wäre.

»Danke Euch, dass Ihr dem Ruf gefolgt seid, diese noble Mission anzutreten. Der Gral befindet sich dort oben im Inneren.« Mit meinem Schwert deutete ich auf den Turm, wo die anderen Ritter eine Reihe gebildet hatten. »Unser Feind ist stark, doch Ihr seid die tapfersten und besten Ritter im ganzen Land, und mit Eurem Mut werden wir den Sieg erringen.« Ich drehte mich schnell um und hob mein Schwert. »Für den Ruhm und Großbritannien!«

Ich rannte auf die wartenden Ritter zu, meine Rekruten hinter mir. Ihr Anführer kam auf mich zu, und ich schwang mein Schwert. Er parierte, und mir blieb bloß ein Augenblick, um zu hoffen, dass diese Typen keine trainierten Bühnenkämpfer waren, bevor mich auch schon das dumpfe Klirren von Plastikschwertern auf Schilden umgab.

Plastikschwerter konnten mir sicher keine blauen Flecke verpassen, oder? Ms C würde niemals etwas tun, wobei wir uns verletzen konnten. Aber wenn sie bloß über mein Knie informiert war, konnte sie vielleicht nicht wissen, dass mir auch etwas Einfaches gefährlich werden konnte.

Nach einem Schlagabtausch mit meinem Gegner parierte ich seinen schwungvollen Hieb mit meinem Schild und schlug ihm mein Schwert in die Seite.

Er stolperte und fiel vor mir auf die Knie. »Nun denn, man hat mich erstochen.« Dramatisch ließ er sich auf den Boden fallen.

Definitiv ein Theaterstudent.

Ich fuhr herum und sah, wie eines der Kinder auf eine Ritterin einhackte. Beide lachten.

»Nur Mut, Sir Jeremy«, rief ich ihm zu.

Der Junge griff an, grinste und drehte sich dann schwungvoll um, um jemand anderen zu attackieren.

Bald schon lagen alle Ritter regungslos im Gras.

Ich hob mein Schwert. »Hurra!«

»Hurra«, jubelten meine Ritter, sogar Luke.

Da der Weg vor mir nun frei war, betrat ich den Turm. Im Inneren stand ein Kelch aus billigem Metall auf dem Boden, an dessen Unterseite ein Umschlag festgeklebt war. Ich schnappte mir den Kelch und ging zur Gruppe zurück, den Umschlag in der hocherhobenen Hand.

»Dank Eurem Dienst und Eurer Tapferkeit konnte der Gral gefunden werden. Ohne Euch hätten wir uns nicht durchsetzen können. Der Sieg ist Unser!«

Sie jubelten.

Während die Ritter wieder aufstanden, warfen meine neuen Freunde ihre Requisiten auf einen Haufen, winkten und gingen grinsend davon.

»Das hat Spaß gemacht. Danke«, meinte Jason.

»Jetzt will ich Ritter werden.« Jeremy fuchtelte weiterhin mit dem Schwert herum, bis seine Mom ihn anwies, es auf den Boden zu legen.

»Das werden wir ja sehen«, antwortete sie und lächelte mich an.

Der Anführer der Ritter hob sein Schwert zum Gruß. »Eine ausgezeichnete Schlacht.«

»In der Tat. Ich bin Britt.«

»Steve.«

»Seid ihr Studenten?«

»Ja, von der Dramaturgie-Fakultät der Bristol University.«

Wusste ich's doch. »Ihr wart würdige Gegner. Danke.«

»Viel Glück auf deiner Mission.«

Einer der Ritter huschte mit einem zweiten Gral in der Hand in den Turm. Die anderen nahmen ihre Positionen wieder ein. Amberlyn kam zögerlich näher, mit vier Leuten im Schlepptau, die alles andere als begeistert aussahen.

»Okay, Leute, dann mal los«, befahl sie.

Ich war vielleicht scheiße im Schreiben, aber diese Aufgabe hatte ich sehr viel besser gemeistert, als es Amberlyn tun würde.

Wir gingen zur Seite, um ihrer winzigen Armee etwas Platz zum Kämpfen zu lassen.

»Das war episch«, sagte ich zu Luke.

»Ich glaub's nicht, dass ich da mitgemacht hab.«

»Gib's zu, es hat dir Spaß gemacht.«

»Für irgendwen anders hätte ich das aber nicht gemacht. Du warst ein eindrucksvoller König Artus.«

»Ich weiß«, entgegnete ich, um zu verbergen, wie warm mir bei seinen Worten ums Herz wurde. Lauter rief ich: »Und Al hat alles verpasst!«

»Manche Leute sind auch als Kleriker glücklich«, gab sie zurück.

Ich schnappte nach Luft. »War das gerade eine Anspielung auf *Dungeons & Dragons*? Ist Al am Ende noch eine Spielerin?«

»Ich habe Geschwister. Ich weiß bestimmte Dinge.«

Mit dem Gral unterm Arm ging ich um Amberlyns Ritter herum, um ins Innere des Turms zurückzukehren. Zwei Torbögen ohne Türen auf gegenüberliegenden Seiten gaben den Blick in das Gebäude und auf eine beeindruckende Aussicht frei.

Eine Reisegruppe, bestehend aus älteren Leuten, kam gerade herein. Ich rückte näher heran, um mithören zu können.

»Vor Tausenden von Jahren war dieser Hügel eine Insel, und das hier«, der Guide ließ einen Arm über den Ausblick schweifen, »stand alles unter Wasser. Die Legende besagt, dass dieser Ort hier *Avalon* war, die magische Zauberinsel, von der aus die Toten in die andere Welt übergingen, wo König Artus geheilt wurde und darauf wartete, in sein Reich zurückzukehren, wenn wir ihn am meisten brauchen würden.«

Ein ehrfürchtiger Ausdruck schlich sich auf die Gesichter der Leute, als wäre dies eine religiöse Erfahrung. Offensichtlich hatten sie unsere tolle Schlacht verpasst.

Ich konzentrierte mich darauf, tief ein- und auszuatmen, starrte den Horizont an, versuchte, meinen Herzschlag zu beruhigen und etwas im Wind zu fühlen. Egal, was für einen Zauber sie spürten, ich spürte ihn nicht. Ich stopfte meine freie Hand in meine Hosentasche, um sie vor dem Wind zu schützen, und umklammerte den Gral und den Umschlag fest.

Die Gruppe ging davon, und Luke tauchte neben mir auf.

»Lässt du den Blick über dein Königreich schweifen?«

»Nee. Ich wäre eine schreckliche Königin. Ich hab bloß darüber nachgedacht, wie verzweifelt Leute an Zauberei oder übernatürliche Sachen glauben.«

Er vergrub die Hände in den Hosentaschen. »Die Leute wollen etwas, woran sie glauben können. Jeder sehnt sich nach etwas Größerem. Als ob uns klar wäre, dass uns diese Welt alleine nicht befriedigen kann und mehr am Leben dran ist, als das, was wir sehen.«

»Das kommt mir irgendwie bekannt vor.«

»Ich hab ein Zitat von C. S. Lewis paraphrasiert.«

Ich hatte viele unerfüllte Sehnsüchte. Bedeutete das, dass ich an den falschen Orten nach Lösungen gesucht hatte? Die Vorstellung kratzte an meinen Gedanken, wie eine Klette, die sich unter einem Schienbeinschoner verhakt hatte.

»Irgendetwas sagt mir aber, dass er damit nicht die Leute gemeint hatte, die magische Steine in Camelot verkaufen.« Ich beobachtete, wie Wolken über die Hügel hinwegzogen. »Ms Carmichael hat gesagt, dass viele Geschichten um König Artus von Identität und Schicksal handeln. Wer man zu sein glaubt, was man tun wird.«

Er zog die Jacke enger um sich. »Glaubst du an Schicksal?«

»Nicht mehr.« Meine Antwort kam zu schnell.

»Dass ich ein Buch von Chaucer dabei hatte, hast du aber für ein Zeichen gehalten, dass ich dich begleiten soll.«

Da verspürte ich einen Funken von ritterlicher Tapferkeit und stupste seinen Fuß mit meinem an. »Vielleicht fand ich dich auch einfach nur süß.«

Einer seiner Mundwinkel vertiefte sich zu einem Grübchen.

Ich versuchte, die beunruhigende, jedoch nicht unangenehme Reaktion, die sein Gesichtsausdruck auf mein Inneres hatte, zu ignorieren, und dieses Gefühl heraufzubeschwören, dass es Schicksal war, in diesem Moment genau hier zu sein, doch es gelang mir nicht.

»Ich habe immer geglaubt, dass es Dinge gibt, die für uns bestimmt sind. Oder man etwas bekommt, wenn man es wirklich will und dafür kämpft. Aber jetzt glaube ich, dass man es einfach von Tag zu Tag angehen und sehen muss, was passiert. Manchmal kann man es auch gar nicht kontrollieren, wozu es also erst versuchen?«

Eine Falte bildete sich zwischen seinen Augenbrauen. »Es ist gut, das Gefühl zu haben, dass das Leben einen Sinn hat.«

»Aber hat wirklich *jedes* Leben einen Sinn? Ich glaube nämlich nicht, dass meines einen hat.« Nicht mehr. »Ich bin hier fertig. Lass uns mal sehen, was als Nächstes ansteht.«

Schnellen Schrittes ging ich davon. Die Ritter versammelten sich gerade neu, also hatte Amberlyns uninspirierte Truppe anscheinend Erfolg gehabt. Jetzt stand Spence in der Nähe herum und hielt einige grüne Schilde.

»Lust, mit mir zu kämpfen?«, rief er.

»Ich hab meine Schlacht schon geschlagen. Ich ziehe mich zurück, um die Früchte meines Sieges auszukosten.«

Sein Blick huschte zu meinem Gral. »Du willst vermutlich nicht teilen, oder?«

Ich drückte meinen Gral fest an mich. »Mach deine eigene Arbeit, Lopez.«

Er grinste. »Ich kämpfe auch gegen dich.«

»Konzentrier dich lieber auf die Ritter da«, sagte ich. »Und nimm dich vor den Spitzen in Acht.«

Ich überlegte, ob ich dableiben und zuschauen sollte, um zu sehen, wie er sich so schlug. Ich erwartete, dass er es besser hinbekommen würde als Amberlyn. Aber wenn er die Aufgabe auch bewältigte, wäre es besser für mein Selbstvertrauen, gar nichts davon zu wissen. Stattdessen ließen wir ihn zurück und machten uns wieder auf den Weg in Richtung Stadt.

KAPITEL 9

Während wir die High Street entlangspazierten, kamen wir an einer alten Dame vorbei, die gerade aus einem Laden trat und sich mit überladenen Tüten voller Kräuterbündel, Stoffe, Bücher und etwas, von dem ich hoffte, dass es Leder war, jedoch verdächtig nach Haut aussah, abmühte. Eine Tüte fiel ihr herunter und lauter Kristalle kullerten über den Gehweg.

Luke eilte ihr zu Hilfe und stopfte Gegenstände zurück in Tüten.

»Du hilfst gerne anderen Leuten«, stellte ich fest, als er zurückkam.

»Auf eine gewisse Art und Weise hilfst du ihnen auch.« Er nahm unseren Weg wieder auf.

Ich musste laufen, um mit ihm Schritt zu halten. »Wie meinst du das?«

»Du redest gerne mit den Leuten. Stellst ihnen Fragen. Gibst ihnen das Gefühl, gehört zu werden.«

»Jeder hat doch eine Geschichte.«

Einer seiner Mundwinkel bewegte sich nach oben. »Und ich dachte, du magst keine Geschichten?«

»Nein, ich lese bloß nicht gern.« Ich piekte ihn in den Arm. »Das ist ein Unterschied.«

»Bücher sind auch so. Sie geben einem die Möglichkeit, fiktive Menschen kennenzulernen, und wenn der Autor oder die Autorin gut ist, wirken die Figuren real und helfen dir dabei, echte Menschen besser zu verstehen.« Luke rieb sich die Nase, als wir an einem besonders fiesen Räucherstäbchenladen vorbeikamen. »Was magst du so gerne an Menschen?«

»Keine Ahnung. Herauszufinden, warum sie sich für ihre Arbeit oder ihren Ehepartner entschieden haben. Wie es ist, ihr Leben zu leben, vor allem, wenn es sich von meinem unterscheidet. Was sie besonders macht, weil jeder einzigartig ist und irgendetwas hat, was ihn oder sie persönlich auszeichnet.«

»Dann mögen wir dieselben Dinge, nur dass ich sie lieber durch Bücher mache. Da sind die Chancen geringer, dass ich etwas Falsches sage.« Er rückte seine Brille zurecht. »Ich bewundere deine Fähigkeit, mit Leuten zu reden. Ich weiß nie, wie ich eine Unterhaltung anfangen soll, also trage ich ihnen lieber die Tüten und überlasse ihnen mein Restgeld.«

»Damit erkennst du aber auch an, dass sie wichtig sind.« Ich erschrak, als ich unter einem Schild hindurchging, auf dem eine echte Eule saß.

»So wie du.«

»Wenn du meinst.«

»Ich weiß es sogar. Diskutier nicht mit mir.« Er schenkte mir ein schiefes Lächeln.

Niemand hatte meine redselige, wissbegierige Art je als etwas Gutes angesehen. Luke schaffte es, Dinge an mir zu finden, die andere störten, und sie in Sachen zu verwandeln, die ihm gefielen.

Worüber ich mir nicht klar werden konnte, war bloß, ob ich seinen Einblick in mein Inneres mochte oder nicht. Kannte er mich besser als ich mich selbst? Und wenn ja, könnte er mir dabei helfen, mich besser zu verstehen?

Während wir an bunten Ladenfassaden vorbeigingen, hielt ich Ausschau nach einem Ort, an dem wir essen konnten. Mein Dasein als Ritterin hatte mich hungrig gemacht.

»Okay, ich habe jetzt schon Restaurants gesehen, die nach Geckos, Schildkröten und Affen benannt sind«, sagte ich. »Was ist hier los mit den nicht essbaren Tieren? Außer natürlich, ihr esst die hier ...«

»Nein, aber du solltest mal eine *Pasty* probieren«, meinte Luke. »Das ist nämlich richtig britisch.«

»Eine *Pasty*?«

»Eine Pastete, zum Beispiel mit Fleisch gefüllt. *Meat Pie*, heißt die.« Er lotste mich zu einem Café mit einem Schild, auf dem groß und deutlich *PASTIES* stand.

»Da wäre ich nie draufgekommen, dass das ein Wort für etwas zu essen ist.«

Luke schüttelte den Kopf und lächelte. »Mach dich nicht über *Pasties* lustig.«

In der Auslage drinnen lagen reihenweise halbmondförmige Pasteten mit handgeschriebenen Schildchen für Sorten wie Rindfleisch, Schweinefleisch, Hühnchen, Würstchen oder sogar Lamm.

Ich entschied mich für Rindfleisch mit Kartoffeln, und wir nahmen an einem kleinen Tisch Platz.

Sich ein wenig hinzusetzen tat gut. Meine Füße und mein Knie taten vom Laufen weh. Ich platzierte den Gral mitten auf dem Tisch.

Al gesellte sich zu uns, und ich blinzelte sie an.

»Würdest du dich denn zu mir setzen, wenn Luke nicht dabei wäre? Ich hätte gedacht, du würdest lieber auf Distanz zu mir bleiben. Bloß beobachten.«

»Ich soll deine Reise in keiner Weise beeinflussen. Ich bin bloß hier, um als Notlösung einzugreifen, falls irgendwas schiefgehen sollte.« Sie verstummte, um ein Päckchen Zucker in ihren Tee zu rühren. »Und irgendwie hab ich so das Gefühl, dass das eher dir als den anderen passiert.«

»Bestraft dich Ms C also damit oder bedeutet das, dass sie dir mehr vertraut als den anderen Begleitpersonen?«

Sie zog eine Augenbraue hoch. »Bist du dir sicher, dass du die Antwort auf diese Frage hören willst?«

Ich grinste. »Sitzen die anderen Babysitter mit den Leuten aus meiner Klasse zusammen oder ignorieren sie sie? Ist es nicht einsam, mit jemandem unterwegs zu sein, aber dann doch nicht wirklich *mit* dem- oder derjenigen?«

Luke öffnete eine Flasche eines seltsamen lila Getränks. »Viele Leute gehen so durchs Leben.«

Als er das so sagte, fiel mir auf, dass meine eigenen Worte auch auf mich zutrafen. All die Menschen, denen ich begegnete, all die Geschichten, die ich mir anhörte ... Und doch konnte ich niemandem meine eigene erzählen. Jetzt brauchte ich ein neues Thema, bevor ihnen die klaffende Wunde in meinem Inneren auffiel. »Darfst du mir denn einen Ratschlag geben?«

Al goss einen Schluck Milch in ihre Tasse. »Wenn du dabei bist, eine Fähre nach Frankreich zu besteigen, kann ich dir davon abraten, ja.«

»Es gibt eine Fähre nach Frankreich?« Ich tat so, als würde ich aufstehen. »Haben wir Zeit dafür?«

Sie kniff die Augen zusammen. »Mein Arbeitsvertrag deckt bloß das UK ab. Jenseits der Grenze bist du auf dich allein gestellt.«

Wenn ich keine Deadline gehabt hätte und keinen Wettkampf gewinnen müsste, hätte ich es mir vielleicht überlegt. »Machst du das zum ersten Mal?«

»Das ist das erste Mal, dass Ms Carmichael diesen besonderen Wettkampf ausprobiert, ja.«

»Ich bin also ein Versuchskaninchen. Super. Hat sie schon mal andere Sachen veranstaltet? Woher hat sie das Geld dafür? Falschgeld? Eine Druckerpresse im Keller?«

Al nahm einen Schluck von ihrem Tee. »Du solltest dich lieber auf den Wettbewerb konzentrieren. Ist es denn nicht wichtiger, das Geld zu gewinnen, als zu wissen, wo es herkommt?«

»Da hat sie recht.« Lukes Wangen bekamen Grübchen. »Vielleicht bist du auf *dem* Grund und Boden gewandelt, auf dem einst König Artus gelebt hat und gestorben ist. Hast in seinen Fußstapfen gekämpft. Inspiriert dich das denn nicht?«

Ich kaute auf meiner Lippe herum. »Es hat mir schon Spaß gemacht. Es hat mir gefallen, Fremde zu etwas Verrücktem zu überreden. Damals haben die Leute König Artus' Idee mit der Tafelrunde wahrscheinlich auch für verrückt gehalten, aber er hat sie trotzdem dazu gebracht, sich ihm anzuschließen.«

»Er hat die Leute davon überzeugt, Potenzial zu erkennen, eine Vision zu teilen«, sagte Luke. »So wie du.«

Ach ja? Blöd nur, dass es leichter war, an das Potenzial von anderen, als an mein eigenes zu glauben.

Um meinen Gedanken zu entkommen, klaute ich Lukes lila Getränk und nahm einen großen Schluck. Ich leckte mir den Rest von den Lippen, was seinen Blick anzog, dann wandte er ihn aber schnell wieder ab. Mein Herz flatterte. Ich stellte die Flasche hin und schnappte mir die *Pasty*.

Fleischstückchen und Kartoffeln wurden von blättrigem Teig umhüllt. Nicht so gut wie *Fish and Chips*, aber ich wollte so viele lokale Gerichte probieren, wie ich nur konnte. »Okay, jetzt fühl ich mich richtig britisch. Dann mal los.«

Ich öffnete den neuen Umschlag.

In diesem Moor lebte einst ein mysteriöser Hund.
Campe in den nebligen Hügeln von Harford auf dem Grund.

Zu Beginn musst du einen alten Stiefel aufspüren.
Dann entschlüssle und folge den Codes, die dich führen.

Ich konzentrierte mich auf den Zettel und hoffte, dass Luke die verschnörkelte Handschrift von der Seite aus nicht lesen konnte. Ein *Hund*. Einmal hatten wir im Unterricht ein Sherlock-Holmes-Buch gelesen, das *Der Hund von Baskerville* hieß. Ein Detektiv würde zum Entschlüsseln von Codes passen. Campen klang lustig. Aber wie viele Moore gab es in England, und wie sollte ich mich an das richtige erinnern?

In dem Buch war das Moor beschrieben wie eine neblige Gebirgslandschaft ... Das bedeutete also viel Natur. Ich faltete meine Karte auf und breitete sie auf dem Tisch aus. Luke sah mir, mit zur Seite geneigtem Kopf, zu.

Ich suchte nach grünen Feldern und hoffte, dass sie für Nationalparks standen wie in Amerika, wobei ich potenzielle Namen las wie North York Moors, Exmoor, Dartmoor. Harford sah ich allerdings nirgends.

Ohne Luke anzuschauen, damit ich nicht wusste, ob Herablassung auf seinem Gesicht stand, kramte ich nach meinem Handy. Anscheinend lag Harford in Dartmoor. Eine weitere Suche bestätigte ebenfalls, dass *Der Hund von Baskerville* in Dartmoor spielte.

»Sieht aus, als würden wir einen Campingausflug machen«, sagte ich. »Muss ich dafür Zelte kaufen? Da steht, dass es in Harford eine Schlafbaracke und einen Campingplatz gibt.«

Al seufzte theatralisch. »Um Zelte wurde sich bereits gekümmert. Vor diesem Teil graut es mir schon die ganze Zeit.«

»Es ist ein Zelt und kein Sarg. Eine Nacht wirst du schon überleben.« Ich drehte mich zu Luke. »Was hältst du von Campen?«

Hatten wir beschlossen, dass er für den ganzen Trip mitkommen würde, oder hatte er sich bloß für einen Tag angeschlossen? Ich wollte nicht einfach davon ausgehen, dass er weiter bei uns bleiben würde, hoffte aber, dass er mitkommen wollte.

In seinem Blick lag Wärme. »Hab ich zwar noch nie gemacht, aber es würde mir nichts ausmachen.«

Ich erwiderte sein Lächeln, wobei sich die Anspannung in meiner Brust löste.

»Super«, sagte Al. »Dann kannst du ja meinen Job für die Nacht übernehmen.«

Ich keuchte dramatisch auf und legte mir eine Hand auf die Brust. »Aber du sollst doch auf mich aufpassen, Al! Was, wenn mich Wölfe angreifen, während ich draußen in der Wildnis bin, du aber meilenweit entfernt bist in einem Fünf-Sterne-Hotel?«

»In England gibt es keine Wölfe.«

Ich suchte nach Zügen Richtung Dartmoor und fand heraus, dass es Stunden dauern würde, um die nahe gelegene Stadt dort zu erreichen, ganz zu schweigen davon, zum Nationalpark zu kommen und Zelte aufzubauen …

»Wir sollten hier übernachten und morgen früh losfahren.« Ich hoffte, dass das die richtige Entscheidung war und Amberlyn, Peter und Spence nicht bereits auf dem Weg dorthin waren.

»Und du hast dich über mich lustig gemacht, als ich nach einem Hotel gefragt hab«, bemerkte Al.

»Was gibt's hier denn sonst noch so zu sehen? Lasst uns unser Gepäck irgendwo abstellen und den Ort ein bisschen erkunden.«

Ich fragte bei anderen Gästen und den Angestellten des Cafés nach Vorschlägen, bis eine Frau das Bed and Breakfast *8 Eulen* empfahl, was zum willkürlichen Tierthema der Stadt passte.

Wir folgten ihrer Wegbeschreibung eine enge Gasse neben einem Esoterik-Laden entlang, durch einen kleinen Garten und zu einem Eulenschild aus Metall, das die Tür bewachte. Die Zimmer waren klein, aber sauber, mit eulenförmigen Kopfkissen, Eulen an den Wänden und einer Decke aus Kunstfedern.

Zumindest hoffte ich, dass diese künstlich waren und dass keine echten Vögel für die Dekoration dieses Zimmers hatten sterben müssen.

Ich schickte meiner Mom eine kurze Nachricht, dass es mir gut ging. Ihre Antwort kam beinahe umgehend.

> Hoffe, der Wettbewerb läuft gut für dich! 🏆🦉🦉🦉

Kein Druck oder so.

Das B&B lag nur einen Häuserblock von unserer ersten Station entfernt, Glastonbury Abbey, eine alte Kirche, zum größten Teil nur noch eine Ruine. Anmutige Torbögen und bröcklige Steinwände waren übrig geblieben und ragten hoch in den Himmel auf, einige davon waren von Efeu überwuchert. Zu ihrer besten Zeit musste die Kirche unglaublich beeindruckend gewesen sein, denn sogar als Ruine regte sich bei ihrem Anblick etwas in mir. Ehrfurcht. Respekt. Ein Gefühl von Zeitlosigkeit.

Auf einem kleinen Fleck Rasen auf dem Gelände stand ein Schild, das diese Stelle als König Artus' Grab auswies.

Ich starrte die unscheinbare Markierung an, wobei sich Traurigkeit wie ein schweres Gewicht auf meine Brust legte. »Das kommt mir aber ein bisschen zu klein vor, für so einen epischen Helden.«

»Bist du ein Fan von König Artus?« Der Mann in der Nähe, der mich angesprochen hatte, konnte mit seiner Bauchtasche, der riesigen Kamera und dem Schlapphut bloß ein amerikanischer Tourist sein. »Dann solltest du dir nämlich die Burgruine in der Nähe ansehen. Der Legende nach soll das Camelot gewesen sein.«

»Cool. Danke.«

Nachdem ich einen letzten Blick auf das kleine Schild geworfen hatte, nahmen wir uns für die halbstündige Fahrt nach South Cadbury ein Taxi und fuhren durch noch mehr verschiedenfarbige Felder und ausladende Hügellandschaften, die mich sowohl mit Begeisterung, als auch mit unerklärlicher Sehnsucht erfüllten.

In der Stadt – wenn man es so nennen konnte – war alles nach Camelot benannt. Hotels, Gaststätten, Pubs.

»Die nehmen die Legende hier aber ganz schön ernst.« Ich deutete mit dem Kinn auf eine Bar, die den kreativen Namen *The Camelot* trug.

»Oder sie mögen das Geld der Touristen«, antwortete Al.

»Das klappt aber dann anscheinend nicht so gut.«

Außer uns war kaum jemand auf der Straße. Nachdem das Taxi

fast sechs frei laufende Hühner überfahren hatte, kam der Fahrer auf einem kleinen Parkplatz zum Stehen. Unser Auto war das einzige weit und breit.

Wir machten einen Bogen um die pickenden Hühner und gingen auf den Hügel zu. Obwohl es schon Nachmittag war, war es weiterhin kühl, mit hübschen grauen und weißen Wolkentürmen.

Am Anfang führte uns der Pfad unter alten, knorrigen Bäumen hindurch, sodass ich beinahe glaubte, König Artus' Ritter wären vor vielen Jahrhunderten hier hindurch geritten. Hinter den Bäumen tauchte dann ein mit Gras bewachsener Hügel auf. Meine Oberschenkel, die außer Form waren, protestierten, mein Knie drohte jedoch nicht einzuknicken.

Als wir oben ankamen, war der Gipfel flach, als hätte jemand die Spitze abgesägt. Wälle oder Mauern aus Stein, die schon vor langer Zeit von Erde verdeckt wurden, ließen grob erahnen, wo früher einmal eine Burg gestanden hatte. Eine Steinmarkierung gab Sehenswürdigkeiten am Horizont an, inklusive den Felsenturm von Glastonbury. Rundum konnte man auf grüne Felder und kleine Baumgrüppchen, Häuser in Monopoly-Spielzeuggröße und winzige Ameisen-Autos hinunterblicken.

Das war nicht die Burgruine, die ich erwartet hatte. Ich hatte gedacht, sie wäre eher so wie die Kirche, bei der noch ein Teil der tatsächlichen Struktur erhalten war.

»Das soll also Camelot gewesen sein?« Langsam ging ich im Kreis. »Wo ist dann die Tafelrunde?«

»Ist das denn alles, was du über König Artus weißt?« Luke hatte sein halbes Lächeln mit den Grübchen aufgesetzt.

»Sonst weiß ich noch, dass er ein Schwert aus einem Stein gezogen hat. Ich hab den Disney-Film gesehen.«

Er nickte feierlich. »Ein wahrer Klassiker.«

»Vergiss den heiligen Gral nicht.« Ich stieß mich leicht vom Boden ab, um mich auf einen hüfthohen Stein zu setzen. »Das hab ich von *Monty Python* gelernt.«

Luke erstarrte.

»Warum steht dein Mund so weit offen?«, fragte ich.

Er rückte seine Brille zurecht, als ob er genauer hinsehen müsste.

»Du hast *Monty Python* gesehen?«

»Klar. Hat doch jeder, oder?« Als sich sein weit offenstehender Mund immer noch nicht schloss, fügte ich hinzu: »Mein Bruder mochte die.«

Wir tauschten Zitate aus einem Film aus, bis wir vor lauter Lachen kein Wort mehr herausbrachten.

»Ihr braucht beide Hilfe«, kommentierte Al.

Sie pflanzte sich an eine Stelle, die Hände hinter dem Rücken verschränkt, und weigerte sich, sich zu bewegen.

»Wie kannst du diesen Film denn nicht mögen?«

»Ich ziehe historische Epen oder Dokumentationen vor«, erklärte sie.

»Das ist doch nicht normal, du alte Frau.«

»Aber Mörderhasen, Hecken und Kokosnüsse *schon*, oder wie?«

»Na ja«, meinte ich, »zumindest hat sie ihn gesehen.«

Lukes Augen leuchteten, als wir uns angrinsten, und ihr Licht durchbohrte meine Brust wie ein starker Sonnenstrahl. Ich musste weitergehen, bevor es mich noch mit der Tatsache blenden konnte, dass eine Zukunft für uns beide unmöglich war.

Ich ging ein bisschen herum und setzte mich dann, genoss den Geruch von Gras und frischer Luft und versuchte mir Ritter und Pferde, Schwertkämpfe und epische Schlachten vorzustellen, die vor Jahrhunderten hier stattgefunden hatten.

Dann wehte ein Hauch von Kuh zu mir herüber.

Und dann tauchten sie einfach so vor mir auf, trotteten eine Stufe im Gelände weiter hoch und kamen direkt auf mich zu. Eine ganze Herde, wie ein Rudel Wölfe, und viel zu zahm.

Hatte ich etwa ein Schild um den Hals hängen, auf dem *GRATIS ZUCKERWÜRFEL* stand? Verströmte ich einen Kuhgeruch, der signalisierte, dass ich paarungsbereit war? Mir blieb kaum Zeit, wieder auf die Beine zu springen, da hatten sie mich auch schon umzingelt.

Nasse Schnauzen drückten sich in meine Seite, an meine Schulter, an meine Wange. Eine schnaubte mich mit einer beunruhigenden Menge Schleim an. Eine andere verpasste mir mit dem Kopf einen leichten Stoß in die Rippen. Ich stolperte gegen eine dritte, und die schaute mich aus großen Augen an – die entweder liebenswert waren oder gerade meine komplette Zerstörung planten.

»Äh, Luke?«, rief ich. »Al? Ein bisschen Hilfe?«

Ich suchte die Herde nach einer Lücke ab, aber sie waren enger zusammengerückt als Fußballspieler während eines Freistoßes.

Eine weitere stupste mich mit der Nase an und schmierte mir Rotz an den Arm.

Über das Schnauben und Stampfen hinweg konnte ich Gelächter hören.

»Leute?«, rief ich erneut.

Anscheinend lachten sie lieber, als mich zu retten.

Dann sah ich sie. Eine kleine Lücke. Wie in einem echten Spiel behandelte ich sie wie einen Zwischenraum zwischen zwei Verteidigern und lief darauf zu. Mein Arm streifte raues Fell und zu nahe an einem Hinterteil kam ich auch vorbei, aber ich war frei.

Oder zumindest dachte ich das.

Ich joggte auf Al und Luke zu, doch hinter mir hörte ich Schnauben. Die Kühe folgten mir. Ernsthaft, sie folgten mir, als wäre ich ihre Anführerin. Oder ihre Beute. Ich lief schneller, aber sie hielten Schritt.

Jetzt lachten Luke und Al nicht mehr. Als ich bei ihnen ankam, waren mir die Kühe direkt auf den Fersen.

»Lauft weg!«, rief ich in bester *Monty-Python*-Manier.

Wir stoben auseinander. Drei Kühe liefen mir hinterher. Ich stolperte über einen halb verborgenen Stein, doch Al hielt mich am Arm fest und stützte mich. Ihr Fuß rutschte weg, und sie fiel auf die Knie.

Ich hörte Schnauben. Unsere Verfolger wurden langsamer, drehten sich um und gesellten sich wieder zu ihren Artgenossen. Die ganze Herde fing an zu grasen, als ob nichts passiert wäre, wobei sie nun wieder wie unschuldige Bauernhoftiere aussahen, und nicht wie müffelnde Teufel.

Ich drehte mich zu Al um. »Danke.«

Al schnaubte. Bei meiner Rettung war sie mit ihren hübschen, flachen Glitzerschuhen mitten in einen Kuhfladen getreten und ausgerutscht. Ihr ganzes Bein war voller Mist.

Ich lachte. Ich konnte es mir nicht verkneifen. Der Klang schallte über den Hügel. Ruckartig hoben ein paar Kühe die Köpfe. Ich schluckte und verstummte, bevor ich sie wieder anstachelte.

»Ich werde Ms C sagen, dass du eine Gehaltserhöhung brauchst.« Ich streckte die Hand aus, um ihr aufzuhelfen.

»Ich glaube nicht, dass es eine angemessene Kompensation für diesen bestimmten Arbeitsunfall gibt.«

»Geht's dir gut?«, fragte Luke, als er wieder zu uns kam.

Als ich nickte, stieß er ein Lachen aus, also tat ich so, als würde ich Kuhsabber an sein Hemd wischen. Al streifte ihre Schuhe im Gras ab und rupfte büschelweise Halme aus, um damit die Kacke von ihrem Bein zu reiben.

»Sie hätten es Kuh-melot nennen sollen«, sagte ich.

»Die Ritter der Kuhrunde«, fügte Luke hinzu.

»Sir Gawain und die grüne Kuh?«

»Ex-Kuh-libur?«

Beide hatten wir wieder einen Lachanfall.

»Ihr zwei seid echt urkomisch.« Al lachte zwar nicht, aber ich glaubte, ein Blitzen in ihren Augen zu sehen.

Ich warf den Kühen einen gespielt wütenden Blick zu. »Ich glaube, wir sind fertig. Lasst uns von hier verschwinden.«

Al hob das Kinn. »Das ist die beste Idee des Tages.«

Der Taxifahrer hatte wie besprochen auf uns gewartet. Beim Einsteigen schnüffelte er hörbar.

Luke und ich hielten uns die Münder zu, um das Gelächter zu ersticken. Er setzte sich in die Mitte und presste sich an meinen Arm, meine Hüfte und mein Bein, um weit genug von Alexis' dreckiger Hose weg zu sein. Seine Nähe war mir viel willkommener als die der Kühe. Aber vermutlich auch gefährlicher. Mit Kuhsabber an meinem Körper musste ich wirklich *großartig* riechen. Wie in aller Welt schaffte Luke es bloß, die Finger von mir zu lassen?

Als ich nicht mehr lachen musste, sagte ich zu dem Fahrer: »Das mit dem Gestank tut uns leid. Waren Sie schon mal hier? Wussten Sie, dass es hier eine wild gewordene Herde von Killer-Kühen gibt? König Artus muss zurückkehren, um diese schreckliche Invasion in einer Schlacht zu vernichten.«

Ich erzählte ihm von unserem knappen Entkommen. Sein herzliches Lachen dröhnte durch das Auto.

»Hätte ich nicht das andere Mädchen bekommen können?« Al verschränkte die Arme. »Ich wette, sie wird nicht von Kühen angegriffen.«

Ich hätte eine Stange Geld dafür bezahlt, um Amberlyn zu sehen, wie sie von Kühen gejagt wird. »Mit ihr würdest du dich zu Tode langweilen. Du magst mich doch. Ich bringe etwas Aufregung in dein Leben.«

»Mein Leben war in bester Ordnung, danke.« Doch ich sah, dass sie gegen ein Lächeln ankämpfte.

Etwas Positives hatte dieser kleine Ausflug allerdings: Wann auch immer ich mich meinem Tagebuch widmen würde, würde ich definitiv über diese Kühe schreiben.

KAPITEL 10

Früh am nächsten Morgen saßen wir schon wieder im Zug. Das Notizheft lag auf meinem Schoß. Aber nachdem ich aus dem Fenster gestarrt und versucht hatte, über ein paar Geschichten nachzudenken, gab ich auf. Still und untätig herumzusitzen, während wir durch die englische Landschaft fuhren, war schrecklich.

Ich drehte mich zu Luke. »Kein Musikliebhaber?«

»Hmm?« Er sah von seinem Buch auf.

Ich deutete auf ihn. »Keine Kopfhörer. Ich hatte schon gedacht, dass das hier eine Regel in öffentlichen Verkehrsmitteln sei. Alle haben welche drin.«

»Ach so. Stimmt.« Er schüttelte den Kopf. »Meine Freunde finden mich deswegen auch komisch. Ich bin kein großer Musikfan. Ich weiß schon, das ist seltsam.«

»Nein, bin ich auch nicht. Ich meine, ich mag Musik, aber so sehr stehe ich auch wieder nicht drauf. Und ich hasse Kopfhörer. Ich will immer mit den Leuten reden, aber dann weiß ich nicht, ob sie mich hören können oder ob sie die Dinger bloß drinhaben, damit sie keiner anspricht. So unhöflich.«

Er lächelte.

Ich warf einen Blick auf das Cover seines Buchs. »Das haben wir im Unterricht gelesen. *Dienstanweisung für einen Unterteufel*. Und ich hab es *nicht* gehasst.«

Luke presste die Lippen aufeinander, wobei sich ein Grübchen bildete. »Eine glasklare Empfehlung also.«

Ich durchsuchte meine Tasche nach einer Kartenschachtel. »Willst du was spielen?«

Er versuchte durch meine Finger hindurch den Namen auf der Box zu lesen. »Was ist das denn?«

»*Was würdest du lieber tun?*« Ich hielt es hoch.

»Was?«

»Auf jeder Karte steht eine Frage.« Ich holte den Kartenstapel aus der Schachtel. »Was würdest du lieber tun? Man hat die Wahl zwischen zwei Dingen – normalerweise sind beide schlimm –, und du musst dich dann für eines entscheiden.«

Er blinzelte mich wenig überzeugt an.

»Schau, so.« Ich zog eine Karte. »Würdest du lieber Giftefeu oder eine Handvoll Hummeln essen? Siehst du, und jetzt ziehst du eine.«

»Was ist das denn für eine Frage?« Er setzte sich anders hin, damit er mich direkt ansehen konnte, wobei er ein Bein auf den Sitz hochzog und mir die Karte aus der Hand nahm. »Warum um alles in der Welt sollte ich überhaupt jemals irgendwas von beidem essen? Was für eine Art von Camping wird das hier denn?«

Ich setzte mich so hin wie er, wodurch sich unsere Knie leicht berührten. Da er sich nicht bewegte, ließ ich meines so, dass es seines streifte. »Darum geht's ja. Es ist einfach doof.«

Er schaute mich ungerührt an.

»Gut. Versuch's mal damit. Würdest du lieber fliegen oder unsichtbar sein können?«

»Äh. Okay.« Eine Falte bildete sich zwischen seinen Augenbrauen. »Unsichtbar sein wäre praktischer. Wobei es meistens kriminell wäre, seine Unsichtbarkeit auch anzuwenden, also vielleicht lieber nicht. Aber ...«

»Oh mein Gott, du kannst *Was würdest du lieber tun?* doch nicht analysieren.« Ich schlug mir mit der flachen Hand gegen die Stirn.

»Neue Regel: Du musst sofort antworten. Ohne darüber nachzudenken.«

In einer Wange bildete sich ein Grübchen, obwohl er seine Augen zusammenkniff. »Du kannst doch nicht einfach so neue Regeln erfinden, wie du lustig bist.«

»Das kann ich schon, wenn du die Antwort in einem doofen Spiel logisch herausfinden willst. Das geht gegen den Sinn des Spiels. Sag einfach das Erste, was dir einfällt. Fliegen oder unsichtbar sein?«

»Fliegen.«

»Super. Ich auch.« Ich hielt ihm die Karten hin. »Du bist dran.«

Er legte die Stirn in Falten, nahm jedoch eine Karte, wobei seine Finger meine streiften.

»Wärst du lieber ein riesiger Hamster oder ein winziges Rhinozeros?« Sein Akzent ließ sogar Wörter wie Rhinozeros sexy klingen. »Was soll das überhaupt heißen?«

»Das soll gar nichts heißen«, meinte ich. »Ein riesiger Hamster, glaub ich. Ich würde mir einen riesigen Ball holen und herumrennen und die Leute über den Haufen rollen. Du?«

»Das ist doch lächerlich.«

Ich warf ihm einen gespielt bösen Blick zu.

»Na gut. Dann das Rhinozeros, glaub ich.«

Ich nahm noch eine Karte. »Würdest du lieber allein oder mit jemandem, den du hasst, für zehn Jahre auf einer einsamen Insel gestrandet sein?«

»Allein.« Seine Lippen zuckten belustigt. »Dich brauch ich gar nicht erst zu fragen.«

»Warum nicht?«

»Weil du zulässt, dass dich ein Fremder auf einer persönlichen Mission begleitet. Du würdest es eher vorziehen, mit irgendjemandem unterwegs zu sein, als alleine.«

»Wenn das wahr ist und ich niedrige Standards habe, sagt das aber nicht viel über dich aus.« Ich piekte ihn ins Knie.

»Es verrät mir, dass ich unbedingt das hübsche Mädchen ansprechen wollte, das meine Brille gerettet hat.«

In meiner Brust kribbelte es. »Das wird dich lehren, Dankbarkeit zu zeigen.« Ich grinste. »Aber du hast recht. Ich würde lieber mit jemandem zusammen sein. Innerhalb von ein paar Tagen, maximal, würde ich den- oder diejenige dazu bringen, mich zu mögen. Außer vielleicht Peter.«

Luke schüttelte theatralisch den Kopf.

Wir spielten noch ein bisschen weiter, und dabei fand ich heraus, dass Luke lieber barfuß auf ein Tankstellenklo gehen würde, als sich Bowlingschuhe ohne Socken anzuziehen; lieber am Grund des Meeres, als im Weltraum leben würde und lieber in die Vergangenheit, als in die Zukunft reisen würde.

Seine Antworten auf dumme Fragen waren das genaue Gegenteil von meinen, doch bei den ernsten Fragen überraschte er mich. Wir waren beide gleicher Meinung, dass wir lieber Zeit mit unseren Freunden, als mit unseren Familien verbringen würden; Halloween, aber nicht Weihnachten ausfallen lassen würden; lieber unseren Traumjob hätten, aber arm wären anstatt reich, dafür aber unglücklich.

Wir verließen uns lieber auf uns selbst anstatt auf andere.

Trotz unserer unterschiedlichen Herkunft und verschiedenen Interessen verstand er mich. Meine Familie liebte mich zwar, kapierte mich aber nicht. Meine Freunde hielt ich auf Abstand, ließ sie nicht so nahe an mich heran, als dass sie mein wahres *Ich* kennenlernen konnten, und nur wenige versuchten, tiefer zu gehen. Aber nach nur zwei Tagen sah dieser Junge vom anderen Ende der Welt wirklich *mich*, identifizierte sich mit mir und – wie ich zumindest glaubte – mochte mich. Das war beunruhigend, aber auch tröstlich. Als würde man hausgemachte Cookies essen, dabei aber geröntgt werden.

Als der Zug in Plymouth hielt, schaute Luke etwas auf seinem Handy nach. »In der Nähe gibt es einen *Poundland*. Wir brauchen noch ein paar Snacks, bevor wir uns ins Moor aufmachen.«

Er führte mich eine volle Straße entlang, die so ähnlich aussah wie bei mir zu Hause – außer, dass die Autos auf der falschen Seite fuhren und der Himmel zu grau war. Wir kamen an einen Gehweg neben einem Park, der in einen gepflasterten Innenhof gegenüber einer Kirche mit hohem Turm und einem riesigen Hochhaus mündete. Luke ging auf ein Gebäude aus hellem Stein mit schwarzen Marmorierungen zu.

Bisher war Plymouth eine ziemliche Enttäuschung in der Kategorie »charmantes Städtchen auf dem Land«.

Ich schaute mir den Namen des Ladens genauer an – *POUNDLAND*. »Ah, kapiert. Ein Pfund ist wie ein Dollar, also ist das ein Ein-Dollar-Laden. Das ist witzig.«

Der Laden verkaufte genau das, was ich erwartet hatte – tonnenweise unnützes Zeug. In den Gängen mit Lebensmitteln suchte ich mir Sachen mit lustigen Namen aus – *Jammie Dodgers*, *Weingummi*, *Monster Munch* und *Wotsits* – und die seltsamsten Geschmacksrichtungen von normalen Lebensmitteln, wie zum Beispiel Kartoffelchips mit Steak-und-Zwiebel-Geschmack und einen Hamburger-Snack-Mix.

Ich hielt sie hoch, damit Luke sie sehen konnte, und lachte laut – so laut, dass mich die anderen Leute im Laden missbilligend ansahen. Luke betrieb Schadensbegrenzung und beschwichtigte sie mit Blicken, die sagten: *Sie ist Amerikanerin, was will man da schon machen.* Aber er lächelte auch.

Luke hingegen deckte sich mit diesem violetten Schwarze-Johannisbeere-Getränk namens *Ribena* und mehreren Packungen von sogenannten *Digestives* ein.

»Was um alles in der Welt ist das denn?« Ich inspizierte die Packungen. »Helfen die bei der Verdauung? Also, dass man dann regelmäßig auf die Toilette gehen kann? Du bist ja ein richtig alter Mann …«

»Das sind Biskuits«, sagte er geduldig. »Mit Schokolade.«

»Schokobiskuits?«

»Biskuits«, sagte er noch mal betont, dann dachte er eine Sekunde nach und legte den Kopf schräg. »Cookies?«

»Ach. Schokocookies!« Da machte es endlich Klick. Niemand würde bei uns Biskuits zu Cookies sagen. »Cool. Warum haben die dann so einen schrecklichen Namen?«

Er schüttelte die Packung vor meinem Gesicht. »Warte, bis du einen probiert hast, dann wird es dir egal sein, wie sie heißen.«

Neben der Kasse gab es einen Aufsteller mit kleinen Schachteln, auf denen KAUBARE ZAHNBÜRSTEN FÜR INTIME MOMENTE stand. Das Bild zeigte eine Nahaufnahme von einem lächelnden Mund mit unnormal weißen Zähnen.

Ich schnaubte. »Bitte sag mir, dass du noch nie so eine benutzt hast.«

Er hob eine Hand hoch, als müsste er vor Gericht einen Schwur leisten. »So eine hab ich noch nie benutzt.«

»Was macht man damit? Sie in der Hosentasche herumtragen? Und wenn man dann glaubt, hey, da könnte sich doch ein intimer Moment anbahnen ... Ich ess lieber mal schnell meine Zahnbürste! Ach, ich liebe es hier!«

Obwohl ich die Zahnbürste, die bei der Gepäckausgabe in Mitleidenschaft gezogen worden war, ersetzt hatte, legte ich eine von denen mit auf unseren Stapel. Dann hoffte ich, dass Luke jetzt nicht glauben würde, dass ich in Erwartung eines intimen Moments war.

Nachdem ich Al den Kassenzettel gegeben und meiner Mom eine Nachricht geschrieben hatte, dass ich mich in die Wildnis wagte und sie heute Abend eventuell nicht würde erreichen können, gingen wir zum Bahnhof zurück.

Unser nächster Halt war eine Kleinstadt namens Ivybridge, in der es, passenderweise, eine von Efeu überwucherte Steinbrücke über einen Fluss gab. Auf der Charme-Skala also definitiv weiter oben.

»Ich geh mich umziehen.« Al verschwand in der Bahnhofstoilette und kam mit blitzeblanken Wanderstiefeln, schwarzen Wanderhosen, einem Thermoshirt und einer Regenjacke wieder heraus.

Ich tat so, als würde ich die Halle absuchen. »Wer bist du, und was hast du mit Al gemacht?«

Sie hob eine Augenbraue.

Ich zeigte auf Lukes Jeans und seine knallroten Chucks. »Willst du dich auch umziehen?«

Er schaute auf seine Schuhe. »Warum? Planen wir etwa eine Expedition?«

»Man kann ja nie wissen.«

»Ich versuche mal mein Glück.«

So standen wir nun im Bahnhofsgebäude, umklammerten unsere Taschen und sahen dabei aus wie Landstreicher. Wie kamen wir jetzt von hier aus in das eigentliche Naturschutzgebiet?

Ich ging auf den grauen Mann hinter dem Schalter zu – graue Haare, graue Strickjacke, gräuliche Hautfarbe. »Können Sie uns sagen, wie wir nach Harford kommen?«

Mit dem Finger deutete er über meine Schulter. »Es gibt einen Pfad, den *Two Moors Way*. Bloß ein paar Meilen von hier entfernt.«

Wir folgten der Wegbeschreibung des grauen Mannes zu einem Wanderweg, der von Bäumen gesäumt wurde und zu einer schmalen Straße führte. Zu unserer Rechten erhob sich ein breiter Hügel und erstreckte sich – wie ich vermutete – weit aus unserer Sicht, bis ins Moorgebiet. Eine niedrige Steinmauer, von wildem Wein überwuchert, führte an der Straße entlang.

»Da!« Ich deutete auf einen kleinen Stein mit einem Schild in der Form eines Pferdes, auf dem *DARTMOOR NATIONAL PARK* stand.

Plötzlich erregten Stimmen hinter uns meine Aufmerksamkeit.

Eine Familie näherte sich: Eltern, zwei Mädchen und ein Junge. Ich blinzelte. Alle fünf trugen blau-karierte Hemden, knielange Khaki-Shorts, dicke Socken und Wanderstiefel.

»Wow«, sagte ich.

Der Dad begann, an einem Stativ herumzuwerkeln, während sich die anderen bei dem Schild aufstellten.

Ich ging zu ihnen hinüber. »Soll ich ein Foto von Ihnen machen?«

»Ach ja, danke, das wäre sehr nett.« Seinen Akzent konnte ich nicht ganz einordnen. Irgendetwas Britisches, aber nicht derselbe wie Lukes oder Als. Dann vielleicht einer von diesen anderen – Schottisch oder Walisisch. Er gab mir die Kamera.

Die Familie stellte sich neben dem Schild auf, ein Gewusel aus identischen Hemden und aufgesetztem Lächeln. Ich hob die Kamera, und dann, wie abgesprochen, hoben sie alle gleichzeitig die Hände und zeigten mir den Daumen nach oben.

»Wow«, murmelte ich erneut, während ich zwei Bilder schoss. Waren die überhaupt echt?

Der Dad holte seine Kamera wieder.

»Seid ihr auf dem Wanderweg unterwegs?« Ich deutete auf ihre Hardcore-Outdoor-Ausstattung.

»Wir campen.« Mit dem Daumen deutete er hinter sich auf einen Wohnwagen, der kleiner als ein amerikanisches Fahrzeug, aber auf der engen Straße immer noch riesig war. »Und ihr?«

»Wir wollten nach Harford wandern.«

Das ältere Mädchen, vielleicht zwölf, betrachtete Luke zweifelnd. »Diese Schuhe sind aber keine gute Wanderausrüstung.«

Er scharrte mit der Spitze seiner Chucks auf dem Boden. »Wir gehen ja nicht so weit.«

Der Dad schüttelte den Kopf. »Unsinn. In denen kannst du nicht wandern. Da draußen ist es ziemlich matschig. Kommt mal mit.« Er klatschte in die Hände. »Kinder! Macht Platz für ein paar neue Freunde. Ab ins Wohnmobil.«

Serienmörder reisten doch bestimmt nicht mit Kindern, trugen Kleidung im Partnerlook und schossen Fotos bei Eingangsschildern zu Nationalparks, oder? Ich ließ meine eigenen Daumen nach oben schnellen und grinste Luke und Al gewollt übertrieben an.

Al hob eine Augenbraue. Luke rückte seine Brille zurecht. Beide schauten mich mit ausdruckslosen Mienen an, die verrieten, dass sie gerade meinen qualvollen Tod planten.

Die Familie sang, während sie auf den Wohnwagen zuging. Ein Wanderlied. In perfektem Einklang.

Lukes Augenbrauen taten es denen von Al gleich. Entweder war er von ihren Singkünsten beeindruckt oder überlegte, mich alleine im Moor zurückzulassen.

Der Wohnwagen musste auf eine Hobbit-Familie ausgelegt sein. Vorsichtig quetschte ich mich an Möbeln vorbei, stieß mir aber trotzdem die Hüfte an einer Tischecke und das Schienbein an einem Stuhl an. Ein Sofa, ein Fernseher und eine winzige Küche waren eindeutig von einem Tetris-Experten angeordnet worden. Hinter einem halb zugezogenen Vorhang lugten ein Bett und ein Bad hervor, das gerade genug Platz für eine Person bot.

Wie konnten fünf Leute hier drin zusammen reisen, ohne sich gegenseitig umzubringen?

Auf einem Metallregal auf dem kleinen Küchentisch lagen Snacks, alphabetisch sortiert, denn warum sollte man sein Essen auch nicht von A nach Z verspeisen? Auf einem anderen Regalbrett standen Bücher, von *Elven Realms* über *Anne aus Green Gables* bis hin zu *Nancy Drew*. Auf einem Tisch in der Mitte des Raums lagen ein Stapel Gesellschafts- und Kartenspiele, nach Größe zu einer Pyramide sortiert.

»Wir sind übrigens die Humphreys. Ich bin James, das sind Jennifer«, er deutete auf seine Frau, »Jessica, Jocelyn und Jamie.«

Wow. Dieses Wort konnte ich gar nicht oft genug benutzen. »Ich bin Britt. Das sind Luke und Alexis. Danke fürs Mitnehmen.«

»Gern geschehen. Macht es euch gemütlich.« Er verschwand im vorderen Teil und überließ es uns anderen selbst, uns im Wohnraum irgendwie aufeinanderzustapeln.

Jennifer klappte eine kleine Videokamera auf. »Tag eins im Dartmoor Nationalpark. Das Wetter ist gut, leicht bewölkt, aber kein

Niederschlag. Wir haben außerdem neue Freunde gefunden. Alle haben gute Laune.« Sie richtete die Kamera auf den Jüngsten, den kleinen Jungen. »Jamie, hast du noch was hinzuzufügen?«

Der Junge war wahrscheinlich sieben oder acht Jahre alt. »Ich hab Hunger.«

Ich schnaubte, und sie riss die Kamera zu mir herum. »Erzähl uns was von dir. Was führt dich ins UK?«

»Ach, äh … Eine Reise.«

»Und wie findest du es bisher so?«

»Es ist schön. Ich war vorher noch nie außerhalb meines Landes.«

»Hat deine Familie denn auch solche Urlaube gemacht?« Ihre körperlose Stimme hinter der Kamera verfolgte mich erbarmungslos.

Da werden Sie aber ein bisschen schnell ein bisschen persönlich, meine Dame. »Nicht wirklich. Wir haben einmal den Grand Canyon besucht, aber mir ist schlecht geworden, und wir haben ihn kaum gesehen.«

»Ohh, der Grand Canyon. Habt ihr das gehört, Kinder? Da würden wir auch eines Tages gerne mal hin. War er denn groß?«

Ich zuckte mit den Schultern. »Hauptsächlich erinnere ich mich daran, wie ich mich übergeben habe.«

»Eklig«, sagte Jamie in einer Stimme, die eher so klang, als meinte er *cool.* »Weißt du, wie *Backgammon* geht?«

»Nicht wirklich, nein«, antwortete ich. »Willst du es mir beibringen?«

Alles, um dieser Befragung zu entkommen.

Wir quetschten uns um den Tisch herum zusammen, wo unsere Knie unter der Platte natürlich aneinanderstießen.

Er öffnete ein schwarz-weißes Spielbrett mit Dreiecken und runden, schwarz-weißen Spielsteinen. »Spielt man in Amerika beim Reisen auch Spiele?«

Flink legte er mit den Fingern die Spielsteine auf.

»Puh. *Ich sehe was, was du nicht siehst.*« Ich schaute aus dem

Fenster. »Aber hier gibt's nicht viel zu sehen außer Felsen und Wiesen. Oder das Spiel mit den Autokennzeichen. Aber das hilft mir hier auch nicht weiter.«

Der Wohnwagen füllte die gesamte Straße aus und streifte die zweieinhalb Meter hohen Hecken auf beiden Seiten. Falls uns ein anderes Auto entgegenkam, würde es interessant werden. Zumindest war unser Fahrzeug garantiert das größere.

»Luke, du bist nicht zufällig gut im Heimwerken?« Jennifer guckte hinter der Kamera hervor. »Die Spüle leckt, und James ist leider echt schlecht im Sachen Reparieren.«

»Ach.« Er blinzelte. »Okay.«

Er öffnete den Unterschrank und steckte den Kopf hinein.

Das älteste Mädchen saß neben Al auf dem winzigen Sofa und inspizierte ihr Outfit. »Das ist richtige Wanderkleidung. Wo hast du die her? Wo gehst du am liebsten wandern?«

Unter dem Spülbecken schnaubte Luke.

»Wer will einen Snack?« Das andere Mädchen öffnete einen Behälter mit hausgemachten Scones und verteilte sie.

Jennifer filmte derweil munter alle weiter.

Luke spähte lange genug von unter dem Spülbecken hervor, um mir einen Blick zuzuwerfen, der sagte: *Willst du mich eigentlich verarschen?* Und mit meinem antwortete ich: *Schon, oder?*

Diese Familie war zu perfekt. Die Kinder benahmen sich anständig. Mom und Dad verstanden sich gut.

Da tauchte auf einmal eine Erinnerung auf – eine, an die ich schon jahrelang nicht mehr gedacht hatte. Wie Dad und ich im nahe gelegenen Nationalpark Los Padres gecampt hatten.

Nicht lange danach hatte Dad beschlossen, dass es zu viel Arbeit war, drei Kinder großzuziehen, und hatte sich von uns getrennt. Womit Urlaube und definitiv auch Camping gestrichen waren.

Ich wusste nicht genau, ob der Tag heute der Auslöser dafür war, dass ich ihn vermisste. Ich dachte nur selten an ihn – so war es einfach leichter.

Stattdessen verlor ich in *Backgammon* mehr schlecht als recht gegen einen Achtjährigen.

Knapp eine Stunde später parkten wir auf einem Campingplatz inmitten von grünen Hügeln und traten einer nach dem anderen aus dem Wohnwagen hinaus. Auf der Fläche verteilt standen verschiedene Vans, Wohnwagen, Autos und Zelte herum, außerdem gab es eine Schlafbaracke.

»Toller Campingplatz.« James breitete demonstrativ einen Arm aus. »Und eine schönere Landschaft könnte man sich auch nicht wünschen.«

Ich hievte mir die Tasche auf die Schulter. »Danke fürs Mitnehmen.«

»Gern geschehen«, sagte er. »Viel Spaß noch bei deinem Ausflug!«

Wir verabschiedeten uns, sahen ihnen zu, wie sie den Wohnwagen absperrten und dann inmitten der Hügel verschwanden.

Nachdem die Familie weg war, war alles zwanzig Mal ruhiger.

»Tja«, sagte ich, »das war …«

»Folter?«, schlug Al vor.

»Witzig.« Ich kniff vielsagend die Augen zusammen. »Meine Familienurlaube waren nie so angenehm. Wenn wir überhaupt welche gemacht haben. Wie war's bei dir?«, fragte ich Luke.

»Bei unseren Ausflügen kamen meistens Museen vor.«

»Witzig«, sagte ich in einem komplett anderen Tonfall.

Al nickte. »Das klingt nach deinem Dad.«

Sein Auge zuckte. Er stupste sie an der Schulter an. »Hat dich das denn nicht an deine Kindheit erinnert?«

Ich keuchte auf. »Al war auch mal ein Kind? Unmöglich!«

Al erschauderte. »Gott sei Dank haben wir nie Hemden im Partnerlook getragen. Aber die Spiele, der Camper, die … Vertrautheit. Ich hatte gehofft, das nicht noch mal erleben zu müssen.«

»Du hattest also eine Familie, die sich gut verstanden und Ausflüge zusammen gemacht hat … Und das hat dir nicht gefallen?«

Das konnte ich mir nicht vorstellen. *Beides zusammen* konnte ich mir einfach nicht vorstellen.

Sie zuckte mit den Schultern.

Ich stellte sie mir wie meine Schwester vor, die auf Ausflügen immer las und alle ignorierte. In mir begann es zu brodeln. Nicht alle hatten das Geld für Familienurlaube. Oder Familienmitglieder, die es aushielten, fünf Minuten lang mit den andern im selben Raum zu sein.

»Ist es dir vielleicht schon mal in den Sinn gekommen, dass einige von uns darauf hoffen, genau *so was* eines Tages erleben zu können?«

Sie hob eine Augenbraue, als ob sie wüsste, dass diese Geste, die sie mit Luke gemeinsam hatte, mich langsam aber sicher verrückt machte. »Nicht alle von uns.«

Ich zog eine Grimasse und marschierte davon.

»Darauf hoffe ich auch.« Lukes ruhige Stimme kam von direkt hinter mir.

Ich blieb stehen.

Er streckte die Arme aus und legte mir die Hände auf die Schultern, damit er nicht in mich hineinlief.

Ich drehte mich um, und er stand so nahe vor mir, dass ich helle Sommersprossen auf seiner Nase erkennen konnte. Er ließ die Arme sinken, trat aber keinen Schritt zurück.

»Tut mir leid wegen Al.« Er strich sich das Haar aus den Augen. »Sie mag keine Menschen, deshalb weiß sie es auch nicht zu schätzen, in einer großen Familie aufgewachsen zu sein.«

Ich atmete einmal tief durch, um mich zu beruhigen. »Ich hatte auch eine große Familie, aber sogar bevor uns mein Dad verlassen hat, haben wir keine solchen Ausflüge gemacht. Maya hat uns immer ignoriert. Meine Mom und Drew wollten immer in Museen gehen. Und mein Dad und ich wollten lieber Sachen draußen machen. Und wir haben uns immer über alles gestritten.«

»Zählt es denn überhaupt als Familie, wenn man mit seinem Vater allein ist und der einen kaum wahrnimmt?« Sein Mund verzog sich zu einem dünnen Lächeln. »Den besten Ausflug, den ich je gemacht habe, habe ich mit der Familie von meinem Freund Nick unternommen. Traurig, oder?«

Ich starrte über seine Schulter hinweg auf das Moor. »Wenn ich mal Kinder habe, habe ich mir immer vorgestellt, dass wir das Auto beladen und in Nationalparks fahren würden, wo wir dann campen und wandern und lauter Sachen machen würden, die ich nie ausprobiert habe. Wie Fischen oder Rafting oder Reiten. Im Auto würden wir Spiele spielen und Süßigkeiten essen und bei klassischen Rocksongs mitsingen.« Ich riskierte einen Blick auf sein Gesicht. »Klingt das denn dumm?«

Sein Blick war sanft. »Nein, das klingt nach Spaß.« Ein Funkeln schlich sich in seine Augen. »Solang du auch das ein oder andere Museum miteinplanst.«

»Damit könnte ich vermutlich leben.«

Wir lächelten uns an.

Aber Moment ... Warum plante ich gerade einen zukünftigen Familienurlaub mit einem Typen, den ich gerade erst kennengelernt hatte? Bis heute war mir gar nicht klar gewesen, dass ich mir so etwas überhaupt erhoffte. Ich konnte es gar nicht glauben, dass mich diese Familie ... nostalgisch gemacht hatte? Hoffnungsvoll?

Wie auch immer. Nicht, dass ich überhaupt je jemanden finden würde, dem ich genug vertraute, um mit ihm eine Familie zu gründen.

»Los.« Ich hörte auf zu lächeln. »Lass uns mal diese Zelte suchen.«

Ich ließ ihn stehen, rauschte an Al vorbei und vermied es, den großen Familienspaß-Wohnwagen der Humphreys anzusehen.

KAPITEL 11

Al führte uns zu einem Typen, der einen Haufen Campingausrüstung bewachte. Es gab zwar noch mehrere Schlafsäcke und noch nicht zusammengebaute Zeltteile, allerdings standen in der Nähe schon zwei Grüppchen gleicher, aufgebauter Zelte zusammen.

Wer hatte mich geschlagen? Und würde der oder die Dritte auch bald ankommen? Ich stellte mir uns als Spielfiguren vor und England als Spielbrett, auf dem wir uns bewegten – sobald einer einen Vorsprung ausbaute, zogen die anderen wieder nach, um gleichauf zu bleiben.

Ich suchte drei Zelte aus und ging zielstrebig zu einem noch freien Fleck inmitten des Campingplatzes, wo ich die Zeltstangen auf den Boden fallen ließ. Ich hatte schon seit Jahren kein Zelt mehr benutzt, aber diese aufzubauen war bestimmt nicht allzu schwer.

Al und Luke standen nebeneinander und hatten die Köpfe über die Aufbauanleitung gebeugt.

»Echt jetzt, Leute?« Ich nahm Luke das Heftchen aus der Hand. »Das brauchst du doch gar nicht.«

»Das geht sicher gut aus«, kommentierte Al.

»Wer bist du denn, meine Großmutter? Liest du auch das Kleingedruckte unter Werbungen und hörst den Sicherheitsanweisungen im Flugzeug zu?«

»Sicherheit in Flugzeugen ist eine ernste Angelegenheit.«

Luke schaute sehnsüchtig die Anleitung an, als ich sie zur Seite warf.

»Du auch?«, fragte ich.

»Hast du das denn schon mal gemacht?« Er schnappte sich das Ende einer Zeltstange und half mir, sie auszuziehen.

»Jup. Na ja, nicht wirklich. Ich hab zugesehen. Das letzte Mal, als wir campen waren, hat Dad das Zelt aufgebaut, aber seit er uns verlassen hat, waren wir nicht mehr campen.«

Luke drehte ruckartig den Kopf. »Wann war das?«

»Vor acht Jahren. Keine große Sache.«

»Ich finde aber schon, dass das eine große Sache ist.« Er hielt die Stange fest, sodass ich entweder loslassen oder ihn anschauen musste. »Meine Mom hat uns auch verlassen, aber da war ich noch ziemlich jung. Es ist schwierig, etwas zu vermissen, was man nie hatte. Ich kann mich nicht an sie erinnern.«

Das hatte eine Anerkennung verdient, aber ich hatte keine Ahnung, was ich sagen sollte. War es noch schlimmer, gar keine Erinnerungen zu haben … oder machte das das Leben letztendlich leichter? Anstatt zu antworten, zog ich an der Stange. »Hat dir dein Dad beigebracht, wie man ein Zelt aufbaut?«

»Nein.«

In diesem kurzen Wort lagen mehr Emotionen, als er vermutlich vorgehabt hatte, zu zeigen.

»Dann mach ich das mal«, sagte ich.

Ich zog noch mal daran, und unsere Stange rutschte bis zur maximalen Länge heraus. Eine Erinnerung kam zurück, wie mein Dad und ich damit einen Schwertkampf gemacht hatten. Das hatte ich wohl auch vergessen.

Dieser Ausflug war ziemlich gefährlich.

»Und, macht's dir schon Spaß, Al?«, fragte ich, um der Vergangenheit zu entkommen, während ich mit der zweiten Stange weitermachte.

Sie antwortete nicht, sondern starrte wütend ihre Zelttasche an.

»Sie findet, dass es *draußen* zu viel Natur gibt.« Luke rollte den Zeltstoff auf und schüttelte ihn aus.

»Ich verstehe einfach nicht, warum uns diese Hinweise nicht auch in Bibliotheken hätten führen können«, murmelte sie. »*Das wäre dann von Literatur inspiriert.*«

Nachdem wir mit den Stangen herumhantiert und uns durch Zeltstoffbahnen gegraben hatten – Al hatte die ganze Zeit über finster dreingeblickt –, standen drei kleine Zelte auf der Lichtung.

In eines davon warf ich meine Sporttasche. »Und du hast geglaubt, dass wir eine Anleitung dafür brauchen.«

Luke legte sich eine Hand auf die Brust und verbeugte sich, wobei er mich angrinste. »Es tut mir leid, an dir gezweifelt zu haben.«

»Wir könnten immer noch sterben«, meinte Al.

Nun, da unser Nachtlager aufgebaut war, war es Zeit für den Hinweis: einen alten Stiefel aufspüren. Ich stemmte die Hände in die Hüften.

Eine riesige grüne Wiese breitete sich vor mir aus, gesprenkelt von vielen verschiedenen Zelten, außerdem gab es einen Bereich für Wohnwagen wie den der Humphreys. Eine Seite war von Bäumen gesäumt, und über das Gelände verstreut standen die Schlafbaracke mit einer Veranda, eine weitere Holzhütte und ein paar Picknicktische. Ein paar Leute spielten Frisbee oder ruhten sich in Campingstühlen aus, doch insgesamt war es auf dem Platz relativ ruhig.

Al setzte sich an einen Picknicktisch und schlug ihr Buch auf. Luke blickte von ihr zu mir, als überlegte er gerade, wie stark er eingespannt werden wollte.

»Du kannst ruhig bei Al bleiben, wenn du willst«, sagte ich zu ihm, hauptsächlich deswegen, damit er es nicht sofort mitbekommen würde, wenn ich etwas super Offensichtliches übersah.

Nachdem er sich zu ihr gesellt hatte, atmete ich einmal tief die frische Luft ein. Ich war Sherlock Holmes. Ich würde jedes noch so winzige Detail, das den Normalsterblichen verborgen blieb, unter die Lupe nehmen, jede Sache, die auch nur im Entferntesten deplatziert wirkte, erkennen, den monströsen Killer fangen und die Gerechtigkeit in der Welt wiederherstellen.

Okay, das letzte vielleicht nicht.

Unsere Zelte standen neben einer Steinmauer, die den Campingplatz vom Moorgebiet trennte, also fing ich dort an. Nichts als Felsen und Moos. In den Hecken daneben war auch nichts, genau wie in den Bäumen.

Was passierte, wenn ich den Hinweis nicht fand, die ganze Woche in Dartmoor verbrachte und kläglich scheiterte? Al würde mich vielleicht umbringen. Oder mich hier alleine zurücklassen …

Ich ging auf die Feuerstelle in der Mitte des Platzes zu, die von Baumstämmen umgeben war und als Sitzbank diente. Da! Etwas Schwarzes, das wie Leder aussah, lugte unter einem der Baumstämme hervor. Ich zog daran. *Bitte lass es nicht voller Spinnen sein.*

Es war ein Männerstiefel, mit Schnürsenkeln und einer Schnalle. Zum Glück musste ich die Hand nicht sehr tief hineinstecken, um die Spinnentheorie zu überprüfen, bis ich eine vertraut aussehende Karte fand, doch anstatt eines weiteren Hinweises stand eine Zahlenreihe darauf. Diese war in mehrere Gruppen unterteilt, wie Wörter. *Entschlüssle die Code*s. Konnte es denn so leicht sein, dass eins für A und zwei für B stand?

Mit dem Stiefel unter dem Arm holte ich einen Stift aus meinem Zelt. Luke und Al sahen zu, wie ich das Alphabet und die Zahlen aufschrieb und die Karte übersetzte: Suche das Licht im Fenster.

Nur zwei dauerhaft stehende Gebäude hatten Fenster. Im Inneren der Holzhütte fand ich Bäder, Metallwaschbecken und Duschen ohne Türen vor, die ich definitiv nicht benutzen würde. In den Fenstern war allerdings nichts.

Das erinnerte mich an die Team-Schnitzeljagd vom letzten Jahr – Verteidiger gegen Mittelfeld gegen Stürmer –, bei der meine Mannschaftskolleginnen und ich durch die Stadt gerast waren. Nur dass dieses Mal viel mehr auf dem Spiel stand als das Recht zu prahlen und eine gratis Pizza.

Ich musste mehr in die Rolle von Sherlock reinkommen. Ich war zwar nicht annährend so brillant, aber in seine Konzentration auf eine Sache, seine Entschlossenheit einen Fall abzuschließen, konnte ich mich hineinversetzen. Gut, dass niemandes Leben hiervon abhing. Bloß mein eigenes.

Das andere Gebäude war die Schlafbaracke. Die Veranda war leer bis auf von Matsch überzogene Wanderstiefel, zwei Regenschirme und ein Handtuch, das über einem Stuhl hing.

Sherlock hätte aufgrund dieser Gegenstände ein paar Rückschlüsse auf die Bewohner gezogen. Eine Frau mit Füßen in meiner Größe hatte wohl eine unglückliche Begegnung mit einem Sumpf gehabt. Jemand anderes hatte sich auf ein Unwetter vorbereitet. Und wenn die Eigentümer diese Regenschirme bald brauchen würden, hätte jemand anderes ganz bald ein sehr nasses und nutzloses Handtuch.

Aber das half mir auch nicht weiter.

Ich würde einmal um die Baracke herumgehen, bevor ich versuchte, hineinzukommen. Hinten gab eine Reihe von Fenstern den Blick auf mit Felsbrocken übersäte Felder frei.

Aber was war das da auf dem Fensterbrett? Ohne Veranda waren die Fenster fast auf der Höhe meines Kopfes. In einem davon stand ein bronzener Kerzenständer mit einer Kerze. So einer, wie eine Figur aus *Der Hund von Baskerville* benutzt hatte, um jemandem im Moor Signale zu senden.

Ich sprang hoch, streifte ihn mit den Fingern, um ihn herunterzustoßen, und fing ihn auf. Damit beides im Ständer steckenblieb, war eine weitere Karte einmal um die Kerze herum gewickelt.

Ich war eine echte Detektivin! Sherlock wäre stolz auf mich.

Diese Karte zeigte eine willkürliche Ansammlung von Buchstaben, wie Wörter, aber es waren keine echten Wörter:

AFB MCBFCB RKQBO ABO QOBMMB.

Wenn das so ähnlich funktionierte wie die letzte Karte, konnten bestimmte Buchstaben für andere Buchstaben stehen. Ein Wort, das bloß aus drei Buchstaben bestand, konnte der, die, das oder ein sein. Ich blätterte zu der Seite zurück, auf der ich den letzten Code hingekritzelt hatte, und betrachtete das Alphabet. Ich fing mit einem *d* unter dem *a* an, schrieb die Buchstaben so noch mal neu auf und übersetzte den Code.

Damit kam ich auf *Die Pfeife unter der Treppe*. Die Schlafbaracke hatte eine Treppe. Perfekt!

Ich kroch unter die Treppe und fand eine Pfeife mit einem eingerollten Zettel darin. Darauf standen mehrere Buchstaben in einer Reihe:

EKAFDDITINREE.

Ein Buchstabensalat? Kraft in die … Die Tiere … Kandidiere …

»Finde die Karte!«, fiel es mir schließlich ein.

Ich drehte die Karten um. Keine Landkarte. Wo hatte ich noch nicht gesucht? Ich lief zu dem Kiosk in der Nähe der Wohnwagen und entdeckte eine gläserne Auslage mit lauter Landkarten von Wanderwegen auf dem Gelände. Unter der Auslage stand eine Schachtel mit einzelnen Zetteln, auf denen Landkarten aufgedruckt waren. Ich blätterte sie rasch durch und fand dabei einen mit einem Hundesticker, der den Wanderweg nach *Western Beacon* zeigte.

Ausgezeichnet. Ein Abenteuer im Moor. Wie Sherlock.

Wild die Landkarte schwenkend hüpfte ich auf die Tische zu, wo Luke und Al saßen. »Wer ist bei einer Moorwanderung dabei?«

»Weil da auch gar nichts schiefgehen kann«, murmelte Al.

»Was hast du gesagt, Al?« Ich legte eine Hand ans Ohr. »Ich hab dich nicht gehört.«

»Ich kann mich vor lauter Aufregung, mit Ihnen eine Tour durch die Sümpfe zu machen, kaum zurückhalten, Ms Hanson«, sagte sie mit ausdrucksloser Miene.

»So hatte ich dich auch verstanden, ja.«

Wir fanden den Beginn des Wanderwegs und marschierten los. Immer wieder blitzte blauer Himmel hinter der leuchtend weißen Wolkendecke auf. Meine Schritte federten.

»Sicher, dass du die tragen willst?« Ich deutete auf Lukes Chucks und Jeans.

»Ich war noch nie wirklich wandern.«

»Offensichtlich.«

Luke verdrehte wohlwollend die Augen. »Dir scheint Wandern ziemlich viel Spaß zu machen.«

»Ich war noch nicht so oft, aber ich gehe gerne auf Erkundungstouren, entdecke neue Sachen und mag körperliche Betätigung, also denke ich mal schon.«

»Körperliche Betätigungen wie Fußball?« Sein Seitenblick bekam etwas Durchtriebenes.

Das war mein Einsatz. Die perfekte Gelegenheit, ihm etwas Echtes über mich zu erzählen, außer der Tatsache, dass ich lieber ein Stück Seife essen, als eine Flasche Spülmittel trinken würde. Aber ich war noch nicht bereit dazu, meine ganze Geschichte mit jemandem zu teilen, und jetzt kannten wir uns schon gut genug, dass es sich wie eine Lüge anfühlen würde, ihm bloß die Hälfte zu erzählen.

»Körperliche Betätigungen wie durch Moore wandern.« Ich legte einen Zahn zu und achtete nicht darauf, ob er und Al mir folgten.

»Pass auf die Sümpfe auf«, warnte Al.

»Das ist doch eine gute Frage. Würdest du lieber von einem Höllenhund zu Tode geleckt oder von einem Sumpf verschluckt werden?«

Luke schnaubte. »Der Sumpf, vermutlich. Das geht schneller, aber der Mangel an Sauerstoff konserviert dich darin. Im British Museum haben sie eine Moorleiche – ein Mann, den sie in einem Sumpf gefunden haben. Der ist Hunderte von Jahren alt, aber man kann immer noch erkennen, dass er ein Mensch war.«

»Cool.«

Vor uns tauchten zwei Gestalten auf, die auf uns zu wanderten. Ich erkannte Spence in einer Regenjacke mit aufgesetzter Kapuze und ausgelatschten Wanderstiefeln. Er musste bereits am Ende des Wanderwegs angekommen sein.

Ich winkte, und er grüßte zurück.

»Schon irgendwelche Hunde gesehen?«, rief er. »Hab gehört, hier draußen könnte es gefährlich werden.«

»Ich glaube, die Sümpfe sind schlimmer als die Hunde«, antwortete ich im Näherkommen.

»Dann pass lieber auf. Es wäre doch ein Jammer, wenn dich irgendetwas aufhalten würde, oder?« Er grinste dreckig, und wir gingen aneinander vorbei.

Die Luft roch nach würzigem Schlamm, nassem Gras und etwas Süßlichem. Ich hatte es vermisst, im Freien unterwegs zu sein. Mich körperlich auszupowern. Die frische Luft. Ich breitete die Arme weit aus und lachte.

Das Moorgebiet ging einfach immer weiter, gedeckte Grün- und Brauntöne erstreckten sich bis hin zum weit entfernten Himmel. Wir folgten dem groben Pfad, der parallel zu einer Reihe von Findlingen verlief, als hätte ein uralter Riese Spielzeugfelsbrocken verloren, stiegen einen Hügel hinauf, auf dem ein brusthoher, freistehender Steinhaufen stand und von dem aus man das ganze Panorama von zerklüfteten Bergen, grün karierten Feldern und sogar einer Stadt in der Ferne sehen konnte.

An dem Steinhaufen war ein weiterer Umschlag festgemacht. Ich stopfte ihn in meine Tasche, da es hier kein Telefonnetz gab, und ich nicht vorhatte, ihn ohne meinen Freund Google zu lesen.

Nachdem Luke und ich ausgiebig die Landschaft bewundert hatten, setzten wir uns auf einen Felsen. Al nahm ihre Bodyguard-Distanz von mehreren Metern Entfernung wieder ein, als würde sie uns vor unsichtbaren Feinden beschützen. Der Wind heulte und peitschte durch meine Haare und das Gras.

Okay. Bis hierher hatte ich alle Aufgaben einwandfrei gelöst. Aber wenn ich gewinnen wollte, musste ich auch den Teil mit dem Tagebuch meistern. Vielleicht konnte ich ja etwas von Sherlock lernen – oder dessen Autor, angesichts der Tatsache, wie viele Bücher der geschrieben hatte.

»Hast du Sherlock Holmes gelesen?« Ich zupfte an den Grashalmen herum, die aus einer Felsspalte herauswuchsen. »Worum geht es denn deiner Meinung nach in der Hunde-Geschichte?«

»Um einen gigantischen Dämonenhund«, antwortete Luke.

»Sehr hilfreich.« Ich bewarf ihn mit den Grashalmen.

Er duckte sich und grinste. »Ich mache doch nicht deine Arbeit für dich.«

»Sieh es doch eher als Lernhilfe.«

»Woran kannst du dich denn noch erinnern?«

Ich seufzte. »Ein Hund hat die Leute terrorisiert. Ich glaube, jemand ist vor lauter Angst gestorben. Kann das sein? Also hat Sherlock Watson hier hinausbeordert.« Ich starrte den Horizont und die endlosen Berge an, die sich vor mir ausbreiteten. »Kannst du dir das vorstellen? Es ist so ... karg hier. Und weit und breit ist keine Menschenseele zu sehen.«

Lukes entspanntes Gesicht verriet mir, dass der Mangel an Menschen ein Teil des Anreizes war.

»Ich glaube, da hat ein Verrückter im Moor gelebt. Und der Hund hatte irgendwie so leuchtende Augen. Oder ist das die moderne Version?«

Luke schüttelte den Kopf. »Du bist echt ein hoffnungsloser Fall.«

»Ich bin besser mit Filmen.« *Denk nach, Britt.* »Ich weiß noch, dass es am Ende eine Erklärung für alles gab. Watson hat an das übernatürliche Zeug geglaubt, aber Sherlock nicht, und das hat ihn dazu gebracht, weiterhin nach einer menschlichen Lösung zu suchen.«

»Vorgefasste Annahmen. Gut. Denk darüber nach.«

Meine einzige vorgefasste Annahme war die, was ich mit meinem Leben anfangen wollte, aber der Glaube daran lag jetzt in Scherben. »Du klingst schon wieder wie ein Lehrer.«

»Sorry.« Er kaute auf seiner Lippe herum. Da ich die Angewohnheit inzwischen kannte, nahm ich an, dass er jetzt gleich das Thema wechseln würde. Doch stattdessen blinzelte er und starrte auf den Horizont. »Ich wollte mal einer werden.«

In dem Versuch, den Moment zu bewahren, sprach ich leise. »Willst du das denn jetzt nicht mehr?«

»Es ist kompliziert.« Weiter ging er nicht darauf ein.

»Ich verstehe komplizierte Sachen.«

Zwei zottelige Ponys trabten gemächlich vorbei, dann fragte er: »Was willst du denn mal werden?«

»Eine Superheldin.« Die Antwort entkam mir, bevor ich sie aufhalten konnte – und sie war unangebracht leichtfertig, nachdem er so offen zu mir gewesen war.

Er schnaubte, und ich schaute ihn von der Seite an.

Na gut. Er war ehrlich zu mir gewesen. Also konnte ich das auch. »Gerade habe ich keine Ahnung mehr.«

Er hielt meinen Blick fest, und es fühlte sich so an, als würde er meine Gedanken lesen. Als stünde mir die Antwort quer übers Gesicht geschrieben – dass ich einen Traum gehabt hatte, der aber gestorben und jetzt verloren war. Als würde er mir damit sagen, dass er sich genauso fühlte.

Ein Blitz durchzuckte mich. Ich zwang meine Augen dazu, seinem verständnisvollen Blick auszuweichen.

Gräser und dürre Bäumchen, die sich in die gleiche Richtung bogen, und Steinhaufen, die zusammengekauert auf dem Boden lagen wie wilde Tiere, die darauf warteten, zum Leben zu erwachen, dominierten die Aussicht. Jetzt erinnerte ich mich wieder an die Sümpfe in der Geschichte – dicke, versteckte Stellen aus Schlamm, die einen in einem Stück verschlingen konnten. Dass dieser Ort alles überdauerte, war sowohl tröstlich als auch verstörend.

»Glaubst du an das Übernatürliche?«, fragte Luke.
»Wie zum Beispiel an Höllenhunde? Nein.«
»Andere Sachen? Gott? Wunder?«

Ich brauchte viele Wunder – meine Zukunft, das College, dieser Wettbewerb –, also wollte ich an Wunder glauben. Vielleicht war es auch schon eines, einfach hier zu sein.

»Ja, vermutlich schon. Schau dir das doch mal an.« Ich ließ die Hand über die zähen Bäume, die schönen Wolken und die winzigen Blümchen, die in den Felsspalten wuchsen, schweifen. »Wäre irgendwie schwer, nicht daran zu glauben.«

Das Gewicht der Leere lastete auf mir, schwer und überladen mit viel zu vielen Gedanken.

»Das Rumsitzen macht mich ganz müde. Wer als Erster bei dem Felsen da ist.« Ich sprang auf die Füße und rannte los zu einem Steinhaufen in einiger Entfernung.

Obwohl ich auf dem unebenen Boden gut aufpasste, wo ich hintrat, genoss ich den Wind und meinen sich beschleunigenden Atem. Der Arzt hatte zwar gesagt, dass ich rennen durfte, aber nachdem ich wochenlang nur einmal Kinderfußball gespielt hatte, fühlte es sich komisch an. Meine Lungen brannten, aber ich rannte immer weiter, saugte den Wind ein und zwang meine müden Beine zum Weiterlaufen.

Beim Laufen zogen die Schatten der Wolken weiter über den Boden, und die Sonne verschwand.

Der Wind trug Alexis' Stimme zu mir, die mich warnte, vorsichtig zu sein. Ich lief noch schneller. Allerdings hatte sie damit nicht unrecht. Was, wenn ich hinfiel? Ich könnte mich an einem Stein anhauen oder aufschlitzen. Wer wusste schon, wie lange es dauern würde, um hier draußen medizinische Versorgung zu bekommen?

Na gut.

Ich verlangsamte auf Schritttempo, keuchte.

Sekunden danach blieb Luke neben mir stehen.

Ich atmete einmal tief ein, damit meine Stimme auch wirklich fest klang. Ich konnte ihn schließlich nicht glauben lassen, dass ich so schnell außer Puste war. »Nicht schlecht für diese Schuhe.«

Es musste an seinen langen Beinen liegen.

»Ich bin ja nicht komplett unsportlich.« Sein Gesicht war rot, und seine Brust hob und senkte sich schneller als meine. Der Wind hatte ihm die Haare aus dem Gesicht geweht. Er nahm seine Brille ab, um sie sich am Rand seines Hemdes abzuwischen.

Wieso hatte ich je gefunden, dass er wie ein Nerd aussah? Mit welligem Haar und ohne Brille konnte ich das helle Goldbraun seiner Augen und den Schwung seiner Augenbrauen sehen. Er schob sich die Brille wieder auf die Nase und sah mich dann mit *diesen* Augen an. Ich stieß die Luft, die ich gerade so tief eingeatmet hatte, wieder aus.

»Wir werden beide bald unsere Schuhwahl bereuen.« Falls er es bemerkt hatte, dass ich ihn angegafft hatte, ließ er sich Gott sei Dank nichts anmerken.

»Warum?«

Er deutete nach oben. Graue Wolken bedeckten den Himmel. Als ich mich zurücklehnte, landeten einige Tropfen auf meinem Gesicht.

Ich wischte mir einen Regentropfen von den Wimpern. »Das ist dieses englische Wetter, von dem ich gehört habe.«

Al kam zu uns und gab uns zwei blaue Ponchos.

»Ach, Al, du kümmerst dich einfach so rührend um mich.«

»Ich würde es schlichtweg nicht ertragen, wenn dir etwas zustieße«, sagte sie mit todernster Miene.

Ich zupfte den Poncho zurecht, der mich komplett verschluckte und mir bis zu den Knöcheln reichte. Hätten Al und Luke sich nicht auch ihre angezogen, hätte ich mir Sorgen gemacht, weil er so unattraktiv aussah. »Super ausgestattet, Ms Pfadfinderin.«

»Die schlimmsten zwei Jahre meines Lebens.«

Ich fuhr blitzschnell zu ihr herum. »Warte, echt jetzt?«

»Ich war bei den Pfadfindern. Meine ältere Schwester hat es geliebt, also haben mich meine Eltern auch zum Mitmachen genötigt.«

»Ach ja, ich bin gut vertraut mit den Freuden von älteren Schwestern, die ganz andere Sachen mögen als man selbst. Tut mir leid, dass du dazu verdonnert wurdest. Aber ich werde es dich trotzdem nie vergessen lassen.«

»Alles andere hätte mich auch schockiert.«

Luke und ich lächelten uns an, bevor wir weitergingen.

Tief in mir drinnen wummerte ein Schmerz. Die ganze Gegend hier kam mir zu weit, zu leer vor. Wo war eine hübsche Stadt, wenn man mal eine brauchte? Voller Lärm und Leute und Ablenkungen? Hier war das einzige Geräusch das leise Trommeln der Regentropfen auf unseren Plastikponchos.

Ich war immer gerne im Freien unterwegs gewesen – früh am Morgen auf dem tauüberzogenen Fußballfeld, zum Schwimmen im eiskalten Pazifik, zum Wandern in den Bergen, von wo aus man an einem klaren Tag einen Blick auf den Ozean und die Inseln hatte. Doch von zu Hause war ich daran gewöhnt, auch im Freien viele Leute anzutreffen. Hier draußen fühlte ich mich, als wäre ich allein auf der Welt.

Und ich wusste nicht so genau, ob mir das gefiel.

KAPITEL 12

In der Nähe des Campingplatzes kamen wir an zwei weiteren Personen vorbei – Peter und seinem Betreuer, wie sie auf die Feuerstelle zugingen. Peter hatte den Kopf eingezogen. Im Gegensatz zu Spence hatte er keinen Hut oder keine Kapuze, weshalb ihm sein nasses Haar in Gesicht und Nacken klebte. Er ging vornübergebeugt. Schlechtes Timing für ihn. Zumindest hatten wir es noch teilweise vor dem Regen zurückgeschafft. Er schaute lange genug hoch, um mich zu erkennen und wütend anzustarren, als ob ich für das Wetter verantwortlich wäre.

Dieser Gesichtsausdruck ließ jegliches Mitleid verpuffen, das ich vielleicht angesichts seiner Situation als begossener Pudel verspürt hatte.

Als wir endlich bei unseren Zelten ankamen, waren meine Schuhe schlammverkrustet. Luke hatte seine Brille inzwischen ganz abgenommen, nachdem er sie mehrmals trocken gerieben hatte, und Al strahlte kühles Schweigen in Wellen aus, die drohten, mich umzuwerfen.

Ein viertes Grüppchen gleicher Zelte stand nun auf der Lichtung, was bedeutete, dass Amberlyn, Peter, Spence und ich nun alle wieder gleichauf waren.

Ich warf einen Blick zum Wohnwagen der Humphreys hinüber, doch der war abgeschlossen und dunkel. Ich atmete auf. Allerdings nur, weil ich erleichtert für Al war. *Ich* hätte ein weiteres glückliches Familienessen schon noch ertragen können. Mein Magen knurrte. Tatsächlich waren diese Scones gerade ziemlich verlockend.

Jetzt, wo wir die Gelegenheit hatten, Schutz zu suchen, hatte es natürlich aufgehört zu regnen. Luke und ich setzten uns an einen Tisch und plünderten die Snacks, die wir mitgebracht hatten.

»Das zählt aber nicht als Mahlzeit.« Al verschränkte die Arme. »Ich bin überrascht, Luke. Normalerweise bist du doch immer gut vorbereitet.«

»Ich bin doch vorbereitet.« Er schüttelte die Tüte in seiner Hand. »Ich hab was zu essen, oder etwa nicht?«

»Kekse und Chips sind keine Mahlzeit.«

»Ich bin ein *Kerl*. Das ist also definitiv ein akzeptables Abendessen.« Er schüttete sich die Brösel aus der Steak-und-Zwiebel-Chips-Tüte direkt in den Mund, ohne den Blickkontakt zu ihr abreißen zu lassen.

Sie zog sich an einen anderen Tisch zurück, um alleine einen Energieriegel zu essen.

Luke zuckte mit den Schultern und machte eine neue Packung *Digestives* auf.

»Du siehst mir aber nicht so aus wie jemand, der Schrott als Mahlzeit isst.« Ich nahm mir einen Cookie aus der Packung. »Ich meine, für mich ist das total in Ordnung. Aber du wirkst so ... kultiviert.«

»Ich bin mir nicht ganz sicher, ob das ein Kompliment oder eine Beleidigung ist. Wenn man mit einem Vater zusammenlebt, der nie kocht, lernt man, mit dem auszukommen, was gerade da ist.« Er warf mir einen Seitenblick zu. »Aber ich *kann* kochen.«

»Wirklich?« Das überraschte mich weniger, als dass er Kekse zu Abend aß.

»Klar. Aber wie ich schon sagte, ab und zu eine Tüte Chips macht mir auch nichts aus.«

Ich riss die *Wotsits* auf, die wie *Cheetos* waren. »Meine Mom kocht schon manchmal, aber sie arbeitet immer sehr lange. Wenn ich mit Abendessen vorbereiten dran bin, gibt es meistens *Mac'n'Cheese* aus der Schachtel oder überbackene Toasts.«

»Es gibt nichts an einer Mahlzeit auszusetzen, die hauptsächlich aus Käse besteht.« Um diesen Punkt zu unterstreichen, schnappte er sich eine Handvoll *Wotsits* aus meiner Tüte.

Trotz der späten Stunde war der Himmel noch hell. Als Luke dann ein Buch zur Hand nahm und sich unter einen Baum setzte, blieb ich am Tisch und versuchte, etwas in mein Notizheft zu schreiben.

Der Tag bot viel Material. Ich versuchte, die Familie zu beschreiben und wie ich mich dabei fühlte, Zeit mit einer zu verbringen, die so anders war als meine, meinen eigenen Hoffnungen jedoch so ähnelte. Doch die – auf gruselige Weise aufeinander abgestimmte – Kleidung, die begeistert filmende Mom und die Freundschaft unter den Kindern konnte ich nicht einfangen. Stichpunktartig notierte ich ein paar Satzfragmente zu den Hinweisen, die ich gefunden hatte, und der Wanderung durchs Moor. Das Gespräch mit Luke über Wunder und Glauben ging mir immer noch durch den Kopf. Das waren wahrscheinlich solche Dinge, die Ms C wissen wollte. Wie Sherlock mich dazu brachte, in mich hineinzuhorchen und mich dabei herausforderte, etwas über mich selbst und das Leben zu lernen.

Aber ich wusste nicht, wie ich anfangen sollte, um meine Gefühle in Worte zu fassen. Sie auf Papier aufzuschreiben, kam mir peinlich vor – als könnte nichts, das ich jemals schreiben würde, meine wirklichen Gedanken einfangen. Ich würde bloß etwas Schwaches und Ungenaues festhalten, das man, nachdem es einmal in Tinte dastand, nicht mehr ändern konnte.

Ich klappte das Notizheft wieder zu, blieb sitzen und zitterte leicht, während ich den dämmrigen Himmel beobachtete. Wie schade, dass der Nebel die Sterne verdeckte. Noch so eine Sache, die mein Dad immer mit mir gemacht hatte –, an einen abgelegenen Strand fahren, um zu beobachten, wie allmählich die Sterne über dem Meer auftauchten.

Ich wusste nicht, wie lange ich schon dort gesessen hatte, als sich plötzlich etwas Warmes um meine Schultern legte. Luke ließ sich neben mir nieder und zog die andere Hälfte seines Schlafsacks über sich. Er saß nahe genug bei mir, dass seine Körperwärme zusammen mit dem Schlafsack mein Zittern vertrieb, jedoch nicht so nah, als dass ich geglaubt hätte, er würde sich an mich ranmachen.

Mein dummes Herz wurde ganz schwer.

»Das ist cool, diese Sache mit dem Campen.« Er wickelte den Schlafsack noch fester um uns, wobei er uns näher zusammendrückte, und mein Herz wummerte schneller. »Friedlich.«

Aus dem Schlafsack stieg mir der gemischte Geruch nach Mottenkugeln und etwas, das mich an den Schlafsaal erinnerte, in dem ich während meines Besuchs an der UCLA übernachtet hatte, in die Nase. »Ich habe ganz vergessen, wie gern ich eigentlich campe.«

Wahrscheinlich hatte ich das absichtlich vergessen, da die Erinnerungen an meinen Dad geknüpft waren.

»Was gefällt dir daran?«, fragte er. »Ich hätte gedacht, dass du Städte lieber hättest, wo es viele Leute gibt und man etwas unternehmen kann.«

»Schon, aber vermutlich mag ich einfach die Herausforderung daran. Sich selbst für die Nacht ein Dach über dem Kopf bauen zu müssen. Ein Feuer machen. Leichte Sachen werden zu Problemen, die man lösen muss.«

»Das kann gut sein.« In dem Licht einer Laterne irgendwo auf dem Campingplatz konnte ich sein Profil erkennen. »Ich mag die Ruhe. Eine nette Abwechslung. Lässt einen mal entkommen.«

Ich wollte so gerne wissen, was oder wem er entkommen wollte, hielt die Frage aber zurück. »Ich weiß nicht, wie du das machst«, sagte ich stattdessen.

»Wie ich was mache?«

»Keine Ahnung, die ganze Zeit über so ruhig zu bleiben. Still zu sitzen. So ... selbstgenügsam zu sein. Mir wird so leicht langweilig. Ich muss ständig irgendwas tun.«

»Ich bewundere deine ganze Energie. Du kannst dich für alles begeistern. Dir zuzusehen wäre anstrengend, wenn ich nicht so fasziniert davon wäre.«

Noch nie zuvor hatte mich jemand faszinierend genannt. Das klang wie ein Adjektiv, das man benutzte, um eine seltene Blume oder ein besonderes Ausstellungsstück in einem Museum zu beschreiben. Mein Herz dehnte sich aus und wurde zu groß für meinen Brustkorb. Er sah mich, mein wahres Ich, und ihm gefiel, was er sah.

»Niemand hat das je so ausgedrückt. In der Schule war ich immer zu aufgeregt. Zu Hause war ich immer zu laut. ›*Warum kannst du nicht mal stillsitzen und lesen, wie deine Schwester? Warum kannst du nicht wie dein Bruder deine Hausaufgaben machen?*‹«

Ein leiser Seufzer entfuhr Lukes Kehle. »Das tut mir leid.«

»Was? Warum?«

In der Nähe löschte ein Mann ein Feuer, während ein anderes Paar Laternen ausmachte und in sein Zelt kletterte.

»Weil das so klingt, als würde dir deine Familie das Gefühl geben, nicht gut genug zu sein, und das ist schrecklich.«

»Warum? Weil deine Familie dich doch so lieben soll, wie du bist, und dich bei allem unterstützen soll?« In den Worten lag mehr Sarkasmus, als ich beabsichtigt hatte.

»So *sollte* es sein, ja.« Sein Ton implizierte allerdings, dass er es besser wusste, es sich aber trotzdem wünschte.

»Ist das bei dir und deinem Dad denn nicht so?«

Er ließ sich mit seiner Antwort so lange Zeit, dass ich schon glaubte, er würde vielleicht gar nicht mehr antworten. »Es ist kompliziert. Ich würde lieber nicht darüber reden.«

Dieselbe Ausrede hatte er auch schon verwendet, als er davon gesprochen hatte, einmal Lehrer werden zu wollen. Gab es zwischen den beiden Dingen etwa einen Zusammenhang?

Ich lehnte mich zurück, um in den Himmel zu blicken. »Okay.«
»Okay? Das ist alles?«
»Warum denn nicht? Du musst ja nicht darüber reden.«
Er schüttelte den Kopf. »Ich bin nicht daran gewöhnt, dass jemand ...«
»Deine Wünsche respektiert?«
»Sachen so leicht auf sich beruhen lässt.«
»Ich bin super darin, Sachen auf sich beruhen zu lassen. Und jetzt sei still, damit ich hören kann, wie sich der Höllenhund an uns heranschleicht.« Das Vieh musste sich wirklich wahnsinnig leise bewegen, denn außer dem Geräusch des Windes, der durch das Gras raschelte, war kein anderer Laut auf dem Campingplatz zu hören.

Luke schmunzelte, und seine Schulter streifte meine, warm und fest. Er ließ sie dort, auf eine Art und Weise, die vielleicht beabsichtigt war, vielleicht aber auch nicht.

Ich hoffte, dass es Absicht war.

Entwickle keine Gefühle für ihn.

Aber ich bewegte mich nicht weg.

»Warum wolltest du mitkommen?«, fragte ich leise. »Hat das was mit deinem Dad zu tun?«

Er zuckte zusammen. »Woher weißt du das?«

»Wegen all der verpassten Anrufe und dem Ausdruck auf deinem Gesicht, wenn du ihn erwähnst.«

Er antwortete nicht sofort. »Das hast du mir ansehen können? Die meisten Leute sagen, dass ich das beste Pokerface überhaupt habe. Niemand weiß je, was ich denke.«

Ich zuckte mit den Schultern, wodurch der Schlafsack ein bisschen verrutschte. Wir griffen beide danach, und seine Finger legten sich über meine. Die Berührung brachte mein Herz zum Rasen. Luke richtete den Stoff und nahm seine Hand wieder weg. Wie konnte er so locker bleiben? Hatte er denn keine Ahnung, was das mit meinem Inneren machte? Bewirkte das bei ihm denn gar nichts?

»Das ist eine lange Geschichte ... Für ein anderes Mal.« Er klang nicht ablehnend, nur müde, weswegen ich glaubte, dass er es mir vielleicht irgendwann wirklich erzählen würde. »Warum warst du einverstanden, dass ich mitkomme? Ich hätte ein Serienmörder sein können. Hast du denn nicht gelernt, dass man nicht zu Fremden ins Auto einsteigt?«

»Mein Instinkt hat mir verraten, dass du kein Psycho bist. Und meine Logik hat mir gesagt, dass ich stark genug bin, um dich verdreschen zu können, falls du doch einer wärst. Vor allem, wenn Al mitgeholfen hätte.«

Er lachte. »Da hast du vermutlich recht.« Er schwieg einen Moment. »Aber jetzt mal ernsthaft, Pilgerin. Da muss doch mehr dahinterstecken, als der Wunsch, nicht allein sein zu wollen?«

»Teilweise. Erlebnisse sind besser, wenn man sie mit jemandem teilt. Vermutlich ... hab ich was in dir gesehen, was ich wiedererkannt habe. Als ob du das auch brauchen würdest. Eine Pause. Ein Abenteuer.«

Die Dunkelheit machte es einfacher, ihm die Wahrheit zu sagen. Ich redete gar nicht mit Luke, sondern mit mir selbst und der Nacht.

Puh, dieser Ort hier machte mich noch ganz poetisch. Ich musste endlich aus der Natur raus.

»Verdammt«, sagte Luke. »Und ich dachte schon, es wäre mein atemberaubend gutes Aussehen gewesen.«

Ich erinnerte mich daran, wie er sich über sein Buch gebeugt und durch die Seiten geblättert hatte, ohne mehr als einen Finger zu bewegen, und seine Brille zurechtrückte. An sein Gesicht, gerötet und ohne Brille, nachdem er durchs Moor gelaufen war. An seinen neutralen Gesichtsausdruck, nachdem ich ihn mit Ketchup bespritzt hatte. Witzig, wie viele Bilder ich nach zwei Tagen schon von ihm hatte. »Das war definitiv ein Punkt für dich. Du bist dran.«

»Womit?«

»Du hast meine Frage noch gar nicht beantwortet.«
»Stimmt. Ich musste mal raus.«
Ich spürte, dass das alles war, was ich bekommen würde. Und für den Augenblick war das auch genug.

✶

Etwas riss mich aus dem Schlaf. Es hatte schon ewig gedauert, bis ich überhaupt erst eingeschlafen war. Was hatte mich also jetzt aufgeweckt? Ich rollte mich auf die andere Seite und öffnete die Augen.

Es war echt verdammt dunkel. Keine Straßenbeleuchtung, keine Autoscheinwerfer. Laternen und Feuer waren gelöscht worden, weshalb es im Zelt stockdunkel war.

Ein langes, leises Stöhnen durchbrach die Stille.

Ich erschrak. Zitterte.

»Psst. Luke. Bist du wach?« Ich hoffte, dass sein Zelt nahe genug an meinem stand, sodass er mich hören konnte.

Er grummelte. »Warum schläfst du denn nicht?«

»Ich hab was gehört.«

»Einen Hund aus dem Hades, der dich jetzt holen kommt?«

Hinter der Zeltwand flackerte ein Licht auf, wodurch der Stoff kurz orange aufleuchtete.

»Da! Hast du das gesehen?« Ich setzte mich auf.

»Ich versuche, gar nichts außer der Rückseite meiner Augenlider zu sehen, aber aus irgendeinem Grund hab ich es für eine gute Idee gehalten, mit einer verrückten Amerikanerin campen zu gehen, die nicht an Schlaf glaubt.«

Ein weiteres Stöhnen ertönte, das sich zu einem schrillen Heulen steigerte.

»Sicher, dass du nicht an Geister glaubst?«, fragte Luke.

»Nein«, sagte ich nachdrücklich. »Dafür muss es eine menschliche Erklärung geben.«

»Wenn du das sagst, Sherlock.«

»Das ist wahrscheinlich Al. Ich wette, Ms Carmichael hat ihr aufgetragen, uns einen Streich zu spielen, damit es so wie im Buch ist.«

»Stimmt, Al ist ja auch total der Typ für praktische Scherze.«

Ich krabbelte aus meinem Schlafsack heraus und auf die Zeltklappe zu.

Da erklang das Stöhnen schon wieder.

Ich erschrak, dann lachte ich. »Ich werd mal nachschauen gehen.« Ich schob meine nackten Füße in meine Turnschuhe, machte den Reißverschluss am Zelteingang auf und kroch hinaus.

»Fall in keinen Sumpf«, sagte er.

Draußen fehlte jede Spur von dem Licht, das ich gesehen hatte. Das Stöhnen hatte auch aufgehört.

Im Schein meiner Handytaschenlampe und in der Hoffnung, dass der Akku nicht gleich leer sein würde, machte ich ein paar Schritte. In einiger Entfernung tauchte ein Licht auf und erleuchtete einen Hügelkamm außerhalb des Campingplatzes im offenen Moor. Der stete Schein verriet, dass es eine Taschenlampe und kein Feuer war.

Das Heulen kehrte zurück – ein leises Jaulen, das sich langsam aufbaute und dann erstarb. Das Licht ging ebenfalls aus.

Weitere Erinnerungen an die Geschichte kehrten zu mir zurück. Sherlock übernachtete in einer alten Steinhütte. Irgendein Typ brachte seinem Verbrecher-Bruder auf der Flucht Essen. Und als Watson und Sherlock ihr finales Aufeinandertreffen mit dem Hund hatten, war das Moor von Nebelschleiern durchzogen, so wie heute Nacht.

Was ich zu Luke gesagt hatte, meinte ich auch so – ich glaubte nicht an Geisterhunde. Aber hier draußen, mit dem Nebel und der Dunkelheit und dem erdigen Geruch, verstand ich, wie man daran glauben konnte.

Mein Handy konnte in dem Dunst nur ein kleines Stück des Wegs vor mir erleuchten, doch ich ging auf die Stelle zu, wo ich das Licht gesehen hatte. Hier draußen gab es keinen Hund. Wahrscheinlich Nachtwanderer. Vielleicht Al.

Langsam bahnte ich mir einen Weg über den unebenen Boden.

»Pilgerin, warte«, flüsterte Luke da hinter mir.

Er stolperte hinter mir her und zog sich gleichzeitig einen Hoodie über den Kopf.

Ich blieb stehen. »Beschützt du mich vor dem Hund?«

»Ich kann dich doch nicht alleine nachts rumlaufen lassen. Das wäre nicht richtig.«

»Nein, wäre es nicht«, sagte eine zweite, resignierte Stimme, und Al tauchte auf.

Okay, das mit den Soundeffekten da draußen war also nicht sie.

»Hast du das eingefädelt?« Ich kniff die Augen zusammen, um sie in dem schwachen Licht erkennen zu können. »Ms Carmichaels Anweisung? Versucht ihr, uns zu erschrecken?«

»Ich habe nichts damit zu tun.« Ihre Stimme klang, als würde sie die Vorstellung beleidigen. »Aber ich habe mir schon gedacht, dass du hier draußen sein würdest, wenn du es auch gehört hast.«

»Du kennst mich echt gut.«

»Hier, nimm eine Taschenlampe,« sagte Al.

Wir gingen weiter über das Moor. Der dicke Dunst kam uns in grauen Schwaden entgegen und bedeckte meine Haut mit Feuchtigkeit. Nach einigen Minuten ging das Licht wieder an, nun weiter rechts. Wir passten unseren Kurs an.

Ich hauchte auf meine eiskalten Hände. »Meint ihr, das ist ein entflohener Gefangener?«

»Du hast das Buch ja *doch* gelesen«, meinte Al.

Luke lachte schnaubend.

Ich seufzte. »Mir gefällt dieser überraschte Tonfall nicht.«

Ein weiteres Heulen zerriss die Stille.

»Klingt eher nach einem Hund, der gequält wird, als wie einer, der es auf einen Mitternachtssnack abgesehen hat.« Allerdings bekam ich an beiden Armen Gänsehaut.

»Ruhe«, sagte Al.

Als wir bei dem Hügelkamm ankamen, ließ Al das Licht über den matschigen Boden schweifen und erhellte damit einen Fußabdruck. Oder besser gesagt: einen Pfotenabdruck. Einen riesigen, zwei Mal so groß wie mein Schuh. Al ließ den Schein ihrer Taschenlampe weiter umherwandern. In der Nähe war noch einer. Und bevor sie im Gebüsch verschwanden, entdeckte ich noch einen. Wenn die Abdrücke schon so groß waren, musste der ganze Hund ja die Größe eines kleinen Dinosauriers haben.

Ich lachte. »Ernsthaft jetzt?«

Hatte Ms Carmichael jemanden darauf angesetzt? Als einen Teil der Herausforderung, um zu sehen, wie ich reagieren würde? Oder jemand aus meiner Klasse könnte dahinterstecken ... Spence fände so was bestimmt lustig.

Hatten die anderen die Geräusche auch gehört? Ich wünschte, Amberlyn wäre hier. Als wir als Kinder beieinander übernachtet hatten, stellte sie sich bei seltsamen Geräuschen immer alles Mögliche vor – einen Serienmörder, UFOs, eine Drohne von Regierungsspionen. Man hatte sie so einfach an der Nase herumführen können, das war lustig gewesen. Die falsche Spinne in ihrem Eis. Wie ich sie in der Nacht mit der Scream-Maske aufgeweckt hatte, nachdem wir abends den Film geschaut hatten. Wie ich so getan hatte, als würde ich mich in einen Werwolf verwandeln, nachdem mich ihr Hund gebissen hatte. Dass sie das glauben würde, hätte ich nie gedacht, aber das hatte sie tatsächlich.

Mich erschreckte man allerdings nicht so leicht. »Das ist echt enttäuschend. Wenn mir schon jemand einen Streich spielen will, wäre es mir lieber gewesen, er oder sie hätte wenigstens einen echten Hund mitgebracht.«

»Wer, meinst du, war das?«, fragte Luke.

»Wahrscheinlich jemand aus meiner Schule.«

»Oder diese Familie«, meinte Al. »Vertraue nie Leuten, die singen.«

»Wir haben denen aber doch gar nicht erzählt, warum wir hier sind«, erwiderte Luke.

Ich drehte mich wieder in die Richtung des Campingplatzes. »Gehen wir zurück. Ich bin müde.«

Beim Gehen richtete ich die Taschenlampe abwechselnd auf den Boden und das Moor um uns herum, wobei ich hoffte, einen Blick auf etwas oder jemanden zu erhaschen. Ich reckte den Hals nach links. Nach rechts. Und da blieb ich mit dem Zeh an einem Stein hängen.

Mein Knöchel knickte um. Nicht schlimm, aber mein Bein bog sich in einem seltsamen Winkel. Etwas in meinem Knie zwickte. Es gab nach, und mit einem lauten Ächzen fiel ich auf den Boden.

»Britt?« Luke kniete sich sofort neben mich und legte eine Hand auf meinen Arm. »Geht's dir gut?«

Al leuchtete mit der Taschenlampe nach mir und blendete mich.

»Ja. Hilf mir auf.« Ich griff nach Lukes Hand und stand auf, wobei ich versuchte, mein Knie zu belasten. Es schien in Ordnung zu sein. Es hatte nicht wehgetan, hatte sich bloß so angefühlt, als wäre etwas verrutscht. Ich machte ein paar Schritte, wobei ich weiterhin Lukes Hand festhielt. »Mir geht's gut. Ich hatte vor kurzem eine Knieoperation. Aber jetzt ist alles gut. Ich bin bloß falsch aufgetreten, das ist alles.«

»Du hattest eine OP und wanderst hier in der Dunkelheit herum?« Sein Griff um meine Hand wurde fester.

»Keine große Sache. Mein Arzt meinte, das wäre in Ordnung.«

»Nachts herumzuwandern?«

»Diese exakte Aktivität hat er nicht genannt.« Ich ließ seine Hand los und fing an, wieder normal weiterzugehen. Verräterisches Knie, machte mir einfach das Gehen schwer. Und verräterische Hand, die die Wärme von Lukes Hand vermisste.

Ein Teil von mir wünschte, er hätte weiter darauf bestanden, mir zu helfen. Mir einen Arm um die Schultern gelegt. Der andere, rationale Teil argumentierte dagegen, dass ich einwandfrei allein zurechtkam und ich mich sicher auf niemanden zu verlassen brauchte, der bloß eine Woche mit mir unterwegs war.

Ich blieb stehen. Wir hatten unseren Campingplatz fast erreicht, aber irgendetwas daran sah falsch aus.

»Äh, Leute?« Ich zeigte geradeaus. »Ist das nicht die Stelle, an der unsere Zelte stehen sollten?«

KAPITEL 13

Ich grub mich durch den schlaffen Stoff, der auf einem Haufen lag, wo vor ein paar Minuten noch mein Zelt gestanden hatte. »Irgendjemand hat unsere Zeltstangen geklaut.«

Ich drehte mich schnell im Kreis und leuchtete mit meiner Taschenlampe, sah aber niemanden. Wer würde sich so eine Mühe machen und ...?

»Peter.«

Spence hätte vielleicht herumgejault und falsche Pfotenabdrücke hinterlassen, aber so weit würde er nicht gehen. Peter allerdings ...

»Er muss diese Sache mit dem Hund im Voraus geplant haben, um uns wegzulocken.« Ich stapfte bis zum Rand des Campingplatzes und suchte das Gebüsch ab. Ging in einem weiteren Radius um unsere Stelle herum. Nichts.

Bevor ich noch zu jedem Zelt auf dem Campingplatz laufen konnte, legte Luke mir eine Hand auf die Schulter.

Ich ballte die Hand zur Faust und zwang mich, ruhig zu atmen. Hatte er Luke und mich etwa den ganzen Abend über beobachtet? Hatte er gesehen, wie wir uns vor dem Schlafengehen unterhalten hatten? Creep.

Nun suchte ich ruhiger weiter – Büsche, Felsen –, doch von den Stangen fehlte jede Spur. Sicher würde Ms C diesen Diebstahl nicht gutheißen. Das würde ich *so was von* in meine Geschichte einbauen. Selbst wenn der Fake-Hund ein Teil der Herausforderung war – Sabotage war es sicher nicht.

Luke ging neben seinem einstigen Zelt in die Hocke. »Hasst er dich denn so sehr?«

»Du hast ihn doch während der Tour gesehen.« Ich stupste das Zelt mit dem Zeh an. »Wir können ja unter den Sternen schlafen.«

Bloß, dass die Sterne unter den dichten Nebelschwaden nicht zu sehen waren, die beinahe so viel Feuchtigkeit abgaben wie Regenwolken.

Tatsächlich fielen jetzt richtige Tropfen auf uns herunter.

Ein Knurren kam aus der Richtung von Als Zelt. Ich fuhr herum. War der Fake-Hund etwa zurückgekommen? Ach. Das war bloß Al.

Luke schaute Richtung Himmel. »Oder auch nicht.«

»Als ob mir nicht sowieso schon der Rücken wehtäte«, murmelte Al.

»Hör auf, so eine alte Frau zu sein. Uns wird schon was einfallen.« Ich hob mein Zelt an, damit ich den Reißverschluss am Eingang aufmachen konnte. Zumindest hatte mir Peter meinen Schlafsack gelassen. Irgendwie mussten wir die Zeltdecke stützen. »Wisst ihr noch: Diese winzigen Zelte, die wir draußen im Moor gesehen haben? Die in der Größe für eine Person?«

»Die heißen Karpfenzelte«, sagte Al. »Und ich war froh, dass wir die nicht benutzen mussten.«

»Jetzt aber schon. Wir können die Zeltdecke mit den Rucksäcken und Als Regenschirm abstützen.«

Ich schnappte mir ihren großen Golfregenschirm und stopfte ihn in meine Sporttasche. Luke hielt das Zelt hoch. Ich schob die Tasche ins Eck des Zelts, und er drapierte den Stoff über die Spitze des Regenschirms. Das Ergebnis war eine knapp ein Meter hohe Spitze, die steil nach unten abfiel.

»Wenn ich meine Tasche als Kopfkissen verwende, könnte das klappen.« Ich kletterte hinein und legte mich hin. Die Zeltdecke hing nur ein paar Zentimeter über meinem Gesicht, und der Rest sackte auf meinen Körper herunter wie eine Zudecke. »Geht schon.«

Luke und ich machten dasselbe mit seinem Zelt, wobei wir das Gestell seines Rucksacks benutzten. Al starrte wütend die Zelte an, als würde sie ihnen die Schuld dafür geben, selbst in sich zusammengefallen zu sein, deshalb richteten wir ihres auch noch.

»Dann träumt mal schön.« Ich krabbelte in das Zelt, konnte aber den Reißverschluss am Eingang nicht finden, also ließ ich es offen. Zumindest hielt die Zeltdecke den Regen von meinem Gesicht fern.

Auf den Hundetrick war ich vielleicht nicht hereingefallen, aber der war ohne Zweifel eine effektive Ablenkung gewesen. Das Gute daran war allerdings, dass meine Geschichte unterhaltsam sein würde. Falls ich nicht an Unterkühlung starb.

»Danke, Peter«, murmelte ich beim Einschlafen.

Als ich aufwachte, klebte mir nasser Stoff im Gesicht. Irgendwann in der Nacht war der Regenschirm weggerutscht. Mein Gesicht, meine Haare und meine Schultern waren feucht, und das Zelt haftete an mir wie ein vollgesogener Kokon.

Meine Nase und meine Ohren schmerzten vor Kälte, und meine Augen und mein Mund fühlten sich an, als wären sie voller Sand. Die Feuchtigkeit hatte meine Haare in buschige, gewellte Knoten verwandelt. Ich zerrte den Haargummi heraus und versuchte, sie ein bisschen zu glätten, bevor ich sie wieder hochband, wobei mich meine tauben Finger behinderten.

Ich stand nicht sofort auf. Während mein Gehirn erst noch langsam aufwachte, erinnerte ich mich wieder an den gestrigen Abend. In dem ganzen Chaos mit den Zelten, die wir irgendwie wieder aufbauen mussten, hatte ich ganz vergessen, was ich Luke gegenüber zugegeben hatte – die Operation. Was, wenn er mich danach fragen würde? Ich wollte nicht lügen, aber ich wollte auch nicht über den schrecklichen Gesundheitskram reden, der auf meine Knieverletzung gefolgt war. Außerdem überwachte mich Al bereits ununterbrochen. Da brauchte ich nicht auch noch Luke als Babysitter.

Ich biss die Zähne zusammen und schälte mich aus dem Zelt. Schließlich konnte ich mich nicht den ganzen Tag verstecken, also konnte ich ihm genauso gut auch jetzt gegenübertreten.

Trotz Alexis' Herumgenörgel gestern Nacht sah sie in ihren dunklen Jeans und ihrem Trenchcoat, die sie gegen ihre Wanderkleidung getauscht hatte, so schick und aufgeräumt aus wie immer – dieser verfluchte englische Stil –, aber Luke hatte auch feuchte Haare und müde Augen. Schade, dass *seine* Haare nicht wie die eines elektrisch aufgeladenen Pudels aussahen, wenn sie nass wurden. Mir wäre es lieber gewesen, wenn er mich nicht mit feuchten Haaren gleich nach dem Aufstehen in der Früh gesehen hätte, aber als er und Al ihre Zelte zusammenfalteten, was nun durch die fehlenden Zeltstangen erleichtert wurde, lächelte er mich an, als wäre alles ganz normal.

Wir packten zusammen, ließen das, was von den Zelten übrig geblieben war, in der Nähe der Schlafbaracke liegen, wo wir sie gefunden hatten, und gingen die Straße entlang. Kein Wohnwagen wartete auf uns, um uns mitzunehmen, doch vom Campingplatz aus fuhren Busse in die Stadt.

»Das heißt also«, Al atmete einmal tief durch, wobei sich ihre Nasenlöcher aufblähten, »wir hätten genauso gut mit einem ganz normalen Bus hierherfahren können, anstatt dieses Camping-Debakel erleiden zu müssen? Ich brauche einen Kaffee.«

»Wow, du musst je echt super grummelig drauf sein, wenn du statt Tee Kaffee willst.«

Chips und Cookies gaben kein so gutes Frühstück ab wie das Abendessen gestern, also fuhren wir mit dem Bus in die Stadt und hielten auf dem Weg zum Bahnhof an, um Sandwiches mit Ei, Bacon und Tomaten zu essen. Beiläufig steckte ich mir die Blutverdünner-Tabletten in den Mund und versuchte, es geschickt zu verbergen. Alexis' Blick flackerte zwar zu mir herüber, doch sie konzentrierte sich auf ihren Kaffee und lenkte keine Aufmerksamkeit darauf.

Jetzt, da ich Empfang hatte, holte ich den neuen Hinweis heraus. Eigentlich hätte ich angesichts dessen, wohin ich vielleicht als nächstes unterwegs wäre, aufgeregt sein sollen, aber die Hinweise vor Luke zu lösen und dabei meine Unwissenheit zu verbergen, war anstrengend. Ich straffte die Schultern und versuchte, den unergründlichen Gesichtsausdruck aufrechtzuerhalten, den er immer aufsetzte, doch ich konnte meinen Fuß nicht am Herumwippen hindern.

Wenn ich es mit Rittern und Geisterhunden aufnehmen konnte, konnte ich es auch mit Ms Carmichael aufnehmen.

Als ich jedoch die Wörter las, stöhnte ich auf.

*Versuch's mit Heilwasser, sollte deine
Gesundheit langsam schwinden.
An dem Ort, wo sich Janes Heldinnen
zum Flanieren einfinden.*

*Begib dich zur Mittagszeit in einen großen Saal,
wie man das so macht.
Und genieße einen echten georgianischen
Ball in all seiner Pracht.*

Mein König-Artus-Sherlock-Selbstvertrauen starb einen schnellen und brutalen Tod.

Jane Austen. Natürlich würde mich Ms Carmichael mit ihr quälen. Die meisten Mädchen in unserem Kurs liebten *Stolz und Vorurteil*. Wir hatten außerdem *Northanger Abbey* gelesen, und Ms

Carmichael hatte uns die Filmversionen von *Emma* und *Verführung* ansehen lassen, womit wir insgesamt mehr als die Hälfte von Austens Werken durchgenommen hatten.

Allerdings kapierte ich die Besessenheit von ihr nicht. Was bedeutete, dass ich die Bücher bloß überflogen, während der Filme Kniebeugen und Ausfallschritte gemacht und Google benutzt hatte, um meine Essays zu schreiben. Es sah so aus, als würde mein guter Freund Google nochmals herhalten müssen. Egal, wie lange ich darüber nachdachte, mir würde nichts dazu einfallen.

Ich suchte nach *Austen Heilwasser* und fand heraus, dass die Leute zu Austens Zeiten geglaubt hatten, das Wasser in Bath hätte Heilkräfte. Baden im Meer zum Erhalt der Gesundheit war auch in Brighton, Weymouth und Lyme beliebt gewesen. Aber was hatte es mit dem Flanieren auf sich? Ich erinnerte mich daran, dass die Figuren in *Northanger Abbey* einfach einen Raum besucht hatten, um sich mit ihrem Namen in ein Buch einzutragen und dort im Kreis herumzugehen. Ich konnte mir nichts Sinnloseres vorstellen, wie man einen Tag verbringen konnte, aber das war auch in Bath gewesen. Und anscheinend gab es in Bath Säle, wo Bälle und Konzerte stattfanden. Aber die gab es auch in Brighton …

Ich wusste, dass Jane Austen mein Kryptonit war.

»Darf ich mal?« Luke streckte die Hand nach dem Hinweis aus. Ich drückte ihm den Zettel in die Hand.

Bevor er fragte, warf er einen kurzen Blick auf Al. »Hast du schon irgendwas herausgefunden?«

Dass ich das einzige Mädchen in Amerika war, das nichts über Jane Austen wusste? »Ich geh mal kurz auf die Toilette.«

Damit ich mir einen Plan zurechtlegen konnte, ohne dass sie mich dabei die ganze Zeit über anstarrten.

Schließlich hatte ich mich dazu entschlossen, es mit Bath zu versuchen, doch als ich gerade zurückging, hörte ich laute Stimmen. Amberlyn stand am Ticketschalter und stritt sich mit einem Angestellten.

Ich blieb stehen. Brauchte sie vielleicht Hilfe? Ihre angespannten Schultern, ihr rotes Gesicht und ihr gefährlich schwingender blonder Pferdeschwanz schrien nur so nach Frustration. Sie wirbelte herum, um auf etwas zu deuten, wobei ihr Blick auf mich fiel. Ihr verzweifelter Gesichtsausdruck schien um Beistand zu flehen, doch mit einem einzigen Blinzeln gewann die Gleichgültigkeit wieder die Oberhand.

Ich machte einen Schritt in ihre Richtung. Zögerte. Wäre es ihr recht, wenn ich mich einmischte? Wahrscheinlich nicht.

Ruckartig drehte sie sich wieder zu dem Mann am Schalter um, also ging ich weiter. Und stieß direkt mit jemandem zusammen.

»Woah«, begrüßte mich Spences Stimme. »Wo brennt's denn?«

»Anscheinend gleich unter den Füßen von diesem Typen da, wenn Amberlyn so weitermacht.«

Spence schaute ebenfalls in Richtung Schalter und kicherte. »Es wäre doch zu schade, wenn sie ein Problem hätte und dadurch Zeit verliert.«

Sein halbes Lächeln verriet mir allerdings, dass es ihn nicht die Bohne stören würde.

»Wie läuft's so für dich?«, wollte er wissen. »Hat's dir Spaß gemacht im Moor?«

Ich kniff die Augen zusammen. »Netter Versuch.«

Er hob eine Schulter. »War bloß neugierig. Was ist mit deinen Erzählungen? Ich schreibe meine im Stil der Originalautoren.«

Er wusste, wie das ging? Log er? Wollte er mich einschüchtern? Ich konnte ihn nicht fragen, ohne meinen Fortschritt bei meinen eigenen Tagebucheinträgen zu verraten. Oder eher den mangelnden Fortschritt. Ich versuchte, ein neutrales Gesicht aufzusetzen und die Welle der Panik zu verbergen, die mich erfasste. »Schön für dich. Um richtig authentisch zu sein, solltest du eine Schreibfeder und ein Tintenfässchen benutzen. Ich wette, Ms C wäre ganz aus dem Häuschen.«

»Super Idee. Danke.«

Als ob die Art des Stifts, den wir benutzten, eine Rolle spielte. Die Wörter selbst waren von Interesse. Ich bekam kaum einen vollständigen Satz zu Papier, und er versuchte sich an der Grammatik des neunzehnten Jahrhunderts?

»Na ja, ich muss dann mal weiter.« Ich rückte von ihm ab. »Bis dann.«

In Bath gab es vielleicht Heilwasser, aber ich brauchte schon mächtigere Magie, um diesen Wettbewerb zu gewinnen.

★

Al setzte sich auf den erstbesten freien Platz. »Weckt mich auf, wenn es Zeit zum Umsteigen ist.«

Spence stieg in denselben Zug ein und hob die Augenbrauen, als er an Luke und mir vorbeikam. Ich drehte mich um und schaute ihm nach, um sicherzugehen, dass er auch keinen Platz in unserer Nähe hatte.

Luke und ich saßen nebeneinander, so nahe, dass ich einen leichten Bartschatten erkennen konnte, der ihn älter und verheißungsvoll gefährlich aussehen ließ. Wie würde er wohl aussehen, wenn er sich die ganze Woche lang nicht rasierte? Wenn sich seine Bartstoppeln mit dem Duft nach Pinien vermischten und er, wie jetzt auch, noch leicht nach Regen und Erde roch, steckte ich in ziemlich großen Schwierigkeiten. Ich versuchte, ruhiger zu atmen.

Ich spürte seinen Blick auf mir. Gleich war es so weit. Witzig, wie ich an jemandes Gesichtsausdruck und der Art und Weise, wie dieser jemand atmete, jetzt schon sagen konnte, wann er mir eine Frage stellen würde.

»Was ist mit deinem Knie passiert?« Luke nickte zu ihm hin, als hätte ich vergessen, wo es sich befand.

»Hatte 'ne Operation.« Ich stieß die drei Wörter mühsam hervor, womit ich ihm hoffentlich zu verstehen gab, dass er es dabei belassen sollte.

»Das hast du schon erwähnt. Willst du mir erzählen, was passiert ist?«

Anstatt seinen Blick zu erwidern, starrte ich lieber den dunklen Bildschirm auf der Rückenlehne des Sitzes vor mir an und ließ meinen Finger über die glatte Oberfläche gleiten. »Eine Gegenspielerin, die nie gelernt hat, wie man richtig grätscht.«

Er verzog das Gesicht. »Das tut mir leid.«

»Nicht deine Schuld. Ich sollte lieber mal versuchen, mit meinem Tagebuch weiterzukommen.«

Er hob die Hände. »Schwieriges Thema, was?«

»Ich wurde operiert, und jetzt verheilt es wieder.« Ich zuckte mit den Schultern. »Keine große Sache.«

»Du sagst immer gerne ›*Keine große Sache*‹, wenn es sich für mich tatsächlich nach einer ziemlich großen Sache anhört.« Sein durchdringender Blick brannte sich einen direkten Weg in meine Seele.

Ich beugte mich über meine Tasche und kramte darin nach meinem Notizheft. »Ich kann es auch nicht ändern, warum soll ich mich also darüber ärgern?«

»Sich über etwas zu ärgern und anzuerkennen, dass eine Knieoperation scheiße ist, sind zwei verschiedene Dinge.«

»Gut.« Ich setzte mich aufrecht hin und erwiderte seinen Blick. »OPs sind scheiße. Physiotherapie ist scheiße. Und Leute, die nicht wissen, wie man grätscht, sind auch scheiße. Ich muss jetzt was schreiben.« Ich fuchtelte mit dem Notizheft vor ihm herum.

»Wenn du das sagst.«

Er weigerte sich, über seinen Vater zu reden, erwartete aber von mir, mit ihm die Verletzung, die zum Tod meiner Zukunft geführt hatte, zu besprechen? Netter Versuch.

Ich kritzelte etwas in mein Tagebuch und versuchte, den Zwischenfall mit dem Zelt und den Hundegeräuschen zu beschreiben. Das waren zwar die einzigen neuen Themen seit meinem traurigen Versuch am Vorabend, aber solange sich der Stift weiterhin bewegte, würde Luke mich wenigstens nicht unterbrechen.

Ich überflog, was ich bisher geschrieben hatte. Uff. Schlimm. Meine Worte fingen die verlassene Schönheit des Moors einfach nicht ein. Und die Stelle, an der ich versucht hatte, mein Gefühl zu beschreiben, als ich wieder laufen konnte, klang dumm. Genau wie die Beschreibung, warum ich gerne campte. Und die, wie ich von einem falschen Hund von unseren Schlafsäcken weggelockt wurde, nur um bei meiner Rückkehr zusammengefallene Zelte vorzufinden, hätte superwitzig sein sollen, kam aber bloß blöd rüber.

Ob Spence in seinem Notizheft Doyle nachahmte und sich seiner Fähigkeiten als Detektiv rühmte, damit er am Ende wie Sherlock klang? In diesem Fall wäre ich der arme Watson, immer fünf Schritte hinterher.

Kurz hatte ich das Gefühl, eine schwere Last auf den Schultern zu tragen.

Ich knallte das Notizheft zu.

Endlose grüne Hügel flogen vorbei. Meine Augenlider wurden ganz schwer.

Dann, bevor ich mich versah, stupste Luke mich an der Schulter an. »Zeit zum Umsteigen.«

Ich riss den Kopf hoch.

»Du hast gesabbert, Pilgerin.« Er deutete auf mich und grinste.

Spucke war auf meinem Kinn zu einer Kruste getrocknet. Ich rieb sie weg. »Aber dich hab ich nicht angesabbert, oder?«

»Zum Glück nicht.«

»Ach, na ja, dann vielleicht beim nächsten Mal.« Ich zwang mich zu einem Lächeln, um zu verbergen, wie peinlich mir das war.

»Ich kann's kaum erwarten.« In seinen Augen funkelte es.

Wenn ich an der Schulter eines süßen Jungen einschlief, würde es bei mir natürlich damit enden, dass ich ihn ansabberte.

Nachdem wir in einen anderen Zug umgestiegen waren, holte ich das Kartenspiel wieder heraus. Alles, um ihn von einer echten Unterhaltung abzulenken.

Luke seufzte. »Nicht schon wieder.«

In einer teuflischen Geste trommelte ich mit den Fingerkuppen auf dem Sitz herum. »Würdest du lieber den Rest deines Lebens ohne Fernseher oder ohne Snacks verbringen?«

»Hmm, ich könnte ohne beides leben.« Dabei wäre er allerdings glaubwürdiger rübergekommen, wenn er nebenbei keine *Digestives* genascht hätte. Er bot mir einen Cookie an. »Ich denke mal, Fernsehen wäre leichter aufzugeben.«

»Nicht für mich. Ich bin süchtig nach Realityshows, in denen es um Wettbewerbe geht. *Amazing Race, American Ninja Warrior, Survivor.*«

Ein kleines Lachen entkam Luke.

»Was?«

Er schwenkte seine Karte. »Die ist gut ... Wärst du lieber der Starspieler eines Verliererteams oder würdest du lieber für immer für das Gewinnerteam auf der Bank sitzen?«

Ich erstarrte. Mein Gehirn, mein Herz, mein Körper. Das war bloß eine dumme Frage. Ein Spiel. Und kein Kommentar zum Rest meines Lebens.

»Ich verliere nicht. Die Voraussetzung für diese Frage ist nicht gegeben. Nächste.« Seltsam außer Atem riss ich ihm die Karten aus der Hand, bevor er etwas dagegen sagen konnte. »Würdest du lieber lügen können, ohne je erwischt zu werden, oder lieber immer erkennen können, wenn andere lügen?«

Da wurde er still. »Erkennen können, wenn andere lügen. Ich hasse es, wenn Leute lügen.«

Meinte er damit mich, weil ich seinen Fragen auswich? Nein. Finster starrte er den Sitz vor sich an, sauer wegen einer viel größeren Sache. Seinem Dad?

Wer hätte gedacht, dass dieses Spiel so schnell gefährlich werden konnte?

»Ich auch«, sagte ich. »Deswegen sage ich auch immer die Wahrheit, auch wenn ich deswegen Probleme bekomme. Wie damals,

als meine Mom Cookies gebacken hat und sie zum Abkühlen auf dem Küchentisch stehen gelassen hat. Dann ist unsere Nachbarin krank geworden, und sie hat mit ihr auf den Krankenwagen gewartet. Also hab ich mit meinem Bruder gewettet, dass ich mehr Cookies in meinen Mund stopfen kann als er. Normalerweise hat er sich nie auf meine verrückten Ideen eingelassen, aber Erdnussbutter-Cookies sind seine Lieblingscookies. Als Mom dann wieder zu Hause war, hatten wir das ganze Blech aufgegessen. Drew wollte, dass ich lüge und sage, ich hätte im Haus Fußball gespielt und das Blech abgeschossen. Aber ich war so stolz darauf, mir sechs Cookies in den Mund gestopft zu haben, dass ich es ihr erzählen musste. Mein Bruder war so sauer, vor allem, als er dann später Bauchweh bekommen hat und ich nicht.«

Am Ende meiner Geschichte war Lukes finsterer Gesichtsausdruck einem Lachen gewichen.

Mission erfüllt.

Ich schob die Karten unter mein Bein. Genug persönliche Fragen für heute.

Die restliche Fahrt lang unterhielten wir uns über Sachen, die wir als Kinder angestellt hatten – meine hatten meistens damit zu tun, etwas kaputt gemacht zu haben und Wetten angenommen zu haben, die ich lieber hätte ausschlagen sollen, während er dazu tendierte, Erwachsene zu korrigieren, und Sachen zu vergeigen, weil er darauf bestand, sie selbst zu machen.

Die Schienen wanden sich durch noch mehr kleine Städte und ausladende Hügellandschaften, dann an einer alten Steinbrücke und einem römischen Aquädukt vorbei.

Bereite dich gedanklich auf die Herausforderung vor. Ich besuchte Bath, weil Jane Austens Heldinnen dorthin reisen. Zu ihrer Zeit hätte ich diese Reise in einer Post- oder Privatkutsche zurückgelegt, mich auf meinen Auftritt in der gehobenen Gesellschaft vorbereitet und darauf, einen reichen Ehemann auf dem Ball zu finden.

Mir waren allerdings Bälle lieber, die man treten konnte.

Danke für nichts, Jane Austen.

Am Bahnhof marschierte Spence schnell davon. Es war bereits nach Mittag, da ich aber Spence im Zug und Amberlyn am Bahnhof gesehen hatte, bedeutete das hoffentlich, dass der Ball erst morgen Mittag stattfand und ich ihn nicht verpasst hatte.

Luke schnappte sich eine Karte, auf der die Hauptattraktionen der Stadt aufgeführt waren. So wie ich den Hinweis verstand, musste ich dem sogenannten *Pump Room* einen Besuch abstatten, wo sich Austens Figuren tummelten, um gesehen zu werden – also flanierten. Der grenzte nämlich an die römischen Bäder an, wo man das Wasser probieren konnte, das Austens Figuren für ihre Gesundheit tranken.

Wir spazierten in die Stadt und eine hübsche Fußgängerzone mit Blumen und Bänken entlang.

»Wir sollten uns eine Unterkunft für heute Nacht suchen«, sagte ich und schob mir die Sporttasche auf die andere Schulter. »Unser Zeug ablegen.«

»Ich hab eine Liste mit Hostels gefunden.« Luke hielt sein Handy hoch.

»Es hat dir also nicht gefallen, wie ich uns in Glastonbury eine Unterkunft gesucht habe?«

»Ich wollte mich bloß nützlich machen«, erwiderte er. »Außerdem waren diese Eulen verstörend.«

»Dann gewinnst du den Preis für den besten Reiseleiter.« Ich lächelte ihn an. »Also dann, geh voran.«

Er führte uns zu einem hellbraunen Steingebäude mit einer Wiese und Picknicktischen davor. Nachdem wir eingecheckt hatten, führte uns die Angestellte zu einem Zimmer mit mehreren Metallstockbetten. Drei Betten bestanden bloß aus nackten Matratzen mit zusammengelegten Decken am Fußende.

»Sucht euch einfach eines aus, das noch nicht belegt ist.« Sie war schon aus der Tür, noch bevor sie ihren Satz zu Ende gesprochen hatte.

»Ich bin zu alt, um in solchen Herbergen zu übernachten«, brummte Al und eilte zu dem Bett in der hinteren Ecke, womit für Luke und mich noch ein Stockbett in der Nähe der Tür übrig blieb.

»Ich glaube nicht, dass es dir wirklich etwas ausmacht«, sagte ich. »Dir gefällt es bloß, so zu tun, als ob.«

Sie kniete sich neben ihren Koffer und ignorierte mich.

Ich starrte die nackten Matratzen an. »Äh ... Wo bekommen wir denn Bettlaken her?«

Luke lachte. »Nirgends.«

»Ich soll also auf einer bloßen Matratze schlafen?« Das klang zwar nicht übermäßig hygienisch, aber für eine Nacht konnte ich damit leben.

»Man muss sein eigenes mitbringen.«

»Sein eigenes Laken? Wer hat das denn immer dabei?« Ich musterte die anderen Betten. Anscheinend alle außer mir.

Al holte zusammengelegte Bettwäsche aus ihrem kleinen Koffer und stand auf. »Das stand auf der Packliste, die Ms Carmichael euch gegeben hat.«

»Ach.« Ich hüstelte. »Auf der.«

»Deswegen lesen wir Anweisungen, Ms Hanson.«

»Ich hab die Packliste gelesen. Ich hab mich bloß ... nicht mehr an alles erinnert.«

Sie seufzte. »Ich wusste, dass ich deine Tasche vor der Abreise aus London hätte kontrollieren sollen.«

»Zu schade, dass wir diese Schlafsäcke nicht behalten haben.«

Luke nahm mir meine Sporttasche ab und stellte sie auf den Boden. Dann trat er näher an mich heran und lehnte sich zu mir nach vorne.

Ich erstarrte. Was tat er denn da? Hatte er etwa vor, mich zu küssen? Mitten in einem Hostel und mit seiner Cousine im Zimmer? Ich lehnte mich etwas zurück, dann doch wieder nach vorne, und beschloss schließlich, mich gar nicht zu bewegen.

Er legte mir die Hände auf die Schultern. Sein Blick zuckte zu meinem Mund, und sein Gesicht lief rosa an. Er zwang sich, mir wieder in die Augen zu sehen und räusperte sich, wobei sich einer seiner Mundwinkel zu einem neckischen Lächeln hob. »Dafür bist du mir echt was schuldig. Ich kann's kaum erwarten, das einzufordern.«

Ich schluckte schwer. Zwang meine Gedanken, sich von der Vorstellung zu lösen, ihn zu küssen und mich auf seine Worte zu konzentrieren.

»Ich bin dir was schuldig?«, quiekte ich.

Er ließ mich los, was mich angesichts der Abwesenheit seiner Hände und der unerwarteten Nähe zum Taumeln brachte. Er zog zwei Garnituren Bettzeug inklusive Laken aus seinem Rucksack, ließ eine davon auf das untere Bett fallen und warf die andere auf das obere. Ich erspähte dieselbe kleine Schachtel mit der Uhr, die ich schon an dem Tag, als wir uns kennengelernt hatten, auf der Veranda gesehen hatte.

Ich zeigte auf seine Tasche. »Was ist das?«

»Gar nichts.« Er machte den Rucksack so schnell wieder zu, dass ich fast schon glaubte, er würde seinen Finger im Reißverschluss einklemmen.

Hmm. Noch so ein schwieriges Thema.

Würde Al es melden, dass ich es Luke überlassen hatte, eine Unterkunft für die Nacht zu finden und ich meine Packliste nicht gelesen hatte? Und warum hatte ich überhaupt sofort ans Küssen gedacht?

Luke, der gerade das untere Bett bezog, hielt inne und starrte mich an. »Bitte sag mir jetzt nicht, dass du nicht weißt, wie man ein Bett bezieht.«

»Ach so. Doch, klar.« Ich wurde sofort aktiv, und zusammen bezogen wir die untere Matratze. Das war peinlich und intim, obwohl es noch zwanzig andere Betten gab und das Zimmer wie mein Sportschließfach roch. »Warum hast du noch welche mitgenommen?«

»Ich hab mir schon gedacht, dass du nicht weißt, dass du welche einpacken müsstest.«

»Wow.« Nach einem Tag zusammen kannte er mich bereits gut genug, um für mich mitzupacken.

Er schmunzelte. »Ich glaube, das Wort, das du suchst, lautet *danke*.«

»Stimmt. Danke dir.« Wir gingen zu dem oberen Bett über.

»Ich krieg das obere Bett«, sagte er, während wir das Laken glattstrichen.

»Ich bin durchaus in der Lage, hier hochzuklettern. Du musst mich nicht wie ein Baby behandeln.« Eine Knieoperation sollte mich nicht davon abhalten, eine winzige Leiter hochzuklettern.

»Das würde ich doch nie wagen. Versprochen.« Er warf seinen Rucksack auf das Bett hoch. »Aber ich hab vorher noch nie in einem Stockbett geschlafen.«

Ich kniff die Augen zusammen. »Echt jetzt?«

»Ehrlich.« Seine hellbraunen Augen waren voller Aufrichtigkeit.

»Na gut.«

Ich war mir zwar nicht ganz sicher, ob er die Wahrheit sagte, doch sein Blick war kein einziges Mal zu meinem Knie gewandert, und ich konnte kein Mitleid und keine Lüge auf seinem Gesicht erkennen, also spielte ich mit.

Ich rieb mir die Hände. »Zeit, sich mal diese Bäder anzusehen.«

KAPITEL 14

Der *Pump Room* befand sich an der Stirnseite eines halbrunden Platzes aus Kopfsteinpflaster und einem Säulengang, in dem Blumentöpfe hingen. Die Steinsäulen und die dreieckige Spitze des Gebäudes erinnerten mich an Bilder von Athen. In den Stein waren die Worte KING'S AND QUEEN'S BATHS eingraviert, und auf einem kleineren Hängeschild stand THE PUMP ROOM.
»Sieht aus wie Griechenland«, sagte ich.
»Oder vielleicht wie Rom«, kommentierte Al. »So wie *römische Bäder*.«
»Was würde ich nur ohne dich tun, Al?«
»Ich erschaudere angesichts der Möglichkeiten.«
Luke schnaubte und stieß mir leicht den Ellbogen in die Seite, woraufhin ich ihn schubste. Sich freundschaftlich gegenseitig zu ärgern war sicherer als diese aufgeladene Möglichkeit, mehr als Freunde zu sein, die mir Angst machte – und sinnlos war. Ich hatte nicht die Absicht, mit jemandem in einem anderen Land etwas anzufangen – egal, wie sehr mir sein Lächeln gefiel, seine Augen, seine Intelligenz, sein Humor ... Davon abgesehen könnte ich ihn auch komplett falsch verstehen. Ich hatte keinen Vergleich für so eine Beziehung. Wahrscheinlich war er sowieso nicht interessiert. Ich bildete mir zwar ein, dass wir geflirtet hatten, aber vielleicht war das für ihn ja auch nur Freundschaft? Ich war schlecht in so was.

Ich sollte mich lieber auf den Wettbewerb konzentrieren.

Im Inneren waren die Wände mit poliertem, dunklem Holz vertäfelt, das sich bis zu der gewölbten Decke hoch erstreckte. Wir zahlten Eintritt, und Luke nahm die Karte. Zuerst blieben wir in einem kleinen Raum mit hellgrüner Tapete und einem Kristallkronleuchter stehen. Der Raum war nicht viel größer als mein Englischkursraum, und außer uns hielt sich gerade niemand darin auf.

Ein kleiner Balkon gab den Blick auf das Wasserbecken in den Bädern darunter frei. Das Wasser war zwar grün, aber nicht so wie ein Bergsee oder das Meer an einem sonnigen Tag, sondern auf eine eklige *Dinge-wachsen-und-sterben-darin-Art-und-Weise*.

Ich wandte mich wieder dem Raum zu. Auf einem Schild an der Wand stand *PUMP ROOM*.

»Haben die Leute zu Jane Austens Zeit das echt für eine große Sache gehalten? Der Raum hier ist ja winzig. Wenn die auch noch im Kreis herumgegangen sind, haben da ja niemals zwanzig Leute reingepasst.«

Luke musste ein Lachen ersticken. »Ich glaube, das Schild bedeutet, dass der eigentliche *Pump Room* hinter dieser Tür liegt.«

Jetzt, wo er es sagte, fiel mir auf, dass das Schild wirklich über einer Tür hing. Ich spähte hindurch. Der Durchgang führte in einen riesigen Speisesaal mit monströs hohen Decken.

»Oh. Das ergibt schon mehr Sinn.«

Tische mit weißen Leintüchern füllten den Speisesaal, zusammen mit einem Flügel. Eine geschwungene Empore blickte vom ersten Stock auf den Saal hinab, und darüber ließ eine hohe Decke mit weißen Säulen und einer Kuppel natürliches Licht hereinfallen.

»Okay, in diesen Raum passen viele Leute rein. Wenn man die Tische rausnimmt.«

Luke schüttelte den Kopf und lächelte.

Ich versuchte, mir den Raum voller Leute in Roben und diesen engen Kniebundhosen mit Stiefeln vorzustellen, welche die Schauspieler in den Austen-Filmen immer trugen.

Vor meinem geistigen Auge tauchte ein Bild von Luke in engen Kniebundhosen und Stiefeln auf. In dem Film in meinem Kopf verbeugte er sich, ich machte einen Knicks, und er hielt mir eine Hand hin, als wollte er mich zum Tanzen auffordern.

»Was?« Er blinzelte. »Warum starrst du mich so an?«

Ich hielt ein Hüsteln zurück. »Nichts.«

»Bleiben wir hier und machen *Tea Time*?«

»Ich werde durch den Raum flanieren, wie eine echte Austen-Lady. Aber durch diesen hier. Nicht den da.« Schwungvoll deutete ich mit meinem Daumen auf das kleine Zimmer hinter uns. »Willst du mitkommen?«

Er verlagerte sein Gewicht auf den anderen Fuß und ließ seinen Blick einmal über das Geschehen schweifen. Vornehm gekleidete Leute saßen an mehreren Tischen und tranken Tee aus Porzellantassen.

»Komm.« Ich hakte mich bei ihm unter, und wir spazierten am Rande des Raums entlang.

»Wäre das zu Austens Zeit denn erlaubt gewesen?«, fragte ich. »Da durften die Leute doch irgendwie nicht allein sein, oder?«

»Nicht ohne eine Aufsichtsperson. Als unverheiratetes Paar hätten wir einen ziemlichen Skandal verursacht.«

Deutete Luke etwa an, dass wir ein Pärchen waren, das sich heimlich etwas Zeit alleine verschaffte, indem wir Al, unsere Aufpasserin, abhängten? Ich überlegte schon, diese Flanierrunde jetzt sofort zu beenden, bevor er sich noch etwas darauf einbilden konnte, doch seinen Arm unter meinen Fingern und seine Wärme an meiner Seite zu spüren, drängte mich dazu, den Moment zu genießen.

Wir waren nicht mehr in Austens Zeiten. Heutzutage war ein Spaziergang einfach nur ein Spaziergang.

Red dir das bloß schön selber ein.

Luke stand aufrecht und mit angewinkeltem Ellbogen da. Meine Hand ruhte auf seinem Arm. Mir fiel auf, dass diese Pose sehr anständig war. Jane Austen würde meine unanständigen Sehnsüchte, diesen Arm um mich zu spüren oder ihm mit den Fingern durchs Haar zu fahren, sicher nicht gutheißen. *Ich hieß diese Sehnsüchte ja auch nicht gut. Entwickle keine Gefühle für ihn.*

Als wir wieder an der Tür ankamen, verbeugte sich Luke. »Spürst du schon eine Verbindung zu Catherine Morland oder Anne Elliot?«

»Und wie.« Obwohl mir ihre Namen nicht im Gedächtnis geblieben waren.

Hinter dem Speisesaal und ein Stockwerk darunter erstreckte sich ein Gehweg über den Wasserbecken der Bäder. Aus diesem Winkel sah das Wasser auch nicht besser aus. Sicher nicht wie etwas, worin ich baden würde. Statuen von Männern in römischer Kleidung – Röcken, Tuniken, gefiederten Helmen und Lorbeerkränzen – säumten den Weg. Im Hintergrund ragte eine riesige Kirche auf.

Am Beckenrand machten Leute Fotos, lasen Stadtführer oder betrachteten das Wasser. Doch bevor ich dem Weg weiter zum nächsten Gebäude folgen konnte, fiel mir ein bekanntes Gesicht auf.

Peter. Als ob er meine Anwesenheit gespürt hätte, riss er den Kopf nach oben. Ich schaute finster. Er starrte wütend zurück.

»Na super«, murmelte ich.

»Was denn?«

»Peter ist auch da.«

Luke lehnte sich an die Mauer, um auf den unteren Bereich sehen zu können. »Dann ist es ja gut, dass wir unsere Taschen im Hostel gelassen haben, dann kann er sie nicht stehlen.«

Im nächsten Teil des Gebäudes war ein Museum untergebracht, das dem alten Rom gewidmet war. Es war gerammelt voll mit Leuten, die sich über Modelle von römischen Städten, alten Münzen und Steingravuren beugten. Langweilig. Ich wollte das Wasser aus der Nähe sehen, also bahnte ich mir mithilfe meiner Ellbogen einen Weg durch die Menge.

Als ich zur letzten Tür kam, fiel mir wieder ein, dass Luke gemeint hatte, dass er Museen mochte. Hätte er länger bleiben wollen? Ich hätte ihn nicht drängen sollen.

Aber jetzt war es schon zu spät. Wir standen neben dem Wasserbecken, die Füße auf unebenem Steinboden und über uns der offene, graue Himmel. Das Wasser war durch keine Absperrung geschützt; ein Gerichtsverfahren, das nur darauf wartete, losgetreten zu werden. Säulen ragten zu dem Obergeschoss auf, wo die Römer aus Stein wie Herrscher über uns wachten. Die grüne Wasseroberfläche war ziemlich glatt, doch an einigen Stellen blubberte es.

»Gibt es da drin irgendwelche Lebewesen?« Vorsichtig ging ich noch ein bisschen näher ran und rümpfte die Nase. »Radioaktive Monster mit Tauchausrüstung?«

»Das kommt aus den natürlichen Quellen«, sagte Luke.

»Darin haben Leute gebadet? Das ist ja widerlich. Warte. Ich soll doch dieses Wasser trinken …« Das sah aus wie etwas, das mein Abfluss ausspucken würde.

Luke lachte. »Doch nicht dieses Dreckwasser. Das pure Mineralwasser direkt aus der Quelle. Das gibt es am Ende drinnen.«

Ich zog eine Grimasse. »Kann's kaum erwarten.«

Von dem ekligen Wasser abgesehen, waren die Bäder hier ziemlich cool. Über unseren Köpfen flogen Möwen hinweg. Abseits des Hauptbeckens gab es mehrere dunkle Nischen, in denen Überbleibsel von echten Baderäumen aus den Zeiten der Römer erhalten waren. Schwer zu glauben, dass es diese Gebäude schon so lange gab. In einem Becken glitzerten Münzen. Das war anscheinend überall eine Tradition.

Während Luke und Al weiterspazierten, setzte ich mich auf einen Stein am Wasser, um nachzudenken, und fuhr mit dem Finger über den rauen Fels. Jane Austen hatte viele Geschichten geschrieben. Wenn ich eine Verbindung zu ihr aufbauen könnte, würde mich das vielleicht dazu inspirieren, meine eigene zu schreiben.

In ihren Büchern ging es um Manieren, die gehobene Gesellschaft und um Heirat aus Liebe oder – im Gegensatz dazu – aus Geldgründen. Aber Ms C hatte auch davon gesprochen, wie sich die Heldinnen entwickelt und selbst besser kennengelernt hatten. Sie waren gewillt, als Menschen zu wachsen und aus ihren Fehlern zu lernen.

Diese Reise zeigte mir, dass das die Kreuzung war, an der ich gerade stand – egal, wie sehr ich versuchte, sie zu vermeiden. Ich hatte eine Wahl. Würde ich daran wachsen oder wäre ich so eine nervige Nebenfigur wie die jüngere Schwester, die am Ende des Buchs immer noch so unliebsam und ratlos war, wie am Anfang?

Ich würde definitiv lieber bei Darcy als bei Wickham landen, so viel stand fest.

Vorsichtig stand ich auf. Das fehlte mir gerade noch, dass mir mein Knie auf dem unebenen Untergrund wegknickte.

Ein Typ in einer offiziellen Weste stand in der Nähe und hielt die Arme vor der Brust verschränkt. War er ein Reiseführer, ein Bodyguard oder ein Rettungsschwimmer?

»Wie oft fällt da denn wer rein?«, fragte ich ihn.

»Tatsächlich springen die Leute öfter, als dass sie fallen. Ein paar pro Jahr. Meistens sind das Männer im mittleren Alter, die eine Midlife Crisis haben. Sie streiten sich mit ihren Frauen und verspüren dann den Drang, hierherzukommen um reinzuspringen. Ich persönlich verstehe nicht, wie man das wollen kann.« Der Typ erschauderte. »Das Wasser ist ziemlich schleimig, und Enten machen schreckliche Dinge darin. Einmal ist ein Typ nackt da reingesprungen. Er hat seine Kleidung drinnen gelassen. Er wurde ohne seine Hose vom Gelände eskortiert.«

Mein lautes Lachen entkam mir. »Bei diesem Satz sind ein paar zu viele unerfreuliche Bilder vor meinem geistigen Auge erschienen.«

Er nickte, als würden auch ihn diese Bilder heimsuchen.

Ich bedankte mich bei ihm und sah Al und Luke auf der anderen

Seite des Beckens. Ich ging zu ihnen rüber, passte dabei aber gut auf, wo ich hintrat.

Dann nahm ich jemanden hinter mir wahr und wollte mich gerade umdrehen.

Da wurde ich von der Seite angerempelt. Fest. Ich stolperte. Mein Zeh blieb an einem unebenen Stein hängen.

Und schon war ich in der Luft und flog direkt in das grüne, schleimige, entenverseuchte Wasser.

KAPITEL 15

Mit dem Gesicht voran kam ich in der Schleimgrube auf, Augen und Mund weit aufgerissen.

Ich würgte an einem Schluck Wasser und schluckte ihn hinunter. Es schmeckte nach der Definition von *grün und schleimig*. Allerdings erinnerte mich die Temperatur eher an ein lauwarmes Bad als an die Frische, die ich erwartet hatte.

Die nasse Kleidung zog mich nach unten. Ich strampelte mich an die Oberfläche und tauchte spuckend auf. Meine Hände tasteten hektisch nach dem Rand, rutschten aber an den moosigen Steinen ab. Haare klebten mir im Gesicht.

Eine warme Hand schloss sich um meine, und Luke tauchte über mir auf. Er zog mich heraus, beugte sich nahe über mich und wischte mir etwas matschiges Wasser von der Schläfe. Sein Finger verharrte über meinem Wangenknochen.

»Geht's dir gut? Du hast dir nicht wehgetan, oder?«

»Nein, bloß sauer bin ich.« Ich trat vom Rand weg.

Meine Turnschuhe quietschten, meine Haare trieften. Ich spuckte erneut aus, und es war mir egal, dass mir alle dabei zusahen.

Ich würgte noch einmal und drückte meine Haare aus. Grüne Rinnsale schlängelten sich an meinen Armen hinab. Ich wollte sie wegwischen, das hinterließ allerdings einen klebrigen Film auf meinen Handflächen.

»Wo ist er hin? Ich bring ihn um.« Ich würde meine mit Schleim überzogenen Hände um Peters dürren Hals legen, ihn unter Wasser drücken und ihn entenverseuchten Schlamm schlucken lassen.

»Wer?«, fragte Luke.

»Peter. Jemand hat mich geschubst und zwar er. Habt ihr ihn denn nicht gesehen?«

Luke und Al schüttelten den Kopf.

»Bist du dir sicher, dass du nicht gesprungen bist?«, fragte Al. »Das klingt nämlich nach etwas, das du tun würdest.«

»Also bitte. Wenn ich gesprungen wäre, hätte ich mich vorher versichert, dass ihr auch wirklich zuschaut. Das muss er gewesen sein.«

Dann traf mich der Geruch mit voller Wucht.

Ich stank nach Entenkacke.

Mein Lachen explodierte. Das unangemessene, das ich nie kontrollieren konnte.

Der freundliche Westenträger hatte seinen freundlichen Gesichtsausdruck abgelegt. Er kam mit einem riesigen Handtuch auf uns zu.

Ich lachte immer weiter. Vornübergebeugt und die Hände auf den Knien abgestützt, wurde ich von Gelächter geschüttelt.

Da legte sich ein Gewicht auf meine Schultern, als ich eingewickelt und abgeführt wurde. Vorbei an starrenden Touristen, vorbei an Flüstern und Kichern und ekelerregtem Schnauben.

Als müsste er mich zum Gehen zwingen. Ich wollte nur noch duschen.

Der Mann führte mich direkt zum Ausgang und hinaus auf die Straße, wo ich stehen blieb, tropfend und stinkend, wie etwas, das nach einem Unwetter angespült wurde.

Er zog mir das Handtuch weg und ließ mich in meiner triefnassen Kleidung stehen.

Ich hätte Anzeige erstatten sollen. »Das war gar nicht meine

Schuld. Ich habe Rechte!«, rief ich ihm nach. »Mir war nicht klar, dass England solch zügellose Gesetzlosigkeit toleriert. Behandelt ihr alle Opfer so?«

Leute, die mir auf dem Gehweg entgegenkamen, machten einen Bogen um mich und suchten schleunigst das Weite.

Luke schnappte sich meinen Arm und zog mich in Richtung Gebäude, damit ich den Weg nicht blockierte. »Al, warum suchst du unserer Pilgerin nicht ein trockenes T-Shirt?«

»Ach, das ist ja süß. Danke dir.« Ich breitete die Arme aus und ging auf ihn zu, so als wollte ich ihn umarmen.

Er schnitt eine Grimasse, zog seine Jacke aus und wollte sie mir über die Schultern legen.

Ich schüttelte den Kopf. »Kein Grund, uns beide mit Entenkacke zu verseuchen.«

Stattdessen umarmte ich mich selbst und zitterte. Das Wetter war während des Ausflugs zwar nicht allzu schlecht gewesen, doch die Luft fühlte sich jetzt, da ich klatschnass war, kühler an.

Auf dieser hübschen, mit Blumen geschmückten Hauptstraße in einem malerischen Städtchen, roch und sah ich aus wie ein Monster aus dem Abfluss. Zusammen mit meiner Körperwärme verfloss auch mein Ärger und wurde nun von dem Wunsch ersetzt, mich in einem Abflussrohr zu verkriechen und mich zu verstecken. Vermutlich für immer.

»Jetzt hab ich das Wasser gar nicht mehr getrunken«, bemerkte ich.

»Das schmeckt sowieso eklig. Warm und voller Minerale.«

»Kann aber auch nicht ekliger sein als das, was ich geschluckt hab. Hoffentlich zählt es, dass ich irgendwas getrunken hab, auch wenn es nicht das Wasser war, das ich eigentlich hätte trinken sollen.« Ich würgte erneut, starrte dann auf den Ausgang und hielt nach Peter Ausschau. »Vielleicht ist es besser so, dass er sich versteckt. Ich will ihm nämlich eine reinhauen, wenn ich ihn sehe.«

»Hast du denn schon mal wem eine reingehauen?«

Ich schüttelte den Kopf. »Bloß meine Ellbogen und Knie bei Eckstößen.«

»Ich wette, du bist so eine, die andere an den Haaren zieht.«

Ich funkelte ihn wütend an.

Er grinste. »Ich würde ihm gerne stellvertretend für dich eine reinhauen.«

»Hast *du* denn schon mal jemandem eine reingehauen?«

»Einmal. Da war ich acht. Ich habe mir geschworen, das nie wieder zu tun, aber ich bin gewillt, eine Ausnahme zu machen.«

»Danke.« Ich trat näher an ihn heran, tat wieder so, als würde ich ihn umarmen, und lachte angesichts seiner Grimasse.

Al kam mit einem übergroßen University-of-Bath-T-Shirt zurück. Ich zog das Shirt über meine nasse Kleidung und so stapften wir zum Hostel zurück – meine Jeans scheuerte, aus den Haaren tropfte es mir den Rücken hinunter und in mein Gesicht, und aus meinen Schuhen quoll grüne Flüssigkeit.

In dem Gemeinschaftsbadezimmer duschte ich so heiß wie noch nie, wusch mir drei Mal die Haare und spülte meine Kleidung aus.

»Falls ich auf mysteriöse Weise sterbe«, sagte ich, als ich mich im Schlafzimmer wieder zu den andern gesellte und meine nassen Haare zu einem Pferdeschwanz hochband, »tragt denen auf, dieses Wasser auf Killerbakterien zu testen.«

»Hier, nimm die.« Al gab mir ihre Wanderstiefel – nachdem wir Dartmoor verlassen hatten, war sie wieder zu ihren flachen Schuhen übergegangen –, also ließ ich meine vollgesogenen Turnschuhe zum Trocknen stehen.

Luke roch an mir, weil mein Tag ja noch nicht peinlich genug gewesen war. »Jetzt riechst du wieder besser.«

»Heldinnen in Büchern passiert so was nie. Die werden von gut aussehenden Herren zu Bällen eingeladen und lauschen Symphonien. Ich glaube, auf mir lastet ein Fluch.«

»*Willst* du denn zu Bällen eingeladen werden und Symphonien lauschen?«, fragte Al.

»Gute Frage. Ich versuche, nicht über die Aufgabe morgen nachzudenken.«

»Mit dir unterwegs zu sein, ist echt ein Abenteuer«, sagte Luke mit einem schiefen Halblächeln.

Aber mochte er Abenteuer?

Unglücklicherweise neigte ich dazu, in solchen Situationen zu landen, weshalb ich schon an das ganze verrückte Chaos gewöhnt war – aber in Lukes Gegenwart wurde mir viel mehr bewusst, wie ich auf andere wirkte. Ich wünschte, ich wüsste, was er von mir dachte. Jetzt blieb mir nichts anderes mehr übrig, als weiterzumachen.

Ich nahm die Karte in die Hand. »Lasst uns was zu Abend essen, bevor mich die Parasiten killen. Ich hoffe, ich hatte keine offenen Wunden.«

Mein Herz setzte für einen Schlag aus. Offene Wunden. Ich hatte mich doch nirgends aufgeschnitten, oder? Mir am Steinrand einen Ellbogen angeschlagen? Meine Hand an dem spitzen Felsen aufgeschlitzt? Die Keime hatten vielleicht gar keine Zeit, mich umzubringen, wenn ich blutete. Ich hatte die strenge Anweisung, wegen jeder Verletzung, die auch nur leicht blutete, sofort einen Arzt aufzusuchen.

Nein, ich hätte das Brennen unter der Dusche bemerkt. Es ging mir gut. Für den Moment. Langsam ließ ich den Atem wieder entweichen, damit die anderen nicht bemerkten, dass ich ihn angehalten hatte.

Der erste Ort in dem Reiseführer war ein Restaurant namens *Sally Lunn's*, in dem es *Buns* – also belegte Brötchen – gab.

»Ich bin am Verhungern«, sagte ich. »Lasst uns das ausprobieren. Der Name des Ladens reimt sich. Und was sich reimt, ist gut.«

»Deine Logik ist wie immer einwandfrei«, erwiderte Al.

In dem Restaurant führte uns eine Kellnerin einen *extrem* engen Gang entlang und eine knarzende Treppe hinauf in einen mit Tischen vollgestellten Raum. Auf dem Schild über der Tür stand *JANE AUSTEN ROOM*. Dafür sollte ich Extrapunkte bekommen.

Luke zog den Stuhl für mich heran und drückte mich leicht darauf, indem er mir eine Hand auf den unteren Rücken legte. Die Berührung schoss durch meine Körpermitte, was meinen Bauch auf einmal sowohl schwer als auch hibbelig werden ließ.

»Das ist wahrscheinlich der kitschigste Ort, an dem ich je war«, sagte er.

Über die Teetassen beschwerte er sich allerdings nicht. Die waren britisch, nicht kitschig.

Das Restaurant befand sich in einem uralten Haus, das irgendwie in sich zusammensank. Von meinem Platz aus konnte ich sehen, wie sich die Decke und der Fußboden wölbten. Eindeutig keine geraden Linien, wie Gebäude sie sonst haben sollten.

Für meinen Geschmack hielt Bath zu viele lebensbedrohliche Situationen bereit.

»Das hier muss es schon zu Jane Austens Zeit gegeben haben.« Ich gab vier Zuckerwürfel in meinen Tee.

»Schon früher.« Luke klaute sich die Zuckerdose, bevor ich mir auch noch Nummer fünf nehmen konnte. »Es ist das älteste Gebäude der Stadt, von 1482.«

»Woher weißt du das immer alles?«

Er hob eine Augenbraue. »Über der Tür hing ein Schild.«

»Ach so. Na ja, hör auf, so ein Klugscheißer zu sein.« Ich piekte ihn, und in seiner Wange bildete sich ein Grübchen.

Dann wurde ich jedoch von den Blicken einer Familie am Nebentisch abgelenkt.

»Habe ich Schleim im Gesicht?«, flüsterte ich.

Luke musterte mich. »Nein, warum?«

»Diese Leute da starren mich an. Kann ich Ihnen helfen?«, fragte ich lauter.

Ein Mädchen, das ein paar Jahre jünger war als ich, fragte: »Bist du das Mädchen, das in den Bädern in das Becken gesprungen ist?«

»Nein, bin ich nicht.«

Sie machte ein langes Gesicht.

»Ich bin das Mädchen, das in das Becken *geschubst* wurde, danke vielmals.« Ich wollte zwar nicht rechthaberisch sein, aber zumindest, dass sie die Geschichte richtig verstanden.

Ihre Augen weiteten sich. »Aber warum sollte jemand so was tun?«

Bevor ich mich davon abhalten konnte, setzte ich mich gerade hin und wandte mich ihr zu. »Ich bin Britt. Ich weiß, ich weiß. Ich bin aus Amerika, und deswegen ist der Name lustig. Du kannst jetzt lachen.« Ich verstummte für eine kurze Kicherpause. »Ich bin mit ein paar Leuten aus meiner Klasse zu Besuch in England, um hier etwas über klassische Bücher zu lernen. Einer meiner Klassenkameraden ist auch mein Racheengel, der nur darauf gewartet hat, dass ich nichtsahnend dasaß, und dann ... hat er zugeschlagen.«

Nach einer weiteren kurzen Pause, damit sie das Ausmaß der Aussage auch ganz erfassen konnten, fuhr ich fort.

»Es war ein friedlicher Tag in den römischen Bädern. Grünes Wasser blubberte unter einem grauen Himmel. Touristen genossen die Geschichte, die Architektur und den Ausblick. Ich für meinen Teil dachte gerade über Jane Austen nach, die, wie ihr sicher wisst, viel Zeit hier verbracht hat und über die Stadt geschrieben hat.«

Beim Sprechen setzte ich mich aufrechter hin. Ich schaute allen Leuten am Tisch in die Augen, und meine Muskeln entspannten sich. Ihre Blicke nährten mich, befeuerten meine Worte, die, ohne darüber nachzudenken, aus mir herausströmten.

»Während ich so an den antiken Steinblöcken vorbeischlenderte, spürte ich, dass jemand anwesend war. Dieser jemand lauerte mir auf. Kam immer näher. Ich wollte mich umdrehen.« Ich blickte mir halb über die Schulter. »Aber ich war zu langsam. Dieser jemand rempelte mich an. Fest. Und da flog ich auch schon durch die Luft.« Ich ruderte wild mit den Armen.

Die Augen aller Zuhörenden weiteten sich.

»Es blieb keine Zeit zum Überlegen. Oder um sich Sorgen zu machen. Bloß der Moment der Schwerelosigkeit, bevor ich in das faulige Wasser fiel. Der Geruch nach Schwefel. Enten. Schleim. Grüner Schleim, der mir in den Hals lief, meine Haare verklebte, mich zum Würgen brachte.« Ich erschauderte.

»Tragischerweise konnte mein Angreifer entkommen.« Ich breitete die Hände aus und zuckte mit den Schultern. »Und ich wurde seiner bösen Tat angeklagt. Aber keine Sorge: Euer feines Land mache ich nicht dafür verantwortlich. Aber solltet ihr die Bäder besuchen … Trinkt bloß das ausgewiesene Wasser. Das grüne Zeug? Kann ich zu hundert Prozent *nicht* empfehlen.«

Als ich verstummte, war es still im Raum. Anscheinend hatte meine Stimme die anderen übertönt, und alle hatten zugehört.

Gelächter und Applaus explodierten.

Meine Philosophie, andere *mit* einem statt *über* einen lachen zu lassen, hatte die Nacherzählung der Ereignisse weitaus weniger peinlich gemacht, als sie durchleben zu müssen. Ich grinste und winkte, wobei die ganze Aufmerksamkeit etwas von der Peinlichkeit am Morgen wettmachte.

Während sich die anderen Tische wieder ihren Mahlzeiten widmeten, versuchte Al, gleichzeitig ein Lächeln und ein Augenrollen zu verbergen, doch Luke kaute auf seiner Lippe herum, und eine Falte schob sich zwischen seine Augenbrauen.

»Was?«, fragte ich. »War das komplett albern?«

»Natürlich nicht.«

Doch er blieb stumm und nachdenklich, während wir die halbierten, belegten Brötchen mit Suppe und einer Menge Tee aßen. Am Tee fand ich langsam Gefallen, solange ich genug Zucker hatte.

Woran ich im Gegensatz dazu weniger Gefallen fand? An der Vorstellung von der morgigen Herausforderung, von der ich mit ziemlicher Sicherheit sagen konnte, dass sie nicht annähernd so viel Spaß machen würde wie ein Schwertkampf.

★

Nach einem kalten Frühstück im Hostel machten wir uns auf den Weg zu meinem Ziel – dem Ballsaal. Das rechteckige Gebäude mit Steinsäulen blickte auf eine breite Straße aus Kopfsteinpflaster hinab, die in Austens Zeit eine perfekte Auffahrt für Kutschen geboten hätte.

Als ich auf die Doppeltür zuging und die Schultern straffte, wurde sie für mich geöffnet und gab den Blick auf einen Mann um die dreißig in einem langen schwarzen Frack mit engen Bundhosen frei.

Er verbeugte sich. »Seien Sie gegrüßt, Ms Hanson. Wir haben Ihre Ankunft schon mit Freude erwartet.«

Ich wünschte, ich hätte dasselbe behaupten können. »Dann mal los.«

»Das ist ein Ball, und keine Hinrichtung«, murmelte mir Luke zu.

»Macht keinen Unterschied.«

Während mich der Mann einen Korridor mit poliertem Parkett entlangscheuchte, war irgendwo vor uns Orchestermusik zu hören. Wir bogen links in einen Ballsaal ab. Hohe Decken, hellblaue Wände und ein riesiger Kronleuchter, der vermutlich genug kostete, um die Collegegebühren in einem Wimpernschlag zu finanzieren. Meine Aufmerksamkeit wurde dann aber rasch von den tanzenden Paaren angezogen. Mindestens vierzig oder fünfzig Leute in altmodischen Umhängen und Roben wirbelten in dem Saal herum.

»Ihr verarscht mich doch.« Ich war mir nicht ganz sicher, ob ich mir in meinen Jeans fehl am Platz vorkam, oder ob ich extrem erleichtert war, dass mich niemand dazu gezwungen hatte, ein Kleid zu tragen.

Aber Moment … Ich war nicht die einzige ohne Kostüm – Amberlyn, Peter und Spence waren ebenfalls hier. Als ob ich mich nicht schon genug davor gefürchtet hätte. Zu allem Überfluss war ich auch noch als Letzte angekommen.

Amberlyn trug ein süßes, kurzes Sommerkleid und hatte sich einen Zopf geflochten, den sie einmal um ihren Oberkopf herumgelegt hatte und der unterhalb davon in perfekte Wellen überging. Sie sah aus, als wäre sie bereit für eine Party. Spence trug eine Chinohose und ein Hemd mit Kragen und kurzen Ärmeln. Peter war, wie ich, der Einzige in einem T-Shirt, weswegen ich mir jetzt wünschte, mir ein bisschen mehr Mühe gegeben zu haben, als das am wenigsten zerknitterte Oberteil anzuziehen, das ich finden konnte.

Peters Anblick ließ den gestrigen Ärger aufgrund des ungeplanten Bades in mir wieder aufwallen.

Der Mann verbeugte sich erneut vor mir. »Wenn ich um diesen Tanz bitten dürfte?«

Ich beäugte Luke. Ich würde lieber mit ihm tanzen.

Er hatte die Lippen zusammengepresst, als müsste er versuchen, nicht loszuprusten. »Ich freu mich schon, das zu sehen.«

»Ach, halt die Klappe. Warum hasst du mich nur so sehr, Jane Austen?« Ich nahm die Hand des Typen an.

Ich musste es tun. Also konnte ich mich genauso gut mitten hineinstürzen. Sollte ich mich wie eine Austen-Lady verhalten, ganz gesittet und höflich? Oder sollte ich ich selbst sein? Wie viele Damen hatten in ihrer Zeit wohl so süß und wohlerzogen getan, um einen Kerl abzubekommen, obwohl sie eigentlich ganz woanders hätten sein wollen?

Als ein neues Lied begann, führte mich der Mann auf die Tanzfläche. Er verbeugte sich, also deutete ich einen Knicks an, und daraufhin bildeten wir einen Kreis mit drei anderen Paaren, inklusive Spence. Wir hielten uns alle an den Händen und gingen im Kreis. Das war ziemlich leicht. Doch dann teilten sich plötzlich alle auf, hakten sich bei ihrem jeweiligen Partner unter und wirbelten im Kreis herum. Gerade als ich kapierte, was überhaupt los war, wurde der Partner getauscht, und ein neuer Mann nahm meinen Arm. Noch ein Wechsel, und der nächste Mann trug einen roten Militärmantel.

Falls das einen echten Ball nachstellen sollte, waren diese Typen viel zu alt, um passendes Heiratsmaterial abzugeben. Obwohl man in Austens Zeit mit achtzehn alt genug zum Heiraten gewesen war und viele Frauen ältere Männer geheiratet hatten. Ich erschauderte. Da würde ich dann doch lieber das Hühnchen-Kostüm und das Community College nehmen, bitte.

Nachdem ich mit Spence im Kreis getanzt hatte, wobei ich seinem Blick ausgewichen war, damit wir beide nicht loslachten, kehrten wir wieder zu unseren individuellen Partnern zurück, und ich versuchte es meinem, der führte, nachzumachen. Ich war agil, leichtfüßig und schnell – auf dem Spielfeld. Hier war ich ein Innenverteidiger, der Leute rammte und schwerfällig herumstampfte.

Schließlich hatte ich den Einfall, dass ich es schaffen konnte, meinem Partner nicht auf seine glänzenden Stiefel zu treten, wenn ich so tat, als hätte ich einen Fußball zwischen den Füßen, und ihn einfach meine Hände halten und meine Arme drehen ließ, wann immer es nötig war.

Ich wandte meine Aufmerksamkeit ihm zu. »Müssen wir während des Tanzens nicht miteinander reden? Das ist doch einer der Gründe, warum Elizabeth Mr Darcy nicht mochte. Er war zu still.«

Mein Partner lächelte. Er hatte freundliche Augen. »Worüber würdest du denn gerne reden?«

»Hätten Sie sich nicht vorstellen müssen, bevor Sie mich zum Tanzen aufgefordert haben?«

Er ließ mich eine weitere Pirouette drehen. »Praktisch gesehen hätte ich dich überhaupt nicht ansprechen dürfen, bis uns nicht jemand einander vorgestellt hat.«

»Stimmt. Weil man es Damen ja nicht zutrauen konnte, alleine jemanden kennenzulernen. Müssen Sie in Ihrer Rolle bleiben oder können Sie mir verraten, wer Sie wirklich sind und wer die ganzen Leute sind und wo Sie alle gelernt haben, so zu tanzen?«

»Ich heiße Ben und arbeite in einem Laden in der Nähe. Wir sind Schüler einer Regency-Tanzgruppe im Ort. Meine Freundin hat mich dazu überredet, Stunden zu nehmen. Wir wurden eingeladen, heute auszuhelfen.«

»Sie versuchen also, Amerikanern das Tanzen beizubringen?«

Eine weitere Umdrehung um meine eigene Achse. »Genau.«

Jetzt stolzierten wir. Oder hopsten. Oder was auch immer. Ich vermied es so was von, Luke anzusehen, sonst würde ich noch lachen. Oder vor lauter Scham sterben.

Als Nächstes gingen wir wieder mehr zu der Gruppe im Kreis. Mein Knie schlug sich zwar wacker, aber mir wurde langsam schwindlig. Super. Ein einzelnes Paar trat in die Mitte, und die Frau legte einen Solotanz hin. Ein zweites Paar tat es ihnen gleich.

Da fing mein Herz wild an zu klopfen, aber nicht wegen des Tanzes. Sondern weil ich mich gleich ganz sicher zu einem riesigen Affen machen würde.

Spence und seine Partnerin waren an der Reihe. Es war höchst unfair, dass die Frau die ganze Arbeit erledigen musste, während er einfach dastand und blöd grinste.

Als ich drankam, versuchte ich, die letzte Dame einfach nachzuahmen, wie sie zwischen den anderen hindurchgetanzt war. *Tu einfach so, als würdest du um einen Verteidiger herumdribbeln. Tu so, als wäre das ein Spielfeld und als würdest du gleich ein Tor schießen.*

Das war doch lächerlich. Wie lange dauerten diese Lieder überhaupt? Das war ja ein Endlostanz! Kein Wunder, dass es eine solche Qual war, mit Mr Collins gefangen zu sein.

Ich kehrte zu Ben zurück, der lächelte. »Gut gemacht.«

»Kein Grund zu lügen. Ich weiß, dass sich Jane Austen gerade im Grabe umdreht.«

Er kicherte.

Oh, Gott sei Dank. Die Musik wurde leiser. Wir marschierten in einem Spalier die Mitte entlang, ein Paar nach dem anderen. Ben verbeugte sich, ich machte einen Knicks und kämpfte gegen den Drang an, mir mit meinem T-Shirt den Schweiß von der Stirn zu wischen.

»Danke, dass Sie mich nicht fallen gelassen haben.«

Er lächelte, und ein anderer älterer Mann kam auf mich zu.

»Wenn ich um den nächsten Tanz bitten dürfte?« Zumindest glaube ich, dass er das fragte. Sein starker Akzent machte es schwer, das zu sagen.

Wie viele Tänze musste ich denn durchstehen? Einer war schon mehr als genug gewesen.

Ich nahm seine Hand, und wir begannen einen Tanz mit anderer Schrittfolge, was mir ziemlich gemein vorkam, wo ich doch gerade erst die des ersten kapiert hatte. Da ich ihn kaum verstand, gab ich mich damit zufrieden, meinem neuen Partner Fragen zu stellen und bei seinen Antworten zu nicken und zu lächeln.

Laute Stimmen und ein Handgemenge in der Gruppe neben uns ließen mich aus dem Tritt geraten. Ich warf einen Blick hinüber und sah, wie Amberlyn und Spence zusammenstießen. Sie funkelte ihn wütend an und warf ihr Haar zurück. Der Rest der Tänzer stand in einem Durcheinander herum. Spence grinste dreckig.

Noch einen neuen Partner – der Letzte war ein Grundschullehrer namens Andrew – und einen weiteren Tanz später verbeugte er sich vor mir und bot mir den Arm an. »Hätten Sie Lust, sich zu setzen und an einem Kartenspiel teilzunehmen?«

»Die richtige Antwort lautet ja, oder?«

Um seine Lippen zuckte es. »Ich glaube schon.«

Konnte ja bloß besser als Tanzen werden.

»Führen Sie mich hin.«

Er brachte mich in einen kleineren Raum mit gelb gestrichenen Wänden und mehreren Tischen. Wir stellten uns an einen davon, an dem bereits zwei andere Leute und Peter standen.

Ich konnte mich gerade noch zurückhalten, Andrew zu fragen, ob wir nicht doch noch mal tanzen gehen wollten.

»Viel Glück«, sagte der.

Ich ließ mich auf den leeren Stuhl fallen und schaute meine Mitspielenden an. »Das hier ist aber nicht Uno, oder? Quartett vielleicht?«

Peter schnaubte, allerdings nicht amüsiert.

»Das Spiel des Tages heißt *Whist*, junge Dame«, sagte ein älterer Mann, der mich an meinen Großvater erinnerte.

Ich tat mich mit der älteren Dame als Partnerin zusammen, während die beiden uns die Farben und Tricks erklärten. Bei dem Spiel brauchte es nur wenig Strategie, keine Aktion und auch kein Bluffen.

Fast vermisste ich das Tanzen.

Nach seiner in Falten gelegten Stirn zu urteilen, hatte Peter zu meiner Rechten entweder ein sehr schlechtes Blatt oder er wollte, dass ich in den schlammigen Tiefen der römischen Bäder ertrank.

Worüber redete man beim Kartenspielen? Über Baseball oder den neuesten Superheldenfilm wahrscheinlich nicht. Peter, der mir immer wieder wütende Blicke zuwarf, machte es mir schwer, mich zu konzentrieren – vor allem, da das Thema, das ich am dringendsten mit ihm besprechen wollte, sein Foul vom Vortag war. Ich konnte mich gerade noch genug zusammenreißen, um ihn nicht vor Fremden anzuschreien.

Die Zeit verging schnell, während ich die älteren Herrschaften über ihre Familien ausfragte, wie oft sie alte Kartenspiele spielten und wie sie jemand dazu überredet hatte, mit amerikanischen Schülern einen Tag in einem Ballsaal zu verbringen.

»Was ist mit dir?«, fragte die Frau. »Gehst du bald an die Uni?«

»Das habe ich vor, im Herbst.« Angenommen, ich gewann diese Woche ...

Peter schnaubte.

»Sehr gut. Und du, junger Mann?«

Er antwortete nicht.

»Ist keine Schande, das noch nicht zu wissen«, meinte der Mann.

Peter warf mir einen kurzen Blick zu und schaute mürrisch drein. »Programm zum *Kreativen Schreiben*«, murmelte er. Dann blickte er mich noch mürrischer an, als erwartete er, dass ich ihn deswegen aufzog.

Warum sollte ich das verurteilen? Er wusste immerhin, was er tun wollte, das war schon mehr, als ich von mir behaupten konnte.

»Wie ist das so?«, fragte ich.

Er ignorierte mich und spielte eine Karte aus.

»Ja, das würde ich auch gerne hören«, fügte meine Partnerin hinzu. »Das klingt faszinierend.«

Peter zog krampfhaft die Schultern hoch. Mir würde er nicht antworten, aber war er so unhöflich, dass er eine nette, alte Dame ignorieren würde?

»Das ist ein sechs Monate langes Programm mit Zeit zum Schreiben und Kursen und Workshops und so Zeug.«

Ich hatte ihn zwar mit seinem Notizheft gesehen, mir war aber nicht klar gewesen, dass er studieren wollte, wie man Geschichten erzählte. Schrieb er gerade einen Roman? Erst eiferte Spence Charles Dickens nach, und jetzt musste ich mich anscheinend auch noch mit einem angehenden Schriftsteller messen. Ich musste definitiv eine Schippe drauflegen.

»Beeindruckend«, bemerkte die Dame. »Und deine Eltern, unterstützen sie dich darin?«

Er starrte seine Karten an. »Ich kann es wenigstens ausprobieren. Und danach gehe ich dann vielleicht aufs College.«

Sein kleinlauter Tonfall verriet, dass seine Eltern das nicht wirklich unterstützten und er danach lieber nicht aufs College gehen würde. Aber da ihn nur sehr selten etwas anderes begeisterte, als mich zu quälen, könnte ich ihn auch falsch eingeschätzt haben.

»Deswegen willst du also das ... Wettrennen gewinnen?«, fragte ich.

Peter verdrehte die Augen. »Du solltest das Wort *subtil* mal im Wörterbuch nachschlagen.«

Er verstummte, und die Dame musste sein Unbehagen gespürt haben, deshalb spielten wir jetzt weiter, ohne uns zu unterhalten.

Da es mich zu entmutigen drohte, über Peters Schreibkünste nachzudenken, lenkte ich meine Gedanken in Jane Austens Richtung. Hatte sie gerne Karten gespielt oder getanzt? Ms Carmichael hatte gesagt, dass Jane nie geheiratet hatte. Also hatte sie solche Veranstaltungen besucht, getanzt, gespielt, sich unter die Leute gemischt ... währenddessen aber die ganze Zeit über Romane in ihrem Kopf ausgearbeitet, die manchmal mit bissigen, sozialen Kommentaren gespickt waren. Sie war nie sesshaft geworden oder hatte sich angepasst.

Vielleicht war sie letztendlich doch nicht so schlimm.

Nachdem die Dame ein Spiel gewonnen und eines verloren hatte, erhob sie sich. »Bereit für den nächsten Teil, Liebes?«, fragte sie mich.

Sicher konnte der ja nicht mehr schlimmer werden als das Tanzen.

Als ich aufstand, hakte sie sich bei mir unter, und der Mann bedeutete Peter, ebenfalls aufzustehen. Sie führten uns in einen weiteren Raum, dieser war hell und fröhlich, mit Säulen im unteren wie im oberen Stockwerk. Auf einem großen Tisch war ein Buffet zur *Tea Time* mit winzigen Sandwiches vorbereitet worden – leider ohne Bacon. Viele Tänzer und Tänzerinnen liefen herum und hatten Tassen in der Hand.

Nachdem ich so viel geschwitzt hatte, hätte ich lieber ein Gatorade getrunken. Ein heißer Tee klang weniger erfrischend, außerdem hatte ich jetzt schon so viel Tee getrunken, dass ich die römischen Bäder damit hätte füllen können. Doch Peter und ich nahmen jewuils eine Tasse – zusammen mit einem Umschlag – von einem Bediensteten hinter dem Tisch entgegen.

Peter wollte gerade davongehen.

»Was ist eigentlich los mit dir?«, zischte ich ihm zu.

Er wirbelte herum. »Wie bitte?«

»Dass du mich in das Becken gestoßen hast? Nicht cool, Finch. Ich hätte mir wehtun können.«

»Wovon redest du überhaupt?«

Ich schnaubte. »Netter Versuch. Gestern. Du. Ich. Entenverseuchtes Wasser.«

Er blinzelte. »Ich hab dich nicht geschubst.«

»Ich hab dich aber gesehen.«

»Natürlich war ich da. Das war ja auch ein Teil des Hinweises.« Er grinste dreckig. »Du bist also reingefallen?«

Ich wollte schon meine Arme verschränken, da fiel mir auf, dass ich ja eine Tasse Tee hielt. »Ich bin nicht reingefallen. Jemand hat mich reingestoßen. Was du genau weißt, weil du das warst.«

»Ist doch nicht meine Schuld, wenn du keinen guten Gleichgewichtssinn hast.«

Ich war eine Leistungssportlerin. Oder war ich zumindest gewesen. Aber trotzdem: Mein Gleichgewichtssinn war ausgezeichnet. »Wie auch immer. Halt dich einfach von mir fern.«

»Gerne doch.«

Damit zog er Richtung Tür ab. Wütend schaute ich ihm nach, dann hob ich meine Teetasse an die Lippen, spazierte ein bisschen durch den Raum, unterhielt mich mit ein paar Leuten und bedankte mich bei ihnen dafür, dass sie gekommen waren. Sie waren eher wie die Theaterstudenten-Ritter als die willkürlichen Fremden, die ich rekrutiert hatte, aber ich wusste es zu schätzen, dass sie sich für eine so ungewöhnliche Aufgabe einen Tag Zeit nahmen. Ich sah Spence, der wie ein Pfeil losschoss, sobald er seinen Umschlag bekommen hatte. Amberlyn lehnte an der Wand und kritzelte in ihr Heft.

Nachdem ich mit so vielen Leuten wie nur möglich geredet hatte, ging ich auf die Eingangstür zu, wo Luke und Al schon auf mich warteten.

In Lukes Augen blitzte der Schalk auf.

Ich deutete erst auf ihn, dann auf Al. »Wenn ihr auch nur ein Wort zu den Tänzen sagt, werde ich euch in das nächstbeste ekelhafte Gewässer schubsen, das ich finden kann.«

Daraufhin setzten sie ein auf gruselige Weise gleiches Unschuldsgesicht auf, das ausdrückte, dass sie *so was von* über mich geredet hatten.

»Jetzt bin ich eine waschechte Austen-Lady. Mal sehen, was als Nächstes kommt.«

Beim Hinausgehen öffnete ich den neuen Umschlag.

Zauberer und Könige aus magischen Geschichten.
Erschaffen von Freunden, die hier über
ein paar Bier verträumt dichten.

Diskutiere über erfundene Welten, wie sie es gut fänden.
Dann hältst du den nächsten Hinweis schon in Händen.

Eine Millisekunde, bevor ich mit dem Lesen fertig wurde, versteifte sich Luke. Dieselbe Anspannung überkam ihn auch immer, wenn er seinen Vater erwähnte – oder den Ort, an dem er aufgewachsen war.

Im Unterricht hatte Ms C einmal erwähnt, dass sich C. S. Lewis und J. R. R. Tolkien immer in einem Pub getroffen hatten, um sich über Bücher auszutauschen und sich gegenseitig beim Geschichten schreiben zu helfen. Ich wusste zwar nicht, dass sie in Oxford gelebt hatten, doch Lukes Reaktion machte Google überflüssig. Über den genauen Ort würde ich mir allerdings später Gedanken machen.

»Dann mal los nach Oxford«, sagte ich.

Er stieß ein leichtes Grunzen aus.

Leise Zweifel bereiteten mir Magenschmerzen. Vielleicht war unsere gemeinsame Zeit jetzt vorbei.

»Du musst nicht … Ich meine, wenn du nicht mitkommen willst … Ich weiß, dass du auch ein Leben hast. Du warst ja schon mehrere Tage weg. Du hast sicher andere Sachen in London zu erledigen. Die Kinder brauchen schließlich wen, der ihnen vorliest.« Ich plapperte vor mich hin, aber ich wollte nicht, dass er das Gefühl hatte, gezwungen zu werden, irgendwohin mitzukommen, wo er lieber nicht hinwollte.

Er blinzelte, wischte damit jegliche echte Gefühlsregung von seinem Gesicht und sah mich fest an. »Man kann eine Mission nicht aufgeben, bevor sie erfüllt ist, Pilgerin. Ich komme mit. Wenn du mich noch willst.«

Die Spannung in mir ließ nach, obwohl er damit bloß das Unvermeidbare hinauszögerte. »Ja, ich will dich. Ich meine, ich will, dass du mitkommst. Solange du noch willst.« *Hör auf zu reden, Britt.*

Sein Gesicht wurde weicher, und seine Augen leuchteten. »Gut. Das hätten wir ja dann geklärt.«

KAPITEL 16

Da Luke anscheinend keine Eile hatte, in seine Heimatstadt zurückzukehren, sagte ich: »Lasst uns doch den schönen Weg zum Bahnhof nehmen.«

»Da lang, glaube ich.« Er führte uns eine Straße entlang. »Da gibt es einen Park, der dir gefallen wird.«

»Diese Besessenheit von Jane Austen hab ich nie verstanden«, meinte ich beim Gehen. »Vor allem von Mr Darcy. Klar, die Schauspieler sind heiß, und der Akzent ist süß. Aber wie Frauen einen reichen Ehemann suchen, sich die ganze Zeit über benehmen mussten und nie interessante Sachen machen durften, ist doch einfach nur blöd.«

»Austen hat viel zu bieten. Soziale Kommentare. Messerscharfe Einblicke in das menschliche Verhalten. Humor.«

»Wow, du magst Jane Austen ja mehr als ich.« Ich rüttelte an seiner Schulter. »Du bist so ein Mädchen.«

Er reckte die Nase in die Luft. »Man muss keine Frau sein, um gute Texte anzuerkennen.«

»Oh-oh. Ich wette, du wärst gerne ein Held in einer ihrer Geschichten. Für welches Mädchen würdest du dich entscheiden? Lizzie? Emma? Jane?«

»Ich verweigere eine Antwort auf diese Frage.«

Wahrscheinlich auch besser so. Ich musste nicht wissen, ob er süße, wohlerzogene Mädchen mit perfekten Manieren vorzog. »Ich fand Lydia immer ziemlich sympathisch. Klar, sie trifft schreckliche Entscheidungen, aber alle haben immer bloß ihre Schwestern bewundert, während sie die laute, nervige Kleine war. So wie ich. Wenn sie netter zu ihr gewesen wären, wäre sie vielleicht nicht weggelaufen.«

Er wirbelte herum und ging rückwärts, damit er mich ansehen konnte. »Sag mir jetzt aber bitte nicht, dass du Wickham auch gut findest. Dafür scheint dein Urteilsvermögen zu gut zu sein.«

Ich seufzte theatralisch. »Ich bitte dich.«

Vielleicht hatte ich, was die Geschichte anging, zwar nicht sonderlich gut aufgepasst, aber ich war schlau genug, um einen Bad Boy zu erkennen.

Wir kamen am Rande des Parks mit gewaltigen Bäumen und weiten Rasenflächen an. Luke führte uns einen Pfad entlang.

»Was suchst du denn in einem Helden?«, fragte er.

»Keine Ahnung … Freundlichkeit. Mitgefühl. Jemanden, der zuhört.«

Moment mal, was? Vor dieser Reise hätte ich noch gesagt, jemand Abenteuerlustigen und Mutigen, spontan und lustig. Hatte mich meine Verletzung verändert oder hatte Luke im Handumdrehen meine Ansichten, wie ein passender, fester Freund aussah, auf den Kopf gestellt? Denn ich hatte gerade eine perfekte Beschreibung von ihm abgegeben.

»Na ja.« Ich räusperte mich. »Wie auch immer, offensichtlich hab ich das noch nicht gefunden.«

»Kein Freund?«

»Noch nie einen gehabt.«

Neben einem riesigen Baum mit Blättern, die so groß waren wie mein Kopf, blieb er stehen. »Wirklich?« Als ich gleichgültig nickte, ging er wieder weiter. »Deine Entscheidung?«

»Ziemlich. Ich bin auf Schulbälle und zu ein paar Abendessen gegangen. Von einem Typen hab ich mich zu einem Spiel der

Lakers mitnehmen lassen, aber der wusste, dass ich ihn nur wegen der Gratis-Tickets ausgenutzt hab. Es hat noch nie jemanden gegeben, den ich genug mochte, als dass es ernster geworden wäre.«

Ich hatte viele männliche Freunde. Wir spielten spontan Fußball, schauten zusammen Spiele an und aßen Pizza. Aber niemand sah mich als potenzielle Freundin, so wie Luke es anscheinend tat. Und die ein oder zwei, die das vielleicht getan hatten, die mir wirklich hätten wichtig sein können ... Na ja, denen ging ich aus dem Weg, bevor es so weit kommen konnte. Da kam mir ein Gedanke: Luke hatte doch bestimmt keine Freundin, oder? Sonst würde er sicher keine Woche mit mir verbringen?

»Was ist mit dir?« Ich versuchte, ihm nicht zu zeigen, wie wichtig mir seine Antwort war.

Seine Lippen zuckten. »Ob du's glaubst oder nicht, literarisches Wissen ist kein großer Mädels-Magnet.«

»Aber du hast doch noch mehr zu bieten als *das*. Du bist witzig und klug und liest Kindern vor.«

»Und älteren Leuten.« Seine Augen weiteten sich, und sein Gesicht lief rot an, als hätte er das lieber nicht erwähnt.

»Was?«

Er räusperte sich und zog den Kopf ein. »Ich arbeite auch ehrenamtlich in einem Altersheim. Ich lese ihnen vor und helfe beim Briefeschreiben.«

Konnte er denn irgendwie *noch* perfekter werden? »Na also. Du bist geduldig und eindeutig mutig, weil du drei ganze Tage mit mir verbracht hast und noch nicht weggelaufen bist. Du könntest ein Jane-Austen-Held sein.«

Er schwieg, während sich der Pfad weiter vor uns ausbreitete und sich um Steinmonumente und einen Pavillon herumschlängelte. Hoffentlich verriet mein unbeschwerter Tonfall nicht meine wirklichen Gedanken. Das Letzte, was ich brauchen konnte, war, dass er sich irgendwelche Vorstellungen von uns machte, wo wir doch auf verschiedenen Kontinenten lebten.

»Du bist mehr wie eine Austen-Heldin, als du glaubst«, sagte er schließlich, und damit hatte ich überhaupt nicht gerechnet. »Ihnen sind Menschen wichtig. Sie sagen immer, was sie denken. Und sie tun das Richtige.«

Oh-oh. Ms Carmichael hatte gesagt, dass die Liebe in Jane Austens Büchern immer damit anfing, dass jemand den Charakter des anderen lobte. Ich mochte Luke. Verbrachte gerne Zeit mit ihm. Bewunderte ihn. Und er empfand dasselbe für mich.

Von diesen Gefühlen war es noch ein weiter Weg bis zu Liebe. Aber trotzdem: Das konnte nur schlecht ausgehen. Jetzt waren wir an dem Punkt angelangt, an dem ich mich normalerweise zurückzog, doch Luke und ich würden noch für mehrere Tage aufeinanderhocken. Außer, ich schickte ihn nach Hause.

Ich hätte ihn nach Hause schicken sollen.

Aber das wollte ich nicht.

»Ich glaube, dass deine Meinung von mir besser ist, als sie sein sollte.« Damit marschierte ich schnell an ihm vorbei, in der Hoffnung, das Thema – und meine komplizierten Gefühle – hinter mir zu lassen.

✶

Als sich der Zug am späten Nachmittag Oxford näherte, wurde Luke immer stiller. Er starrte sein Buch an, ohne die Seiten weiter umzublättern.

Bis vor Kurzem hatte er noch hier gewohnt. Was war passiert, das ihm die Rückkehr so schwer machte? Hatte das etwas mit dieser Vater-Sache zu tun, der er immer wieder aus dem Weg ging? Und was hatte es zu bedeuten, dass er wegen mir doch gewillt war, mitzukommen?

»Also … sollen wir in dem Pub zu Abend essen?« Auf der Zugfahrt hatte ich den Namen des genauen Ortes herausgefunden, bevor ich einen weiteren erfolglosen Versuch gestartet hatte, etwas in mein Notizheft zu schreiben. »Oder sollen wir uns erst einen Schlafplatz für heute Nacht suchen? Oder rumlaufen?«

Luke musste eine beträchtliche Menge an Energie aufwenden, um seine Aufmerksamkeit auf mich zu lenken. »Ich kann uns was organisieren, wenn du willst.«

Sein Blick wanderte wieder zu seinem Buch, als hätte er vergessen, dass wir uns gerade unterhielten.

Ich räusperte mich. »Äh, also nur theoretisch, oder konkret für heute Nacht?«

»Hä? Ach so, stimmt.« Er verschickte schnell eine Textnachricht und starrte dann wieder dieselbe Buchseite an, auf der er schon seit einer halben Stunde war. Sein Handy piepte. Er warf einen kurzen Blick darauf. »In Ordnung. Wir können bei meinem Freund Nick unterkommen.«

Ich stupste ihn sanft an der Schulter an. »Würdest du mich lieber den restlichen Tag lang ignorieren oder mir einen Anhaltspunkt geben, was los ist?«

Seine Schultern hoben sich zu einem epischen Seufzer. »Ich hab früher hier gewohnt.«

»Ja, das hab ich auch schon kapiert.«

»Vor fünf Monaten hat mein Dad seinen Job verloren. Danach sind wir nach London gezogen. Das war's.«

Sein matter Ton verriet, dass das ganz sicher nicht alles war, aber ich wollte ihn auf die gleiche Weise unterstützen, wie er mich – und in der Vergangenheit war er mir dankbar dafür gewesen, dass ich ihn zu nichts gedrängt hatte. Ich ließ meine Schulter da, wo sie seine leicht streifte.

Als wir aus dem Zug stiegen, übernahm Luke die Führung. Ich folgte ihm, schaute Al an und zog die Augenbrauen hoch. In ihren Augen erkannte ich Besorgnis, doch sie zuckte nur mit den Schultern. Keine von uns beiden wusste, ob es ihm gut ging.

Oxford war nicht so hübsch wie Bath – es gab mir nicht dieses malerische Gefühl. Keine hängenden Blumenkübel. Doch es fühlte sich stattlich an. Alt. Vornehm. Als ob ich allein schon schlauer würde, nur weil ich durch die Straßen wandelte.

Die Gebäude waren von Ruß geschwärzt, und die Ziegelsteine hatten viele verschiedene Farben. Rechteckige Innenhöfe verbargen grüne Rasenflächen. Elegante Türmchen durchlöcherten den Himmel. Und als universales Zeichen für eine Universitätsstadt waren an jedem freien Platz Fahrräder abgeschlossen. Ich konnte mir Luke hier gut vorstellen.

Mit gesenktem Kopf und hängenden Schultern führte uns Luke in eine ruhige Straße, die rechts und links von Steingebäuden gesäumt war. In der Nähe einer Tür wartete ein Junge in unserem Alter auf uns. Kleiner als Luke, etwas stämmig, aber nicht dick.

Er und Luke gingen geradewegs aufeinander zu und umarmten sich auf diese Weise, wie Männer es tun, wobei sie sich auf den Rücken klopften.

»Freut mich, dass du vorbeikommst.« Der Junge fuhr sich mit einer Hand durch das dunkelrote Haar, was dazu führte, dass es in alle möglichen Richtungen abstand. »Aber was machst du hier? Ich dachte ...«

»Nick, das ist Britt, und Alexis kennst du ja schon.« Luke stellte sich zu uns.

Anscheinend wollte Luke nicht, dass wir erfuhren, was Nick dachte.

»Hi.« Ich winkte einmal kurz.

Nick musterte mich mit einem intensiven Blick, wie ein Richter, der sich sein Urteil bildete. Ich erwiderte den starren Blick und hob das Kinn.

Er grinste. »Schön, dich kennenzulernen.«

Ich musste die Inspektion bestanden haben.

Er nickte Al zu. »Alexis.«

»Nicholas.«

»Würde es dich umbringen, wenigstens so zu tun, als würdest du dich freuen, mal jemanden zu sehen?«, fragte ich sie.

Nick schnaubte. »Wahrscheinlich schon.«
Ich mochte ihn auf Anhieb.
Al hob eine Augenbraue. »Wäre es dir lieber, wenn ich mich wie eine Amerikanerin aufführe und schreiend auf ihn zurenne, um ihn zu umarmen?«
»Ja, das würde ich tatsächlich gerne mal sehen«, erwiderte ich.
»Gewöhn dich schon mal dran, enttäuscht zu werden.«
»Jetzt zitiert sie auch noch *Die Braut des Prinzen*. Was ist los mit dir?«
Lachend öffnete Nick die winzige Tür. »Hier lang.«
Ich ging hinein und betrat eine andere Welt. Eine leuchtend grüne Wiese, in ordentliche Streifen gemäht, füllte einen riesigen Innenhof aus, den Blumen und Bänke zierten. Außen am Rasen führte ein Gehweg vorbei zum nächsten Gebäude. Alle vier Wände hatten Fenster über Fenster, die auf den Rasen hinabblickten.
Nick brachte uns zu einer Tür in einer Ecke und über ein Treppenhaus drei Stockwerke nach oben. Luke hatte den Blick weiterhin auf seine Schuhe gerichtet. Jemand anderem begegneten wir nicht. Wir landeten in einem Flur, der auf beiden Seiten mehrere Türen hatte.
Nick streckte einen Arm aus. »Sucht euch ein Zimmer aus.«
»Die sind leer?« Ich spähte in das nächstgelegene Zimmer, darin standen ein schmales Bett, ein Schreibtisch und eine Kommode, und Regalbretter hingen an den Wänden. Ein typisches Schlafzimmer in einem Studentenwohnheim. Schmerz durchzuckte meine Brust. Bei meinem Besuch an der UCLA hatte ich auch in so einem Zimmer übernachtet. Und ich hatte vorgehabt, bald in so einem zu wohnen. Egal, wie einfach es auch eingerichtet war: Ich wollte es.
»Im Sommersemester wohnt hier keiner«, erklärte Nick. »Aber mein Dad arbeitet hier, deshalb hat er mir erlaubt, einen Schlüssel auszuleihen.«
»Cool. Danke.«

Das Zimmer, in das ich hineingeschaut hatte, hatte einen Blick auf den Innenhof. Das fand ich ziemlich hübsch, also legte ich meine Tasche auf dem Bett ab.

Luke stellte seinen Rucksack auf den Boden, kramte darin herum und gab mir die Bettwäsche.

»Ich weiß, ich weiß.« Ich hielt sie hoch. »Ich schulde dir was.«

»Allerdings.« Er versuchte sich an einem Lächeln, während er den Reißverschluss des Rucksacks wieder zuzog, doch es war nicht überzeugend. Er bezog das Zimmer gegenüber von mir.

Ich warf die Laken aufs Bett und kontrollierte meine Frisur, die dank des spontanen Badegangs und der Dusche vor lauter krausen Locken wild durcheinander war. Ich versuchte erfolglos, sie zu glätten. Na ja. Jetzt hatte Luke auch schon Schlimmeres gesehen und war immer noch nicht schreiend davongelaufen.

Nachdem ich meiner Mom jetzt bereits mehrmals Textnachrichten mit nur einem Satz geschickt hatte, schuldete ich ihr vermutlich auch einmal ein richtiges Update. In meiner letzten Nachricht hatte ich ihr geschrieben, dass ich auf Jane Austens Spuren wandelte, was ihr sehr gut gefallen hatte. Was ihr allerdings bestimmt gar nicht gut gefallen hätte, war das Bad, wegen der möglichen Gesundheitsrisiken – also hatte ich das weggelassen.

Die Nachricht zu formulieren, erwies sich als Herausforderung. Ich wollte schließlich nicht direkt lügen, was den Wettbewerbsteil der Reise anging.

> Hey Mom, bin in Oxford. Schon über die Hälfte geschafft.

> Meinem Knie geht's gut. England ist toll.

> Hoffentlich hast du viel Spaß! Wirst du das Geld denn gewinnen, damit du auf die UCLA gehen kannst?

Spaß hatte ich sicher. Aber das Geld gewinnen … Froh darüber, dass sie mein Gesicht nicht sehen konnte, schrieb ich zurück:

> Alles gut.

> 🎉

Na ja, das zu feiern war vielleicht etwas voreilig.

> Ich werd dich nicht enttäuschen.

> Das könntest du gar nicht, meine Süße.

Das musste sie gerade sagen. Sie war meine Mutter. Aber ich wollte sie auch stolz machen, es Maya und Drew gleichtun. Nicht der gescheiterte Pechvogel der Familie sein.

> Mach mich jetzt auf den Weg. Die nächste Aufgabe wartet.

> Bis bald.

Damit schaltete ich das Handy aus.

KAPITEL 17

Zusammengesunken saß ich auf der Kante der nackten Matratze in meinem Zimmer und starrte, ohne etwas zu sehen, aus dem Fenster. *Gewinnen, damit ich auf die UCLA gehen kann.* War dieser Wettbewerb in Moms Augen denn der einzige Weg, mit dem ich es schaffen konnte, dort hinzukommen? Wenn ich verlor – Pech gehabt?

Dies war, um einen meiner und Drews Lieblingsfilme zu zitieren, anscheinend meine letzte Hoffnung.

Das bedeutete, dass ich mit dem Notizheft weiterkommen musste. Zuerst einmal würde ich mich aber auf mein konkretes Ziel konzentrieren – und zwar über Literatur zu diskutieren. Das konnte ich schaffen.

Hoffentlich.

Da mir mein – alles andere als Austen-würdiges – Ball-Outfit noch in lebhafter Erinnerung geblieben war, kramte ich in meiner Tasche nach einem süßen gestreiften, ärmellosen Top. Ein Abend im Pub schien nach etwas mehr Aufwand zu verlangen, als ich normalerweise in Klamotten investierte. Allerdings wollte ich auch nicht, dass Luke dachte, das wäre ein Date.

Als ich auf den Flur hinaustrat, sah ich Nick und Luke in seinem Zimmer, die Tür war bloß angelehnt. Sie standen nahe beieinander und stritten sich leise, aber heftig. Nick fuchtelte mit dem Arm herum. Luke stand wie immer stocksteif da.

Dann schüttelte er den Kopf und ging auf die Tür zu.

Ich tat so, als hätte ich ihn nicht gesehen und fragte: »Bereit für den Pub?«

Nick kam hinter Luke heraus. »Dafür scheinst du mir aber nicht so der Typ Mädchen zu sein.«

Ich wollte gerade den Mund aufmachen, doch Lukes Lachen schnitt mir meine freche Antwort ab. »Sie muss für ein Schulprojekt in den *Bird and Baby*.«

»Da war ich nicht mehr seit ...« Nicks Blick schoss zu Luke. »Egal. Ich bin dabei. Wenn es euch nicht stört.«

»Gar nicht.« Freunde erwiesen sich oft als großartige Informationsquellen über Menschen. Das könnte lustig werden. Ich klopfte an Als Tür, und wir machten uns auf den Weg.

»Wie hast du den eben genannt?«, fragte ich Luke beim Gehen. »Ich dachte, der Pub heißt *The Eagle and Child*.«

»Die Leute von hier nennen ihn *The Bird and Baby*.«

»Damit ihr über Touristen lachen könnt, die das nicht wissen?«

»So was in der Art.«

Unser Weg führte uns an einem riesigen, runden Gebäude vorbei, das für sich alleinstand und von Rasen umgeben war.

Luke blieb stehen. »Das ist die *Radcliffe Camera*. Eine Bibliothek mit einigen von Tolkiens Originalmanuskripten, und er meinte, sie würde dem Turm Saurons ähneln.«

Der goldene Stein, die Säulen und die Kuppel passten zwar kaum zu meiner Vorstellung von der Festung eines dunklen Herrschers, aber es war ein cooles Gebäude.

Wir bogen in eine enge Straße ab, und diesmal blieb Luke vor einer Holztür stehen.

»Einige Leute glauben, dass dieser Durchgang hier Lewis zu *Narnia* inspiriert hat. Siehst du den Löwen? Und die Faune?«

Aus der Mitte der Tür schaute uns ein Löwenkopf an, und auf beiden Seiten wurde der Durchgang von goldenen Faunen flankiert.

»Und dort«, Luke deutete weiter nach vorne, »ist der Laternenpfahl, der anzeigt, dass der Durchgang im Wandschrank ganz in der Nähe ist.«

Der Laternenpfahl sah wirklich so aus, als wäre er mehrere Jahrzehnte alt. Ich wusste aber nicht genug über *Narnia*, um ihm zustimmen zu können. Lukes Stimme klang bedrückt. Obwohl es ihn Überwindung kostete, wollte er mir trotzdem seine Stadt zeigen. Als Nick uns weiterführte, griff ich schnell nach Lukes Hand, drückte sie und lächelte. Seine Finger schlossen sich um meine, während ein winziges Lächeln auf seinen Lippen erschien. Ein paar Schritte lang hielt er sich daran fest, als würde ich ihm damit eine Rettungsleine bieten, doch dann, bevor wir um eine Ecke bogen, ließ er meine Hand wieder los. Meine Finger wollten seinen nach, als wären sie noch nicht bereit gewesen, loszulassen.

Der Pub war bescheiden, an einer belebten Straße gelegen, in der britischen Version einer Einkaufsmeile. Der Name stand in altenglischen Buchstaben auf schmutzig-weißem Stuck. Ein Aufsteller auf dem Gehweg warb mit feinen Bieren. Vor wie langer Zeit hatten Lewis und Tolkien hier gelebt? Vor sechzig Jahren? Siebzig? Ich wettete, dass alles noch genauso war wie damals.

Im Inneren war es dunkel und eng, aber auf eine gemütliche Art. Ein Korridor führte einmal bis ganz ans andere Ende, und kleine Räume gingen davon ab, die ganz von Stimmengewirr erfüllt waren. Bilder und Zitate von Lewis und Tolkien schmückten die Holzwände. Der Geruch von gekochtem Fleisch und Frittiertem ließ meinen Magen vor Hunger knurren.

Ich fühlte mich an den Dickens-Pub in London erinnert. Um ein brillanter britischer Schriftsteller zu sein, brauchte man anscheinend einen Schlupfwinkel in einem Pub. An diesem Ort konnte ich mir leicht zwei geniale Autoren vorstellen, die sich gegenseitig auf Ideen brachten. Selbst ich könnte ein Meisterwerk schreiben, wenn ich mich hier hinsetzte.

Okay, das war vielleicht etwas *zu* optimistisch.

Wir bestellten am Tresen und setzten uns in den Hauptraum, der dank einer Glasdecke, durch die natürliches Licht hereinfiel, heller war. Luke ließ sich auf den Platz in der Ecke fallen und spähte immer wieder mit hochgezogenen Schultern zur Tür hinüber. Al setzte sich mit einem Bier an ihren eigenen Tisch.

»Ich bringe sie schon zum Trinken«, flüsterte ich laut.

Ihre Lippen kräuselten sich leicht, als sie einen Schluck nahm und ihr Buch herauszog.

Ein Typ im Collegealter, in zerrissenen Jeans und einem T-Shirt mit einem tiefen V-Ausschnitt, ließ sich auf den Stuhl gegenüber von Al gleiten, wobei er sein eigenes Glas in der Hand hielt.

Langsam blickte sie auf und hob eine Augenbraue.

»Ich hasse es, hübsche Mädchen alleine etwas trinken zu sehen.«

Ich blinzelte. Machte der etwa ... Al an?

Heute Abend trug sie einen Rock mit subtilem Blümchenmuster und eine kurzärmlige Bluse, weniger formell als ihre gewöhnlichen Outfits. Sie ging leicht als College-Studentin durch. Sie sah aus, als wäre sie hier zu Hause.

Aber: Sie war immer noch Al.

»Dann sieh mir nicht dabei zu, wie ich mein Buch weiterlese.« Ihr halbes Lächeln ließ die Worte freundlicher klingen, als sie vielleicht gemeint waren.

Luke schmunzelte.

Der Typ zuckte mit den Schultern und stand auf, kehrte zur Bar zurück und gesellte sich wieder zu seinem Freund. Al kehrte zu ihrer Lektüre zurück.

Sich Al beim Daten vorzustellen, war, wie einen Blick in ein Paralleluniversum zu erhaschen.

Okay. Konzentration. Ich sollte eine Diskussion leiten, die der *Inklings* würdig war – so hieß die literarische Gruppe, in der Lewis und Tolkien damals Mitglieder waren. Aber zählte das mit nur zwei anderen Leuten? Ich betrachtete die Tische in der Nähe. Fremde zu rekrutieren hatte in Glastonbury ja schon gut geklappt.

Aber wie sollte ich da anfangen? Ich schaute Luke an. Der zuckte mit den Schultern. »Keine Hilfe, weißt du noch?«

An der Wand hing eine Zeichnung aus *Der Hobbit*. Sie zeigte ein Gebirge, einen See und Bäume, darüber flog ein Drache am Himmel. Da kam mir eine Idee.

Ich stand auf, räusperte mich und ignorierte Lukes Seufzen, mit dem er mir verriet, dass er wusste, dass ich mich gerade auf eine peinliche Aktion vorbereitete. Auch Al, die den Kopf in ihrem Buch vergrub und so tat, als kannte sie mich nicht, ignorierte ich.

»Leute, ich brauche Meinungen«, sagte ich laut genug, damit mich alle im Raum hören konnten. »Ich arbeite an einer Umfrage. Würdet ihr lieber *Narnia* oder *Mittelerde* besuchen?«

Luke lächelte. »Gute Idee.«

»Interessante Frage.« Nick faltete die Hände und lehnte sich nach vorne, als wären wir hier im Unterricht. »Muss das zu der Zeit sein, in der die Geschichten spielen, oder zu irgendeiner beliebigen Zeit?«

»Geschichten«, sagte ich, obwohl ich die *Narnia*-Bücher gar nicht gelesen hatte.

Ein alter Mann in der Ecke drehte sich weg und murmelte vor sich hin. Vermutlich etwas über amerikanische Touristen, die ihn bei seinem Bier störten. Er sollte sich zu Al gesellen, damit sie alleine Einsiedler sein konnten.

Doch eine Gruppe junger Leute in der Nähe wandte sich uns zu.

»Ist das für die Schule?«, fragte einer.

»Ist doch egal«, sagte eine andere. »*Narnia*, ganz klar.«

»Das hängt aber davon ab, welches Buch«, meinte Luke, der sich scheinbar immer mehr entspannte, je länger wir hier waren. »Und wo und wer man ist. *Mittelerde* wäre gar nicht so schlecht, wenn man während der Ereignisse aus *Der Hobbit* im *Auenland* oder in *Bruchtal* lebt. Wenn man während der Trilogie aber ein Mensch ist, dann ist das eher nicht so gut.«

»Man hätte aber die Gelegenheit, Großes zu vollbringen und zum Helden zu werden.« Nick streckte die Brust heraus, als wäre er hier und jetzt zu einem Kampf gegen Orks bereit.

Luke schüttelte den Kopf. »Das wird überbewertet.«

Ich rüttelte an seinem Arm. »Du bist so ein Hobbit.«

Nick johlte. »Und was für einer.«

»Ich würde gerne im *Auenland* wohnen«, sagte einer der jungen Leute in der Nähe. »Da gibt es das beste Bier und das beste Pfeifenkraut.«

»Nee«, erwiderte der Freund, der als Erster etwas gesagt hatte. »Ich würde gern auf der *Morgenröte* segeln.«

»Besser als *Der König von Narnia*«, sagte Luke.

»Sprechende Tiere!« Nick warf die Hände in die Luft.

»Versteinert im ewigen Winter.« Luke schnitt eine Grimasse.

»Nein, danke. In späteren Büchern, wenn Frieden herrscht, wäre *Narnia* aber super.«

»Genau«, pflichtete der *Morgenröte*-Typ ihm bei.

Ihr Tisch führte die Diskussion fort, und ich versuchte ihnen zuzuhören, während ich gleichzeitig Lukes und Nicks leiser Unterhaltung folgte.

»Wo wir schon von Booten reden: Warst du mal wieder auf dem Wasser, seit du weggezogen bist?«, fragte Nick.

Luke schüttelte den Kopf.

»Du segelst?«, fragte ich ihn, während unsere Nachbarn über mythische Wesen und magische Durchgänge diskutierten.

»Wir fahren Stechkahn«, erklärte Nick, als der Kellner unser Essen brachte, komplett mit einer Flasche Ketchup.

»Was ist das denn? Wie geht das?«

»Wir fahren auf kleinen, langen Booten.« Luke klaute den Ketchup und stellte ihn außerhalb meiner Reichweite hin. »Man bewegt sie im flachen Wasser auf dem Fluss mit einer Stange vorwärts.«

»Wie lange bleibst du denn?«, wollte Nick wissen. »Wir könnten morgen Vormittag Kahn fahren gehen.«

Luke antwortete nicht, doch ich konnte die Sehnsucht in seinem Gesicht erkennen.

»Dafür könnten wir uns ein bisschen Zeit nehmen«, sagte ich. »Früh aufstehen.«

Lächelnd sah er mich an. »Britt ist dran«, sagte er. »Das ist deine Diskussion, also musst du auch mitmachen. *Mittelerde* oder *Narnia*?«

Ich wollte nach der Flasche greifen, aber Luke hielt meinen Arm fest, wobei sein Grinsen breiter wurde. Ich schnitt eine Grimasse in seine Richtung. Neben uns erwähnten die Leute Namen, die mir aus den *Herr-der-Ringe*-Filmen bekannt vorkamen, aber die Hälfte von dem, was sie sagten, klang wie eine Fremdsprache.

»Kann ich für *Hogwarts* stimmen?«, fragte ich.

Nick lachte.

Luke ließ vorsichtig etwas Ketchup für mich auf meinen Teller fließen. »In diesem Pub ist das Blasphemie.«

»Aber Geister und lebendige Ritterrüstungen und Zauberunterricht! In einem Schloss …«

Luke machte ein gespielt mürrisches Gesicht. »Nein.«

Ich seufzte theatralisch auf. »Na gut. *Mittelerde*.«

»Gute Wahl«, lobte Nick. »Warum?«

»Heiße Elben«, erklärte ich. »Und weil ich die *Narnia*-Bücher nie gelesen hab.«

Nick lachte wieder und stopfte sich Pommes in den Mund, als würden der Welt heute Nacht noch die Kartoffeln ausgehen.

Luke klatschte sich mit einer Hand an die Stirn. »Ich bin schwer enttäuscht vom amerikanischen Bildungssystem.«

»Das ist meine Schuld. Lesen hat mir noch nie viel Spaß gemacht.« Ich verspürte das Bedürfnis, mich vor Nick erklären zu müssen, damit er sich nicht wunderte, warum sein intelligenter Freund mit jemandem abhing, der Orlando Bloom literarischen Klassikern vorzog. »Ich hab immer lieber draußen gespielt. Aber mir ist durchaus klar, wie klug Lewis und Tolkien waren, um in ihrer Fantasie ganze Welten zu erschaffen. Ich könnte das nicht. Geschweige denn so viele Bücher schreiben wie sie. Ich kann ja nicht mal ein einfaches Tagebuch fertigschreiben.«

»Du könntest dir eine Sprache ausdenken und in der schreiben«, schlug Luke vor. »Und behaupten, es wäre Elbisch.«

»Das ist vielleicht die Nische, in der ich mich von den andern abheben kann. Zu schade bloß, dass Ms Carmichael das nie überzeugen würde.«

Nick warf mir einen Blick zu. »Worum geht's hier eigentlich?«

Ich erklärte ihm die grundlegenden Fakten zu meiner Reise, den Aufgaben und der Mission, wobei ich allerdings das Preisgeld ausließ.

»Und du begleitest sie?« Nick wandte sich mit ernstem Gesicht an Luke, der nickte. Nick blickte nachdenklich drein, als würde er gerne noch mehr fragen, tat es aber nicht.

Ich erzählte von unseren Abenteuern.

Als ich fertig war, grinste Nick. »Das klingt ja super. Wirst du auch etwas über mich schreiben? Kannst du mich größer machen?«

Er fuhr sich mit der Hand durch die Haare, womit er sich ein paar Zentimeter größer schummelte.

»Angesichts der Tatsache, dass ich ziemlich schlecht im Schreiben bin, wäre es dir vermutlich lieber, wenn ich dich ganz weglasse.«

»Was für eine Überraschung«, sagte da eine bekannte Stimme.

Amberlyn. Ganz toll. Nachdem ich tagelang nur mit Briten unterwegs gewesen war, klang ihr amerikanischer Akzent in meinen Ohren laut und unangenehm. Daran könnte natürlich aber auch diejenige schuld sein, der die Stimme gehörte.

Konnte dieser Tag denn noch besser werden?

Sie rauschte auf uns zu. »Wer sind denn deine Freunde?«

»Nicholas Davies, zu Ihren Diensten.« Nick stand auf und zog einen leeren Stuhl für sie heran. Er wartete, bis sie sich hingesetzt hatte, bevor er sich selbst wieder setzte.

Mit ihrer weißen Jeans, dem Rüschentop, den Stiefeletten und dem goldenen Schmuck war sie perfekt für einen Abend in einer Universitätsstadt gestylt. Trotz meines süßen Oberteils waren meine Jeans ausgewaschen, und ich trug immer noch Alexis' Wanderstiefel.

Amberlyns weiße Hose schrie förmlich nach einem weiteren Ketchup-*Unglück*, aber Luke würde mir nie glauben, dass es ein Unfall war, wenn das noch mal passierte.

»Amberlyn Hartsfield.« Sie ließ Nick ihre Hand nehmen, und ich dachte schon, er würde sie vielleicht küssen.

Luke musterte sie, allerdings ohne die Bewunderung, die Nick zeigte. Sein Blick traf auf meinen. Ich musste finster geguckt haben, denn er hob die Augenbrauen, als wollte er mich fragen, ob alles in Ordnung war.

Ich zog eine Grimasse, bevor ich an Amberlyn gewandt sagte: »Und, macht's dir Spaß?«

»Das tut wohl kaum etwas zur Sache.« Sie schlug eine Speisekarte auf. Sie hatte jetzt aber nicht vor, sich zu uns zu gesellen, oder? »Wir sind schließlich hier, um zu gewinnen.«

»Gewinnen macht Spaß. Aber du darfst die Reise auch genießen. Ms C wird den Gewinner oder die Gewinnerin nicht danach auswählen, wer sich am schlechtesten fühlt.«

»Sie wird dich sowieso nicht auswählen, also ist mir nicht ganz klar, warum das für dich wichtig sein sollte.«

Mit zusammengebissenen Zähnen versuchte ich, meine Stimme unbeschwert klingen zu lassen. »Warum willst du denn gewinnen? Hast du immer noch vor, als Event-Planerin ein eigenes Unternehmen zu gründen?«

Sie blinzelte. »Daran erinnerst du dich noch?«

»Ist schwer zu vergessen, wie du Hochzeiten für deine Barbies geplant und jede Klassenfeier kritisiert und diese Verlobungsfeier für deine Tante übernommen hast ... und sie dann so sauer geworden ist.« Ich kicherte.

»Hmm. Na ja.« Ihren Gesichtsausdruck konnte ich nicht deuten. »Ja, das ist genau der Grund, warum ich gewinnen will. Glückwunsch, dass du mich so gut kennst.«

Angesichts ihres scharfen Tonfalls stutzte ich.

Sie warf ihr glänzendes blondes Haar über die Schulter und wandte sich an die Jungs. »Seid ihr denn Fans von Tolkien? Ich persönlich bin ja *so* beeindruckt von der Welt, die er erschaffen hat. Sprachen, Geschichte, einfach alles.«

Es kam mir unfair vor, meine Freunde nur für ihre Zwecke zu klauen. Nicht, dass meine literarische Diskussion beeindruckend tiefgründig gewesen wäre. Aber ich hoffte zumindest, dass sie gut genug war, um als solche zu zählen.

Nick strich sich mit der Hand übers Haar, um es zu plätten. Sein Gesicht leuchtete, als glaubte er, in der Gegenwart einer Elbenkönigin zu sein. Schade nur, dass er nicht wusste, dass sie die Königin der Finsternis war. »Allein die mehreren Dialekte von Elbisch. Hast du *Elven Realms* gelesen? In denen ist alles fast genauso detailgetreu.«

»Da sind mir echte Klassiker lieber«, entgegnete Amberlyn.

Am Tisch in der Nähe schnaubte Al belustigt.

»Ich hab *Herr der Ringe* gelesen, als ich elf war«, fuhr Amberlyn fort. »Die Schwarzen Reiter haben mir so eine Angst eingejagt. Ich hab versucht, Britt dazu zu überreden, die auch zu lesen, aber so was mag sie ja nicht.«

Alles klar. Die dumme Britt, die Lesen hasst. »Wenn du meinen IQ beleidigst, wird deiner davon auch nicht höher.«

»Wie gefällt es dir denn so in unserem Land? Ich hoffe, du fühlst dich willkommen.« Nicks Gesichtsausdruck verriet, dass er sie sehr gerne willkommen heißen würde, falls ihre Antwort nein wäre.

»Es ist einfach nur hinreißend«, sagte sie, weil *hinreißend* ja ein Wort war, das amerikanische Teenager benutzten.

Ich verdrehte die Augen.

»Ich war an so vielen faszinierenden Orten.« Sie klappte die Speisekarte zu und schob sie von sich weg. »Das Dickens-Museum war so interessant. Als ob man in der Zeit zurückgereist wäre.«

»Museum?« Das Wort rutschte mir heraus, bevor ich ihm sagen konnte, in meinem Kopf zu bleiben.

»Und Janes Haus in Bath haben wir auch besucht.«

»Mir war nicht klar, dass ihr zwei so dicke seid, dass ihr euch schon beim Vornamen nennt.«

Hatte sie diese Ausflüge zusätzlich unternommen, weil sie eine Streberin war, wie sie im Buche stand? Würde Ms Carmichael das beeindrucken? Sollte ich auch anfangen, noch mehr Extratrips miteinzubauen?

Ohne meine Gedanken zu kennen, fuhr Amberlyn mit ihrer Erzählung fort: »Aus Bath bin ich ganz überstürzt abgereist, damit wir hier noch bei einer Walking-Tour mitgehen und die *Bod* besuchen konnten.«

Ich schnaubte.

»Das ist eine Bibliothek«, erklärte Nick.

»Die schönste Bibliothek überhaupt«, ergänzte Amberlyn.

Ich verschluckte mich an meinem Getränk.

Luke klopfte mir leicht auf den Rücken, allerdings eher zur Unterstützung und nicht, um meine Atemwege wieder freizubekommen.

Nick warf mir einen Blick zu. »Deine Reise klingt aber ganz anders als die von Britt.«

Oh-oh. Hatte er denn vor, meine peinlichen Geschichten jetzt noch mal zu erzählen?

»Was hat dir denn am besten gefallen?«, warf Luke ein und zog eine mitleidige Grimasse in meine Richtung.

Sie plapperte weiter, aber ich schaltete auf Durchzug, bis ich das Wort *Themen* heraushörte.

Sie und Nick diskutierten über Themen in Tolkiens Werken, aber sie beendete das Gespräch gerade mit dem Satz: »Ich verknüpfe alle meine Geschichten mit den Themen der Bücher. Ich habe bloß noch ein paar weitere Meinungen gebraucht.«

Sie erhob sich und ging selbstbewusst an den nächsten Tisch. »Haben Sie *Der Herr der Ringe* gelesen? Was sind Ihrer Meinung nach denn die Hauptthemen darin?«

Das klang weniger nach einer Diskussion, sondern eher nach einer Befragung.

Gedanklich hatte ich mich an dem Kommentar zu ihren Geschichten festgebissen. Das war eine gute Ausgangsidee. Luke und ich hatten ein paar der Themen besprochen. Ms C würde sicher gerne wissen, dass ich mir darüber Gedanken machte und versuchte, an jeder Station etwas dazuzulernen. Aber jetzt konnte ich das nicht mehr verwenden, ohne den Eindruck zu erwecken, Amberlyn nachzuahmen.

Amberlyn befragte Leute an mehreren Tischen und sogar den Typen an der Bar. Dabei sah ihr Luke mit zusammengekniffenen Augen zu. Er hatte sich erneut in Schweigen gehüllt. Als sie wieder zu uns stieß, sagte sie etwas, das Nick zum Lachen brachte.

Aber warum sollte Nick sie auch nicht mögen? Sie war attraktiv, stylisch und ganz offensichtlich stand sie auf dieses ganze *Universitätsstadt-und-über-kluge-Leute-reden-Zeug*. Ich war das Mädchen, das die Jungs riefen, wenn sie noch einen Spieler für eine Partie Basketball brauchten, oder sie etwas Verrücktes vorhatten und wollten, dass ich mitmachte und ein paar Freundinnen mitbrachte, damit die Zeuginnen ihrer Coolness wurden. Amberlyn war diejenige, mit der sie flirteten, diejenige, die sie beeindrucken wollten, diejenige, die sie dateten.

Und was noch schlimmer war: Sie war auch der Typ, der literarische Wettbewerbe gewann.

»Kann man in Pubs nicht super Dart spielen?« Ich sprang auf. »Lasst uns eine Runde spielen.«

»Klar«, sagte Luke. »Da hinten hängt eine Dartscheibe. Komm, Nick.«

Ich hörte diesen Beste-Freunde-Ton heraus, der bedeutet: *Du tust jetzt lieber, was ich sage, sonst ...* Obwohl es jetzt schon Jahre her war, dass Amberlyn auf mich gehört hatte, wie Nick auf Luke.

»Uff«, machte Amberlyn. Aber da Nick und Luke schon aufgestanden waren, kam sie auch mit.

Die ausgeblichene Dartscheibe hing an einer Holzwand. Ich zog die Dartpfeile heraus, rollte einen der Metallgriffe zwischen den Fingern und versuchte, ein Gefühl für sein Gewicht zu bekommen.

Das war schon eher was für mich. Ein Spiel mit einem klaren Gewinner. Einfach und geradeheraus. Bei dem ich spitze Objekte mit großer Kraft werfen konnte.

Amberlyn verschränkte die Arme und lehnte sich an die Wand.

»Komm schon, Am.« Ich schüttelte die Dartpfeile in meiner Hand. »Du bist in einem englischen Pub. Ich wette, Lewis und Tolkien haben auch Dart gespielt, wenn sie mal eine Pause vom Superschlau-Sein gebraucht haben.«

Ich zwinkerte Luke zu.

»Sie liebten Dart«, sagte Luke mit ernster Miene. »Sie meinten, das würde ihre Fantasie anregen.«

Ich unterdrückte ein Lächeln. »Siehst du? Damit machst du dein Erlebnis komplett.«

Ich hielt ihr die Dartpfeile hin.

»Na gut.« Sie warf ihr Haar über die Schulter und schnappte sie sich, als wäre es ihr egal, doch das Aufglimmen in ihren Augen verriet mir, dass sie auch gut darin sein wollte. Sie stellte sich sorgfältig hin, achtete auf Nicks Abstand zur Scheibe und machte seine Bewegung nach.

Doch anstatt in dem zweiten Ring zu landen, wo sein Dartpfeil stecken geblieben war, prallte ihrer von der Wand ab.

»Hey«, rief ein Typ hinter der Bar. »Schießt mir keine Löcher in meine Wand.«

Ich schnaubte belustigt. Laut.

Sie starrte mich wütend an und versuchte es noch mal. Der zweite Pfeil prallte an dem Metallring um die Scheibe herum ab und fiel klappernd auf den Boden.

»Der war schon näher dran«, bemerkte ich.

»Dieses Spiel ist doch blöd«, maulte sie.

»Das sagst du über alles, worin du nicht gut bist.«

»Du doch auch.«

Da hatte sie recht. »Schwing deinen Arm nicht so. Wir spielen hier ja kein Baseball.«

Ihr letzter Pfeil blieb am Rand stecken. Sie ging auf die Scheibe zu, zog ihn heraus und hob die anderen vom Boden auf. Dann drückte sie mir die Pfeile in die Hand. »Das ist sinnlos. Ein Zeitvertreib für einfache Leute, die nichts Intelligenteres haben, worüber sie reden können.«

Das war als Beleidigung gedacht, doch ich grinste bloß, wie immer, wenn ich eines der seltenen Dinge gefunden hatte, in denen ich besser war als sie. »Dann geh doch mit intelligenteren Leuten reden. Wenn du Angst hast, zu verlieren.«

Wir hatten Gleichstand, und dann spielten nur noch Nick und ich gegeneinander. Ich behalf mir zusätzlich, indem ich mir vorstellte, dass die Dartscheibe Amberlyns Gesicht war.

»Ich mach dich fertig, Rotschopf.« Ich rollte die Dartpfeile zwischen den Handflächen.

»Ginger«, meinte Luke.

»Was?«

»Leute mit roten Haaren nennen wir hier *Ginger*.« Luke hatte die Hände in seinen Taschen vergraben und lehnte lässig an der Wand, doch in seinen Augen blitzte ein teuflisches Funkeln auf. »Und das hasst er.«

Ich wartete, bis Nick den Arm hob.

»Na los, *Ginger*, dann zeig mal, was du so draufhast«, rief ich.

Sein nächster Wurf traf die Scheibe nur knapp. Er schaute Luke finster an, der grinste und mir zuzwinkerte. In meinem Bauch flatterte etwas. Ich schüttelte den Kopf, um mich wieder zu konzentrieren.

Mein letzter Pfeil landete in einem der Doppelringe, womit ich vier Punkte vorne lag. Ich riss die Arme hoch. »Wu-huu!«

Luke hob den Arm für einen High-Five, doch anstatt einzuklatschen, drückte er seine Handfläche an meine und ließ sie zwei Herzschläge lang dort. Ein Schauer lief mir den Rücken hinunter.

Nick verbeugte sich vor mir. »Gut gespielt.« Luke murmelte er zu: »Danke für nichts.«

Amberlyn war die Einzige, die nicht lächelte. »Na ja, das war ja ganz nett, aber ich muss jetzt wieder weiter.«

»Wir bringen dich noch zur Tür«, meinte Nick.

»Hey, du! Das Mädchen, das gut zielt!« Der Barkeeper winkte mich zu sich herüber. »Ihr andern geht schon mal vor.«

Nick, Amberlyn und Al verließen den Pub, während ich auf die Bar zuging, doch Luke blieb bei mir.

»Ich hab was für dich.« Der Barkeeper reichte mir einen Umschlag. Amberlyn musste ihren schon bekommen haben, als sie den Kerl über seine Meinung zu Elben ausgefragt hatte.

»Ist der dafür, dass ich eine mitreißende Literatur-Diskussion geführt habe?«, fragte ich. »Oder weil ich Ihrer Wand keine weiteren Löcher hinzugefügt habe?«

Er verdrehte die Augen und lächelte.

»Danke.«

Luke sah mir beim Aufmachen zu.

Ein machtgieriger Schotte nannte dieses Schloss sein Zuhause.
Und willst du dich nicht doppelt plagen,
mach hier lieber eine Pause.

Durch Irrungen und Wirrungen finde den Weg.
Erreiche die Mitte, die einen weiteren Hinweis hegt.

Ohh, ein Schloss. In Schottland. Ausgezeichnet. Schade, dass damit bestimmt nicht *Hogwarts* gemeint war.

Meine ersten paar Ergebnisse zu der Suche nach »klassischer Literatur, die in Schottland spielt« lieferten mir Romane, von denen ich noch nie gehört hatte. Schließlich stolperte ich aber über *Macbeth*, was kein Roman, sondern ein Theaterstück war, also ein extrem unfairer Trick. Vor allem, da Luke jetzt wahrscheinlich meine Unwissenheit über den größten Dramatiker aller Zeiten beweinte.

Die Ergebnisse zu der Suche auf Maps luden gerade. Macbeths Schloss befand sich nicht nur in Schottland, sondern auch noch an der obersten Spitze der Insel.

»Wohin sind wir als Nächstes unterwegs?«, fragte Luke.

»*Cawdor Castle.*«

Er nickte. »Macbeth.«

Ich schubste ihn leicht. »Angeber.«

Er machte den Mund auf, als ob er etwas sagen wollte, schüttelte dann aber den Kopf und schwieg.

Ich ließ meinen Blick über die Karte schweifen. »Wie lange wird das dauern? Ich vermute mal, es gibt einen Zug.«

»Wir müssen vielleicht in Edinburgh umsteigen.«

»Ohh, lass uns dort einen Zwischenstopp einlegen.«

Seine Augen warfen kleine Fältchen. »Wie du magst, Pilgerin.«

Gerade, als wir von der Bar weggingen und den Pub verlassen wollten, trat jemand Neues ein.

Peter.

Er blieb direkt auf der Türschwelle stehen. Diesmal verfinsterte kein mürrischer Ausdruck sein Gesicht. Stattdessen waren seine Augen weit aufgerissen. Er sah ... ehrfürchtig aus. Beeindruckt. Als ob er gerade einen schönen Augenblick erlebte. Er hob die Hand an eine Plakette an der Wand, berührte sie aber nicht.

Falls er gerne schrieb – und ich wusste ja, dass er Science Fiction und Fantasy las –, ergab es Sinn, dass das hier genau der richtige

Ort für ihn war. Meine Neugier hätte ausgereicht, um dazubleiben und ihm zuzusehen, wie er sich mit den Fremden unterhielt.

Als er aus der Tür trat, traf sein Blick auf meinen. Seine Augen verengten sich, und sein Gesicht glättete sich wieder, verschleierte jegliche Emotion, die mich vielleicht mitleidig gemacht hätte.

Ich schnappte mir Lukes Hand und zog ihn hinter mir her. Wir gingen an Peter vorbei und gesellten uns wieder zu den anderen auf der Straße.

Auch außerhalb des Pubs hätte ich Lukes Hand gerne weiter gehalten, wollte aber nicht, dass alle das sahen, also ließ ich sie los und stopfte die Hände in die Hosentaschen.

»So«, sagte Nick. »Morgen dann also Stechkahn fahren?«

»Definitiv«, antwortete ich. Wenn wir auf der Reise schon an anderen Zielen hielten, konnten wir uns dafür auch noch genug Zeit nehmen. Vor allem, da ich spürte, wie gerne Luke das machen würde.

»Hättest du Lust, mitzumachen?«, fragte Nick Amberlyn. »Du kannst Oxford nicht besuchen, ohne einmal mit einem Stechkahn zu fahren.«

»Ich sollte keine Zeit verschwenden. Ich muss schließlich einen Wettbewerb gewinnen, und *Boot fahren* steht dabei nicht auf dem Plan.«

Natürlich wusste sie, was ein Stechkahn war.

»Ich wette, Lewis und Tolkien haben Stechkahn fahren geliebt.« Vielsagend schaute ich Luke an.

»Total«, gab er ohne jegliche Ironie zurück. »Jeden Morgen vor dem ersten Bier.«

»Wirklich?«, fragte Amberlyn.

Luke nickte feierlich. Als sich Amberlyn zu Nick drehte, schnitt Luke eine Grimasse und schüttelte den Kopf.

Ich hustete, um mein Lachen zu überspielen.

»Vermutlich könnte ich schon mitkommen«, überlegte sie. »Wenn es nicht so lange dauert.«

»Wir fangen einfach früh an«, erwiderte Luke.

»Na gut.«

Nachdem Nick Amberlyn und ihrer Betreuerin Priya die Einzelheiten für morgen früh mitgeteilt hatte, machten sie sich auf den Rückweg. Nick starrte ihnen nach, bevor er sich an uns wandte.

»Freut mich echt, dass du da bist, Kumpel.« Er und Luke umarmten sich erneut mit der Klopfgeste, und mich umarmte er richtig, bevor er sich auch auf den Heimweg machte.

Auf dem Weg zu den Schlafräumen kamen wir an einem Feld vorbei, auf dem ein paar Leute eine ungezwungene Partie Fußball spielten.

Meine Füße wurden langsamer.

Auch Luke blieb nach ein paar weiteren Schritten stehen und drehte sich zu mir um. Ich spürte seinen Blick auf mir, während ich dem Spiel zusah. Diese Jungs hatten echt was drauf. Ich könnte mit ihnen abhängen. Das wäre allerdings ernster als mit Kindern. Auch wenn sie nur so herumkickten, spielten sie doch, um zu gewinnen. So wie ich. Und so eine Spielart bedeutete Gefahr.

Trotzdem ging ich immer näher ran, wie von einem Magnet angezogen.

Al räusperte sich.

Dieses kleine Geräusch hatte die gleiche Wirkung wie ein Eimer voller Eiswasser, den jemand über meinem Kopf ausschüttete. Ich zwang mich, mich abzuwenden und marschierte, ohne zurückzublicken, an ihnen vorbei.

Wann würde ich je wieder ein Spiel verfolgen können, ohne diesen schlimmen, erdrückenden, sehnsüchtigen, brüllenden Schmerz in mir zu spüren? Einen Schmerz, den ich in gewisser Weise sogar willkommen hieß, weil er bedeutete, dass ich dem, was ich früher gehabt hatte, nahe war … Auch, wenn ich es nie mehr haben konnte.

KAPITEL 18

»Warte hier«, sagte Luke, nachdem uns Al eine gute Nacht gewünscht hatte und wir nun alleine in dem stillen Flur zu den Schlafzimmern standen.

»Äh, okay.«

Er verschwand kurz in seinem Zimmer und kam dann wieder heraus, wobei er etwas hinter seinem Rücken versteckt hielt. »Komm.«

Er nahm meine Hand und führte mich nach unten, ohne sie loszulassen.

Wie alles an ihm war sein Griff fest und beruhigend, aber gleichzeitig auch leicht beängstigend. Mir war nie aufgefallen, wie schnell ich eigentlich ging oder dass ich dazu neigte, Treppen wie eine immer schneller werdende Lawine hinunterzugaloppieren, bis ich versuchte, mich dem Schritt von jemand anderem anzupassen. Doch dann fanden wir einen Rhythmus und gingen hinaus in den Innenhof, wobei unsere ineinander verschränkten Hände zwischen uns vor- und zurückschwangen.

Stille lag über dem Hof, nur gelegentlich war weit entfernt und gedämpft ein Auto oder eine Fahrradklingel zu hören. Luke führte uns auf den Rasen, und wir setzten uns in die Nähe eines Lichts, das die Steine in einen goldenen Schein tauchte.

»Was machen wir hier?«

»Du hast doch gesagt, du hast noch nie *Der König von Narnia* gelesen.« Er holte ein kleines Buch hervor und löste seine Hand aus meiner, wobei seine Finger beim Loslassen leicht über meine Handfläche glitten. »Ich bessere deine Bildung etwas auf.«

Ein Kribbeln schoss von meiner Hand in meinen Arm hoch und ließ meine Finger ohne die von Luke kalt zurück.

Er fing an, mit dieser sanften Stimme vorzulesen, leise und vertraut. Ich lag auf dem Rücken, spürte das kühle Gras unter meinem T-Shirt und konzentrierte mich voll und ganz auf sein Gesicht. Sein Körper blieb vollkommen still, nur seine Mimik veränderte sich mit dem Auf und Ab der Geschichte. Er nahm mich mit zu einem alten Landsitz in England, in die winterliche Landschaft von *Narnia* und erweckte sprechende Tiere zum Leben. Dass er so gut vorlesen konnte und es ihm offensichtlich auch Spaß machte, erinnerte mich an den Tag, an dem wir uns kennengelernt hatten, und offenbarte mir einen winzigen Einblick in sein Herz.

Als er sich nach dem Ende eines Kapitels räusperte und heiser klang, konnte ich gar nicht sagen, wie lange er mir schon vorgelesen hatte.

Ich setzte mich auf. »Ist *ganz in Ordnung*, glaube ich.« Ich lächelte, damit er wusste, dass ich bloß Spaß machte. »Danke. Du kannst jetzt Pause machen und morgen im Zug fertig lesen.«

Er klappte das Buch zu und legte es zur Seite, bevor er meinen Blick mit einem kleinen Grübchen in der Wange erwiderte. »Ja, Mom.«

Wir musterten uns gegenseitig. Luke kaute auf seiner Lippe herum und legte sich so hin wie ich zuvor. Ich legte mich neben ihn – gerade, ohne ihn zu berühren –, und so lagen wir beide auf dem Rücken und schauten in den Himmel.

Luke räusperte sich leise. »Diese Leute, die da Fußball gespielt haben ... Dahinter steckt noch mehr als die Operation, oder?«

Ich wollte es ihm nicht erzählen, aber irgendwie doch. Die Sache ununterbrochen zu meiden, weil ich Angst vor ihr hatte, war anstrengend geworden. Ich drehte den Kopf zur Seite, um Luke genauer anzusehen. Regungslos erwiderte er meinen Blick und lud mich mit seiner offenen Miene dazu ein, die Geschichte mit ihm zu teilen.

»Ja. Da steckt noch mehr dahinter.« Ich wandte mein Gesicht wieder dem Himmel zu. Mein Fuß wurde zappelig. Ich zwang ihn, stillzuhalten. Riss ein paar Grashalme aus. Schloss die Augen. Ich konnte es aussprechen. Musste es aussprechen.

»Du musst es mir nicht sagen.« Seine Stimme war sanft, freundlich. »Aber davon verschwindet es auch nicht, nur weil du es mir nicht erzählst.«

Da hatte er recht. Ich hatte die Angelegenheit so ignoriert wie meine Geschwister mich immer – in der Hoffnung, dass ich dann aufhören würde, sie zu nerven, wenn sie es nur lange genug taten. Aber das tat ich nie. Und mein Problem würde das auch nicht tun.

Auf einmal war ich atemlos, als wäre ich die Stufen in einem Stadion hinauf- und wieder hinuntergesprintet. Meine Muskeln zitterten. Eisige Finger schlossen sich um meinen Hals. *Sag es. Spuck die Worte einfach aus.*

»Ich kann nicht mehr Fußball spielen.« Ich öffnete die Augen und schaute ihn direkt an. »Ich kann nie mehr spielen. Na also. Jetzt hab ich's gesagt.«

Aller Atem wich aus mir, ließ meine Brust hohl zurück, innerlich verkrampft. Doch während ich mich dazu zwang, Luft einzuatmen, wich ein enormes Gewicht von meinen Schultern. Ein Druck, von dem ich nicht bemerkt hatte, dass er die letzten Monate auf mir gelastet hatte, ließ nach.

Lukes Augen weiteten sich. »Was ... Wow. Aber warum? Was ist denn passiert? Dein Knie?«

Mein Blick schweifte zu dem Umriss des Gebäudes ab. Alte Steine, die dort schon seit Jahrhunderten standen, beschützten diesen geheimen Innenhof, standen stabil. Sie konnten mit meinen Worten umgehen, sie ebenso beschützen, und trotzdem aufrecht stehen bleiben.

»Ich hab mir während eines Spiels das hintere Kreuzband gerissen. Das war keine große Sache. Ich meine, ich wurde operiert, aber das war Standard. Viele Sportler und Sportlerinnen haben danach wieder ein Comeback, also war ich zwar nervös, aber ... entschlossen, glaube ich. Aber danach ...«

Jetzt kam der Teil, den ich immer vermieden hatte. Das Geheimnis. Erneut schlossen sich diese eisigen Finger um mein Herz.

Luke wartete, stumm, geduldig wie immer.

»Nach der Operation hatte ich zwei Blutgerinnsel. Sie haben Tests durchgeführt. Und dann hat sich herausgestellt, dass ich diese genetische Veranlagung zur Blutgerinnungsstörung habe.«

Aufs Neue wurde ich von den Emotionen dieses Tages übermannt. Verwirrung darüber, wie ich achtzehn Jahre lang ohne dieses Wissen, ohne jegliche Anzeichen dafür hatte leben können. Wut gemischt mit Angst, denn im Gegensatz zu dem Kreuzband war das nichts, was man direkt bekämpfen konnte. Auch wenn ich noch so viel trainierte und hart arbeitete, davon würde es auch nicht weggehen.

Ich räusperte mich. »Jetzt muss ich Blutverdünner nehmen. Für den Rest meines Lebens. Das bedeutet, dass ich keinen Leistungssport mehr treiben darf. Ich darf keine Kratzer oder blauen Flecken bekommen oder irgendwas riskieren, wodurch ich bluten könnte. Leichte Sportarten sind in Ordnung – Joggen, Wandern. Aber nichts mit viel Kontakt.«

Als ich die Neuigkeiten erfahren hatte, hatte mein Gehirn mehrere Minuten gebraucht, um sie aufzunehmen. Beim Fußball hatte man zwar nicht so viel Kontakt wie bei Football oder Hockey, aber man stieß oft zusammen, man konnte sich an den Stollen aufschneiden. Über die Jahre hatte ich mich unzählige Male auf dem Gras aufgeschürft, blaue Flecken und Kratzer abbekommen.

Während die Wahrheit einsickerte, sah ich dem Arzt dabei zu, wie ihm klar wurde, dass ich ihn richtig verstand. Das Mitleid auf seinem Gesicht, wie er nach einem Taschentuch suchte, nur dass ich mich weigerte zu weinen – den Kiefer fest zusammenpresste und die Wand anstarrte, dann schweigend neben meiner Mom aus der Praxis ging und die Wahrheit so tief in mir vergrub, dass ich hoffte, sie würde dort verschwinden.

Doch dort unten, in diesen Untiefen, war sie zum Leben erwacht, wie ein gefangen gehaltenes Ungeheuer, hässlich, mit lauter spitzen Stacheln und bösartigen Klauen. Und doch, obwohl ich die Tür nun aufgemacht hatte, war daraus nicht die Angst hervorgebrochen, die ich erwartet hatte. Stattdessen hatte ich das Gefühl, als hätte ich etwas Dunkles aus meiner Seele befreit. Der Sache so lange aus dem Weg zu gehen, hatte sie nur größer und furchteinflößender gemacht, als sie war. Doch tatsächlich bekam die Wahrheit nur die Macht, die ich ihr selbst verliehen hatte. Sie in Worte zu fassen, hatte sie eingegrenzt, sie kleiner gemacht.

»Aber das Schlimmste ist …«

Luke wartete.

Ich rupfte noch mehr Grashalme aus. »Ich hatte ein Stipendium. Um für die UCLA zu spielen.« Ich ließ die Grasfitzel zu Boden segeln. »Das war mein Traum, als ich noch jünger war. Sie ist ganz in der Nähe von meinem Zuhause und eine der besten Fußball-Schulen in Amerika. Mehrere Nationalspieler aus dem US-Team waren dort. Ich hab meine Highschool-Mannschaft zwei Jahre hintereinander zur kalifornischen Meisterschaft geführt, und ich wurde eingeladen, um für die U-19-Nationalmannschaft vorzuspielen. Und ich hab das Stipendium bekommen. Alles war perfekt. Aber jetzt …«

Ich grub die Fingernägel in meine Handflächen. Die Wahrheit über die Vergangenheit mit jemandem zu teilen, hatte vielleicht geholfen, doch die Zukunft war noch mal ein ganz anderes Ungeheuer, das erst noch auf mich wartete. Das mir immer noch bevorstand.

»Deshalb ist dieser Wettbewerb so wichtig?«, fragte Luke vorsichtig, ruhig.

»Für dieses Jahr kann ich mein Teil-Stipendium zwar behalten, aber wenn sie erst einmal herausgefunden haben, dass ich nicht mehr spielen kann, werde ich kein Geld mehr bekommen. Ich weiß nicht mal, was ich studiert hätte. Fußball war das einzig Wichtige. Meine Noten sind in Ordnung, aber nicht gut genug für ein Stipendium. Meine Geschwister sind auf der *Grad School*, haben super Noten. Mom hat uns ununterbrochen daran erinnert, dass wir aufs College gehen, etwas aus uns machen müssen. Und wenn ich jetzt hiermit scheitere …«

Luke ergriff meine Hand. »Danke, dass du mir das erzählt hast. Dass du mir vertraust. Und es tut mir sehr leid.«

Ich fürchtete mich davor, wie er mich jetzt vielleicht ansehen würde. Aber nichts in seinem Gesicht, in diesen offenen, fürsorglichen Augen, hatte sich verändert.

Ich musterte seine starken, festen Finger, die meine umschlungen hielten. Diese einfache Berührung sandte Wellen des Vertrauens durch mich hindurch, zusammen mit etwas Leichterem, einem Schauder des Glücks.

»Es ist scheiße, aber ich kann es nicht ändern. Deswegen bin ich jetzt hier, um weiterzumachen.«

»Ich bin mir ganz sicher, dass du weitermachen wirst, aber es ist in Ordnung, *nicht* in Ordnung zu sein.« Er drückte meine Hand. »Enttäuscht oder wütend zu sein oder zu trauern. Als ob du einen Menschen verloren hättest. Denn du hast auch etwas Wichtiges verloren.«

Ich habe Angst. Aber das konnte ich nicht zugeben. »Das ist das erste Mal, dass ich es laut ausgesprochen habe. Meine Mannschaft, meine Freunde … die wissen nichts davon. Ich hab es erst ein paar Wochen, bevor Ms Carmichael mich hierher eingeladen hat, erfahren. Und mit meinem Knie hatte ich eine Ausrede, warum ich nicht spielen konnte. Vermutlich hab ich gehofft, dass es nicht wahr wäre, wenn ich es niemandem sage. Oder dass mich zumindest niemand bemitleidet, falls ich das hier gewinne.«

Mit seinem Daumen malte er Kreise auf meinen Handrücken, langsam, als bemerkte er gar nicht, dass er ihn bewegte. »Willst du denn immer noch auf die UCLA gehen? Auch wenn du nicht ... du weißt schon.«

Ich ließ meinen Blick wieder zu dem Gebäude wandern, das stark war und die Zeiten überdauerte. »Ich hab's echt geliebt. Ich wollte immer nur dorthin, aber nicht wegen der Schule. Würde es helfen, wenigstens einen Teil meines Traums zu haben? Oder würde es das nur schwerer machen, wenn ich auf dem Campus bin, aber nicht spielen kann? Keine Ahnung.«

Seine Finger umfassten meine noch fester. »Oh Mann. Da war ich nicht gerade eine große Hilfe, was? Diese *Was würdest du lieber tun?*-Frage. Als ich wissen wollte, ob du ans Schicksal glaubst. Das tut mir leid.«

»Das ist nicht deine Schuld. Irgendwann muss ich mich dem ja mal stellen. Ich hatte bloß gehofft, es noch länger hinauszögern zu können. Aber dieser blöde Wettbewerb ...« Mein Lachen klang erstickt. Ich zog meine Hand aus seiner. »Ms Carmichael hat uns durchaus davor gewarnt, dass eine Reise einen dazu zwingt, etwas über sich selbst zu lernen. Damals wusste ich schon, dass das schrecklich klingt.«

Wir lagen schweigend da. Ich hatte ihm vertraut, die Worte ausgesprochen, und es war nicht das Ende der Welt. Luke behandelte mich nicht anders als vorher. Das Schweigen fühlte sich jetzt angenehmer an.

»Und wie lautet die Geschichte von dir und diesem Mädchen?« Seine Stimme klang tiefer als sonst.

Dass er so tat, als hätte er ihren Namen vergessen, sandte Wärme direkt in mein Herz. »Wir waren früher beste Freundinnen. In der Junior Highschool hat sie dann aber beschlossen, dass ich nicht schlau genug für sie bin, und hat mich links liegen lassen. Manchmal vergisst sie, dass sie ein Kotzbrocken ist, und ist dann aus Versehen nett. Aber meistens ist sie eher so wie heute Abend.«

»Ihr Verlust«, meinte er.

Ihrer, aber auch meiner. Nicht, dass ich mit der heutigen Amberlyn abhängen wollte. Aber ich vermisse die alte, die Cookies gebacken und bunte Streifen auf ihre Nägel gemalt und über meine Witze – anstatt über mich – gelacht hatte.

Luke strich mir behutsam eine Strähne aus dem Gesicht. Ich wurde still.

Seine Finger streiften meinen Nacken, bevor er die Hände hinter dem Kopf verschränkte. »Wusstest du, dass Lewis und Tolkien einen Streit hatten? Obwohl sie so ähnliche Meinungen zum Schreiben und zu Geschichten und dem Leben hatten?«

»Hat einer von beiden denn beschlossen, dass der andere zu dumm war und Insider-Wissen dazu benutzt, um ihn lächerlich zu machen?«

»Nicht wirklich. Es gab keinen bestimmten Grund, aber sie hatten theologische Meinungsverschiedenheiten, eine unterschiedliche Auffassung davon, in welche Richtung ihre Texte gingen. Sie haben sich auseinandergelebt.«

»Das ist traurig.«

Wenn es schon für brillante Männer mit einer epischen Freundschaft keine Hoffnung gab, war es kein Wunder, dass Amberlyn und ich nicht für die Ewigkeit bestimmt waren. Allerdings war ich dankbar für den Wechsel zu einem normalen Thema. Ich hatte eine riesige Wahrheits-Bombe platzen lassen, und er hatte mir zugehört, meinen Schmerz respektiert, ihn akzeptiert, und behandelte mich weiterhin genauso wie zuvor. Meine Brust drohte vor lauter Dankbarkeit zu platzen.

»Manchmal sind Leute nicht die, für die man sie gehalten hat.« Lukes Gesicht verfinsterte sich, und ich war mir ziemlich sicher, dass er damit nicht Lewis und Tolkien meinte.

Unter der Oberfläche meiner Gedanken lauerten so viele Fragen.

Ich entschied mich für eine, von der ich glaubte, dass sie ihm keine Angst einjagen würde. »Nick ist cool. Seid ihr zwei schon lange befreundet?«

»Seit unserer Kindheit.«

Das war ein trauriger Kontrast, nachdem ich ihm von Amberlyn erzählt hatte. Nach ihr hatte ich keine enge Freundin mehr gehabt, keinen eigenen Nick. Hatte mit niemandem so viel geteilt, bis ich Luke getroffen hatte.

»Du weißt doch …« Lukes Stimme war belegt, und er räusperte sich. »Du weißt doch, dass Nicks Dad hier arbeitet?«

»Ja. Was ist er von Beruf?«

»Er ist Professor hier. So habe ich Nick nämlich kennengelernt. Mein Dad hat früher auch hier gearbeitet. Bis zum letzten Semester.«

Das erklärte Lukes Intelligenz, seine Liebe zu Bildung und seine Fähigkeit, anderen etwas beizubringen. »Was hat er unterrichtet?«

»Literatur. Genau da oben.« Er deutete nach oben, und ich folgte seinem ausgestreckten Arm zu einer der oberen Ecken, wo zwei Seiten des Innenhofs aufeinandertrafen.

Das erklärte auch sein weitreichendes Wissen über Bücher. »Aber du meintest, er hätte seinen Job verloren?«

»Er wurde gefeuert.« Er presste die Worte hervor.

Ich hatte eine Million Fragen, spürte aber, dass Luke vorhatte weiterzusprechen, also stellte ich sie nicht. Ich wollte seine Hand nehmen, hielt die Luft an, als ob ein Atemgeräusch oder irgendeine Bewegung ihn vielleicht verstummen lassen könnten. Er hatte mir zugehört, war geduldig gewesen. Jetzt wollte ich dasselbe für ihn tun.

»Er hat Noten gegen Geld aufgebessert. Das hat er zwei Jahre lang gemacht, bis sie ihn endlich erwischt haben.«

Wow. Das hatte ich nicht erwartet. In so einem Universitäts-Kontext, vor allem an so einem alten und ehrwürdigen Ort wie hier, musste das ein riesiger Skandal gewesen sein.

»Das tut mir leid.« Ich drehte den Kopf zur Seite, um ihn genauer zu betrachten. »Was macht er jetzt?«

Mit ausdruckslosem Gesicht schaute er in den Himmel. »Er gibt Privatunterricht. Versucht, an einer weiterführenden Schule in London angestellt zu werden. So was wie einer öffentlichen Highschool. Bis jetzt reden aber nur *Academy Schools* mit ihm, in Problemvierteln. Soziale Brennpunkte, finanziell raue Pflaster.«

Ich versuchte mir Luke vorzustellen, wie er die vornehmen Straßen Oxfords verließ, um in einer winzigen Londoner Wohnung unterzukommen, konnte es aber nicht. »Also musstest du deine Schule und alles zurücklassen?«

»Ich bin hier für sechs Jahre auf eine weiterführende Schule gegangen. Ich war im letzten Jahr. Aber Dad hatte nicht genug Geld, damit ich dort bleiben konnte. Also bin ich jetzt ein Londoner.«

Ich streckte die Hand aus, um mit meinem kleinen Finger seinen zu umfassen. »Das tut mir leid.«

Die bloßen Worte fühlten sich zu schwach an, deshalb legte ich so viel Gefühl hinein, wie ich nur konnte. Von ihm waren sie ausreichend gewesen, da ich wusste, dass er wirklich Anteil nahm. Ich hoffte, dass meine das auch waren.

Er krümmte seinen kleinen Finger noch mehr, streckte ihn dann wieder aus und verschränkte die restlichen Finger mit meinen. Mein Herz wummerte zu einem stummen Rhythmus.

»Aber das ist noch nicht das Schlimmste.« Luke schaute mich nicht an. »Im Herbst sollte ich hier anfangen. Literatur studieren. Und letztendlich selbst unterrichten, so wie er. Aber jetzt ...«

»Lassen sie dich nicht?« Ich wollte mich aufsetzen. »Aber das ist doch komplett unfair!«

Er zog leicht an meiner Hand. »Sie würden mich schon lassen ... Aber würdest du an *die* Universität gehen wollen, wo alle deinen Dad kennen und wissen, was er getan hat?«

Ich ließ mich wieder auf das Gras sinken. »Vermutlich nicht.«

Unsere Daumen umkreisten sich langsam gegenseitig, während uns die kühle Stille umfing.

»Was willst du jetzt machen?«, fragte ich leise.

Er wandte sich mir zu. Auch ich drehte mich, sodass wir nun beide auf der Seite lagen, unsere Gesichter nur Zentimeter voneinander entfernt, mit ineinander verschränkten Händen. Das Licht spiegelte sich in seiner Brille. Ich rutschte weiter hoch, bis ich seine Augen sehen konnte.

»Nick macht sich Sorgen um mich. Du hast mich doch gefragt, warum ich mitgekommen bin, und ich habe gesagt, dass ich mal raus musste. Ich habe gerade erst die Prüfungen für die Universität absolviert. Mein Dad hatte mich wahnsinnig gemacht damit. Aber ich konnte immer bloß daran denken, mit welchem Recht er das verlangt hat, nachdem er doch betrogen hat. Nach meinem Abschluss hatte ich vor, diesen Sommer einen Job anzufangen, aber damit hat mich mein Dad auch wahnsinnig gemacht. Ich brauchte mal eine Pause von ihm. Also bin ich weggelaufen.«

Ich kannte dieses Gefühl, das erdrückende Gewicht von Entscheidungen und Stress und dem ganzen Leben. »Dann bist du ja sozusagen auch auf einer Mission.«

»Vermutlich schon, Pilgerin.«

Er verstummte und zog leicht an meiner Hand, also rutschte ich näher. Er hob die andere Hand und strich mit der Seite seines Fingers über meine Wange. Sein Atem kitzelte mein Gesicht.

Meiner blieb mir im Halse stecken. »Und hast du denn gefunden, wonach du gesucht hast?«

»Noch viel besser«, sagte er. »Ich habe etwas gefunden, nach dem ich gar nicht gesucht habe.«

Er überbrückte die Entfernung zwischen uns und brachte sein Gesicht näher an meines heran. Unsere Blicke verschränkten sich ineinander. Blinzelnd schloss ich die Augen. Nur noch ein paar Zentimeter von mir entfernt zögerte er. Die Zeit blieb stehen.

Und die Realität brach über mich herein.

Überstürzt setzte ich mich auf.

Was dachte ich mir eigentlich? Mir blieb weniger als eine Woche in England. Alles, was über normale Freundschaft hinausging, war sinnlos. Wenn ich ihn küsste, überschritt ich diese Grenze definitiv – und machte mir den Abschied damit nur noch schwerer.

Ich zog meine Hand aus seiner und stand auf. »Wir sollten ins Bett gehen. Getrennt, meine ich. Also, nicht zusammen.« *Mach's ruhig noch schlimmer, Britt.* »Ich bin müde. Das ist alles.«

Auf dem Weg nach oben zu unseren Zimmern war Luke neben mir ein stummer Geist. Ich konnte seinen Gesichtsausdruck nicht deuten. Peinlich berührt, enttäuscht, wütend? Vor meiner Tür zögerte ich lange genug, um ihm eine Chance zum Reden zu geben, überhörte aber trotzdem fast sein leises »Gute Nacht«.

KAPITEL 19

Während Luke, Al und ich zum Fluss gingen, um uns dort im ersten Licht der frühen Morgendämmerung mit Nick zu treffen, spulte sich die letzte Nacht in meinem Kopf immer und immer wieder ab. Luke und ich hatten uns unsere intimsten Geheimnisse anvertraut. So etwas schuf ein Band – doch unseres war in der Dunkelheit geknüpft worden. Was für einen Einfluss würde es bei Tageslicht auf uns haben? Vor allem, nachdem es so peinlich geendet hatte, weil ich weggelaufen war …

Luke wirkte ruhig, und ich achtete darauf, dass er mich nicht dabei erwischte, wie ich ihn beobachtete. Was dachte er wohl gerade? Ich hoffte, er hatte nicht das Gefühl, dass ich ihn zurückgewiesen hätte, obwohl ich natürlich genau das getan hatte. Ich hatte nichts mehr gewollt, als seine Lippen auf meinen zu spüren, aber wenn ich das zugelassen hätte, würde ich noch mehr Gefühle für ihn entwickeln, als ich sowieso schon hatte. War es nun wegen mir seltsam zwischen uns?

Ich konnte nicht aufhören, weiter darüber nachzudenken, wie es gewesen wäre, wenn ich ihn gelassen hätte.

Wenn ich so tat, als wäre nichts passiert, würde er das vielleicht auch tun.

Ich würde bestimmt nicht noch mal auf das Gesundheits-Thema zu sprechen kommen. Das würde schön im Dunkeln bleiben.

Obwohl das befreiende Gefühl von gestern Nacht nach wie vor anhielt.

Als wir ankamen, schlenderte Luke bis zur Wasserkante, und Nick nahm mich zur Seite. »Ich bin froh, dass du ihn dazu gebracht hast, das mal wieder zu machen. Er hatte ein ziemlich hartes Jahr.«

Plötzlich fiel mir der Streit der beiden wieder ein. Ich nagelte ihn mit meinem Blick fest. »Aber gestern hast du so gewirkt, als würdest du es nicht so gut finden, dass er das wieder macht?«

Nick zuckte zusammen. »Hat er denn was gesagt?«

»Nein, aber es hatte den Anschein, als wärst du sauer auf ihn.« Ich seufzte schwer. »Letzte Nacht hat er mir von seinem Dad erzählt. Das wusste ich nicht.«

»Ich hab ihm gesagt, dass er sich einen Job suchen, die Dinge langsam sacken lassen und mit seinem Dad reden soll, aber damit lag ich falsch. Er braucht eine Pause.« Nick musterte mich. »Du tust ihm gut. Ich hab ihn schon seit Monaten nicht mehr so glücklich gesehen.«

Mein Blick suchte Luke, der mit den Händen in den Hosentaschen am Ufer stand und auf den Fluss starrte. Seine Gesichtszüge waren immer noch ruhig, doch mir fiel auf, dass ihnen zuvor etwas gefehlt und nicht etwas darauf gestanden hatte. Jetzt konnte ich den Unterschied erkennen – jetzt war Frieden auf seinem Gesicht zu erkennen.

Ihm musste es auch geholfen haben, seine Geschichte jemandem anzuvertrauen. Ich hoffte bloß, dass das auch bedeutete, dass ihn der Rest der Nacht nicht verletzt hatte.

»Okay, dann mal los.« Amberlyn kam in Laufleggings, einer Fleecejacke, mit einem hohen Pferdeschwanz und einem Stirnband, das ihre Ohren bedeckte, auf uns zumarschiert.

»Rudern wir etwa zur Arktis?«, fragte ich. Sicher, ein paar Wolken verdeckten die Sonne, aber es war auch nicht kühler als an einem kalifornischen Frühlingsmorgen.

»Ich bin eben gerne vorbereitet.«

»Darauf, bei Minusgraden einen Marathon zu laufen?«

Sie ignorierte mich.

Luke, Nick und ich würden in normaler Straßenkleidung leiden müssen.

Al starrte Amberlyn an, bevor sie es sich auf einer nahe gelegenen Bank gemütlich machte. »Ich werde auf die Taschen aufpassen.«

»Willst du denn nicht mitkommen?«, fragte ich.

»Ich bin eine Landratte.« Sie zückte ihre Kopfhörer.

»Hast bei den Pfadfindern schon genügend Bootsfahrten mitgemacht, was?«

»Damit wirst du mich nie in Ruhe lassen, oder?«

»Bestimmt nicht. Aber solltest du mich nicht aus Schwierigkeiten heraushalten?«

Sie steckte sich einen Kopfhörer ins Ohr. »Das scheint nicht zu klappen. Ich dachte, ich versuch's jetzt mal mit einer anderen Strategie.«

»Totale Gleichgültigkeit?«

»*Teilweise* Gleichgültigkeit.« Und da steckte auch schon Kopfhörer Nummer zwei im Ohr.

Ich lachte.

»Ich bleibe auch hier.« Priya, Amberlyns Betreuerin, setzte sich neben Al.

Eine Reihe niedriger, breiter Boote, die miteinander vertäut waren, erstreckte sich vom Ufer des Flusses bis zur Mitte. Sie waren in etwa rechteckig, mit einem breiten Boden, und hatten vier niedrige, einander zugewandte Sitze. Um an unser Boot zu kommen, mussten wir über sechs andere klettern.

Amberlyn schaffte es bis zum dritten, ohne zu stolpern, weswegen die Boote schaukelten und sich der Rest von uns schnell festhalten musste.

»Wir haben alle unterschiedliche Begabungen, Am«, sagte ich, während ich von einem Boot zum nächsten sprang und betete, dass mein Knie nicht nachgeben würde. »Deine haben nichts mit Dingen zu tun, die Anmut oder Hand-Augen-Koordination erfordern. Aber keine Sorge: Du hast andere Qualitäten, die das wieder gutmachen.«

Nick legte ihr einen Arm um die Taille, um sie zu stützen.

»Ich glaube, er steht auf sie«, murmelte Luke.

Ach, gut. Er redete also noch mit mir. *Verhalt dich ganz normal.*

»Jetzt schon?« Dafür kam mir Nick zu schlau vor.

Jetzt bot Nick Amberlyn seine Hand an, um ihr in das Boot zu helfen, das am weitesten weg lag.

»Er verliebt sich in jedes hübsche Mädchen, das er kennenlernt.«

In mich hatte er sich nicht verliebt. Aber ich war ja auch mit seinem besten Freund aufgekreuzt.

Luke und ich saßen nebeneinander, Amberlyn uns gegenüber, und Nick stand auf einem kleinen Podest hinter ihr, mit einer Stange, die er nun dazu benutzte, um uns voranzustoßen. Morgendunst hing über der Wasseroberfläche. Die Sonne bereitete sich darauf vor, über dem Horizont aufzusteigen. Obwohl viele andere Kähne am Ufer lagen, glitten nur wenige über den Fluss. Anscheinend warteten die schlauen Leute für diese spezielle Aktivität auf Tageslicht und Wärme.

Zuerst konnte ich mein Gehirn nicht abschalten. Saß Luke näher bei mir als sonst oder weiter weg? Hatte er jetzt Angst, mich zu berühren? Und warum machte mich dieser Gedanke traurig?

Bäume säumten das Ufer, und wir glitten unter zwei Steinbrücken hindurch. Das langsame Tempo half mir schließlich beim Entspannen. Sogar Amberlyn schwieg.

Nick warf ihr unter dem Lenken immer wieder verstohlene Blicke zu. Ich wollte ihn warnen, dass seine Verknalltheit nie und nimmer ein gutes Ende nehmen würde.

Nach mehreren Minuten tauschten er und Luke die Plätze. Ich schaute Luke eine Weile lang zu, dann fragte ich: »Kann ich es mal versuchen?«

Nick beäugte mich.

»Wetten, sie hat genug Kraft?«, sagte Luke. »Sie ist ja Sportlerin.«

»Alles klar.«

»Wir werden alle sterben«, kommentierte Amberlyn.

Luke ignorierte sie. »Siehst du, wie ich stehe?«

Ich prägte mir seinen Stand ein, die Beine weit geöffnet, die Knie leicht gebeugt.

»Und jetzt halte ich die Stange.«

Er hielt sie über die rechte Seite des Bootes, tauchte die Stange nahe bei seinen Füßen ins Wasser und ließ sie ein wenig nach unten sinken. Er rutschte mit den Händen ans obere Ende der Stange, sodass sie nun hinter ihm war, während das Boot weiterfuhr. Dann riss er sie aus dem Wasser heraus und legte eine Hand über die andere, zurück zur Mitte. »Es hilft, wenn du sie beim Rausziehen leicht drehst.«

Er war mir nie sonderlich muskulös vorgekommen, doch jetzt, unter der Bewegung, spannte sich sein T-Shirt über den Schultern und dem Bizeps. Seine Ärmel waren hochgekrempelt, die Muskeln in seinen Unterarmen angespannt und seine Hände selbstsicher und fest, was mich daran erinnerte, wie sie sich verschränkt mit meinen angefühlt hatten.

»Das ist ein bisschen wie Stand-up-Paddeln«, meinte ich.

»Bloß, dass du dir vom Schlamm nicht die Stange klauen lassen darfst.«

Wir tauschten Plätze, und als er mir die Stange gab, streiften seine Hände meine. Machte er das mit Absicht? Stellte er mich auf die Probe? Uff. *Konzentrier dich.*

Der Teil mit dem Gleichgewicht war nicht schwer. Ich hielt die Stange und versuchte, ein Gefühl für sie zu bekommen, das Holz unter meinen Händen war vom vielen Anfassen schon ganz glatt.

Ich steckte sie ins Wasser und ahmte die Bewegungen seiner Hände nach. Wir glitten schneller dahin, als ich erwartet hatte, und meine Hände kamen ans obere Ende, noch bevor ich bereit war. Ich drehte und zog. Der Schlamm verpasste mir seinerseits einen Ruck. Aber die Stange würde ich nicht verlieren. Oder wieder ins Wasser fallen. Nachdem ich einmal kräftig gezogen hatte, gab der Schlamm die Stange frei, und ich ließ meine Hände daran wieder nach unten wandern.

»Gut.« Luke nickte. »Wenn sie im Schlamm steckt, kannst du lenken. Drück einfach zur einen oder zur anderen Seite.«

Diesmal war ich bereit. Bevor die Stange ganz hinter mir war, versuchte ich es mit einem Stoß auf die Seite. Das Boot drehte sich mit der Nase voraus auf das buschige Ufer zu. Ich stieß in die andere Richtung. Sobald wir wieder gerade waren, war es schon an der Zeit, sie wieder aus dem Wasser zu ziehen.

Nachdem ich erst einmal in einen Rhythmus hineingefunden hatte, war es ein ziemliches Workout, aber auch entspannend. Mit jedem Stoß strengten sich meine Arme angenehm an. Ich konnte verstehen, warum das beliebt war. Wenn andere Boote draußen unterwegs waren, würde ich es zwar lieber nicht ausprobieren wollen, aber an einem so ruhigen Morgen und mit der Strömung, die uns dahintrug, vergaß ich fast, dass meine Zukunft von den nächsten paar Tagen abhing.

»Sie ist gut«, meinte Nick.

»Ja.« Luke begegnete meinem Blick mit einem schiefen Lächeln, das keine Spur von Feindseligkeit enthielt. »Es gibt nicht viel, worin sie *nicht* gut ist. Aber sag ihr das nicht. Sonst nennt sie dich einen Lügner.«

Sein Tonfall blieb unbeschwert und neckisch, ihm fehlte die Intimität des letzten Mals, als er mir ein Kompliment gemacht hatte. Aber letztes Mal waren wir auch alleine gewesen.

Amberlyn verdrehte die Augen. »Ich bitte dich.«

Ich tat so, als hörte ich sie gar nicht, doch Lukes Worte beschäftigten mich weiterhin. Sie störten meinen Frieden. Ich war gut im Fußball. In den meisten Sportarten. Ich konnte gut mit Leuten umgehen. Aber in der Schule war ich nicht besonders toll. Mir wurde zu schnell langweilig. Musik, Kunst oder der Schülerrat hatten mir nie so viel Spaß gemacht wie meinen Geschwistern.

Aber ich konnte ja immer noch hierherziehen und Stechkahnfahrerin werden.

Nick fuhr uns zurück flussaufwärts und vertäute das Boot. Jetzt waren schon mehrere Leute draußen unterwegs, und die Sonne ließ den Morgennebel verdunsten. Ich war froh, das für Luke getan zu haben.

»Danke. Das hat Spaß gemacht. Oder, Am?«

»Wenn man solche Sachen mag.«

Ich tat so, als hätte sie gar nicht geantwortet, und wandte mich an Luke. »Hast du das oft gemacht?«

»Fast jedes Wochenende.«

Ich wollte ihm sagen, dass mir das leid tat. Ihm mitteilen, dass ich verstand, wie scheiße es ist, wenn man das, was man liebt, nicht machen kann. Ich wollte ihn fragen, ob es mit der Zeit leichter wurde. Aber es waren zu viele Leute um uns herum.

»Ich kann verstehen, warum dir das Spaß macht. Ich würde das auch immer machen.«

Für meine Antwort hatte ich etwas zu lange gebraucht. Allerdings fiel das niemandem außer Luke auf. Der verzog seine Lippen zu einem traurigen Lächeln, als hätte er meine unausgesprochenen Gedanken gelesen. Kurz drückte er meine Hand, während wir über die Reihe aus Booten kletterten. Ich erwiderte die Geste und hoffte, dass zwischen uns wieder alles normal war. Wenn er sich nicht vor gelegentlichen Berührungen fürchtete, war er vielleicht auch gewillt, die letzte Nacht einfach zu ignorieren.

Als wir wieder am Ufer ankamen, gingen die anderen zu Al und Priya, die gerade zusammen lachten. Gut zu wissen, dass Al überhaupt mit jemandem sprach.

Luke hielt mich zurück, indem er mir eine Hand auf den Arm legte. »Warum glaubst du, dass du in nichts gut bist?«, fragte er ruhig. »Ich hab dein Gesicht gesehen, als ich das gesagt hab.«

Ich bohrte meinen Zeh in das nasse Gras. »Bloß so was, was mein Dad gesagt hat, bevor er uns verlassen hat. Dass es gut wäre, dass ich Fußball habe, weil ich ja sonst nichts hätte. Egal.«

»Du machst es schon wieder. Sagen, dass Dinge egal sind.«

Nick unterbrach uns. »Also, äh, ich hab mir überlegt ...«

Gerettet.

Wir stießen zu den anderen, aber ich konnte Lukes Stirnrunzeln förmlich spüren.

Nick griff nach einem großen Rucksack und fuhr sich mit der Hand durch die Haare. »Ich habe heute einen freien Tag. Wo müsst ihr denn als Nächstes hin?«

Hoffnungsvoll schaute er Amberlyn an, doch die starrte ihn nur an, als hätte er Elbisch gesprochen.

»Richtung Norden.« Ich ließ Amberlyn nicht aus den Augen. Ich hatte nicht vor, den Namen der Stadt laut auszusprechen. »Ganz weit hoch in den Norden.«

Sie wirbelte herum, öffnete den Mund, schloss ihn dann aber wieder. »Natürlich.«

»Wir haben doch dieselben Hinweise, du Genie.« Ich wandte mich an Nick. »Ich habe überlegt, für die Nacht einen Zwischenstopp in Edinburgh einzulegen. Die Stadt sollte ich mir wahrscheinlich mal ansehen.«

Amberlyn glotzte mich schon wieder an.

»Was denn?«, fragte ich.

»Ich hab dasselbe überlegt.«

Natürlich hatte sie das. Wahrscheinlich hatte sie schon mehrere Stopps an berühmten literarischen Orten in der Stadt geplant, obwohl die gar nicht auf unserem offiziellen Plan standen.

»Edinburgh klingt super.« Nick klatschte in die Hände. »Wir können ja alle zusammen hinfahren.«

Super. Und wie. Wir waren Konkurrentinnen. Das letzte, was ich wollte, war, dass Amberlyn auf dem Weg mein Unwissen über alles mitbekam, was mit Literatur zu tun hatte.

Aber ich mochte Nick, und mit ihm herumzuhängen heiterte Luke auf.

Ich hatte erwartet, dass Amberlyn dagegen sein würde, aber das war sie nicht. Bedeutete ihr Schweigen etwa, dass es ihr nichts ausmachte? Dass sie ein Auge auf mich haben wollte? Oder dass sie eine Gelegenheit abpassen wollte, um sich über mich lustig zu machen?

Als Nick uns zum Bahnhof führte, ließ sich Luke zurückfallen, also tat ich dasselbe.

»Sorry«, sagte er. »Ich hatte keine Ahnung, dass er sich selbst einladen würde.«

»Er ist nicht derjenige, der mich stört. Ich mag ihn.«

»Ja, aber wenn er nicht mitkommen würde, könnten wir Amberlyn aus dem Weg gehen.«

»Sie dabeizuhaben, erinnert mich bloß daran, wie klug sie ist.« Ich seufzte. »Wie sehr sie es verdient hat, so einen Wettbewerb zu gewinnen. Dass sie ihr ganzes Leben schon durchgeplant hat.«

»Du hast das auch verdient.« Seine Stimme war scharf. »Außerdem ist es in Ordnung, sein Leben noch nicht durchgeplant zu haben. Du bist achtzehn.«

»Das hatte ich aber. Das ist das Problem.«

»Offensichtlich braucht sie aber auch Hilfe, also sind ihre Pläne vielleicht gar nicht so perfekt, wie du glaubst.«

Das hatte ich noch gar nicht bedacht. Warum war sie *überhaupt* hier? Ihre Noten waren doch ausgezeichnet. Sie trat jedem Schülerrat bei und machte bei jedem Gemeinschaftsevent mit. Aber ... sie hatte ein ganzes Halbjahr in der Schule verpasst. Ich hatte angenommen, dass sie auf irgendeinem Elite-Studienprogramm im Ausland gewesen war. Aber davon hatte ich noch nie etwas gehört, dabei wäre das doch genau so etwas, womit sie angeben würde.

Hm. Vielleicht hatte Amberlyn ja auch Geheimnisse.

KAPITEL 20

Zu viert stiegen wir in einen Zug zum Umsteigebahnhof in Birmingham und setzten uns auf eine Vierer-Sitzgruppe. Amberlyn quetschte sich ins Eck am Fenster und fing sofort an, in ihr Notizheft zu kritzeln.

Nick versuchte, ihr Fragen über ihre Familie, ihre Hobbys und Karrierepläne zu stellen. Auch ihre kurzen Antworten konnten ihn nicht davon abbringen.

Ich hätte gerne mit Luke geredet, wollte aber nicht, dass Amberlyn uns zuhörte. Sie würde sich bloß über *Was würdest du lieber tun?* lustig machen. Und über letzte Nacht zu reden, wäre viel zu persönlich. Obwohl mir die Ausrede ganz gelegen kam, den Beinahe-Kuss nicht besprechen zu müssen. Stattdessen holte ich ebenfalls mein Tagebuch heraus.

Luke zog eine Augenbraue hoch.

»Was?«

Er schüttelte den Kopf.

Ich versuchte, über Lewis und Tolkien zu schreiben, doch dann ging ich dazu über, Stichpunkte wie *Amberlyn ist scheiße im Dartspielen* und *Karriereoption Nummer 6: Stechkahnfahrerin* zu notieren.

Luke lehnte sich an meine Schulter und spähte auf die Seite, wobei er sich an einem Lachen verschluckte. Dann nahm er mir das Heft und den Stift ab, schrieb etwas hinein und gab mir dann beides zurück.

Dort stand in kleiner, ordentlicher Handschrift: *Karriereoption Nummer 7: Schwimmlehrerin.*

»Sehr witzig.« Ich stieß mit meiner Schulter leicht gegen seine und fügte hinzu: *Nummer 8: Dart-Weltmeisterin.*

Er schrieb: *Nummer 9: Cowgirl.*

Ich tat so, als würde ich erschaudern, konnte ein Lächeln jedoch nicht verbergen. *Nummer 10: Zeltaufstellerin.*

Er fügte hinzu: *Nummer 11: Straßenmusikerin.*

Mein lautes Gelächter ließ sich einfach nicht zurückhalten. Lukes Schulter drückte an meine, während wir wir beide vor Lachen schüttelten.

Amberlyn warf uns einen wütenden Blick zu und stand auf, schob ihr Notizheft in die äußere Tasche ihres Rucksacks und bahnte sich dann den Gang entlang einen Weg zur Toilette.

Ich schluckte ein letztes Kichern hinunter und beäugte ihre Tasche. Ob sie etwas über mich geschrieben hatte? Diskutierte sie wirklich tiefgründige literarische Themen und verknüpfte sie dann mit ihrer persönlichen Reise, während ich es kaum schaffte, ein paar Ereignisse zusammenzufassen?

»Denk nicht mal dran.« Lukes leise Stimme kitzelte mein Ohr. Sein Arm lag direkt neben meinem.

»Das würde ich doch nie tun.«

Er senkte den Kopf und schaute mich prüfend über seine Brillengläser hinweg an.

»Gut. Ich würde nämlich *schon* darüber nachdenken. Es aber nicht *tun*.«

Er lehnte sich zurück.

»Aber du könntest es tun«, sagte ich. »Wenn du aufstehen und zufällig stolpern würdest, würde es einfach rausfallen, siehst du?«

»Warum bist du denn so neugierig? Es ist ja nicht so, dass du abschreiben kannst.«

»Ich würde nicht abschreiben.« Aber ich würde gerne wissen, ob ihre Erzählungen brillant und durchdacht klangen.

Spence hatte seine literarischen Stile, Peter war gut im Kreativen Schreiben und Amberlyn hielt sich an die Themen. Wenn ich mich an meinen Essays vom letzten Jahr orientierte, würde Ms Carmichael annehmen, dass ich eine detailgetreue Zusammenfassung von allem, was passiert war, abgeben würde. Aber wir hatten ja bereits herausgefunden, dass das genau *das* war, was sie nicht wollte. Allerdings auch das Einzige, was ich konnte.

Ich brauchte einen anderen Blickwinkel. Irgendwie musste ich tiefer gehen. Aber … was, wenn es in meinem Inneren nichts Tieferes mehr zu finden gab?

In Birmingham verließen wir den Zug zum Umsteigen. Während wir durch den riesigen, schicken Bahnhof trotteten, der an ein Einkaufszentrum erinnerte, stupste ich Amberlyn an.

»Erinnert der dich nicht auch an Mr Brunklehorst? Der da im roten Pulli?«

Sie seufzte einmal genervt auf, als ob ich irgendetwas anderes als ihren selbstgerechten, schweigenden Gang gestört hätte. »Was?«

»Der Typ da.« Ich nickte zu dem Mann hinüber, der auf uns zukam. »Mr B, oder?«

Ein kleines Lächeln stahl sich auf ihre Lippen. »Stimmt.«

»Er hat sich sogar die Haare so seitlich über den Kopf gekämmt.«

»Und den Schnurrbart hat er auch. Weißt du noch, wie er ihn immer jeden Morgen vor dem Unterricht mit Wachs gekämmt hat?«

Ich lachte. »Und wie Seth Carson das mit Schuhpolitur vertauscht hat.«

Sie lachte ebenfalls.

»Mann, ich wünschte, wir hätten an dem Tag Fotos gemacht.«

Wir sahen dem Mann beim Vorbeigehen zu, und ich erinnerte mich an die Zeit zurück, in der das normal gewesen war. Als ich ihr noch meine Gedanken mitgeteilt und sie mich verstanden, anstatt verurteilt hatte.

Amberlyns Lächeln fiel zuerst in sich zusammen und wurde dann langsam wieder von ihrer Maske der Gleichgültigkeit ersetzt. Für einen Augenblick hatte ich vergessen, dass sie mich hasste.

Ich kickte ein herumliegendes Einwickelpapier weg.

Während Nick und Luke die Tafel studierten, auf der die jeweiligen Bahnsteige der Züge aufgelistet waren, und Amberlyn weiterging, blieb Al neben mir stehen.

»Wie ich sehe, hast du mit Amberlyn eine gemeinsame ... Geschichte.«

»Könnte man so sagen. Wir waren mal Freundinnen.« Ich ließ meine Sporttasche mit einem dumpfen Geräusch auf den Boden plumpsen. »Sie hat aber dann beschlossen, dass sie zu schlau für mich ist. Hat neue Freunde gefunden. Wie auch immer.«

»Wie auch immer?«

»Das ist schon Jahre her. Ich bin darüber hinweg.« Ich verrenkte mir den Hals und tat so, als würde ich die Tafel lesen. »Außerdem sind wir zu verschieden. Wenn man mit zehn befreundet ist, heißt das noch lange nicht, dass man auch sein Leben lang befreundet bleibt. Menschen verändern sich.«

»Wenn ich vielleicht ... einen Rat geben dürfte?« Die Worte klangen gezwungen, als würde sie sie eigentlich gar nicht aussprechen wollen.

»Ich dachte, du dürftest nicht helfen?«

»Beim Wettbewerb nicht. Aber hier geht es um das Leben.« Sie verlagerte ihr Gewicht auf den anderen Fuß.

»Klar, warum nicht? Aber ich bin nicht gut darin, Ratschläge zu befolgen.«

»Das erstaunt mich jetzt aber«, sagte sie ungerührt. »Das klingt so, als müsstest du mal mit ihr reden. Die Fronten klären. Sie hat dich verletzt, und jetzt beachtest du sie und die Situation einfach nicht. Du brauchst einen Abschluss.«

»Unsere Freundschaft ist vorbei. Das ist doch ein Abschluss.«

»Hast du ihr denn je gesagt, dass sie dich verletzt hat?«

»Sie hat mich nicht verletzt. Wir haben uns nur weiterentwickelt. So ist das Leben.«

Alexis' Schweigen klang ungläubig. Dann sagte sie: »Vielleicht ist es ja kein Zufall, dass ihr beide hier seid. Das könnte eure Gelegenheit sein, die Dinge wieder geradezubiegen.«

Ich stupste mit dem Zeh gegen meine Tasche. Trotz des hellen, höhlenartigen Gebäudes war mir die Bahnhofshalle viel zu beengend. »Warum sagst du mir das? Beinhaltet Babysitten jetzt auch eine persönliche Beratung?«

»Einer guten Nanny sind ihre Schützlinge eben wichtig«, antwortete sie in ihrem trockenen, sarkastischen Tonfall.

Ich verdrehte die Augen. »Wie bist du überhaupt dazu gekommen? Für Ms Carmichael zu arbeiten?«

Sie schwieg so lange, dass ich schon dachte, sie würde nicht mehr antworten. »Auf dieselbe Art und Weise, wie sie es gerade für dich tut, hat sie mir einmal eine Gelegenheit angeboten, zu einer Zeit, als ich sie am dringendsten gebraucht habe.«

Für die zurückgezogene Al war das ziemlich persönlich. »Was machst du sonst noch so?«

»Alle, die diese Woche hier helfen, arbeiten in ihren ehrenamtlichen Einrichtungen. Ich mache die Buchhaltung.«

Die Zahnrädchen in meinem Kopf begannen sich zu drehen. »Finanzen, hm?« Das erklärte ihre Besessenheit mit Kassenzetteln. »Heißt das, du weißt, woher sie ihr Geld hat? Betreibt sie etwa Geldwäsche?«

»Ich nehme mal an, sie hat euch eine Verschwiegenheitserklärung unterschreiben lassen? Was dich irgendwie aber trotzdem nicht daran gehindert hat, meinem Cousin so gut wie alles zu erzählen?«

Wie klang sie dabei? Missbilligend? Amüsiert? Als ob sie mir

Schwierigkeiten bereiten würde oder ihr alles egal wäre? »Die Erklärung war etwas vage.«

»Sicher doch«, erwiderte sie. »Meine aber nicht.«

»Oh Mann, gerade als ich dachte, du wärst doch cool, Al.«

»Mein Ziel im Leben war es schon immer, als ›cool‹ angesehen zu werden.«

Luke und Nick kamen auf uns zu, wodurch sie unsere Unterhaltung unterbrachen. Nick steuerte sofort auf Amberlyn zu, die ein paar Meter von uns weg stand und gerade eine Textnachricht schrieb. Als wir die Rolltreppe zu unserem nächsten Bahnsteig nach unten fuhren, lief Nick ihr plappernd hinterher. Merkte er denn nicht, dass sie kein Interesse hatte? Aber selbst wenn, was sollte er schon tun?

Luke beobachtete seinen Freund mit einem Gesichtsausdruck, der verriet, dass er daran gewöhnt war, es jedoch nicht guthieß.

In der Nähe der Gleise blieben wir stehen. Eine Menschentraube hatte sich gebildet, der Bahnsteig war voller Leute. Amberlyn versuchte gerade, etwas auf Abstand zu gehen, und zog sich ihre Tasche vor die Brust, um darin nach etwas zu kramen.

Stimmengewirr ertönte, und mehrere Leute sprangen zur Seite. Ein Mann stob aus der Menge hervor und stieß die Menschen im Laufen mit den Ellbogen weg. Er rempelte Amberlyn an, und sie taumelte auf die Gleise zu.

»Am!« Schnell legte ich einen Arm um sie und zog sie von der Kante weg.

Ihre Sachen flogen in hohem Bogen durch die Luft, verteilten sich auf dem Boden und einzelne Gegenstände kullerten auf die Schienen zu.

Ich ließ Amberlyn los und hechtete nach ihrer Tasche. Ich fiel zur Seite, prallte an einer Person ab. Stolperte über eine andere. Und stürzte zu Boden.

Schmerz explodierte in meinem Kinn. In meinem Kopf blitzten Lichter auf.

Irgendwo über mir rief Luke etwas, und Amberlyn kreischte. Ihre Stimme durchbohrte meinen Schädel. Mein Kinn pochte vor Schmerz, rhythmisch zu meinem Herzschlag. Kurz legte ich die Wange auf dem Betonboden ab, dann drückte ich mich hoch.

Ein Arm legte sich um mich. Was gut war, denn die Welt schwankte wie wild. Oder war das mein Kopf? Regentropfen besprenkelten mein Gesicht. Moment mal … Regen? Waren wir nicht drinnen? Ich wischte sie weg, und als ich meine Hand wegzog, war sie ganz rot.

Rot. Das war schlecht. Warum war das schlecht?

»Vorsichtig.« Leise ertönte Lukes Stimme an meinem Ohr.

Er half mir beim Aufsetzen und zog sich schnell seine Jacke und sein T-Shirt aus. Seine nackte Brust bemerkte ich kaum. Er drückte das T-Shirt gegen mein Kinn, das nun nicht mehr länger pochte. Jetzt spürte ich nämlich überhaupt nichts mehr.

Sanft führte Luke meine Hand zu dem T-Shirt. »Halt das.«

Ich folgte, er zog sich seine Jacke an und machte den Reißverschluss zu.

In der Nähe kreischte Amberlyn, doch ihre Stimme klang gedämpft. Weit weg.

»Tut mir leid, Am. Ich hab's versucht.« Nur undeutlich kamen die Worte aus meinem Mund.

Sie drehte sich zu mir um und wurde kalkweiß im Gesicht. »Oh mein … Blut.«

Ihre Hand suchte hektisch nach Halt, bis sie die von Nick fand. Sie klammerte sich an seinen Arm.

Blut. In einem einzigen heftigen Stoß ließ ich den Atem entweichen. Ich durfte nicht bluten. Bluten war schlecht.

»Ich bin doch diejenige, die blutet«, murmelte ich. Aber den Anblick von Blut hatte sie noch nie gut vertragen.

Auch jetzt sollte sie das nicht sehen. Ich sollte nicht bluten. Durfte nicht bluten.

Was passierte noch mal, wenn ich blutete? Ich sollte doch ... irgendwas tun. Uff. Mein Hirn fühlte sich ganz zähflüssig an, die Gedanken versanken irgendwo im Morast in meinem Kopf. *Denk nach, Britt.*

Amberlyn wirbelte herum und spähte über die Bahnsteigkante auf die Gleise. »Ich kann mein Notizheft sehen. Soll ich es holen? Es kommt kein Zug, aber natürlich sollte ich lieber nicht auf die Gleise gehen ...«

Ich sah ihr zu, während mein Gehirn versuchte, zu verstehen, warum ich mir Sorgen machen sollte.

Luke kontrollierte, dass ich das T-Shirt auch fest in der Hand hatte, dann fuhr er zu Al herum. »Wir müssen ins Krankenhaus. Rufst du ein Taxi?«

Sie holte ihr Handy heraus.

Luke kniete sich wieder neben mich. Seine Finger schlossen sich um meine und lenkten sie von meinem Kinn weg. Mit der anderen Hand umfasste er meine Wange und neigte meinen Kopf leicht zur Seite. »Das ist tief. Da wirst du mehr als bloß ein Pflaster brauchen, vielleicht musst du genäht werden. Hat dein ... Sollst du irgendwas machen?«

Keine Ahnung, was er mit Pflaster meinte, aber ich versuchte zu nicken. Ob sich mein Kopf bewegte, konnte ich nicht sagen.

»Alles in Ordnung.« Luke presste das Shirt wieder an mein Kinn. »Drück weiter damit drauf. Das wird schon wieder.«

Außer dem Blut, das auf mich heruntertropfte, spürte ich gar nichts. War das ein Problem? Als ich den Mund aufmachte, um zu fragen, legte Luke einen Finger auf meine Lippen.

»Nicht reden. Halt still.«

In der Nähe ging Amberlyn in die Hocke, während jemand eine Müllzange dazu benutzte, um ihre Sachen von den Gleisen herunterzuholen.

Hastig blätterte sie durch das geknickte Heft. »Das sollte man alles noch in ein neues Heft übertragen können.«

Luke schaute sie ausdruckslos an, aber etwas in seinem Blick hatte ihr wohl zu verstehen gegeben, dass sie den Mund halten sollte, und zwar *sofort*. Mit einem Arm um meine Taille stützte er mich, während er mir die Rolltreppe hoch und durch die riesige Halle half, wo die helle Beleuchtung und die ausladende weiße Decke meine Desorientierung nur noch schlimmer machten.

Konzentrier dich aufs Gehen. Nicht stolpern.

Wir traten auf die Straße hinaus, wo ein grauer Himmel leichten Regen ausspuckte. Ein Taxi wartete.

Luke nahm seinen Arm erst weg, als er mich auf dem Rücksitz abgesetzt hatte. Das war auch gut so, denn die Welt drehte sich immer noch viel zu schnell.

»Dein Arm ist gut«, versuchte ich Luke mitzuteilen. Glücklicherweise waren die Worte vermutlich nicht verständlich.

Da wir nicht alle in das Taxi passten, beschlossen Nick, Amberlyn und Priya, sich im Krankenhaus wieder mit uns zu treffen und die Taschen mitzubringen.

Während das Taxi durch die Stadt raste, saß ich eingeklemmt zwischen Luke und Al. Das Auto rumpelte und schlitterte, und mit ihm mein Magen. Ich schluckte schwer, um zu vermeiden, dass mir meine Spiegeleier wieder hochkamen.

Luke führte mich in ein beiges Wartezimmer. *Beige* war ein komisches Wort. Beige. Meine Zunge versuchte, es auszusprechen, aber Luke wies mich erneut an, still zu sein, während er mich zu einem Stuhl bugsierte.

»Bleib bei ihr, Al.« Er marschierte auf die Anmeldung zu. Er sprach zwar leise, doch das Zimmer war klein, und die anderen zwei Leute schwiegen, also hörte ich trotzdem jedes Wort.

»Meine Freundin hat sich das Kinn ziemlich schlimm aufgeschlagen, sie muss vielleicht genäht werden. Aus medizinischen Gründen nimmt sie Blutverdünner, deshalb muss sie sofort behandelt werden.« Er sprach gefasst, aber mit Nachdruck, und das beruhigte mich, obwohl er mein Geheimnis laut ausgesprochen hatte.

Im Stuhl neben mir setzte sich Al anders hin. »Das tut mir so leid. Ich hätte auf dich aufpassen sollen und habe versagt.«

»Ms C wird dir sicher keine Schuld geben.«

»Ich mach mir keine Sorgen darüber, ob ich bei meiner Chefin Probleme bekomme.« Ihr scharfer Ton ließ mich konzentriert aufhorchen. »Ich mache mir Sorgen um *dich*.«

Ich blinzelte. »Ach so.«

»Willst du vielleicht deine Mom anrufen? Oder soll ich sie anrufen?«

Gute Frage. Das hier kam mir wie etwas vor, das eine Mutter wissen sollte. Aber wenn sie herausfand, dass ich mich verletzt hatte ... Würde sie dann darauf bestehen, dass ich nach Hause kam? Wegen der Zeitverschiebung schlief sie jetzt gerade, also hatte ich ein bisschen Zeit zum Nachdenken, wie ich das angehen würde.

»Ich ruf sie später an.«

Al schaute mich noch einen Augenblick länger an, dann nickte sie.

Luke tauchte wieder neben mir auf und hielt weiterhin das T-Shirt für mich.

»Riecht komisch hier«, stammelte ich. Sogar in England rochen Krankenhäuser wie ein Chemielabor, nach Desinfektionsmittel und kranken Leuten. *Beigen* kranken Leuten.

Die anderen betraten nacheinander den Notfallraum. Licht und Lärm fluteten plötzlich durch die offenen Türen herein und ließen mehrere Dartpfeile durch meinen Kopf schießen.

Nick ging in Schlangenlinien auf mich zu. »Wird das wieder?«

»Ihr geht's schon bald wieder besser«, meinte Luke.

»Ich kann sprechen.« Doch meine Worte verwischten ganz.

»Das weiß ich schon. Aber du solltest dein Kinn nicht bewegen, also sieh bitte momentan vom Sprechen ab.« In seinen Augen stand ein sanftes Lächeln.

Ein Mann in weißem Kittel trat durch die Doppeltür. Sein Blick wanderte im Raum umher und landete auf mir. Er kam auf mich zu.

Luke sprang auf und begegnete ihm auf halbem Weg, nahm ihn zur Seite und sprach leise mit ihm.

Ich versuchte, ein Dankeschön von meinem Gehirn in seines zu beamen.

Der Arzt kam in großen Schritten auf mich zu. »Ich bin Dr Smith. Dann wollen wir mal nach hinten gehen und uns das genauer ansehen.«

Mein *Doktor-Who*-Witz blieb irgendwo zwischen meinem Gehirn und meinem Mund stecken. Ich stand auf, und Lukes Arm legte sich gleich wieder um mich. Ich wollte ihm sagen, dass es mir gut ging, aber vor Amberlyn wollte ich lieber nicht umfallen.

»Al, kümmer dich um die Bezahlung. Ich geh mit Britt.«

In Lukes Tasche vibrierte sein Handy. Er zog es heraus, warf einen Blick auf den Bildschirm und schaltete es stumm. Dann nahm er meine Hand, und wir folgten dem Arzt durch die Doppeltür. »Wurdest du vorher schon mal genäht?«

»Nicht, als ich wach war. Während der Operation ...«

Bilder überfluteten mein Gehirn. Das Krankenhaus. Mein Knie. Die Neuigkeiten.

Ich stolperte und musste mich mit einer Hand an der Wand abstützen, als es mich mit voller Wucht traf.

KAPITEL 21

Bei meinem letzten Krankenhausbesuch hatte ich gedacht, ich hätte mich bloß am Knie verletzt. Die eigentlichen Neuigkeiten waren so viel schlimmer gewesen. Neuigkeiten, die alles verändert hatten.

Was, wenn das heute mit mehr als bloß ein paar Nadelstichen endete? Was, wenn es wieder passierte?

Ein Zittern erfasste meinen Körper, und das Blut rauschte mir in den Ohren.

Luke drückte meine Hand und beugte den Kopf so weit zu mir hinunter, dass er mich zwang, ihn anzusehen.

»Es wird alles wieder gut. Das ist bloß eine Platzwunde. Atme.« Er wischte mir einzelne Haare aus dem Gesicht und strich mir eine Strähne hinters Ohr, wobei seine sanfte Berührung die empfindliche Stelle hinter meinem Ohrläppchen kitzelte. »Sie werden dich wieder zusammenflicken, und dann geht's auch schon weiter.«

Ich nickte und atmete einmal tief durch. Woher wusste er, was mir Sorgen bereitete? Niemand hatte sich je die Zeit genommen, mich so gut zu verstehen – geschweige denn, genau zu wissen, was ich in diesem Augenblick hören musste. Dass er meine Angst, meine Unsicherheit spürte, ohne dass ich auch nur ein Wort gesagt hatte, war furchteinflößender als die Wunde in meinem Gesicht.

Lukes Handy vibrierte erneut. Er ignorierte es und führte mich den Flur entlang, dem Arzt hinterher. »Nick wurde auch einmal genäht. Am Kinn, so wie du. Er wollte beim Stechkahnfahren vor einem Mädchen angeben, ist dabei aber über Bord gefallen. Hat sich das Kinn am Boot angeschlagen.«

Der Arzt deutete auf ein kleines Zimmer. Ich setzte mich auf die Liege, wobei ich das Papier unter mir verknitterte. Ich zuckte zusammen. Genau wie zu Hause.

»Er hat einen riesigen Platscher hingelegt«, fuhr Luke fort, während er einen zusätzlichen Stuhl neben mich rückte. »Und es war einer der seltenen sonnigen Tage, weshalb es auf dem Fluss voll war.«

Der Arzt bewegte seinen Finger vor mir hin und her, und ich musste ihm mit den Augen folgen, ihm meinen Namen und das heutige Datum nennen und von hundert in Siebenerschritten rückwärts runterzählen. Trotz der Pausen, die ich für die Matheaufgabe gebraucht hatte, war er mit meinen Antworten zufrieden und bereitete nun eine Spritze und eine kleine Flasche mit durchsichtiger Flüssigkeit vor. »Bist du gegen irgendwelche Medikamente allergisch?«

Ich schüttelte den Kopf. Im Lüftungskasten zischte es. Schritte quietschten auf dem Flur. Laute Atemgeräusche hallten im Zimmer wider. Das war ich. Ich zwang mich zu einer Atemübung, um meinen Herzschlag wieder zu beruhigen.

Luke zog sachte an meiner Hand, bis ich ihn anschaute, und strich mir eine weitere Haarsträhne von der Wange und dem Kinn weg. »Alle in der Nähe haben gegrölt und gejubelt. Aber Nick hat dabei auch das Mädchen nass gespritzt, und sie war stocksauer wegen ihres neuen Pullis. Sie hat verlangt, dass er sie direkt am Ufer rauslässt, und dann seine Nachrichten ignoriert. Danach hat er einen ganzen Monat lang kein Mädchen mehr nach einem Date gefragt. Für ihn ist das eine Ewigkeit.«

Ich versuchte, sein Lächeln zu erwidern, und drückte seine Hand. Er hatte recht – Geschichten halfen dabei, sich von etwas anderem abzulenken. Bis der Arzt die Nadel in die Flasche tauchte, sie aufzog und ein bisschen was vorne rausspritzen ließ, wie ein Bösewicht, der sich darauf vorbereitete, Leute zu quälen. Aber trotzdem: Bei der Knieoperation hatte ich eine Vollnarkose bekommen, und ich zog das hier vor, auch wenn die riesige Nadel, die sich jetzt auf mein Gesicht zubewegte, verstörend war. Zumindest würde es keine bösen Überraschungen geben, die beim Aufwachen auf mich warteten. Lieber war ich auf alles gefasst.

Ein Stich kitzelte mein Kinn, und sofort verlor ich das Gefühl in der unteren Hälfte meines Gesichts.

Ich umklammerte Lukes Hand, ein Anker in einem Meer aus Taubheit. Es machte mich wahnsinnig, dass der Arzt mein Gesicht berührte, ich aber nichts spüren konnte. Luke anzufassen – zu wissen, dass er echt war – gab mir Halt. Er wandte den Blick nicht von mir ab, und unter dem grellen Krankenhauslicht leuchteten die goldenen Sprenkel in seinen Augen noch heller.

Der Arzt wischte mein Kinn mit etwas ab, das meine Nase zum Brennen brachte, und nahm eine Nadel. Dann beugte er sich nahe über mich, wobei mir seine Brille die Sicht auf Luke versperrte. Ich konzentrierte mich auf die grauen Strähnen im Haar des Arztes und wartete darauf, dass er verkünden würde, dass irgendetwas nicht stimmte.

Doch der holte bloß eine Schere, vermutlich, um den Faden durchzuschneiden.

»Und fertig.« Er legte die Schere weg und zog die Handschuhe aus. »Der Faden wird sich innerhalb von ein bis zwei Wochen von selbst auflösen. Für achtundvierzig Stunden darf er aber nicht nass werden.«

Meine Hand schoss hoch zu meinem Gesicht.

»Und versuch, die Naht nicht anzufassen.« Er lächelte mich freundlich an. »Moment …« Er kramte in einer Schublade herum und holte ein Stück Mullbinde hervor, das er mit Klebestreifen über der Naht befestigte. »Na also. So ist sie etwas besser geschützt.«

»Alles in Ordnung?«, fragte Luke.

Ich nickte.

»Gut. Dann mache ich mich mal auf die Suche nach einem sauberen T-Shirt für dich.« Luke stand auf und wartete, bis ich seine Hand losließ, anstatt meine von selbst loszulassen. Ich versuchte ihm, mit meinem Blick zu danken. »Bin gleich wieder da. Versprochen.«

Ich sah verstohlen nach unten. Mein T-Shirt war blutüberströmt. Schwer zu glauben, da ich doch gar nichts spüren konnte. Wie viel Blut hatte ich wohl verloren? Zu viel? Wie viel war zu viel? Wenn es zu schlimm wäre, würde ich aber doch bestimmt in Ohnmacht fallen, oder? Luke hatte dem Arzt von meinen Medikamenten berichtet, und der war nicht besorgt gewesen.

Luke tauchte wieder auf und hatte das Oberteil eines blaugrünen OP-Anzugs dabei. Er half mir, es über mein T-Shirt zu ziehen, sorgfältig darauf bedacht, mein Gesicht nicht zu berühren.

Er hatte sein Hemd zur Ersten Hilfe benutzt. Mit dem waren es dann schon zwei, die ich ruiniert hatte. Inzwischen schuldete ich ihm ja quasi einen neuen Kleiderschrank.

Nachdem der Arzt das Behandlungszimmer verlassen hatte, nahm mich Luke sanft in den Arm und verrenkte sich, sodass seine Schulter nicht in mein Kinn drückte. Er strich mir mit der Hand übers Haar. »Das hast du super gemacht. Bald geht's dir wieder gut.«

Ich schloss die Augen, vergrub mein Gesicht an seinem Hals und atmete tief ein, wobei der hässliche Krankenhausgeruch von Lukes, mir inzwischen vertrautem, Duft erstickt wurde.

Ich hielt mich länger so an ihm fest, als ich sollte. Hier im Krankenhaus hatte ich das Gefühl, von der echten Welt entrückt zu werden – als wäre das, was hier drin geschähe, außerhalb von Zeit und Raum, also klammerte ich mich an ihn und genoss die letzten paar Augenblicke, bevor ich ihn loslassen musste.

★

Als wir im Wartezimmer wieder zu den anderen stießen, stand Amberlyn als Erste auf. »Ist alles in Ordnung bei dir?«

»Ihr geht's gut«, antwortete Luke glücklicherweise für mich, denn unterhalb von meiner Nase war alles taub, und ich wusste nicht, ob ich sprechen konnte.

»Okay. Dann machen Priya und ich uns wieder auf den Weg.« Welchen Ausdruck sie auch auf meinem tauben Gesicht sah, sie drehte sich weg. »Das ist schließlich ein Wettbewerb.«

Und ich fiel zurück. Ich wollte nicht die sein, die in letzter Sekunde auf Ms C zu rannte und unter dem Rennen noch in ihr Notizheft kritzelte, während Amberlyn, Peter und Spence in gemütlichen Sesseln saßen, Scones futterten und über mich lachten.

Amberlyn wandte sich der Tür zu. Ich war überrascht, dass sie überhaupt so lang geblieben war. Aber trotzdem: War das der Dank dafür, dass ich versucht hatte, zu helfen?

Sie sah mich nicht an, doch ihr Blick wurde für einen Sekundenbruchteil weicher. »Viel Glück, Britt.«

Al schaute mich spitz an. Ich wusste, dass sie wollte, dass ich Brücken reparierte oder Zäune baute oder was auch immer. Mein Gehirn fand die richtigen Worte gerade nicht. Aber da ich auch nicht sprechen konnte, wusste ich nicht, was sie von mir erwartete.

Ich winkte kurz, womit ich Amberlyn allerdings eher aus der Tür scheuchte, als mich von ihr zu verabschieden.

»Sie hat versucht, dir zu helfen.« Luke starrte Amberlyn mit seinem Lehrerblick an. »Ein Dankeschön habe ich bis jetzt noch nicht von dir gehört.«

»Danke, Britt.« Ihre leise Stimme klang überraschend aufrichtig. Und damit war sie weg.

»Ich glaub's nicht, dass sie einfach so abhaut.« Luke starrte ihr finster nach. »Auch, wenn ihr zwei nicht mehr dicke miteinander seid, ihr wart trotzdem mal befreundet.«

Ich machte mir nicht die Mühe zu antworten. Leute hauten eben ab. So war das eben.

Luke ist aber nicht abgehauen, sagte eine leise Stimme in meinem Kopf.

Nick schaute ihr mit mehr Sehnsucht hinterher als Luke, konzentrierte sich dann aber wieder auf uns. »Ich sollte mich lieber mal auf den Heimweg machen. Dir die Möglichkeit geben, dich auszuruhen, anstatt eine wilde Gruppentour durch Schottland zu veranstalten.«

Diesmal winkte ich freundlicher. Ich zeigte ihm die Daumen nach oben.

»Bin froh, dass es dir gut geht. Pass auf dich auf. Und pass auch auf Luke auf.« Er drückte meine Schulter und murmelte Luke etwas zu. Sie verabschiedeten sich mit einem Handschlag, und dann ging er ebenfalls.

In meiner Tasche kramte ich nach sauberen Anziehsachen, dann zog ich mich auf der Toilette um. Nachdem ich Alexis' Überredungsversuche ignoriert hatte, die Nacht in Birmingham zu verbringen, kehrten wir zum Bahnhof zurück, um den nächsten Zug nach Edinburgh zu nehmen. Wir würden abends ankommen, bloß ohne Nick und Amberlyn oder noch etwas Zeit, um Sehenswürdigkeiten zu bestaunen.

Ich blieb stumm – hauptsächlich, weil ich mein Gesicht nicht spüren konnte. In meinem Kopf waren Gedanken gefangen, die nirgendwohin entkommen konnten.

Ich war nach wie vor so daran gewöhnt, Sachen hinterherzuhechten, dass ich ohne nachzudenken versucht hatte, Amberlyn zu helfen. Doch das musste ich mir jetzt aus dem Kopf schlagen. Zu wissen, dass ich nicht an einem Fußballspiel teilnehmen sollte, war eine Sache, doch es war etwas ganz anderes, wenn sich eine Gelegenheit ergab, ohne die Zeit zu haben, darüber nachzudenken. Wie legte man eine Gewohnheit nach achtzehn Jahren ab?

Als wir im Zug saßen, las Luke *Der König von Narnia* an der Stelle weiter, wo er in Oxford aufgehört hatte.

Aber ich konnte mich nicht konzentrieren. Meine Gedanken steckten in den Erinnerungen daran fest, wie er die Verantwortung übernommen hatte, ruhig geblieben war, und gleichzeitig wusste, was er machen musste, damit *ich* ruhig blieb. An seine Arme um meinen Körper. Ich war nicht daran gewöhnt, jemanden zu haben, der auf mich aufpasste. Nachdem meine Geschwister aufs College gegangen waren, hatte Mom viel gearbeitet, und ich war praktisch allein gewesen. Ich hätte gar nicht daran gedacht, dass mir das etwas ausmachte. Ich war gerne unabhängig und verließ mich nicht auf andere. Andere Menschen enttäuschten einen bloß.

Nur dass Luke mich heute nicht enttäuscht hatte. Und ich ihm für seine Anwesenheit dankbar war. Ohne ihn hätte ich das vielleicht nicht geschafft – oder zumindest nur höchst widerwillig.

Ich steckte in ernsthaften Schwierigkeiten.

Leise seufzend lehnte ich den Kopf ans Fenster, betrachtete die Landschaft und hörte Luke zu.

Nach einer Stunde machte er eine Lesepause.

Ich kritzelte etwas in mein Notizheft und hielt es hoch: *Da ich ja nicht reden kann, musst du das jetzt übernehmen.*

Seine Lippen kräuselten sich. »Das muss dich ja umbringen. Du redest nämlich *wirklich* gerne.«

Wütend funkelte ich ihn an.

Sein Gesicht wurde nachdenklich. »Es gibt da etwas, das ich schon länger sagen wollte. Und jetzt erscheint mir der Zeitpunkt günstig, da du dich nicht mit mir streiten kannst...«

Ich hob die Augenbrauen.

»Was du da gesagt hast, dass Fußball das Einzige wäre, was du hast...« Er wählte seine Worte mit Bedacht. »So siehst du dich aber nicht wirklich, oder?«

Ich starrte das dumme Tagebuch an. Was würde denn jetzt noch kommen?

Sein Blick verfinsterte sich. »Ich versteh das. Du hast deine ganze Identität um den Fußball herum aufgebaut, und jetzt, da du nicht mehr spielen kannst, hast du das Gefühl, nicht mehr zu wissen, wer du bist.«

Wieder einmal verstand er mich viel zu gut.

Er legte die Stirn in Falten. »Aber du bist nicht nur das, was du tust. Du bist trotzdem immer noch du, ob du jetzt Fußball spielst oder nicht.«

Das Problem war nur, dass ich nicht wusste, wer ich war.

»Ich hab überlegt ...« Er kaute auf seiner Lippe herum.

Ich wartete.

Doch stattdessen sagte er schließlich bloß: »Kann ich mal dein Tagebuch sehen? Aber natürlich nur, wenn da nicht drinsteht, wie toll du mich findest.«

Eigenlob stinkt, schrieb ich. Ich hielt es ihm hin, riss es ihm aber dann noch mal aus der Hand. *Versprichst du mir, nicht zu lachen?*

»Ich schwöre es feierlich.«

Das klingt ja ominös. Ich überließ ihm das Notizheft, weigerte mich aber dabei zuzusehen, wie er es durchblätterte. Er würde mich für eine Idiotin halten.

»Hmm. Also eine Schriftstellerin bist du *wirklich* nicht.«

Noch eine Sache, an der er erkennen konnte, dass ich nicht schlau genug für ihn war. Leicht boxte ich ihn mit der Faust gegen die Schulter.

Er lachte. »Sorry, ich mach bloß Spaß. Ist ja nicht das Ende der Welt.«

Ich schnappte mir das Heft zurück und schrieb: *Ich soll etwas schreiben. Also ist es das sehr wohl. Arten, auf die die Welt enden kann: Meteoriteneinschläge, Zombies, ein Roboteraufstand, schreckliche Geschichten.*

»Du sollst Geschichten erzählen. Wie Chaucer. Du magst Geschichten. Und du hörst gerne bei denen von anderen zu. Du liest sie sogar gerne.«

Wenn sie kurz sind und eine Explosion darin vorkommt.

»Wie haben sich Chaucers Pilger ihre Geschichten erzählt?«

Um ein Lagerfeuer herum?

»Genau. Die wussten auch nicht, wie man schreibt, aber sie haben sich gegenseitig Geschichten erzählt.« Der nachdenkliche Ausdruck kehrte zurück. »Weißt du noch, beim Mittagessen in Bath? Als du geschildert hast, wie du ins Wasser gefallen bist? Alle im Raum haben dir zugehört.«

Ja, schon, aber nur weil es lustig gewesen war, dass eine dämliche Amerikanerin in die römischen Bäder gefallen war.

Ich musste zweifelnd geguckt haben, denn er fuhr fort: »Du bist eine Geschichtenerzählerin. Das Taxi in Glastonbury, als du dem Fahrer von den Kühen erzählt hast? Im Zug, als du mich mit dem Cookie-Unfall abgelenkt hast?«

Ich dachte darüber nach. Ich unterhielt die Leute gerne, wusste, wie ich ihre Mimik interpretieren musste und wie man einen Witz richtig timte. Aber beim Reden neigte ich zu Übertreibungen. Wie könnte das hilfreich sein? Sollte ich meine Geschichten etwa laut vortragen und sie von jemandem aufschreiben lassen?

Er zuckte mit den Schultern. »Mir ist bloß aufgefallen, dass du gut darin bist, das ist alles.«

Wäre das denn Schummeln, wenn jemand für mich die Erzählungen aufschrieb, es aber meine Worte waren? Konnte ich mir selbst beibringen, so zu schreiben wie ich sprach – und zwar innerhalb einer Woche? Unwahrscheinlich.

Ich denk mal darüber nach.

»Gut.« Er drückte einmal kurz mein Knie.

Ich lächelte. Versuchte es zumindest. Ich war mir nicht sicher, ob es einem Lächeln ähnelte.

Da vibrierte Lukes Handy.

Ich deutete darauf und hob die Augenbrauen.

Er ignorierte mich, schlug das Buch auf und begann wieder, laut vorzulesen. Abwechselnd hörte ich ihm zu und döste auf seiner Schulter, und ehe ich es bemerkte, waren wir auch schon in Schottland.

Trotz der Müdigkeit war ich aufgeregt. Noch ein neues Land.

Vom Bahnhof aus gingen wir Backsteinstraßen mit mächtigen Häuserreihen aus braunem Stein voller Läden, Restaurants und Hotels entlang. Die Luft war kühler, und ich vergrub die Hände in den Hosentaschen. Ich war bereit, den Tag abzuschließen, egal, wie aufregend diese Stadt sein mochte.

Wir checkten in einem langweiligen Hotel ein, aßen dort ein spätes Abendessen im Restaurant, wo ich mich für Suppe entschied, da die Taubheit jetzt zwar weg war, mein Gesicht jedoch schmerzte, und gingen dann auf unsere Zimmer.

Al hielt mich auf. »Brauchst du noch irgendwas? Bist du sicher, dass es dir gut geht?«

»Alles in Ordnung.« Die seltene Kombination aus einer ernsthaften Frage und einem besorgten Blick gab mir ein unbehagliches Gefühl. »Wirklich.«

»Ruh dich aus.«

In meinem Zimmer legte ich mich hin, konnte aber nicht schlafen. Die Narkose war zwar verflogen, doch mein Kinn fühlte sich komisch und hart an. Ich machte ein paar physiotherapeutische Dehnübungen. Dann schrieb ich meiner Mom eine kurze Gute-Nacht-Nachricht, ließ allerdings die heutige Aufregung aus, um der unvermeidbaren Debatte aus dem Weg zu gehen, ob ich nach Hause kommen sollte oder nicht. Danach versuchte ich, etwas in mein Tagebuch zu schreiben, aber ich fand keine Worte. Als Letztes packte ich alles aus und wieder ein, in der Hoffnung, auf magische Weise eine Schachtel Aspirin zu finden, von der ich wusste, dass ich sie nicht mitgenommen hatte.

Schließlich schlich ich auf Zehenspitzen zu Lukes Zimmer nebenan. Ich klopfte, ganz leise, damit ich ihn nicht aufweckte, falls er schon schlief, und Al es über den Flur hinweg nicht hörte.

Die Tür ging sofort auf. Luke war noch angezogen.

Mit einem Arm über dem Kopf stützte er sich am Türrahmen ab. »Kannst du nicht schlafen?«

Ich schüttelte den Kopf. »Hab im Zug zu viele Nickerchen gemacht. Und mein Kinn pulsiert. Hast du Aspirin? Was anderes kann ich nicht nehmen.«

Er machte die Tür weiter auf, und ich folgte ihm nach drinnen. Er gab mir eine Flasche Wasser und eine Packung mit dem bewährten Schmerzmittel.

»Hältst du es denn für eine gute Idee, so viel zu reden?«, wollte er wissen.

»Geht schon.«

Wir setzten uns nebeneinander auf sein Bett, mit mehr Abstand als im Zug, aber da ich ja wusste, dass er hier schlafen würde, machte es das auch intimer.

Er lehnte sich nach vorne, um mein Kinn zu inspizieren, doch ich hatte die Mullbinde darüber gelassen, da ich mir gedacht hatte, dass die Abdeckung weniger verstörend aussah als eine Naht mitten in meinem Gesicht. Ganz, ganz sachte drückte er die Ränder der Mullbinde fest, als ob sie sich gelöst hätten, dann nahm er seine Hand wieder weg.

»Willst du noch mal rausgehen?«, sprudelte es aus mir hervor. Warum, wusste ich nicht genau. Die Sonne war erst nach neun untergegangen, und da es draußen jetzt komplett dunkel war, musste es schon spät sein. In nächster Zeit könnte ich aber sowieso nicht schlafen und wie oft hatte ich schon die Chance, Edinburgh zu erkunden? »Um uns die Stadt ein bisschen anzusehen, meine ich?«

Luke bedachte mich mit seinem vernünftigen Blick. »Okay.«

Ich blinzelte. »Wirklich?«

»Warum nicht?

Wenn ihm schon keine guten Gründe einfielen, warum wir das nicht tun sollten – was sehr viel mehr seine als meine Stärke war –, würde ich sicher nicht versuchen, mir welche einfallen zu lassen. Also sprang ich auf und ging zur Tür.

KAPITEL 22

Das Hotel lag ein paar Blöcke von dem entfernt, was Luke die *Royal Mile* nannte – einem breiten Boulevard voller Menschen. Straßenkünstler und -künstlerinnen jonglierten und spuckten Feuer. Wir kamen an einer Bar nach der anderen vorbei und bogen in eine weitere belebte Straße ab, in der Musik aus versteckten Clubs träufelte und mir der Bass in den Knochen wummerte. Ich stellte mir vor, dass wir eine Reise in die Vergangenheit, in die Zeit der Prohibition, gemacht hatten. Falls es die in Schottland überhaupt gegeben hatte ... Was mir unwahrscheinlich vorkam.

Als mich ein kühler Luftzug frösteln ließ, ärgerte ich mich, dass ich mir nicht noch schnell eine Jacke geholt hatte. Die Feuchtigkeit in der Luft dämpfte die Geräusche und ließ die Lichter um uns herum verschwimmen, wodurch die Konturen wie in einem zerfließenden Aquarell aufgeweicht wurden.

Aber ... zu viele Leute. Die dicke Luft verstopfte mir die Lungen. Ich zuckte zusammen, als sich jemand an mir vorbeidrängelte. Normalerweise würde mich dieser Ort hier faszinieren, doch heute Abend wollte ich Ruhe.

Luke färbte langsam auf mich ab.

Er hielt meine Hand in seiner. Ich sagte mir, dass er das nur tat, damit wir nicht von den Leuten getrennt wurden ... Bis sich die Menge etwas lichtete und er seine Finger fester mit meinen verschränkte. Er hatte zwar nicht mehr versucht, mich zu küssen, doch ich lehnte seine Aufmerksamkeit auch nicht ab.

Händchen halten war schließlich keine große Sache. Viele Leute hielten sich an den Händen. Und es bedeutete nichts.

Als wir eine Gruppe um jemanden herumstehen sahen, hielten wir an. Ich trat vorsichtig näher. Ein Junge, nicht viel älter als wir, jonglierte mit etwas. Dann fiel ein Lichtstrahl auf einen der Gegenstände und mitten in der Luft blitzte es auf. Ich korrigiere – er jonglierte mit *Messern*.

»Abgefahren«, staunte ich.

»Da hat wohl jemand Todessehnsucht«, murmelte Luke.

Der Junge fing seine Messer wieder auf, lüpfte seine rot-karierte Schiebermütze und verbeugte sich. Ich stimmte in den Applaus der Menge ein.

»Ich brauche einen Freiwilligen oder eine Freiwillige«, verkündete der Jongleur. »Du.« Er deutete auf Luke.

»Keine Chance«, entgegnete Luke.

Ich trat nach vorne.

Luke hielt mich am Arm fest. »Ist das wirklich so eine gute Idee? Du warst heute schon mal im Krankenhaus.«

»Eben. Mein ganzes Pech ist also schon aufgebraucht.« Das klang sogar für mich ziemlich dumm, aber ich wollte nicht ständig Angst davor haben, etwas zu tun. Ich würde nicht zulassen, dass eine Krankheit mein Leben bestimmte. Mich zu jemand anderem machte. Ich musste immer noch *ich* sein.

Mit viel Drama schlug der Jongleur ein Handtuch auf, breitete es auf dem feuchten Straßenpflaster aus und wies mich an, mich auf den Boden zu legen. Das tat ich. Von der Stelle, an der Luke stand, konnte ich ein Schnauben hören.

Ich starrte nach oben und war mir bloß indirekt der Menge um mich herum bewusst. Der Himmel war dunkel, doch die Lichter der Bars in der Nähe machten es unmöglich, auch nur einen Stern zu erkennen.

Der Jongleur sagte etwas, womit er die Menge erst zum Keuchen, dann zum Lachen brachte.

Angesichts der großen, scharfen Gegenstände in seinen Händen sollte ich lieber aufpassen. Vielleicht war das wirklich nicht die beste Idee gewesen.

Er stellte sich über mich.

»Bist du bereit?«, fragte er laut.

Die Menschenmenge tobte, obwohl er eigentlich mich gefragt hatte, und nicht sie. Ich nickte, wobei mein Pferdeschwanz über den Boden wischte.

Ein teuflisches Grinsen huschte über seine Lippen. Dann warf er ein Messer in die Luft. Und noch eines. Und ein drittes. Sie drehten sich über mir, dunkle, verschwommene Linien, die ab und zu aufblitzten, wenn Licht auf eine Klinge fiel.

Während der ersten paar Umdrehungen hielt ich die Luft an, wartete und überlegte. Aus diesem Winkel sahen sie unwirklich aus. Das waren doch gar keine echten Messer mit echten Klingen, die bloß Zentimeter über meinem Kopf herumwirbelten. Das war ein Traum. Ein Trick. Ich lächelte.

Irgendwie fühlte ich mich freier. Als ob ich der Zukunft geradewegs ins Gesicht blickte und ihr sagte *Nimm mir alles*. Denn ehrlich gesagt hatte mir das Leben bereits meinen Vater, meine beste Freundin und meine Zukunft genommen. Was waren angesichts dessen da schon ein paar – wenn auch große – Stücke herumwirbelndes Besteck?

Der Jongleur fing die Messer einzeln wieder auf und verbeugte sich in einer fließenden Bewegung. Die Menge jubelte. Über mir tauchte seine Hand auf, und er half mir auf die Beine, wobei er mich zur Begutachtung im Kreis drehte. Ich verbeugte mich ebenfalls. Die Leute klatschten erneut.

Ich tat so, als würde ich meine Gliedmaßen befühlen, als müsste ich kontrollieren, dass noch alle intakt waren. Um mich herum ertönte Gelächter.

Lukes Gesicht, blass und finster, stach allerdings heraus. Im Gegensatz zum Rest lächelte er nämlich nicht.

Ich entzog dem Jongleur meine Hand, winkte der Menge zu und stellte mich wieder neben ihn. »Alles gut?«

»Mir wäre es lieber gewesen, du hättest das nicht gemacht.« Mit einer zitternden Hand rückte er seine Brille zurecht.

»Mir geht's gut. Das ist doch ein Profi.«

»Es gibt keine Profi-Straßenkünstler.«

»Na ja, dann ist er eben so nah an einem dran, wie es nur geht. Ist ja nichts passiert.«

Er fuhr sich mit einer Hand durch sein normalerweise ordentliches Haar. »Ich weiß. Aber nachdem ich dich vorhin gesehen hab, komplett blutüberströmt …«

Ein ungewohntes Brennen schnürte mir die Kehle zu. Ich hatte nie darüber nachgedacht, dass meine verrückten Entscheidungen auch jemand anderen beeinflussen konnten, dabei hatte er sich Sorgen um mich gemacht.

»Tut mir leid, dass ich dir Angst eingejagt hab.« Ich drückte seine Hand. »Aber jetzt ist es ja vorbei. Lass uns was anderes machen. Irgendwelche Vorschläge?«

»Etwas, bei dem keine Waffen vorkommen.«

Mit meiner Hand in seiner, führte er mich die Straße hinunter und blieb stehen. »Ich hab eine Idee. Wenn ich es finden kann. Warte hier.«

Er flitzte zu einer Gruppe von Leuten hinüber und sprach sie an. Ein Junge zeigte auf etwas. Ein anderer schüttelte den Kopf und widersprach, wobei er in eine andere Richtung deutete. Alle nickten sie. Luke winkte ihnen zum Abschied und kam zurückgejoggt.

»Komm mit«, meinte er.

Ich folgte ihm. »Wohin gehen wir denn?«

»Das wirst du schon sehen.«

»Nicht mal ein Tipp?«

Er unterdrückte ein Lächeln. »Nö.«

»Aber du hast gesagt, *keine Waffen* ...« Ich tat so, als würde ich angestrengt nachdenken. »Eine Lesung von Gedichten?«

»Ich mag Literatur, keine Folter.«

»Bierpong? Ein Volksmusikkonzert? Nacktbaden im Fluss?« Ich hatte absichtlich Dinge erwähnt, die er hasste. Die Menschenmenge hatte mir neue Energie verliehen, und ich war wieder bereit für ein neues Abenteuer.

»Ja«, sagte er. »Klar, Nacktbaden. Wie bist du bloß darauf gekommen?«

Seine hochgezogenen Augenbrauen ließen mir die Hitze in die Wangen schießen. Warum hatte ich das bloß gesagt?

Er grinste verschmitzt. »Da sind wir.«

Ich starrte das dreckige Schild mit einem verblichenen Löwen darauf an. »Eine zwielichtige schottische Bar? Du weißt echt, wie man ein Mädchen ausführt.«

Luke grinste nur.

Drinnen ging er an den nach Bier riechenden Gästen vorbei und direkt auf den hinteren Teil zu, wobei er mich mit einer Hand auf meinem unteren Rücken leicht in die richtige Richtung lenkte. Diese einfache Berührung jagte wellenartige Schauer meine Wirbelsäule hinauf.

Die Tür bemerkte ich erst, als er sie aufdrückte.

Abrupt blieb ich stehen.

Der Raum war größer als erwartet, mit einer kleinen Bühne, auf der ein einzelner Mikrofonständer und ein Hocker standen. Den restlichen Platz nahmen Klappstühle ein. Ein Typ in einem Kilt stand neben dem Hocker und hatte ein Mikro in der Hand.

»Ein Kabarett-Club?«, fragte ich.

»Eher so was wie eine Bar, in der Leute etwas aufführen können.«

Wir setzten uns hin und hörten dem Typen beim Witzereißen über Football, die Engländer, *Doctor Who* und seinem Kleinkind zu.

Ich musste mich konzentrieren. Sein schottischer Akzent war stärker als der des Jongleurs. Mehrmals brauchte ein Wort in meinem Kopf für die Übersetzung länger, sodass ich später als alle anderen lachte, wenn ich den Witz endlich verstand.

Nachdem das vier- oder fünfmal passiert war, wurde der Comedian darauf aufmerksam.

Er fing meinen Blick auf. »Ach, wie es scheint, haben wir da jemanden, der ein klitzekleines bisschen doof ist.«

»Vielleicht ist dein Akzent ja ein bisschen doof.« Die Worte waren heraus, noch bevor ich sie aufhalten konnte.

Luke schnaubte belustigt.

Das Publikum lachte.

Der Comedian trat an den Bühnenrand und spähte hinunter. Im Raum gab es keine wirkliche Bühnenbeleuchtung, deshalb konnte er mich leicht erkennen.

»Amerikanerin, was? Was hat dich denn nach Edinburgh verschlagen?«

Ich wusste nicht viel über Schottland. Mit Sicherheit nicht genug, um einen Witz darüber machen zu können. Mit Klischees zu Whiskey, Kilts und *Braveheart* würde ich nicht weit kommen. Doch da fiel mir Lukes Kommentar zu den Schotten und Iren wieder ein.

Ich sah mich im Raum um und tat so, als wäre ich verwirrt. »Edinburgh? Da muss ich einmal falsch abgebogen sein. Ich dachte, ich wäre in Dublin.«

Damit lieferte ich ihm die Vorlage für einen ausufernden Schotten-gegen-Iren-Monolog, der vielleicht lustiger gewesen wäre, wenn ich Schottin oder Irin gewesen wäre. Doch schon bald schlenderte er wieder auf mich zu.

»Hat man dir denn schon viel über die schottische Art beigebracht, Mädel? Na los, du kannst mich alles fragen.«

Ich zog eine Schnute. Dann deutete ich mit dem Kinn auf ihn. »Ist der echt?«

»Mein Bart oder mein Kilt?«

»Ich meinte den Bart. Keiner hier will einen Beweis dafür, dass der Kilt echt ist.« Ich erschauderte gespielt. Ein paar Leute kicherten.

Er zog an seiner beträchtlichen Gesichtsbehaarung. »So echt wie der von William Wallace.« Er blinzelte und deutete auf mein Kinn. »Ich wette, dazu gibt es etwas zu erzählen.«

»Gibt es.« Ich ließ meinen Blick über das Publikum schweifen. »Seid ihr bereit für die actionreiche, gefährliche und draufgängerische Geschichte einer Heldin?«

»Ach, hier in Schottland lieben wir tapfere Heldensagen.«

»Na gut.« Ich stand auf und ließ meine Stimme absichtlich dramatisch klingen. »Sie beginnt mit einem hilflosen Mädchen, weit weg von zu Hause und verloren in einem fremden Land.«

Die Reaktionen der Leute reichten von hochgezogenen Augenbrauen über ein Lächeln bis hin zu leisem Kichern.

»Dieses Mädchen machte sich auf in eine große, britische Institution namens Bahnhof, ein wilder und furchterregender Ort.«

Während ich sprach und nacheinander mit mehreren Menschen Blickkontakt aufnahm, spann ich eine Geschichte zu der armen Amberlyn, einer Touristin, die von einem hinterhältigen Dieb angegriffen wurde, und meinen Bemühungen, sie vor dem knappen Tod durch einen heranpreschenden Zug zu bewahren, wobei ich mein eigenes Leben aufs Spiel setzte.

»Das hier«, ich deutete auf mein Kinn, »war eine geringfügige und akzeptable Wunde angesichts der Tatsache, dass ich dafür ein Mädchen in Not retten konnte. Mein Dank gebührt dem ausgezeichneten Krankenhaussystem dieses großartigen Landes.«

Ich verbeugte und setzte mich, die Leute lachten und grinsten.

»Das nenn ich mal eine Erzählung, Mädel. So wie du dir das gerade zusammengedichtet hast, könntest du auch gut als Schottin durchgehen.« Der Comedian schloss mit ein paar weiteren Witzen und übergab das Mikro an jemand anderen. Beim Abgang blieb er bei unseren Sitzen stehen, verbeugte sich und nahm meine Hand, um einen Kuss darauf zu hauchen.

Der nächste Kerl war nicht mehr so witzig, also schlüpften Luke und ich wieder hinaus.

»Das war lustig«, sagte ich, als wir zurück zur Straße kamen. »Wie bist du denn darauf gekommen?«

»Ich hab gesehen, dass es dir Spaß macht, vor Leuten zu reden. Ich dachte mir, dass dir das gefallen könnte.«

»Wusstest du, dass das so ... interaktiv sein würde?«

»Das ist zwar nicht immer so, aber Amateur-Comedians beziehen oft ihr Publikum mit ein. Außerdem hatte ich schon so eine Ahnung, dass so was in der Art passieren könnte, wenn du dabei bist.«

»Das nehme ich mal als Kompliment.«

»Du bist so eine Person, der Dinge passieren, Britt Hanson, ob dir das gefällt oder nicht. Wobei ich glaube, dass dir das schon gefällt.«

Die Wärme in Lukes Blick und seiner Stimme ließen es wie etwas Gutes klingen.

»Gefällt es *dir* denn?« Plötzlich musste ich das wissen.

»Ich weiß ja, wie ich heimkomme, falls ich früher zurück will.« Trotz seines unbeschwerten Tonfalls war sein Gesichtsausdruck ernst.

Aber meinte er damit, dass ihm die Aufregung gefiel, die ich auf mich zog, oder dass *ich* ihm gefiel?

Wie in einer Blase gefangen, standen wir zu zweit da, der Rest der Straße schien weit weg und gedämpft. Luke lehnte sich nach vorne, der Abstand zwischen uns wurde immer kleiner. Ich beugte mich leicht zu ihm, ohne mich bewusst zu der Bewegung entschieden zu haben.

»Hey, alles klar bei euch?«, rief eine Stimme.

Ich erschrak und taumelte rückwärts. Der Jongleur von vorhin kam auf uns zu.

»Wenn das mal nicht mein bereitwilliges Opfer ist. Ich bin Max.« Er lüftete seine karierte Mütze.

»Britt«, sagte ich. »Das ist Luke.«

»Dein Freund ist ganz schön blass geworden, als ich ihm vorgeschlagen hab, mir zu helfen, aber als du dann da vorne lagst, war er komplett weiß im Gesicht.«

Luke korrigierte ihn nicht, genauso wenig wie ich.

Max strich sich seine langen Haare glatt. »Ich sollte mich wohl geschmeichelt fühlen, dass du mir genug vertraut hast, um dich als Freiwillige zu melden.«

Ich zuckte mit den Schultern. »Ich hab mich mutig gefühlt. Wo hast du das denn gelernt? Bist du eines Morgens einfach so aufgewacht und hast gedacht: *Ich will über irgendwelchen Fremden Messer in die Luft werfen?*«

Er drehte seine Mütze in den Händen. »Jonglieren hab ich schon als ganz kleiner Junge gelernt, aber an einem Abend hab ich mal einen Kerl hier gesehen, der hat mit Kettensägen jongliert. Die Leute haben es geliebt. Also bin ich von Bällen zu Baseballschlägern und dann zu Holzmessern übergegangen.«

»Kann ich mal deine Hände sehen?«

»Hä?«

Ich nahm seine Hände und schaute sie mir genauer an. »Du hast noch alle deine Finger.«

Er lachte. »Lange Zeit habe ich keine echten Messer benutzt. Bis ich mir sicher war, dass ich es konnte.«

»Was war die schlimmste Verletzung, die du dir je zugezogen hast? Oder nein, warte ... Was ist die schlimmste Verletzung, die du je so einem idiotischen Freiwilligen wie mir zugefügt hast?«

»Was mich angeht, Kratzer und Schnitte. Einem Freiwilligen ist noch nie was passiert. Aber einmal ist mir ein Messer runtergefallen. Hab den armen Kerl ganz schön erschreckt.«

Das konnte ich mir gut vorstellen. »Wie übst du?«

»Stundenlang, jeden Tag, mit stumpfen Messern, die dasselbe Gewicht haben wie die echten und genauso in der Hand liegen.«

»Und zahlt es sich aus?«

»Britt«, tadelte Luke.

»Was denn? Ich bin einfach neugierig, ob ich mir auch als Straßenkünstlerin mein Geld verdienen könnte.«

Max schmunzelte, ihn schien meine unhöfliche Fragerei nicht zu stören. »Eigentlich studiere ich an der Universität. Ich mach das bloß nebenher zum Spaß.«

»Tut mir leid, dass sie so neugierig ist«, meinte Luke. »Sie ist Amerikanerin.«

Ich knuffte ihn leicht in die Seite.

Max grinste und setzte sich schwungvoll seine Mütze wieder auf. »Kein Problem. Es ist doch nett, wenn sich jemand für einen interessiert. Wünschte, meine Mom fände das so cool wie du. Genieß die Zeit in Schottland.« Er winkte und ging davon.

KAPITEL 23

Abseits der *Royal Mile* bogen wir in eine ruhigere Straße ein und gingen auf eine Burg auf einem Berg zu. Das Gebäude strahlte wie ein riesiger Leuchtturm, doch die Gassen wurden nur von wenigen Laternen erhellt, wodurch die dunklen Abschnitte länger waren.

»Na ja«, sagte ich, »wenigstens habe ich gelernt, dass Straßenkünstler und Stand-up-Comedian keine allzu schlimmen Berufsoptionen sind. Oder Zauberer-Assistentin vielleicht.«

»Woher willst du das wissen?«

»Es macht mir nichts aus, wenn jemand über mir mit Messern jongliert. Man könnte mich auch entzwei sägen oder verschwinden lassen.«

»Dann müsstest du dir aber Glitzeroutfits anziehen.«

»Puh. Dann lieber nicht.«

Der schrille Klingelton von Lukes Handy durchbrach die Stille der Nacht. Ich wusste zwar nicht genau, wie viel Uhr es war, für einen Anruf aber definitiv spät.

Er schaltete es aus.

»Ignorierst du deinen Dad immer noch?«

»Ich bin noch nicht bereit, mich mit ihm auseinanderzusetzen.«

»Deswegen bist du mitgekommen, oder? Um vor ihm wegzulaufen.« Wir kamen an einem Pub vorbei, aus dem Lärm und Licht herausströmten, gingen jedoch weiter, zurück in die Stille. »Ist das denn hilfreich?«

Er bedachte mich mit einem ernsten Blick, in seinen Augen loderte ein Feuer, das meine Seele in Brand steckte. »Auf so viele Arten.«

Diese Aussage zu dechiffrieren war definitiv eine schlechte Idee. Ich räusperte mich. »Was will er denn deiner Meinung nach? Er hat ja mehrmals angerufen.«

Luke starrte mich einfach weiter an, doch als ich ihn immer noch nicht ansah, sagte er: »Wahrscheinlich, um mir zu sagen, dass ich nach Hause kommen soll. Um sich noch mal zu entschuldigen. Und zu fragen, ob ich die Wasserrechnung bezahlt habe.«

Ich vergaß immer wieder, dass seine Zukunft genauso unsicher war wie meine. Er wirkte so ruhig, so selbstsicher, dass es mir unmöglich erschien, dass er nicht die geringste Idee dazu hatte. »Weißt du denn schon ungefähr, was du tun willst?«

»Irgendwelche Vorschläge?«

»Ich führe auch für dich eine Liste.« Ich zählte die Möglichkeiten an einer Hand ab. »Hörbuchvorleser, Angestellter im Reisebüro – kein Stadtführer, sondern der Kerl, der alles organisiert –, Quizshowteilnehmer und Wohnwagen-Klempner.«

»Ziemlich ausführlich. Danke dir.«

Wir gingen durch einen Park, der tagsüber voller Grünflächen und Bäume gewesen wäre, jetzt aber nur aus einer Ansammlung von Schatten bestand. Ich blieb stehen. Drehte ihn in meine Richtung, sodass er mich ansah. Atmete ein, als würde ich mich auf einen Tauchgang im tiefen Wasser vorbereiten. »Du musst Lehrer werden.«

Er zog eine Grimasse.

Ich hielt eine Hand hoch, bevor er zu diskutieren anfangen konnte und hoffte, dass er nicht sauer werden würde. »Lass mich ausreden. Ich verstehe, warum du nicht nach Oxford gehen willst. Wirklich. Aber du musst ja nicht genau dorthin gehen, um Lehrer zu werden. Du bist von Natur aus der geborene Lehrer, so was habe ich noch nie gesehen. Sogar ich will was lernen, wenn du kluge Sachen sagst.«

Sein Gesicht wurde weicher.

»Dir ist das Fach wichtig, und du willst den Schülerinnen und Schülern etwas beibringen. Du erklärst Dinge so, dass sie Sinn ergeben. Und obwohl du behauptest, dich selbst von der Idee abbringen zu wollen ... Schau doch bloß, wie du das machst!«

»Wie meinst du das?«

»Du versuchst, einem Literaturstudium zu entkommen, indem du mir bei einem, *auf Literatur basierenden,* Roadtrip folgst. Du hilfst mir dabei, C. S. Lewis und Jane Austen zu verstehen, über Themen zu diskutieren und berühmte Werke zu zitieren.« Ich wartete darauf, dass meine Worte bei ihm ankamen. »Ich sage ja bloß, dass du anscheinend nicht *allem* entkommen wolltest.«

Er scharrte mit den Füßen auf dem Boden herum und ging dann langsam weiter. »Vielleicht wollte ich ja bloß Zeit mit einer schönen, verrückten Amerikanerin verbringen?«

Ich grinste spitzbübisch. »Hast du mich gerade *schön* genannt? Oder wolltest du eigentlich *mit einer ganz schön verrückten Amerikanerin* sagen?«

»Nein, wollte ich nicht. Das waren zwei getrennte Adjektive, von denen dich beide genauestens beschreiben. Obwohl ich nach der Aktion mit den Messern glaube, dass *verrückt* noch etwas mehr überwiegt.«

»Jetzt hast du das ganze Kompliment ruiniert, du Genie.« Eine Welle der Erleichterung erfasste mich, als er nicht weiter auf die andere Antwortmöglichkeit einging. »Aber du wechselst das Thema. Wir haben doch gerade noch über dich und das College geredet.«

»Mein Lieblingsthema.«

»Du musst doch ein paar Optionen haben. Du bist klug. Wie wär's denn mit hier? Mit der Universität von Edinburgh?«

»*Eton* ist eine reine Jungenschule.«

Die Straße schlängelte sich nach oben, an einer Kirche mit Bogenfenstern, Türmchen und einem hohen Glockenturm vorbei. In der Dunkelheit wirkte der Stein schwarz.

»Du weißt schon, was ich meine. England ist doch ein großes Land. Da muss es doch mehr als bloß einen Ort geben, an dem man aufs College gehen kann. Und erzähl mir jetzt nicht, dass du dich sonst nirgends beworben hast. Dafür bist du viel zu vorausschauend.«

Er zuckte mit den Schultern. »Ich hab in meiner Bewerbung auch andere Universitäten angegeben, den Platz in Oxford aber schon offiziell angenommen, also ist es dafür jetzt zu spät.«

»Ich hätte nicht gedacht, dass du so leicht aufgibst.«

»So wie Leute, die etwas aufgeben, bevor es überhaupt angefangen hat?« In seinen Augen blitzte es. Er rückte ein winziges Stück näher, reckte das Kinn, als würde er mich herausfordern, hielt jedoch absichtlich ein paar Zentimeter von meinem Gesicht entfernt an.

Meinte er damit *uns*? Mein Herz stotterte. Nahm zu schnell wieder Fahrt auf. Ich starrte auf seine Lippen, konzentrierte mich dann aber auf einen Punkt über seiner Schulter, wo die Lichter der Stadt unter uns funkelten.

Ich schluckte. »Ich bin müde. Können wir gehen?«

Er erwiderte nichts, doch als ich ihn weiterhin nicht ansah, starrte er auch nach unten. Obwohl wir schweigend zurückgingen, hielt er meine Hand, unsere Finger waren ineinander verschränkt. Selbst wenn ich uns vielleicht keine Chance gab, hatte er vor, so viel zu nehmen, wie ich ihm gab. Ich brachte es nicht übers Herz, mich komplett zurückzuziehen. Ein Teil von mir wünschte, er würde es darauf ankommen lassen, mich einfach darauf ansprechen. Aber war er dafür zu sehr Gentleman? Oder war es ihm doch nicht so wichtig, wie ich dachte?

Vor meiner Tür hielt er an.

»Danke, dass du mit mir rausgegangen bist. Das war lustig.« Ich kramte meinen Schlüssel aus der Hosentasche hervor, machte aber keine Anstalten, ihn auch zu benutzen. »Sorry, wenn du jetzt wegen mir sauer bist.«

»Ich bin nicht sauer wegen dir.« In dem leisen Flur war seine Stimme wie ein Brummen. »Ich fand es auch lustig.«

»Machst du so was öfter? Einfach raus in die Stadt gehen?«

»Eigentlich ist das nicht gerade meins. Ich bleibe lieber zu Hause.« Nicht überraschend. »Was ist mit dir?«

»Ich weiß, dass du das von mir denkst, aber nein. Ich wohne in einer Kleinstadt und das Einzige, was da noch bis spät abends offen hat, ist der Donut-Laden. Oder der *In-N-Out* in der nächsten Stadt. Außerdem habe ich mich immer auf Fußball konzentriert. Gesund essen, viel schlafen, früh aufstehen, um zu laufen oder zum Training zu gehen.«

Keine engen Freunde zu haben war auch hilfreich. Meine Mannschaftskameradinnen luden mich zwar zu Sachen ein, aber normalerweise sagte ich immer nur zu, wenn es um Essen oder ein Spiel ging.

Wir schwiegen. Zeit mit Luke zu verbringen, musste mir dringend weniger Spaß machen. Wir hatten höchstens noch drei Tage. Außerdem kannte ich seine Gefühle ja gar nicht. Ich wusste, dass er gerne mit mir abhing und gesagt hatte, er wäre froh, mitgekommen zu sein. Mir Komplimente machte. Aber angesichts der Tatsache, wie dringend er von zu Hause weggewollt hatte, hätte er dann nicht gegenüber jedem so empfunden?

Ach, wem machte ich da eigentlich etwas vor? Wenn ich ihn gelassen hätte, hätte er mich schon längst geküsst.

Das Schweigen dehnte sich so weit aus, dass es den ganzen Flur ausfüllte, warm und behaglich, doch von einer unterschwelligen Unsicherheit getrübt.

Er räusperte sich. »Wir sollten lieber ins Bett gehen. Der Zug morgen geht früh.«

Ich nickte.

»Vergiss nicht, dass deine Naht nicht nass werden darf.« Mit den Fingern fuhr er zärtlich an meinem Kiefer entlang und hielt kurz vor der Bandage an meinem Kinn inne, wovon ich eine Gänsehaut bekam.

»Ja, Doc.« Meine Stimme brach. Mein Gesicht schmiegte sich an seine Finger, als wäre meine Haut noch nicht bereit, seine Berührung aufzugeben.

»Gute Nacht, Pilgerin.« Er ließ seine Hand sinken, wartete jedoch noch einen Herzschlag lang.

Als ich mich nicht bewegte, schlurfte er zu seiner Tür hinüber.

Ungeschickt versuchte ich, den Schlüssel ins Loch zu pfriemeln, währenddessen wartete er, sodass wir uns immer noch ansahen, als wir unsere Zimmer betraten, und uns dann gleichzeitig aus den Augen verloren.

Als ich mir meinen Schlafanzug anzog, war ich seltsam außer Atem. Es wurde immer schwerer, ihm zu widerstehen – und mich daran zu erinnern, warum ich das aber tun musste.

Ich zwang meine Gedanken in eine andere Richtung. Was genau hatte ich heute Abend so genossen? Von Lukes Anwesenheit einmal abgesehen. Die ich gar nicht so sehr hätte genießen dürfen …

Den Adrenalinrausch wegen der Messer. Die Menschenmenge. Das Publikum zu unterhalten. Etwas über Max' Karriere als Messer-Jongleur erfahren zu haben.

Ich hatte das Gefühl, dass das etwas bedeutete. Aber ich wusste nicht genau, was.

Am nächsten Morgen wurde ich von einem Hämmern geweckt. Ich rollte mich auf die andere Seite und vergrub den Kopf unter meinem Kissen, doch das Hämmern hörte nicht auf.

»Was?«

»Zeit zum Aufstehen.« Alexis' Stimme war viel zu munter für … ich rollte mich wieder zurück … sechs Uhr morgens. War die Sonne überhaupt schon aufgegangen?

»Zu früh.«

»Nach Inverness ist es ziemlich weit«, sagte sie durch die Tür hindurch. »Du wolltest doch früh loskommen.«

Das hatte ich tatsächlich gesagt … Bevor ich mich dazu entschlossen hatte, noch bis zwei Uhr nachts rauszugehen. »Gut. Komme.«

Ich schälte mich aus dem Bett, ignorierte den Schmerz in meinem Kinn und zog mich an, ohne zu duschen. Wenn ich meinen Kopf schon nicht unter brühend heißes Wasser halten konnte, würde mir das auch nichts bringen.

Im Flur wartete Al mit Kaffee und Luke mit Aspirin. Auf dem Weg zum Bahnhof schluckte ich beides zusammen hinunter.

Während ich die vorbeiziehende Hügellandschaft betrachtete, trank ich den riesigen Kaffee aus. Je weiter hoch wir in den Norden kamen, desto schroffer und wilder wurde die Natur. Ich stellte mir vor, dass vielleicht eine nette Hexe einen Wagen voller magischer Süßigkeiten vorbeischob oder ein riesiger Frosch vorbeihüpfte. Ein Teil meiner Sorgen legte sich, und langsam verging auch die Müdigkeit. Ich war auf dem Weg zu einem echten Schloss! In meinem Inneren summte es.

»Du musst echt müde sein«, meinte Luke. »Ich hab dich noch nie so ruhig erlebt, außer, als du dein Gesicht nicht bewegen konntest.« Er stupste mit dem Finger in Richtung meines Kinns, ohne es zu berühren. »Aber heute kannst du es *schon* bewegen, oder?«

Ich schlug seine Hand weg. Ich wollte sie halten, zwang mich allerdings dazu, den Impuls zu ignorieren.

Zeit, ernst zu werden. Nach diesem Hinweis hier blieb nur noch einer, und ich konnte es nicht gebrauchen, von einem süßen Jungen, den ich vermutlich nie mehr wiedersehen würde, abgelenkt zu werden. Ich musste mich konzentrieren.

Aber erst später. Wenn der Kaffee reinhaute.

Inverness war größer als ich erwartet hatte, angesichts der Tatsache, dass ich das Gefühl hatte, wir wären am Ende der Welt angekommen. Wir waren an einsamen Burgen und zerklüfteten Bergen vorbeigefahren. Durch die Stadt floss ein breiter Fluss, außerdem gab es dort ebenfalls eine Burg und mehrere Kirchtürme. Alles war in demselben leuchtenden Grün gehalten, als hätte jemand einen Eimer Farbe – vielleicht Frühlingsblätter oder schottischen Smaragd – darüber gegossen.

Es war schön und wild und fühlte sich fremder an als London. In der kühlen Luft lag Magie.

Von Inverness aus nahmen wir ein Taxi zu *Cawdor Castle*, dem fiktiven Zuhause von Macbeth. Ich hatte geplant, eine Tour durch das Schloss, die Gärten und den Wald zu machen und mir das Beste bis zum Schluss aufzuheben – auf der Website stand nämlich, dass es einen Irrgarten gab, was auch zu meinem Hinweis passte.

Die Fassade sah allerdings nicht sehr schlossmäßig aus. Eher wie ein großes Anwesen aus Stein als eine Festung.

Der Fußweg zum Eingang, der von gewaltigen Büschen gesäumt wurde, führte zu Steinwänden, die ein Türmchen zierte. Ein echtes Schloss-Merkmal stach allerdings heraus – eine Zugbrücke. Zwei Balken ragten vom Eingang aus hoch über unseren Köpfen auf und waren über Ketten an einer Holzbrücke darunter festgemacht.

Ich beugte mich nach vorne, doch der Burggraben unter der Brücke war nicht mit Wasser gefüllt, sondern einfach nur ein normaler, mit Wiese bewachsener Graben. »Glaubst du, die hatten damals Alligatoren? Oder einen Troll?«

»Klar«, antwortete Luke. »Ganz sicher hatten die einen Troll.«

»Ich meine ja bloß. Ich hätte nämlich echt gerne einen, der mein Schloss bewacht.«

»Ich werd's mir aufschreiben und dir einen kaufen, sobald du dann auch *ein Schloss* hast.«

Die Vorstellung ließ Funken in meiner Brust explodieren, weil sie eine Zukunft versprach. Nicht, dass ich jemals ein Schloss besitzen würde. Hundert Riesen würden da wohl kaum ausreichen. Doch die Vorstellung von Luke in dieser Zukunft, in meinem Leben ... Allerdings sollte ich es mir nicht erlauben, darauf zu hoffen. Ich mochte Hoffnung nicht. Die enttäuschte einen bloß.

In der Wand über dem Torbogen war eine alte Glocke eingelassen, neben einem Schild, auf dem *SEI WACHSAM* stand, mit dem eingravierten Schädelknochen eines Hirsches.

»Fröhliche Art, die Leute willkommen zu heißen«, murmelte ich. Doch tatsächlich war das eine bitter nötige Warnung, sowohl auf mein Herz als auch auf meine Schritte zu achten.

Es gab keine Führungen, weshalb es uns dreien selbst überlassen war, das Innere zu erkunden. Die ersten Räume erinnerten an schicke Wohnzimmer voller Krimskrams und Familienfotos. Einen Raum schmückten Wandteppiche, während in einem anderen Porträts von Männern in karierten Schottenstoffen hingen, die große Pistolen in der Hand hielten oder Hunde streichelten.

»Das erinnert mich aber jetzt alles nicht so an Shakespeare.« Nicht, dass ich irgendwas über die Einrichtung oder Kunst zu Shakespeares Zeiten gewusst hätte.

»Weil die Burg im fünfzehnten Jahrhundert um einen Wohnturm herum erbaut wurde«, erklärte Luke. »Macbeth spielt im elften Jahrhundert. Außerdem wohnen hier Leute.«

Ich blieb stehen, um ein Himmelbett mit dicken, roten Vorhängen zu betrachten, das ich eigentlich eher in einem Theater vermutet hätte. Ich hätte Angst, von denen im Schlaf erdrückt zu werden. »Woher weißt du das?«

»Das hab ich gestern nachgeschaut. Ich weiß gerne Bescheid.«

Erneut blieb ich abrupt stehen. Ich ging die letzten Tage noch mal im Kopf durch. »All dieses unnütze Wissen über Autoren und Bücher und Orte, an denen wir waren? Das hast du also nicht einfach so gewusst?« Theatralisch ließ ich eine Hand zur Brust schnellen. »Ich fühle mich ja *so* hinters Licht geführt.«

Er zuckte nur mit den Schultern, ohne peinlich berührt zu sein. »Ein paar Sachen wusste ich. Ich hab letzten Monat ja wirklich eine umfassende Literaturprüfung geschrieben. Wenn wir aber einen Ort besucht haben, den ich noch nicht so gut kannte, hab ich ein bisschen nachgeforscht.«

»Zum Spaß?«

Er lächelte, während wir durch eine alte Küche schlenderten, die mit antiken Gerätschaften dekoriert war. »Ob du's glaubst oder nicht, ja. Ich finde Wissen nämlich unterhaltsam. Und dir scheint so ›unnützes Wissen‹ ja auch zu gefallen.«

Hm. »Vermutlich schon. Allerdings würde es mir nie einfallen, das alles nachzulesen.«

»Sieh es als Hobby. Jedes Mal, wenn ich irgendwo hingehe, wo ich noch nie war, oder von einem neuen Thema höre, will ich mich darüber informieren.«

»Na ja, dann danke, dass du dein Wissen mit mir teilst.«

Wenn Luke Fakten in eine normale Unterhaltung einfließen ließ, fand ich Lernen nicht langweilig. Er gab mir das Gefühl, klüger zu sein. Ebenbürtig. Nicht, als ob er es nötig hätte, eine dumme Freundin zu belehren, sondern so, als nähme er an, dass es mich interessierte und er einfach die Freude an dem Wissen mit mir teilen wollte, um mich in seine Welt einzulassen. Ich konnte nicht verhindern, dass sich ein leichtes Lächeln auf meinem Gesicht ausbreitete.

Nachdem wir mit der Tour durchs Haus fertig waren, gingen wir weiter zu einem Blumengarten. Büsche explodierten vor lauter Lila und Pink, und die Hecken waren zu aufwendigen Formen zurechtgeschnitten, so ordentlich, dass sie hier wahrscheinlich das ganze Jahr über eine Armee von Gärtnern auf Trab hielten. Der Kiesweg führte vom Garten in einen stillen Wald hinein.

Jetzt hatte ich wirklich das Gefühl, eine Verbindung zu Macbeth aufzubauen. Mit Moos und wildem Wein überwucherte Bäume säumten den Pfad, riesige Farne schmiegten sich um ihre Stämme. Ab und zu tauchten hinter Baumlücken Felder mit blassblauen

Waldblumen auf. Ein supersüßer, blumiger Geruch erfüllte die Luft, und Bächlein und winzige Vögel sorgten für die klassischen Hintergrundgeräusche eines Waldes.

Auf einer Lichtung unter alten Bäumen blieb ich stehen. »An so einem Ort kann ich mir Hexen gut vorstellen, nach Einbruch der Dunkelheit, in einer kalten, nebligen Nacht.«

»Was würdest du denn gerne von denen wissen wollen?«, fragte Luke.

»Nichts. Für Macbeth ist das schließlich nicht so gut ausgegangen. Außerdem ist es ja nicht so, dass die Zukunft in Stein gemeißelt ist. Prophezeiungen bringen die Dinge nur durcheinander.«

Er lehnte sich an einen Baumstamm. »Sie könnten aber als Richtungsvorgabe dienen.«

»Aber wie viele Leute könnten schon etwas über ihre eigene Zukunft erfahren, ohne dann etwas Dummes zu tun? Selbst wenn man das Stück gelesen hat, und mit dem Wissen, wie Macbeth die Dinge selbst in die Hand genommen hat. Wenn ich herausfände, was aus mir werden würde, würde ich vielleicht immer noch versuchen, alles auf meine Art und Weise geschehen zu lassen.«

In seiner Wange erschien ein Grübchen. »Wahrscheinlich, weil du so ungeduldig bist.«

Ich knuffte ihn in den Arm, wobei ich meine Hand eine Sekunde zu lang an seinem Oberarm ließ. »Wahrscheinlich, weil ich auch nur ein Mensch bin. Also, was können Sie mir über Macbeth beibringen, Professor?«

»Eine der meistgestellten Fragen zu dem Stück ist, ob Macbeth trotzdem König geworden wäre, wenn er nicht den amtierenden getötet hätte. Hätte sich die Prophezeiung auch von selbst erfüllt, wenn er nichts getan hätte?«

»Und was sagst du dazu?«

»Dass das dein Wettbewerb und deine Meinung sind, die zählen.« Er grinste.

»Sehr hilfreich.« Ich schubste ihn leicht.

Er schubste mich zurück, ganz so, als ob keiner von uns beiden es ertragen könnte, uns für ein paar Minuten nicht zu berühren, weshalb wir zu der sichereren Methode übergingen, uns zu necken.

Ich klatschte mit der flachen Hand gegen einen niedrigen Ast. »Ich schätze, dass es wieder mal auf dieses Schicksalsding hinausläuft. Ob er immer König geworden wäre oder ob sein Ehrgeiz ihn erst zu einem gemacht hat.« Ich war mir nicht sicher, welche Option mir besser gefiel: Dass ich meine Zukunft nicht ändern konnte, oder dass ich sie vielleicht vergeigen konnte. »Wussten die Hexen denn, dass sie diese Verkettung von Ereignissen auslösen würden, indem sie es ihm sagten? Irgendwie kommt es mir so vor, als ob man das ganze Chaos auch hätte vermeiden können, wenn sie einfach den Mund gehalten hätten.«

Wir verließen den Wald, und da erblickte ich den besten Teil.

»Der Irrgarten!« Ich sprang auf ihn zu. »Ich wollte schon immer mal ein Heckenlabyrinth erkunden.«

»Dann sehen wir uns am Ausgang wieder«, meinte Al. »Wenn du ihn denn findest.«

»Deine Zweifel verletzen mich. Falls ich in zwei Stunden noch nicht wieder draußen bin, räche meinen Tod.«

»Ich werde einen Suchtrupp losschicken«, erwiderte sie.

»Das ist aber nicht dasselbe.«

»Rache steht jenseits meiner Bezahlung.«

»Nach unserer ganzen gemeinsamen Zeit trifft es mich schon, dass du das nicht tun würdest. Einfach, um unsere Freundschaft zu ehren, Al.«

Sie ging los, auf der Suche nach dem Café, und wir machten uns auf den Weg zum Irrgarten.

Die ordentlich geschnittenen Hecken waren mindestens zweieinhalb Meter hoch. Perfekt. So konnte man nicht schummeln. Wir gegen die Hecke. *Dann mal los, ihr Büsche.*

Um hineinzugelangen, mussten wir durch einen von wildem Wein überwucherten Torbogen aus Stein gehen. Auch hier war eine

Warnung darüber angebracht: *Nehmt euch in Acht, alle, die ihr hier eintretet.* Wir betraten eine kühle, schattige Welt. In der Ferne lugte das Schloss über die Hecke.

»Wenn wir uns merken, wie oft wir abbiegen ...«, begann Luke.

»Sprich. Diesen. Satz. *Nicht.* Zu. Ende. Keine Logik in einem riesigen Irrgarten! Wir werden einfach drauflos laufen und uns verirren, bis wir es in die Mitte schaffen.«

»Das klingt ja lustig«, sagte er in einer Stimme, die verriet, dass das für ihn überhaupt nicht lustig klang.

»Danke, *Al.*«

Der Pfad bestand aus weicher Erde und dämpfte unsere Schritte. Die Hecken wuchsen eng zusammen, wodurch sie das meiste Licht schluckten und die Luft kühl und dick machten. Die Blätter rochen nach Pinien und Weihnachten.

»Das ist echt cool.« Ich ließ meine Finger über die kleinen, glänzenden Blätter gleiten. »Genau, wie ich es mir vorgestellt habe.«

Nachdem ich zwei Mal abgebogen war, ging ich um eine Ecke und stieß mit etwas Hartem zusammen. Der Gurt meiner Umhängetasche riss, sodass mein Notizheft, mein Handy und mein Geldbeutel in den Dreck fielen.

»Oh. Tut mir leid.« Ich trat einen Schritt zurück und rempelte Luke an.

Mein Opfer fuhr herum. Mein Opfer mit einem ausgewaschenen *Star-Wars*-T-Shirt und zu langen Haaren.

»Das ist aber nett, dass wir uns hier treffen«, meinte Peter, während er sich bückte und mein Notizheft aufhob.

KAPITEL 24

Meine Hände ballten sich zu Fäusten. Ich machte einen Schritt auf Peter zu. Lukes Finger auf meinem Arm hielten mich zurück. Seinem festen Griff nach zu urteilen, nahm ich an, dass auch er um Zurückhaltung kämpfte.

»Schönes Kinn«, feixte Peter.

»Gib das her.« Ich griff nach dem Tagebuch, doch er hielt es sich hinter den Rücken.

Ich machte einen Satz nach vorne, doch Luke hielt mich immer noch fest.

Ich verschränkte die Arme vor der Brust, damit ich Peter nicht erwürgte. »Was ist eigentlich dein Problem? Kannst wohl nicht darauf vertrauen, dass du aus eigener Kraft gewinnst, deshalb musst du uns anderen in die Quere kommen, was?«

»Ich hab gar nichts getan. Glaubst du mir das immer noch nicht?« Er blätterte mit dem Daumen lose durch die Seiten. »Erst stolperst du, dann lässt du deine Sachen fallen, und irgendwie ist das alles meine Schuld?«

Bitte lies es nicht. Ich schaute finster drein und drehte mich um, wobei ich erneut gegen Luke stieß, der wie mein persönlicher Leibwächter in meiner Nähe stand. »Wo ist überhaupt dein Betreuer?«

»Den hab ich abgehängt.«

Natürlich, gerade jetzt, da ich ganz dringend einen weiteren Zeugen gebraucht hätte. »Warum hasst du mich überhaupt?«

»Jetzt stellt sich also heraus, dass du dich gar nicht mehr daran erinnern kannst.« Wieder kräuselte er die Lippen wie ein Bösewicht. »Fünfte Klasse? Auf dem Pausenhof?«

Ernsthaft jetzt? »Das war vor sieben Jahren! Ich kann mich ja schon kaum mehr daran erinnern, was ich zum Frühstück gegessen hab.«

»›*Reise zum Mittelpunkt der Galaxie?*‹«

Ich stutzte. Bei diesem Satz klingelte etwas, jedoch so leise, dass ich es nicht benennen konnte.

Seine Kiefermuskeln spannten sich an, als könnte er es nicht glauben, dass ich immer noch keine Ahnung hatte. »Du hast ein Notizheft mit einer Science-Fiction-Geschichte darin gefunden und sie laut vorgelesen. Alle haben sich über den Text und denjenigen, der ihn geschrieben hat, lustig gemacht.«

»Was ... Warte mal ... Hast du den etwa geschrieben?« Ich wusste, dass er gerne schrieb, aber dass er in der fünften Klasse schon damit angefangen hatte?

»Ich hab wochenlang an dieser Geschichte gearbeitet. Und deine laute, nervige Stimme kann man ganz schön weit hören. Du und Ms Perfect habt gelacht, und alle anderen haben es gehört. Sie fanden, die Geschichte wäre blöd und dass der Autor dringend ein Leben bräuchte. Heather Long hat Wochen danach noch laut daraus vorgelesen.«

Warum konnte ich mich nicht mehr daran erinnern? »Das tut mir leid. Wirklich. Ich hab nie gewusst, wem dieses Notizheft gehört hat.«

Meine Entschuldigung hatte nicht die geringste Wirkung auf seinen unerfreuten Gesichtsausdruck.

»Du ... hasst mich also seit der fünften Klasse?« Klar, das war schon verheerend gewesen. Weiterzuschreiben, nachdem sich die Klassenkameraden über einen lustig gemacht hatten, bewies Mut.

Doch das war eine lange Zeit, um Ärger aufrechtzuerhalten – vor allem, da ich ihn ja nicht absichtlich verletzt hatte.

Er schlug mit der flachen Hand auf mein Notizheft. »Soll ich deines mal laut vorlesen und sehen, wie dir das so gefällt?«

Ich zuckte mit den Schultern, obwohl mein Herz hämmerte. »Dann los. Luke hat es schon gelesen.«

Trotzdem wollte ich nicht, dass Peter wusste, wie schlecht meine Texte waren.

Er schnaubte, als ob ich ihm den Spaß verdorben hätte, also musste es wohl wirklich so rübergekommen sein, als wäre es mir egal.

»Ich hätte gedacht, ausgerechnet dieser Ort würde dich daran erinnern, dass es einen Unterschied macht, ob man weiß, was man will, und danach strebt, oder betrügt, um es zu erreichen.« Ich schielte auf mein Heft. »Offensichtlich hast du kein Problem mit Macbeths Methode, aber du hast Glück, dass ich nicht so bin. Ich werde dich nicht k. o. schlagen und dich hier zurücklassen, egal wie sehr ich versucht bin, das zu tun.«

»Puh. Du hast ja *wirklich* was gelernt.« Seine höhnische Stimme durchschnitt die Luft. Sein Blick flackerte zu Luke hinüber, der immer noch angespannt schweigend neben mir stand. Er ließ mich meine eigenen Schlachten schlagen, blieb jedoch in der Nähe, falls ich Verstärkung brauchte. »Bringt dein englischer Macker dir jetzt auch was bei?«

Ich ging auf Peter zu. »Ich finde, du solltest jetzt lieber verschwinden, bevor ich es mir mit der Gewalt noch mal anders überlege.«

Peter grinste dreckig und wandte sich an Luke. »Sei vorsichtig. Sie denkt immer bloß an sich selbst und schert sich nicht darum, wem sie wehtut.«

Mit einem letzten überheblichen Lächeln in meine Richtung warf er mein Notizheft über die nächste Heckenwand, wirbelte herum und verschwand hinter einer Ecke.

»Hey! Bleib stehen, du Arschgesicht!«

Ich rannte ihm nach. Meine Schulter schrammte an der Hecke entlang, und ein Zweig stach mich, doch ich rannte einfach weiter.

Peter verschwand hinter einer weiteren Ecke und entfernte sich immer schneller. Ihm nachzujagen war weniger wichtig als mein Tagebuch zu finden. Schlitternd kam ich zum Stehen. Wo ging es in den nächsten parallelen Gang? Ich flitzte durch enge Pfade, wobei die stacheligen Äste nach mir griffen, wenn ich zu nah an ihnen vorbeirannte.

Ich spähte um eine Ecke. Kein Notizheft, also ging ich in die andere Richtung. Immer noch nichts.

Ich trat gegen das Buschwerk.

Mein Knie fühlte sich steif an. Meine Lunge brannte. Und in meinem Kinn pochte es.

Ich atmete drei Mal tief ein, um meinen Herzschlag wieder zu verlangsamen. Gut, dass meine Mannschaft mich jetzt nicht sehen konnte. Das würde mich immer wieder verfolgen.

Wer war schon sieben Jahre lang sauer? Und wer hätte gedacht, dass ein Ereignis aus meiner Kindheit, an das ich mich nicht einmal mehr erinnerte, mich noch so lange verfolgen würde? Unsere Zelte waren eine Sache. Sogar das mit den Bädern, was er weiterhin leugnete. Aber mein Notizheft? Was, wenn ich preisverdächtige Erzählungen darin aufgeschrieben hatte? Glaubte er denn, dass Ms Carmichael damit kein Problem hätte?

Der Witz ging allerdings auf seine Kosten. Dieses Notizheft würde nicht gewinnen. Ich brauchte sowieso einen anderen Plan. Peters Aktion hatte mich jetzt nur früher dazu gezwungen, etwas zu unternehmen.

Das hieß aber trotzdem nicht, dass ich wollte, dass es irgendwo in einem Irrgarten herumlag, wo es jeder finden konnte.

Gierig sog ich die Luft ein und starrte auf den schmutzigen Boden, an die Wände aus Blättern.

Während der Suche nach meinem Notizheft hatte ich Luke verloren.

Langsam joggte ich weiter. Und direkt hinter der nächsten Ecke stieß ich wieder mit jemandem zusammen. Meine Hände ballten sich zu Fäusten, bereit für Peter.

Doch die Person hielt mich an den Armen fest, und da blickte ich hoch in das Gesicht von Spence.

»Woah«, sagte er. »Warum so in Eile?«

Ich wollte nichts davon zugeben – Peters Wut auf mich, mein verlorenes Notizheft –, also zuckte ich bloß mit den Schultern. »Ich hab eben Spaß.«

Er ließ meine Arme los und musterte mich, als fände er, dass ich nicht so aussah, als hätte ich gerade sonderlich viel Spaß. »Hast du die Mitte schon gefunden?«

»Das wüsstest du wohl gerne, was? Warum? Hast *du* sie denn schon gefunden?«

Er breitete bloß nichtssagend die Arme aus und grinste. »Was ist mit den anderen? Hast du von denen wen gesehen?«

»Ich bin mit Peter zusammengestoßen.«

»Hmm. Der ist ziemlich schlimm zu dir. Schade, dass wir ihn hier nicht einsperren können, was?«

Verlockende Vorstellung, aber es war mir wichtiger, mein Tagebuch zu finden. Und zu Luke zurückzukehren. Und die Mitte zu erreichen.

Ich versuchte, ein sorgloses Lächeln aufzusetzen und wich zurück. »Ich kann auch gewinnen, ohne mich mit euch anzulegen. Halt dich nicht ewig hier drin auf.«

»Ebenso.« Er winkte, und wir gingen jeweils in die andere Richtung.

Nachdem er außer Sichtweite war, hielt ich inne.

Ich stand alleine in der Mitte des Irrgartens – na ja, nicht in der richtigen Mitte, sonst hätte ich meinen nächsten Hinweis ja schon. Gelegentlich bekam ich einen kleinen Tropfen ab. Der Geruch von nasser Erde erfüllte die Luft.

Die Stille fühlte sich an wie eine greifbare Präsenz, die die Tatsache, dass ich allein war, nur noch verstärkte. Irrgärten waren unheimlicher, wenn man allein war.

Würde Luke versuchen, mich zu finden, oder an einer Stelle stehen bleiben? Es war vermutlich einfacher, jemanden in einem Labyrinth zu finden, wenn sich bloß eine Person bewegte. Luke würde wissen, dass ich unmöglich stillhalten konnte, was wiederum bedeutete, dass er das tun würde. Es war also gut, dass ich weiter herumlief.

Das Tagebuch war vermutlich ein hoffnungsloser Fall. Vielleicht war Peter ja darüber gestolpert und hatte es mitgenommen. Vielleicht hatte ich auch Glück und fand es jetzt, da ich gar nicht mehr danach suchte. Oder vielleicht war es auch einfach weg, zusammen mit den sinnlosen Überlegungen und halbfertigen Geschichten darin.

Ich drehte mich um und ging wieder in die Richtung, aus der ich gekommen war. »Luke? Wo bist du? Kannst du mich hören?«

Während ich um eine Ecke nach der anderen bog, rief ich immer weiter, streifte nasse Blätter, aber alles blieb still. Doch dann hieß mich ein kleiner, offener Platz willkommen.

Zusammen mit drei Frauen in Umhängen.

Sie hielten Regenschirme in den Händen und unterhielten sich, wobei eine auf ihr Handy starrte. Doch als sie mich sahen, ließen sie die Schirme schnell sinken, packten die Handys weg, zogen ihre Kapuzen über, um ihre Gesichter zu verbergen, und erhoben sich.

Macbeths Hexen.

»Habt ihr eine Prophezeiung für mich?«, fragte ich. »Weil ich sie vermutlich gar nicht hören will.«

Nicht, dass ich glaubte, sie könnten wirklich in meine Zukunft sehen, doch nach meinem Gespräch mit Luke und der Erinnerung daran, wie schlecht das für Macbeth gelaufen war, hatte ich nicht vor, seltsame Frauen in einem Irrgarten auf irgendeine Art und Weise meine Zukunft beeinflussen zu lassen.

»Wir haben ein Angebot«, sagte die eine, während sie sich in einer Reihe aufstellten.

»Nicht zur Zukunft, sondern zur Vergangenheit«, sagte eine andere.

»Und zur Gegenwart«, fügte die dritte hinzu.

Diese Verse hatten sie eindeutig auswendig gelernt.

»Würdest du gerne wissen, wie sich deine Konkurrenten und Konkurrentinnen so schlagen?«

»Wie sie ihre Aufgaben gemeistert haben?«

»Was sie so gelernt haben?«

»Wer am wahrscheinlichsten gewinnt?«

Ich überlegte. Zwar nicht direkt eine Prophezeiung, aber doch Informationen, die ich gerne gehabt hätte. Ich wusste, was die anderen über ihre Texte gesagt hatten, und ich wusste, dass wir alle in unserem Fortschritt ziemlich gleichauf waren, doch ich hatte keine Ahnung, wie die meisten der Aufgaben für sie gelaufen waren, ob sie sie gerockt oder bloß gerade so geschafft hatten.

»Habt ihr sie denn schon gesehen? Hat einer von ihnen euer Angebot angenommen? Nein, wartet, gebt mir keine Antwort darauf.«

Die Frauen warteten. Da ihre Gesichter im Verborgenen lagen, konnte ich den Ausdruck darauf nicht deuten, nichts erraten. Ich rieb meinen Arm, an der Stelle, an der die Hecke mich gekratzt hatte.

Das musste doch eine Falle sein. Macbeth, Ehrgeiz, Prophezeiungen. Die richtige Reaktion wäre, abzulehnen, meinen Hinweis zu verlangen und weiterzumachen. In zwei Tagen würde ich sowieso alle Ergebnisse wissen.

Doch diese Tage fühlten sich endlos an. Meine Zukunft und der Brief von der UCLA wogen schwer in meinen Gedanken.

Ich blinzelte mit Nachdruck und schüttelte den Kopf. »Nein. Alles gut. Nur den nächsten Hinweis, wenn es euch nichts ausmacht.«

»Wenn du dir sicher bist«, meinte die eine in der Mitte beim Vortreten.

»Das sind ja bloß ein paar Infos.«

»Die können wohl kaum schaden, oder?«

»Nein, danke.« Ich streckte die Hand aus. So brachten sie uns auch bei, wie man nein zu Drogen sagte. Meine Grundschullehrer wären stolz auf mich.

Die mittlere Hexe holte eine Karte aus ihrem Umhang hervor und gab mir den Umschlag.

Erneut wünschte ich, ich könnte in ihren Gesichtern lesen, ob das die Entscheidung war, die ich treffen sollte. Dafür, dass ich der Versuchung widerstand, würde ich hoffentlich Anerkennung bekommen. Bevor ich es mir anders überlegen konnte, wirbelte ich herum, stopfte den Umschlag in meine Hosentasche, ging zurück in den Irrgarten und ließ die Hexen hinter mir.

»Luke?« Mehrmals rief ich beim Abbiegen seinen Namen.

»Britt! Ich kann dich hören.« Seine Stimme wurde von mehreren Reihen Blättern gedämpft.

»Rede weiter.«

Das tat er, und ich probierte verschiedene Wege aus, in einigen davon wurde seine Stimme leiser, doch dann wurde sie endlich lauter, und ich sah ihn.

Er stand entspannt da, die Hände in den Hosentaschen, als ob es ihm gar nichts ausmachen würde, dass er mitten in einem Irrgarten im Regen stand.

»Warst du die ganze Zeit über hier?«

»Nachdem ich eingesehen habe, dass ich dich verloren habe, bin ich stehen geblieben. Warum?«

»Ha! Ich wusste es. Nimm das, Irrgarten.«

Er zupfte ein Blatt von meiner Schulter. »Hast du dein Notizheft gefunden? Oder die Mitte?«

»Das Erste nein, das Zweite ja.« Ich stampfte auf dem Boden auf. »Gut, dass ich Peter nicht gefunden habe. Ich hätte ihm eine reingehauen, und dann hätte mir meine Hand auch noch wehgetan.«

Seine Augen weiteten sich, und er trat auf mich zu. »Dein Kinn soll doch nicht nass werden.«

»So heftig regnet es nun auch wieder nicht.« Ich fuhr mit dem Finger über die Haut nahe der Naht, und als ich ihn wegnahm, war er trocken. »Ach! Nutzlos zu sein ist scheiße.«

»Hey.« Luke legte mir eine Hand auf die Schulter. »Du bist nicht nutzlos. Du bist in vielen Sachen gut. Die Kinder lieben dich. Du wärst eine super Trainerin. Du bist witzig. Du bist absurd gut in allem, was irgendwie mit Sport zu tun hat. Du kannst Menschen gut deuten. Weißt, was man zu ihnen sagen muss. Weißt, was du zu *mir* sagen musst. Deshalb will ich, dass du damit aufhörst, dich selbst runterzumachen.«

Ich starrte ihn mit weit aufgerissenem Mund an. »Das war ... eine ziemlich leidenschaftliche Rede. Keine Ahnung, was ich darauf jetzt sagen soll.«

Er erwiderte meinen Blick ohne eine Spur von Reue.

Sah er mich denn wirklich so? Er beschrieb mich ja wie eine Superheldin. Oder wie jemanden, den er ...

Ich wusste nicht, ob ich diesen Satz zu Ende denken wollte.

Ich entschied mich für: »Meinen Geschwistern stand ich nie wirklich nahe. Die sind gerne drinnen, in der Schule, mögen ruhige Sachen, was mein Dad nie verstanden hat. Als ich also kam, war ich genau das, was er gewollt hatte. Wir haben Fangen und gegeneinander Kämpfen und Fußball gespielt. Aber dann ...«

»Hat er euch verlassen.«

»Ich habe immer geglaubt, dass er vielleicht geblieben wäre, wenn ich besser oder schneller gewesen wäre. Dass ich herausragend Fußball spiele, war ihm immer das einzig Wichtige. Also hab ich das getan.«

»Und du hast geglaubt, dass du sonst in nichts gut bist?«

»Fußball war mein Ding, verstehst du? Die eine Sache, die ich kontrollieren konnte. Bis ... ich es nicht mehr konnte. Bis ich auch das verloren habe.«

»Es ist schlimm, dass du nicht mehr spielen kannst, aber das ist niemandes Schuld.« Eine intensive Ruhe lag in seinem Blick und seiner Stimme. »Nicht alle verlassen dich. Nicht jeder wird das tun. Du kannst nicht ständig in diesem Glauben leben.«

Ich bohrte meinen Schuh in den Schmutz. »Das ist aber leichter, als verletzt zu werden.«

Er legte mir die Hände auf die Schultern, als wollte er mich an Ort und Stelle halten. »So kommt es einem vor, aber was ist mit der Zukunft? Willst du denn nie jemanden an dich heranlassen? Niemals neue Pläne schmieden oder neue Träume haben?«

»Vielleicht.« Aber noch während ich so ausweichend antwortete, wusste ich, dass ich so eigentlich nicht wirklich leben wollte. »Ich kämpfe immer für das, was ich will. Aber jetzt ... Keine Ahnung, vielleicht habe ich auch einfach Angst.«

»Weil etwas zu wollen dazu führt, dass man Angst hat, es wieder zu verlieren.«

»Ja.«

Er kaute auf seiner Lippe herum – seine Mimik, wenn er gedanklich gerade etwas diskutierte. »Du kannst nicht zulassen, dass Angst dich an den Dingen hindert, die du am meisten willst.«

»Ich weiß aber nicht, was ich will.«

»Ich schon.« Sein Blick war intensiv.

Was ich vom Leben genau wollte, war mir ein Rätsel, aber ihn so vor mir stehen zu sehen, im Regen, mit seinem tiefgründigen Blick, seinen warmen Händen, die fest auf meinen Schultern lagen, wusste ich zumindest eine Sache, die ich wollte.

Letztes Mal hatte ich die Angst gewinnen lassen.

Ich sollte das definitiv nicht tun, da ich bald wieder abreisen würde, doch ich trat näher an ihn heran. Stellte mich auf die Zehenspitzen. Und dann fanden meine Lippen seine.

Er erwiderte den Kuss sofort. Entschlossen. Drängend. Eine

Handfläche hatte er an meine Wange geschmiegt, wobei seine Finger hinter meinem Ohr ruhten. Die andere Hand schlüpfte in meinen Nacken und drückte mich fester an ihn.

Mit einer Hand fuhr ich ihm durch die Haare, und mit der anderen strich ich über seinen Rücken. Jede Zelle in meinem Körper vibrierte, so lebendig fühlte ich mich.

Als er seinen Kopf neigte, streifte seine Brille meine Wange. Ich setzte sie ihm ab, ohne meine Lippen von seinen zu lösen.

Jetzt regnete es fester.

Mit der freien Hand erkundete ich seine Schultern. Seine Handflächen legten sich auf meinen Rücken und jagten einen Schauer meine Wirbelsäule hinunter.

Keuchend riss ich mich los. Ich konnte ihn nicht ansehen. Ich wagte einen flüchtigen Blick zu ihm nach oben. Sein Gesichtsausdruck war ernst, wie immer, doch etwas loderte in seinen Augen. Zufriedenheit – oder Angst.

Ein kühler Luftzug kitzelte meine Haare und vermischte den Geruch des Regens mit Lukes mir inzwischen vertrautem Seifen-und-Pinien-Duft. Wie angewurzelt standen wir da, die Blicke ineinander verschränkt.

»Ich wollte das auch«, sagte er.

Er legte seine Lippen wieder auf meine, diesmal sanft, langsam und entschlossen. Eher das, was ich von ihm erwartet hätte, als diese Leidenschaft.

Ich hätte mich wegdrehen sollen. Tat es aber nicht.

Seine Finger hinterließen eine Spur von Gänsehaut in meinem Nacken. Meine Hand fand seinen Hinterkopf, und ich zog ihn näher an mich heran.

Die Zeit stand still. Es gab keine Luft mehr, keinen Atem, keinen Irrgarten oder Regen oder Wettbewerb. Es gab nur noch Luke.

Ein kalter Regentropfen rann mir den Nacken hinunter. Ich erschrak, wobei sich unsere Lippen voneinander lösten.

Luke starrte mich an. Ich fuhr mit der Hand über meinen nassen

Nacken, während wir beide nach Luft schnappten, uns aber weiterhin in die Augen sahen.

Mit einer zittrigen Hand fuhr er sich durch die Haare, dann sah er sie an. »Es regnet ja.« Er klang überrascht.

Ich nickte, unsicher, ob ich fähig war, ein Wort herauszubringen. Ich vermisste bereits seine Nähe.

Seine Augen weiteten sich. »Wir müssen gehen. Dein Kinn in Sicherheit bringen.« Er griff nach oben, um seine Brille geradezurücken, blinzelte jedoch überrascht, als er sie dort nicht fand.

Mit hochroten Wangen hielt ich sie ihm hin und konzentrierte mich lieber auf seine Schulter als auf sein Gesicht, während er sie aufsetzte.

Und jetzt? Sollte ich etwas sagen? Seine Hand nehmen? So tun, als wäre nichts geschehen?

Die Angelegenheit erledigte sich, indem er seine Finger mit meinen verschränkte, wobei ein winziges, flüchtiges Lächeln über sein Gesicht huschte. Händchenhaltend joggten wir durch den Irrgarten und suchten nach dem Ausgang.

Nochmals durchlebte ich das Gefühl von seinen Lippen, seinem Atem vermischt mit meinem. Mein Herz raste erneut, allerdings nicht vom Laufen. Es wunderte mich, dass der Regen beim Auftreffen auf mein Gesicht nicht direkt verdampfte. Was hatte ich mir nur dabei gedacht? Das war ja gerade das Problem – nämlich gar nichts.

Als wir endlich nach draußen gefunden hatten, war ich durchgeweicht. Zwar nicht klatschnass, aber doch eindeutig nass. Und ich zitterte immer noch wegen dem Kuss. Ich hatte ihn küssen wollen. War froh, dass ich es getan hatte.

Obwohl ich wusste, dass ich bald weg sein würde.

Obwohl ich wusste, dass das nur zu einer Enttäuschung führen konnte.

KAPITEL 25

Wir gesellten uns wieder zu Al, die in einem trockenen, warmen Café saß und angesichts unserer ineinander verschränkten Hände eine Augenbraue hochzog.

Nachdem wir uns beide eine heiße Tasse Tee gesichert hatten, fragte Luke: »Wo musst du denn als Nächstes hin, Pilgerin?«

Ach. Stimmt. Der Hinweis. Dieser Kuss hatte mich ganz aus dem Konzept gebracht. Meine Wangen glühten, in meinem Inneren brodelte es. Um mich selbst von dem starken Wunsch abzulenken, auf Lukes Lippen zu starren, zog ich die Karte heraus.

Wie seltsam, dass das die letzte war. Aber den Text mussten wir ja auch noch schreiben, der war natürlich das Wichtigste.

Pilger wurden zu Freunden, denn sie erzählten sich viel.
Am Ende deiner Reise lag auch damals ihr Ziel.

Zur letzten Prüfung, Gefährten, geschafft ist es fast.
Teilt eure Geschichten, und verdient ist eure Rast.

Luke lehnte sich zu mir hinüber, damit er mitlesen konnte. Seit unserem Kuss war das leichte Grinsen nicht mehr aus seinem Gesicht gewichen, und nun wurde es noch breiter. »Ich hab dir doch gesagt, dass du eine Pilgerin bist.«

Ms Carmichael hatte angemerkt, dass der Wettkampf von Chaucer inspiriert sei. Das hätte ich mir schon denken können. Dass ich mich nun mit den anderen zusammensetzen und mit ihnen eine Geschichte aus meinem Tagebuch teilen musste, welches ich nicht mehr hatte, klang nach einer sicheren Methode, diesen Ausflug in einer kompletten Katastrophe enden zu lassen.

»Wo liegt Canterbury?«, fragte ich.

»Nicht weit weg von London«, sagte Al.

»Das ist eine lange Reise.«

»Es gibt einen Nachtzug«, meinte Luke. »Der fährt die Nacht durch und hat kleine Bettkabinen.«

Ich knuffte ihn. »Danke, du Reiseführer. Das klingt cool.«

Als wir dann aufbrachen, um nach einem Taxi zu suchen, drohte eine dunkle, England-würdige Regenwolke das Sonnenscheingefühl, das mich immer noch von innen wärmte, zu überschatten. Ich konnte es nicht lassen, ständig zu Luke hinüberzuspähen, wobei sich unsere Blicke trafen, wir ein scheues Lächeln tauschten, aber dann schnell wieder wegsahen.

Der Wettbewerb war schon fast vorbei. Unsere gemeinsame Zeit neigte sich dem Ende zu.

Ich schob die Wolke weg. Ich würde das Problem einfach noch einen Tag lang ignorieren und den Moment genießen – vor Freude überlaufen, den schönen Nervenkitzel spüren, mit allem Drum und Dran.

Alexis' und meine Liegeplätze im Schlafwaggon waren so klein, dass wir mit den Schultern aneinanderstießen, wenn wir beide gleichzeitig aufstanden. Sie zeigte mir, wie man das Waschbecken aus der Wand faltete und teilte mir mit, dass ich im oberen Bett schlafen würde, das eine dreistufige Leiter hatte. Wenn ich auf der untersten Sprosse stand, streifte ich mit dem Kopf die Decke. Auf gar keinen Fall wäre diese Koje groß genug für Lukes langen Körper.

Warum dachte ich eigentlich über Luke im Bett nach?

Ich hüpfte zur Tür. »Ich geh mal in die Lounge. Willst du auch mitkommen?«

»Geh ruhig schon mal vor.« Al hatte ihr Handy in der Hand. Sie grinste. »Dir und meinem Cousin ist es bestimmt lieber, wenn ihr allein seid.«

Ich kämpfte gegen die aufsteigende Röte in meinem Gesicht an. »Musst du dich noch bei Ms C melden? Das ist alles Schmugglergeld, nicht wahr? Was war es denn? Exotische Tiere? Gestohlene Kunstwerke? Organe?«

»Das wird immer noch nicht funktionieren.«

Ich zuckte mit den Schultern, grinste und ließ sie allein.

Ich musste unbedingt Mom schreiben. Von der Verletzung hatte ich ihr immer noch nichts erzählt, und den Kuss zu erwähnen hatte ich definitiv auch nicht vor. Nach ein paar denkwürdigen Tagen fühlte es sich fast wie eine Lüge an, diese Details wegzulassen. Aber ich war dem Ende schon so nahe, dass ich lieber noch warten wollte, bis ich gute Neuigkeiten hatte. Als ich also den Gang entlangmarschierte, entschied ich mich für ein kurzes

> Immer noch alles super.

In dem Lounge-Waggon gab es niedrige, ungemütliche Sofas, die vermutlich von IKEA aus den 1960ern stammten. Nach dem Geruch im Abteil zu urteilen, hatte das Polster eine beträchtliche Zeit lang den Mief von abgestandenem Bier und alten Sandwiches in sich aufgenommen. In der Nähe der Tür hockten einige Leute an einer Bar.

Luke saß auf einem Sofa am hinteren Ende. Als er mich entdeckte, hellte sich seine Miene auf.

Zur Antwort erschien auch auf meinem Gesicht ein Lächeln.

Die Umgebung, der Geruch, nichts davon war wichtig. Er stand auf, als ich näherkam, und mich interessierte nichts weiter als das Knistern, das zwischen uns zu unsichtbarer Musik tanzte und mir durch und durch ging.

Wir aßen ein fades Essen im Bord-Restaurant, das allerdings eines der besten überhaupt war, weil sich unter dem Tisch unsere Knie ständig berührten, mein Herz für einen Schlag aussetzte und mein Magen bei jedem Bissen einen Salto hinlegte. Dann gingen wir zu einem der Sofas zurück und setzten uns gegenüber voneinander hin, sodass meine Füße auf seinem Schoss ruhten und er die Hände auf meinen Beinen ablegen konnte.

Abwechselnd unterhielten wir uns über unwichtige Sachen, schauten uns lächelnd an und betrachteten den Sonnenuntergang durch das Fenster.

Ein Klingelton durchbrach den Frieden.

Wir erschraken und lachten.

»Schon wieder dein Dad?«

Er schaute auf sein Handy und runzelte die Stirn. »Nein, keine Ahnung, wer das ist.« Er zögerte kurz, bevor er es sich ans Ohr hielt. »Hallo, hier spricht Luke ... Ja ... Ja.« Seine Augen weiteten sich. Er kaute auf seiner Lippe herum. Auf der Lippe, die ich in meiner Vorstellung schon wieder küsste ...

»Alles klar«, sagte er. »Nein, ich kann nicht vor morgen früh dort sein. Das werde ich. Danke Ihnen.« Er ließ das Handy sinken, blass im Gesicht.

»Was ist los? Ist was passiert?«

»Das war ein Krankenhaus in London.« Eine kleine Falte bildete sich zwischen seinen Augenbrauen. »Mein Dad wurde mit schweren Schmerzen in der Brust eingeliefert.«

Ich lehnte mich nach vorne. »Oh nein. Geht es ihm gut?«

»Die meinten, er wäre schon bald wieder fit. Es war wohl kein Herzinfarkt. Er hat nach mir gefragt.«

»Das tut mir sehr leid.«

Er seufzte und ließ den Kopf hängen. »Es ist ja nicht deine Schuld, dass ich seine Anrufe ignoriert habe.«

Ihn so entmutigt zu sehen, schnürte mir die Brust zu, und ich verspürte den Drang, ihn wieder aufzumuntern, so wie er es auch immer bei mir tat.

Luke spielte mit seinem Handy herum, schaltete den Bildschirm ein und aus und warf es von einer Hand in die andere.

Ich legte meine Hand über seine. »Das hättest du auch nicht verhindern können, wenn du ans Handy gegangen wärst.«

»Ich hätte da sein können. Stattdessen ist er operiert worden, und das Letzte, was ich zu ihm gesagt habe, war: ›*Ich brauch 'ne Pause von dir*‹.«

»Das versteht er aber bestimmt.«

Er ergriff meine Hand und drückte sie. »Danke.«

Luke seufzte und beugte sich nach vorne, um das Handy wieder in den Rucksack zu seinen Füßen zu schieben. Er holte die kleine Schachtel hervor, die er immer versteckt hielt, und drehte sie in den Händen.

Ich deutete mit dem Kinn darauf. »Willst du darüber reden?«

Er ließ den Deckel aufschnappen, und die goldene Armbanduhr kam zum Vorschein. »Die hat meinem Großvater gehört.« Er fuhr mit dem Daumen über das Ziffernblatt. »Er hat sie meinem Dad geschenkt, an dem Tag, als er in Oxford angenommen wurde. Vor ein paar Monaten, als ich den Brief bekommen habe, dass ich es ebenfalls geschafft hatte, hat er sie an mich weitergegeben. Aber ich hab sie nicht mehr getragen, seit …«

Er schloss den Deckel und ließ die Schachtel wieder im Rucksack verschwinden.

»Ich hab ihn nie gefragt, warum er das gemacht hat, weißt du?« Lukes Blick war auf das Fenster gerichtet, als spräche er mit sich selbst. »Ich hab ihm gesagt, dass er sich dumm verhalten hat, ihn gefragt, ob er auch nur einmal daran gedacht hat, wie sich das auf mich auswirken würde. Aber ich hab nie versucht, ihn zu verstehen.

Er muss verzweifelt gewesen sein. Oder in Schwierigkeiten gesteckt haben. Und ich wollte es nicht einmal wissen ...«

»Bald geht es ihm wieder besser. Dann redet ihr zwei einfach miteinander und klärt die Sache.«

Er riss seinen Blick vom Fenster los und sah mich stattdessen intensiv an. »Er hat versucht, sich zu entschuldigen, aber ich wollte nicht zuhören.«

»Wenn Menschen uns wehgetan haben, dauert es manchmal ein bisschen, bis wir ihnen verzeihen können. Aber jetzt bist du ja bereit zuzuhören.«

»Hast du Amberlyn oder deinem Dad denn verziehen?« Die Frage war aufrichtig gemeint, nicht anklagend.

»Ich weiß es nicht. Ich hab weitergemacht. Behauptet, ich hätte es vergessen. Aber ...«

»Das ist nicht dasselbe«, warf er ein. »Das ist, so zu tun, als wäre es dir egal. Verzeihen bedeutet, anzuerkennen, dass jemand dich verletzt hat, jedoch trotzdem weiterzumachen und die Bitterkeit loszulassen.«

Ich zupfte an einem losen Faden auf dem Sofa herum. »Anzuerkennen, dass es mir doch nicht egal ist, ist der Teil, in dem ich nicht so gut bin. Es ist einfacher, den Schmerz zu ignorieren.«

»Wenn man immer damit weitermacht, Dinge unter den Teppich zu kehren, liegt der Teppich irgendwann nicht mehr flach da.«

»Dann stolpert man darüber und fällt auf die Nase?«

»Genau.«

Nachdem mein Dad uns verlassen hatte, stürzte ich mich Hals über Kopf in den Fußball. Ein paar Jahre später kehrte Amberlyn mir dann den Rücken zu, weil ich nur eine dumme Sportskanone war, also beschloss ich, ihr genau das zu beweisen und die *beste* dumme Sportskanone der Welt zu werden. Doch das Training, die Übungen und das Laufen begruben bloß die echten Probleme unter Müdigkeit, Schmerz und dem Drang, ständig beschäftigt zu sein.

Vielleicht hatte Luke gar nicht so unrecht, denn diese Reise ließ sorgfältig versteckte Dinge unter dem vollen Teppich langsam wieder hervorquellen.

Er setzte sich anders hin, zog mich zu sich hoch, sodass ich neben ihm saß, und legte den Arm um mich. Ich lehnte den Kopf an seine Schulter, er drückte seine Wange in mein Haar, und zusammen lauschten wir dem Zug, wie er ratternd über die Schienen hinwegdonnerte.

Egal, was als Nächstes kam, ich würde diesen Moment – Lukes warmen Körper, seinen gleichmäßigen Atem und das Gefühl des Friedens – genießen.

★

Wie ich lernte, war ein Nachtzug nicht wirklich dafür gemacht, um darin zu schlafen.

Wegen dem Geruckel und Geratter und der Matratze, die genauso gut auch aus Beton hätte sein können, lag ich die ganze Nacht lang wach und dachte nach. Erinnerte mich an die Leidenschaft in Lukes Gesicht, als er die Dinge aufzählte, die er an mir toll fand. Das Gefühl von seinen Lippen. Seine tröstenden Arme und wie gut wir zusammenpassten.

Über unseren unvermeidbaren Abschied grübelte ich auch viel zu lange nach. Wo würden sich unsere Wege trennen? In Ms Cs Wohnung, direkt vor den Augen von Amberlyn, Peter und Spencer? Auf der Straße? Am Flughafen? Würde er wieder versuchen, mich zu küssen und würde ich ihn lassen?

Diesmal wäre allerdings ich diejenige, die jemanden verließ. Was erhoffte er sich überhaupt? Ich war nicht der Typ für eine Sommer-Affäre, und er auch nicht. Er mochte mich. Er war mir wichtig. Doch daraus konnte nichts werden. Ich bereitete mich schon auf eine neue Runde vor, wieder einmal so zu tun, als würde ich jemanden nicht vermissen.

Ich musste den Wettbewerb beenden. Er musste seinen Dad besuchen. Ich hatte gewusst, dass unsere gemeinsame Mission nicht für immer weitergehen konnte, doch ich wünschte, dass sich das Ende nicht so plötzlich bemerkbar gemacht hätte.

»Geht's dir gut?«, fragte Al, als wir unsere Taschen packten.

»Ja. Warum nicht?«

»Hör zu, ich bin nicht so gut darin, über ... Gefühle zu reden.«

Meine Hand schloss sich fester um meine Sporttasche. »Da wäre ich ja nie draufgekommen.«

»Und du auch nicht.«

»Du bemerkst ja echt alles.«

Sie starrte die Wand hinter meiner Schulter an. »Aber wenn du reden willst, wäre ich nicht zu hundert Prozent abgeneigt, dir zuzuhören.«

»Worüber sollte ich denn reden wollen?« Ich hatte ihr von Lukes Dad, ihrem Onkel, erzählt, als ich endlich in unser Abteil zurückgekehrt war, doch ich hatte bestimmt nicht vor, ihr mitzuteilen, dass ich ihren Cousin geküsst hatte. Ich wollte nicht zugeben, dass mein Notizheft weg war und ihr genauso wenig beichten, dass sie die letzte Woche mit einem hoffnungslosen Fall verbracht hatte, der keine Chance auf einen Sieg hatte.

»Keine Ahnung. Das Leben. Oder irgendwas.«

Wow, darin waren wir echt nicht gut. »Alles in Ordnung. Trotzdem danke.« Mit einem Ruck zog ich den Reißverschluss zu und ging zur Tür. »Fertig?«

Ich hätte mehr sagen sollen. Ich wusste, dass es Al nicht leichtgefallen war, mir das anzubieten, aber wir waren nicht auf so einer Ebene miteinander befreundet, als dass ich alle meine Probleme auf ihr hätte abladen können. So *viele* Probleme.

In einem Nebel aus Müdigkeit und Furcht stolperte ich aus dem Zug. Luke und ich gingen langsam, während die restlichen Passagiere uns zügig überholten, bis wir unter den letzten Leuten auf dem Bahnsteig waren. Al wartete bei der Treppe und sah auf ihr Handy, um uns etwas Privatsphäre zu geben.

»So … jetzt geht's also weiter nach Canterbury?«, fragte er.

»Jep. Letzter Halt. Schwer zu glauben.« Ich spielte an dem Träger meiner Tasche herum. »Ich, äh, hoffe, deinem Dad geht's gut.«

Er nickte.

»Kannst du von hier aus einen Zug nehmen?«

»Ja.«

In mir baute sich eine riesige Welle auf. Ich sollte etwas von Bedeutung sagen. Etwas Echtes. Ich musterte die Falten in seinem Gesicht, die Brille, die warmen braunen Augen und die Lippen, die ich geküsst hatte. Ich war nicht bereit, ihn aufzugeben. Aber jetzt wäre es einfacher als später.

»Ich bin froh, dass du mitgekommen bist.«

Sein ausdrucksloser Blick verriet keinen einzigen seiner Gedanken. Als ob er Rollläden vor seinem Gesicht heruntergelassen hätte, um mich auszusperren. Er stopfte die Hände in die Hosentaschen. »Danke, dass du mich hast mitkommen lassen. Ich hoffe, du gewinnst.«

»Dann heißt es jetzt also Abschied nehmen.«

Das musste es nicht. Ich könnte nach Canterbury fahren und innerhalb eines Tages zurückkommen. Ich könnte heute Abend nach ihm und seinem Dad sehen. Aber was dann? So oder so, wir mussten uns voneinander verabschieden.

Bevor ich mir selbst sagen konnte, dass das kaltherzig und dumm war, streckte ich ihm meine Hand hin. »Danke.«

Mit verschlossenem Gesicht, einzig mit zusammengepressten Lippen, starrte er meine Hand an. Schließlich nahm er sie, allerdings weniger, um sie zu schütteln, sondern um sie zu streicheln. Er hielt sie fest. Mit seinem Daumen malte er Kreise auf meine Handfläche.

Mein Herz wollte mir laut klopfend aus der Brust springen. Eine Faust schloss sich fest um meinen Hals. Ich ertappte mich dabei, wie ich mich nach vorne lehnte, die Lippen leicht geöffnet, und zwang mich dazu, auf den Boden zu starren. *Lass es nicht so enden.*

Sein Dad ist krank. Er braucht dich. Er mag *dich.* Ich ignorierte die drängende Stimme in meinem Kopf und ließ seine Hand los.

»Tschüss, Luke.« Ich wartete noch einen halben Herzschlag lang, schielte noch mal auf seinen Mund, wirbelte herum und rannte beinahe zu Al.

Luke sagte nichts. In dem kurzen, verwischten Bild, das ich beim Umdrehen von seinem Gesicht erhascht hatte, erkannte ich Verletzung, Enttäuschung, aber auch Resignation und noch etwas Dunkleres.

Meine Ohren strengten sich an, den Klang von Schritten hinter mir auszumachen, die mir folgten, doch ich wollte mich nicht umdrehen. Nichts. Warum diskutierte er nicht mit mir herum? Lief mir nach? Sagte etwas? Er bräuchte nur zu fragen, und ich würde nachgeben und bleiben. Vielleicht wusste er ja aber auch, dass es besser so war. Oder er fand, dass ich es nicht wert war. Oder ich hatte ihn zu sehr verletzt.

Nein. *Hör auf nachzudenken.*

Es war *wirklich* besser so. Er war ein nettes Kapitel gewesen, ein lustiges Extra auf meiner Mission. Doch jetzt hatte er seine eigenen Probleme, und ich musste den Wettbewerb beenden. Keiner von uns konnte jetzt Komplikationen gebrauchen.

Al sagte nichts, als ich bei ihr ankam, doch aus ihrem Gesicht sprach so viel Vorwurf, dass sie drei Bücher damit hätte füllen können.

»Tu's nicht«, sagte ich einfach nur und ging an ihr vorbei, um den Ticketschalter zu finden, damit wir nach Canterbury fahren konnten.

Das war also auch erledigt. Zeit, weiterzumachen.

Warum fühlte es sich aber dann so an, als würde ich einen Teil von mir zurücklassen?

KAPITEL 26

Canterbury hätte Ablenkung genug sein sollen, um mich davon abzuhalten, in Gedanken den Abschied von Luke immer wieder zu durchleben. Die majestätischen Spitzen der Kathedrale lugten hinter den Dächern hervor. Die Straße führte mich zwischen zwei antiken Türmchen, die einen Torbogen bildeten, an Fachwerkhäusern aus Holz direkt aus Shakespeares Zeit, malerischen Buchläden und Cafés vorbei. Ich überquerte eine Brücke über einen ruhigen Fluss, der zu schmal war, um darauf Stechkahn fahren zu können.

Meine Pilgerfahrt neigte sich dem Ende zu. Ms Carmichael hatte gesagt, die Reise in den *Canterbury Tales* wäre eine Rahmenhandlung und die Geschichten wären wichtiger als die Reise selbst. Über die musste ich mir auch noch Sorgen machen – darüber, dass ich sie schreiben und anscheinend auch teilen musste. Hallo, das war doch viel zu persönlich!

Als ich beim Ziel von Chaucers Pilgern ankam, der Kathedrale von Canterbury, zögerte ich.

Luke hätte mich über ihre Geschichte aufgeklärt. Aufschlussreiche Fragen gestellt. Mich zum Lachen gebracht.

Ich wünschte, er wäre hier. Weil ich ihn vermisste und sich die Unruhe und der Druck in meiner Brust ziemlich nach Schuld anfühlten.

Als ich die Kirche betrat, verwendete ich etwas von dem wertvollen Datenvolumen für eine Suchanfrage, so wie er das gemacht hätte. Ich fand heraus, dass die Kathedrale im gotischen Stil erbaut und der Ort von Thomas Beckets Märtyrertum war, sowie Buntglasfenster in einer Fläche von über tausend Quadratmeter und ein Archiv mit alten Schriften besaß.

Wenn die Fakten von Luke gekommen wären, hätten sie mich vielleicht interessiert.

Ich ging an Säulen und Reliefs vorbei, an Buntglasfenstern und Chorbänken, bis ich das Grab von Thomas Becket fand, der letzten Station von Chaucers Pilgern.

Lukes Stimme, wie er mich »Pilgerin« nannte, hallte in meinem Kopf wider.

Ich brachte sie gewaltsam zum Schweigen.

Das Grab war in eine kleine Ecke gequetscht, mit einer Statue eines Mannes in einer roten Robe, der auf einer Steinplatte lag, die Hände über seiner Brust zum Gebet gefaltet. Der Boden war mit Grabplatten übersät, und auf einem Tisch, der unter vier Schwertern an der Wand stand, flackerten Kerzen.

Meine Suche ergab, dass Thomas Becket der Erzbischof von Canterbury gewesen war, der beschlossen hatte, die Kirche über den König zu stellen. Die Schwerter repräsentierten die vier Ritter, die Becket getötet hatten, da sie annahmen, dem König damit einen Gefallen zu tun. Das ging dann allerdings nicht so gut für sie aus, als Becket schließlich zum Märtyrer erklärt und heiliggesprochen wurde, wodurch Tausende von Leuten sein Grab besuchten. Apropos schlechte Entscheidungen ...

Ich wollte wirklich nicht über schlechte Entscheidungen nachdenken.

Oder über Menschen wie Thomas Becket, die tapfere Entscheidungen getroffen hatten.

»Britt?«

Die männliche Stimme ließ mich mit wild klopfendem Herzen herumfahren, doch meine Ohren nahmen den amerikanischen

Akzent noch wahr, bevor ich in der nächsten Sekunde Spence sah. Ich schluckte meine Enttäuschung hinunter. Luke und ich hatten uns erst vor ein paar Stunden voneinander verabschiedet. Er war im Krankenhaus bei seinem Dad und lief nicht dem Mädchen nach, das ihn an einem Bahnhof hatte stehen lassen.

»Hey, Spence.«

Meine Stimme klang trist. Mich mit ihm und den anderen auseinanderzusetzen, würde mich so viel Energie kosten.

»Du hast es also geschafft«, stellte er fest.

»Schau nicht so enttäuscht.«

Er ging an mir vorbei, um sich vor das Grab zu stellen. »Nachdem ich zum Sieger gekürt worden bin, werde ich mir auch so eine schicke Statue machen lassen, als Monument meiner Genialität.«

Ich verdrehte die Augen. »Ich glaube, dafür musst du erst sterben, du Genie.«

Er sah mich an und grinste. »Warum so lange warten? Wenn ich tot bin, hab ich ja nichts mehr davon.«

Ich schüttelte den Kopf. »Hast du die anderen gesehen? Sollen wir uns irgendwo an einer bestimmten Stelle treffen?«

Erwartete Ms C von uns, zusammen herumzuhängen, bis wir alle wieder vereint waren? Was, wenn Amberlyn oder Peter nicht vor morgen auftauchten?

»Weiß nicht genau.« Ein schelmisches Funkeln schlich sich in seinen Blick. »Vielleicht hängen die ja noch in Schottland fest.«

Wir spazierten durch einen riesigen Bereich mit lauter Säulen, der von Holzbänken gesäumt wurde, und dann eine Treppe hinunter.

Normalerweise hätte ich eine Krypta interessant gefunden, doch die hier – mit Kronleuchtern, die glitzerndes Licht verströmten – kam mir zu fröhlich vor für einen Ort, an dem längst verstorbene Körper für die Ewigkeit ruhten. Ich hatte auf Finsternis und Trostlosigkeit gehofft, was zu meiner Stimmung gepasst hätte.

Spence riss weiter Witze, aber ich schaltete ihn einfach auf

Durchzug. Ein Teil von mir war froh, dass er mir Ablenkung bot. Der mächtigere Teil wollte ihn allerdings so lange in einen dieser Steinsärge einsperren, dass ich davonlaufen konnte.

Aber wir mussten die anderen aus unserer Klasse finden, also gingen wir weiter.

Oben stieß Spence auf eine weitere Treppe, diese führte in den Glockenturm.

Egal, wie schön die Aussicht gewesen wäre, ich war nicht in der Verfassung für fünf Millionen Stufen.

»Geh du ruhig schon mal vor.« Ich wedelte mit der Hand.

»Schafft das dein Knie nicht?« Seine Frage klang aufrichtig, nicht höhnisch, doch sie störte mich.

Wieder einmal grub ich mein neckisches Lächeln aus. »Vielleicht war ich ja auch schon oben.«

Zum Glück ließ er mich alleine zurück. Einsamkeit machte mich zwar hibbelig und traurig, aber genau das wollte ich gerade.

In der Mitte der Kirche fand ich eine offene Grünfläche, um die ein Gang mit Bogenfenstern herumführte. Luke hätte den richtigen Namen dafür gewusst. Ich setzte mich auf einen Mauervorsprung, von wo aus ich auf den Rasen blicken konnte.

Bisher hatte mich dieses Ziel noch nicht sonderlich inspiriert. Aber das war meine Schuld.

Was hatten Chaucers Pilger wohl gedacht, als sie hier ankamen? Sie waren auch Konkurrenten gewesen, doch Chaucer hatte uns nie verraten, wer ihren Geschichtenwettbewerb gewonnen hatte. Ich hoffte, das hier besser abschließen zu können.

Natürlich hatte Chaucer auch nicht erwähnt, ob die Reisenden es überhaupt bis zur Kathedrale geschafft hatten. Vor ihrer Ankunft dort hätten sie genauso gut von Bären gefressen worden sein können.

»Hey.«

Diese weibliche Stimme gehörte mit Sicherheit nicht Luke. Es war Amberlyn.

»Hi.« Nun war Peter der Einzige, der noch fehlte. Den ich an den Füßen hochhalten und schütteln wollte, bis mein Notizbuch herausfiel.

Sie scharrte mit einem Fuß über den Boden. »Wie, äh, geht's deinem Kinn?«

»Gut.« Steif, doch der Schmerz war erträglich. Zumindest der körperliche. Die Erinnerung daran, wie freundlich Luke an diesem Tag zu mir gewesen war, schmerzte mehr.

»Gut.«

Da tauchte Spence wieder auf, kaum außer Atem nach seinem Aufstieg. Gut, dass ich nicht mitgegangen war. Er hätte mich nur damit aufgezogen, wie sehr ich außer Form war.

»Ohh«, machte er.

»Was?«

»Ehrlich jetzt, ich hatte gehofft, dass bloß du und ich hier wären, Hanson, und die andern verschollen bleiben.« Er grinste.

Amberlyn blickte finster drein. »Hey.«

Er zuckte mit den Schultern. »Sollen wir uns vielleicht alle da drüben treffen?« Er nickte zu einer Stelle über meiner Schulter hin.

Mehrere Leute fanden sich gerade auf dem Rasen im Innenhof ein: ein Ritter in einer Rüstung, eine Frau in einem roten Umhang und zwei weitere Frauen in reich verzierten Priesterinnengewändern. Andere trugen Tuniken und Umhänge.

Chaucers Pilger.

»Ich denke mal nicht, dass die wegen einem Gottesdienst hier sind«, merkte ich an.

Wir stellten uns zu ihnen und entdeckten auch Peter, der längst bei der Gruppe stand.

Ein Mann in einem schwarzen Umhang mit Kopfbedeckung sagte: »Willkommen, Pilger. Bitte setzt euch.«

Mir schnürte sich die Brust zu, als ich von jemand anderem als Luke »Pilger« genannt wurde.

Zusammen mit den verkleideten Leuten setzten wir uns in einem Kreis auf den Boden. Ich wünschte, Luke wäre hier, um alle einzeln aus Chaucers Geschichten zu identifizieren. Vor den anderen wollte ich Google nicht benutzen. Unsere Begleitpersonen hatten sich an einer Mauer aufgestellt, was mich an den ersten Tag in Ms Cs Wohnung erinnerte.

Wir gaben eine seltsame Gruppe ab ... Die altertümlichen Gewänder gemischt mit den kurzen Hosen und T-Shirts von Spence und Peter und dem Sommerkleid von Amberlyn. Obwohl heute die Sonne schien und es warm war, war ich noch nicht bereit, meine Narbe zu zeigen, deshalb trug ich als Einzige Jeans.

»Wo ist denn dein Freund?«, fragte Peter.

»Wo ist denn mein Notizheft?«, schoss ich zurück.

»Ihr habt euer Ziel erreicht!«, donnerte die Stimme des Mannes durch den Innenhof. »Glückwunsch zum Abschluss eurer Reise. Sollen wir uns zusammen die Zeit vertreiben und uns ein paar Geschichten von unterwegs erzählen?«

Amberlyn stand auf. »Ich fange an. Dann hab ich's hinter mir.«

»Ist das nicht der Sinn der Sache, unsere Geschichten miteinander zu teilen?«, fragte ich. »Und nicht, da durchzuhetzen, um es von der Liste streichen zu können?«

Amberlyn ignorierte mich und schlug ihr Notizheft auf – ein neues, nicht das zerknitterte, das sie von den Gleisen gerettet hatte, während ich den Bahnsteig vollgeblutet hatte.

Der Anfang ihrer Geschichte beschrieb eine ereignislose Zeit in Bath, während der sie im *Pump Room* und auf einem Ball war.

Doch sie endete mit dem Satz: »Anne Elliot besuchte Bath gegen ihren Willen, aus einem Pflichtgefühl gegenüber ihrer Familie heraus. Pflichtgefühl ist ein häufiges Thema in Austens Werk – eines, mit dem ich mich identifiziere. Ich würde überall hingehen, alles aufgeben, um meiner Familie zu helfen. Und genau wie Catherine Morland, die von reichen Wohltätern nach Bath gebracht worden war und die Möglichkeit bekam, etwas aus sich zu machen, bin ich dankbar für diese Chance und werde als eine andere zurückkehren.«

Bis auf das Einschleimen bei Ms C musste ich leider zugeben, dass es mich beeindruckte, wie leicht sie ihre Geschichte an die Romane angeknüpft hatte. Selbst wenn ich so viel über die Bücher wüsste, hätte ich es nicht so wortgewandt schreiben können. Bezog sie sich auf eine spezifische Situation mit ihrer Familie oder sprach sie nur allgemein? Wie Luke gesagt hatte: Vielleicht war bei ihr ja mehr los, als ich wusste.

Nachdem Amberlyn sich hingesetzt hatte, sprang Spence auf. Zeit herauszufinden, ob er es geschafft hatte, den Stil berühmter Schriftsteller nachzuahmen.

Er räusperte sich. »Einst lebte im Lande Kalifornien ein würdiger junger Mann namens Spence mit hochtrabenden Ambitionen, Recht zu praktizieren, der hart in niederen Diensten arbeitete, während er außerdem fleißig sein Studium verfolgte, jedoch nie von sich selbst erwartete, sich jemals in der erniedrigenden Position wiederzufinden, auf kriminelles Verhalten wie das eines Taschendiebes zurückgreifen zu müssen, um sich seine gewünschte Zukunft zu sichern, doch unglücklicherweise beginnt Spence' Geschichte genau mit so einer Notwendigkeit.«

Dickens' wortreichen Stil hatte er auf den Kopf getroffen. Seine Geschichte ging weiter und ließ ihn wie einen traurigen, bemitleidenswerten Jugendlichen klingen. Spannung baute sich auf, als er sich zu kriminellem Verhalten herabließ.

Diese Frage war also auch beantwortet – zumindest mit Dickens hatte er sein Vorhaben gut gemeistert.

Ich war geliefert.

Als Letzte dranzukommen, kam mir feige vor, doch als Spence fertig war, stand Peter sofort hektisch auf, noch bevor ich die Chance dazu gehabt hätte. Er zog den Kopf ein, und seine Wangen waren gerötet.

Nachdem ich herausgefunden hatte, dass ich aus Versehen die

Leute dazu animiert hatte, sich über seine laut vorgelesene Geschichte lustig zu machen, tat er mir ein bisschen leid, aber nur bis mir wieder einfiel, dass er der Grund war, warum ich jetzt nichts zum Vorlesen hatte.

Wie wahrscheinlich war es, dass die Kathedrale bei einem Erdbeben einstürzte, bevor ich drankam?

»Drückst du dich etwa?«, fragte Spence.

»Ich heb bloß das Beste für den Schluss auf«, erwiderte ich.

Amberlyn schnaubte.

Peter fing an, vorzulesen. Seine Stimme war leiser, und ihm fehlte Spence' Selbstvertrauen. Seine Geschichte handelte von einem jungen Mann, der auf einer langen Reise zur Stärkung in einer Taverne Halt machte, wo er dann auf gleichgesinnte Kameraden traf, die seine epischen Geschichten zu schätzen wussten. Natürlich hatte er sich für seine Oxford-Erzählung entschieden. Es klang, als hätte er sein ganzes Tagebuch mit sich selbst als übergreifendem Helden auf Reisen geschrieben. Über einen Jungen, der sein Zuhause verlässt, um sich auf eine Mission zu begeben – wie ein klassischer Fantasy-Roman.

Nachdem er fertig war, hätte ich tatsächlich gerne gefragt, was als Nächstes passierte.

Ich war dreifach geliefert.

Nach ihm schauten mich die anderen erwartungsvoll an.

Das hier war schwieriger, als etwas mit Fremden zu teilen. Diese Leute hier waren meine Konkurrenz. In Bath und Schottland, als ich Nick oder dem Taxifahrer etwas erzählt hatte, hatte dabei nichts auf dem Spiel gestanden. Die Worte waren einfach so herausgesprudelt. Amberlyn, Peter und Spence würden meine Erzählung mit ihren vergleichen, um zu sehen, ob ich mithalten konnte. Und da sie ja direkt vor mir saßen, konnte ich ihre Rollen darin auch nicht übertreiben.

Unterhalte die Fremden. Das konnte ich schaffen. Außerdem war Humor meine Stärke. Und da ich nichts zum Vorlesen hatte, kam es mir gerade recht, dass ich so gut im Improvisieren war. Ich stand auf und konzentrierte mich auf die Figuren von Chaucer.

»Es war eine neblige Nacht in den Hügeln von Dartmoor. Still, bis ein Heulen die Dunkelheit durchbrach und mich aus dem Schlaf riss. Ein flackerndes Licht bewegte sich über das Moor.«

Ich ließ meine Stimme laut und melodisch klingen, während ich fortfuhr.

»Meine Kameraden und ich machten uns auf, um der Quelle dieser seltsamen Erscheinung auf den Grund zu gehen, durch den unheimlichen Dunst, ganz alleine in der weiten Landschaft. Worauf würden wir stoßen? Und dann sahen wir sie im Schmutz: riesige Abdrücke von Pfoten. Sherlocks Hund war in dieser Nacht auf der Jagd.«

Die kostümierten Leute fixierten mich. Mit neuer Energie fuhr ich fort.

»Wir erkundeten die Gegend weiter, sorgten uns bei jeder Biegung, dass vielleicht etwas hinter einem Stein hervorspringen könnte. Doch nach einer erfolglosen Suche nach dem mysteriösen Hund gaben wir schließlich auf. Falls der Hund in dieser Nacht durch das Moor zog, wollte er nicht gefunden werden. Wir kehrten zum Campingplatz zurück, in Sicherheit und wohlauf, als es mir auffiel ... Etwas stimmte nicht.« Ich änderte meine Stimme, wurde jetzt lauter und dramatischer. »Unsere schönen Zelte, unser Rückzugsort und Schutz vor den Elementen ... Sie waren fort. Ein hinterhältiger Bösewicht hatte uns eine Falle gestellt, uns weggelockt, und die Ablenkung genutzt, um unsere Mission zu sabotieren.«

Die Pilger kicherten. Spence lachte laut auf.

Leute zum Lachen zu bringen war immer ein Pluspunkt.

»Doch wir hielten durch. Nach einer kalten, nassen Nacht zogen wir weiter, und heute stehe ich hier, trotz der harten Bemühungen des Bösewichts, und von Geisterhunden, dem Campen und dem englischen Wetter unversehrt. An meinem letzten Ziel und bereit für den Sieg.«

Ich verbeugte mich. Die Pilger klatschten.

Ich grinste Peter dreckig an. »Nicht schlecht dafür, dass ich kein Notizheft habe, was? Wo ist es, Finch?«

»Wirklich? Du beschuldigst immer noch mich?«

»Ja, weil du mir immer noch in die Quere kommst.«

»Du hast ihr das Notizheft weggenommen?« Amberlyn klang schockiert.

»Du schlägst dich also auf ihre Seite? Da sieht man's mal wieder. Typisch für euch beide, arrogant und ahnungslos.« Er stand auf und funkelte mich wütend an. »Hört auf, mir die Schuld für euer Scheitern zu geben.«

»Es ist kein Scheitern, wenn man von jemand anderem bestohlen wird.«

»Ich hab dein blödes Notizheft im Irrgarten liegenlassen. Nicht meine Schuld, wenn du zu dumm warst, es zu finden.«

Ich weigerte mich, mir diese Spitze zu Herzen zu nehmen, egal wie ähnlich sie meinen eigenen, stummen Ängsten war. Ich verschränkte die Arme. »Und alles andere?«

»Wie oft soll ich dir noch sagen, dass ich das nicht war! Nicht in Bath. Und mit deinen Zelten auch nicht. Und außerdem: Woher soll ich wissen, dass nicht du diejenige warst, die sich mit mir angelegt hat? Als ich mit der Aufgabe zu König Artus fertig war und der Gral weg war? Wir haben ewig rumgesucht, und mein Betreuer musste dann Ms Carmichael für den Hinweis anrufen.«

Spence schnaubte.

»Ich habe keine Ahnung, wovon du da redest. Ich hab die Aufgabe doch als Erste erledigt und war da schon lange wieder weg.« Ich reckte das Kinn. »Bin wohl doch nicht so dumm, was?«

Amberlyns Blick war zwischen uns hin und her geschossen, und nun stand sie auf, um Peter anzusehen. »Warst du das, der mein Gepäck in Plymouth eingeschlossen hat? Ich musste eine halbe Stunde lang auf das Bahnhofspersonal einreden, das Schließfach aufzubrechen, um zu beweisen, dass die Sachen darin mir gehören. Deswegen hab ich meinen Zug verpasst.«

Ein Kichern kam von Spence, der sich auf dem Rasen ausruhte.

Peter richtete nun seinen finsteren Blick auf sie. »Zum letzten Mal. Ich. War. Das. Nicht. Ich hab absolut kein Problem damit, euch ohne Betrug zu siegen.«

Spence lachte inzwischen laut vor sich hin.

»Was ist so lustig daran?«, fragte ich.

»Ihr alle, wie ihr euch gegenseitig anschreit. Das ist einfach super.«

»Wovon redest du?«

»Ich wollte euch doch nur ein bisschen ablenken. Mich in eure Gedanken einschleichen. Aber dass ich euch damit auch noch gegeneinander aufbringe? Unbezahlbar.«

Ich erstarrte. Die Rädchen in meinem Kopf drehten sich und verarbeiteten seine Worte.

Amberlyn, Peter und ich blinzelten uns schweigend an, dann wandten wir uns Spence zu, dem Einzigen, der immer noch am Boden saß.

»Du warst das? Mit den Zeltstangen, in Bath?«

Seine Augen tränten vor lauter Lachen, sodass er mit der Hand darüberwischen musste. »Du hättest mal dein Gesicht sehen sollen, bevor du ins Wasser gefallen bist.«

»Hab ich dir doch gesagt, dass ich das nicht war«, murmelte Peter.

»Du hast zugegeben, dass du mich hasst, und ich hab dich dort gesehen. Was hätte ich denn sonst glauben sollen?« Ich fuhr zu Spence herum. Der Schock verwandelte sich zu einer lodernden Glut in meinem Bauch. Meine Hände ballten sich zu Fäusten, und meine Nasenlöcher blähten sich auf. »Ich hätte mir wehtun können.«

»Und was, wenn ich meine Taschen nicht mehr wiederbekommen hätte?« Amberlyns Gesicht war hochrot. »Das ist Diebstahl.«

Spence wedelte mit der Hand. »Ich hab mich schon gefragt, wer von euch auf die Geräusche und die Sache mit dem Hund hereinfallen würde. Dass du es warst, hätte ich nicht erwartet, Hanson.«

»Wie auch immer. Ich bin nicht *drauf reingefallen*. Ich wusste, dass es keinen Hund gab.«

Amberlyn warf ihr Haar zurück. »Du glaubst jetzt aber nicht ernsthaft, dass du so gewinnen kannst, oder?«

»Was ist mit Fairplay? Anständiger Sportlichkeit?« Von ihm hätte ich mehr erwartet.

»Ich hab ja nicht wirklich groß eingegriffen. Sondern alles bloß ... etwas aufgepeppt.«

»Du kannst darauf wetten, dass ich das Ms Carmichael erzähle.« Amberlyn schnappte sich ihre Tasche vom Boden. »Sind wir hier fertig?«, fragte sie den Anführer von Chaucers Truppe.

Der Kerl im Umhang räusperte sich, wobei sein Blick zwischen uns allen hin und her schoss. »Äh. Ja.« Er kam auf die Beine. »Danke, dass ihr eure Geschichten mit uns geteilt habt. Wir wünschen euch für das Ende eurer Mission ganz viel Glück.«

Die anderen Figuren regten sich und schauten sich gegenseitig an. Ein paar von ihnen starrten uns offen an, mit weit aufgerissenen Augen, während andere wegsahen, als würden sie versuchen, den Blick von etwas Unanständigem abzuwenden.

Peter warf Spence den finsteren Blick zu, den er normalerweise für mich reserviert hatte, ließ ihn dann noch über mich schweifen und folgte Amberlyn.

Jetzt fühlte ich mich schlecht, dass ich ihn beschuldigt hatte. Auch, wenn er ein Idiot war ... Er hatte sich im Gegensatz zu Spence nicht wie einer verhalten.

Nun waren nur noch Spence und ich übrig. Ich starrte auf den Typen hinunter, den ich für so was wie einen Freund gehalten hatte. Er saß weiterhin auf der Wiese, lehnte sich zurück und lächelte leicht.

Anscheinend brachte ein Wettbewerb das Schlechteste in den Menschen hervor.

Ich deutete mit dem Finger auf ihn. »Halt dich ja von mir fern, Lopez.«

Er blinzelte, als könnte er unsere Wut wirklich nicht nachvollziehen. »Ach, komm schon. Das war doch bloß Spaß. Ich dachte, du fändest das cool.«

»Ich finde Leute cool, die nicht betrügen.«

Ich marschierte auf Al zu und direkt aus der Kathedrale hinaus. In mir tobte ein Sturm. Wie hatte er mich nur so komplett hinters Licht führen können? Ich hätte es erkennen müssen, mit seinem ganzen Gerede darüber, dass er alles für den Sieg tun würde, und mit seinen Witzen, die keine Witze waren.

»Ich kann's einfach nicht glauben. Ich dachte, ich kenne ihn.«

»Mach dir keine Sorgen«, meinte Al. »Das werde ich Ms Carmichael berichten.«

»Meinst du, sie wird irgendwas deswegen unternehmen?«

»Erfreut wird sie nicht sein. Letztendlich hat er zwar keinen großen Einfluss auf euch alle gehabt, aber in Bath hätte er dich ernsthaft verletzen können.« Ein seltener finsterer Blick ließ Falten auf ihrem Gesicht erscheinen.

Hatte er mein Notizheft? Ich hätte ihn fragen sollen. Fast hätte ich vergessen, dass er an diesem Tag ja auch im Irrgarten war. Er hätte es finden und aufheben können.

Na ja, jetzt ging ich jedenfalls nicht mehr zurück. Seinen Anblick ertrug ich einfach nicht mehr. Und das Tagebuch würde mir sowieso nur wenig helfen.

Ich musste mich konzentrieren. Jetzt, da ich einen kleinen Vorgeschmack auf ihre Erzählungen bekommen hatte, musste ich meine schreiben. Spence hatte sich in meine Gedanken einschleichen wollen, doch von seinen Streichen würde ich mich sicher nicht ablenken lassen.

Am frühen Abend kamen wir in London an, der Himmel war

blassblau und von silbrigen Wolkenstreifen durchzogen. Ich wartete, bis der Zug in den erstbesten Bahnhof einfuhr, hielt mich an der Stange fest und sprang ab.

»Eine kleine Vorwarnung das nächste Mal«, murmelte Al, als sie mir nacheilte. »Wohin gehen wir denn?«

»Auf Erkundungstour.«

Ich musste meine Wut auf Spence ignorieren, sie in etwas anderes umwandeln, mich konzentrieren. Schließlich landeten wir am Fluss, wo wir entlangspazierten und auf ein enormes Riesenrad zugingen. Auf den Schildern stand *LONDON EYE*, und tatsächlich glich es einem Auge. Jetzt, da ich den Namen gelesen hatte, hatte ich auch das Gefühl, dass es mich beobachtete. Mich verurteilte.

Al ging näher bei mir als sonst, aber immer noch hinter mir her. Nicht wie Freundinnen, die sich zusammen einen schönen Abend machten, sondern eher so, als würde auch sie mich beobachten.

Ich vermisste Luke mehr denn je. Ich wollte mit ihm über Spence reden. Mich mit ihm über Canterbury unterhalten. Seine Zuversicht hören, dass ich das mit meinen Geschichten schon hinbekommen würde. Hatten wir uns wirklich erst heute Morgen voneinander verabschiedet?

Was hatte ich mir nur dabei gedacht?

Ich kaufte mir ein neues Notizheft und setzte mich in einen belebten Park. Da ich rein gar nichts hatte, sollte ich vermutlich ganz von vorne beginnen. Ich versuchte, Lukes Ratschlag zu folgen und zu überlegen, was ich sagen würde, wenn ich die Geschichte laut vortragen würde. Doch so wollte es mir nicht in den Sinn kommen. Würde Al es für mich aufschreiben, wenn ich laut vor mich hinsprach? Oder lag das außerhalb der akzeptablen Parameter?

Amberlyn, Peter und Spence hatten einen einzigartigen Blickwinkel auf ihre Geschichten, einen guten. Das brauchte ich auch.

Nachdem ich auf dem Stift herumgekaut hatte, schrieb ich über meinen ersten Tag in London, wie ich das Waisenhaus besucht und die Dickens-Tour mitgemacht hatte. Als ich innehielt und meine

Worte noch mal durchlas, wollte ich das Tagebuch einfach nur noch in die Themse schleudern. Es klang wie ein Bilderbuch. *Hier sieht man Britt, wie sie zum Bahnhof geht. Hier sieht man Britt, wie sie Luke trifft. Hier sieht man Britt beim Fußballspielen.*

Das war nicht das, was Ms Carmichael hören wollte. Aber wie konnte ich so einen Ausflug mit Worten beschreiben? Die gesundheitlichen Angelegenheiten, über die ich nicht reden wollte, jemand Besonderen wie Luke zu treffen, sich lebenslangen Ängsten zu stellen? Das alles war viel zu groß für Stift und Papier und meine schwachen Schreibkünste.

Ich konnte weiterhin einfache Geschichten aufschreiben und hoffen, dass Ms C nicht allzu enttäuscht sein würde. Aber ich wollte gewinnen, und damit würde ich es nicht schaffen.

An dem Stift zu nagen, während ich Leute beobachtete, brachte mir auch keine neuen Ideen ein. Genauso wenig wie ein weiterer Spaziergang am Fluss.

Ich gab auf und trottete zur U-Bahnstation, schlurfend und das nutzlose Notizheft gegen meinen Oberschenkel schlagend.

Vielleicht würde es helfen, darauf zu schlafen.

Hoffentlich, denn so langsam lief mir die Zeit davon.

KAPITEL 27

Als ich am nächsten Morgen ins Speisezimmer kam, machte sich Amberlyn gar nicht erst die Mühe, aufzusehen.

Ich schenkte mir eine Tasse Tee ein, gab vier Zuckerwürfel hinein und trank ihn in drei großen Schlucken aus, wobei ich mir den Hals verbrannte. Ohne Koffein konnte ich ihr nicht gegenübertreten. Ich schenkte mir noch eine Tasse ein und setzte mich.

»Also ... Deiner Geschichte gestern nach zu urteilen, hast du dein altes Notizheft retten können?«, fragte ich.

»Als würde dich das interessieren.«

»Stimmt, das interessiert mich gar nicht. Deshalb hab ich ja auch nur das hier abbekommen«, ich deutete auf mein Kinn, »bei dem Versuch, dir zu helfen.« Heute Morgen hatte ich geduscht und die Mullbinde abgenommen. Die schwarze Naht stach hässlich hervor. Dass diese sie zusätzlich erschrecken würde, hätte ich nicht erwartet. »Weil es mich gar nicht interessiert hat.«

Sie starrte in ihren Tee, ganz grün im Gesicht. »Du hast recht. Danke.«

»Entschuldigung, das hab ich nicht verstanden?«

»Ich sag's nicht noch mal.« Sie drehte ihre Teetasse in der Hand. »Echt nicht zu glauben, das mit Spence, was?«

»Ich bin stinksauer, aber sich zu ärgern hilft auch nichts. Ich versuche jetzt, mich auf meine Geschichten zu konzentrieren.«

»Wie reif von dir.«

»Tu nicht so überrascht.« Ich schaufelte mir Essen auf den Teller – Spiegelei, Toast, Bacon. Dann starrte ich einen Topf voller gebackener Bohnen an.

»Anscheinend tut man die auf den Toast«, erklärte Amberlyn.

»Warum auch nicht? Ist doch ein ganz normales Frühstück.« Ich lud Bohnen auf mein Toastbrot.

Wir aßen schweigend.

Gerade als ich mir das letzte Stück Bacon in den Mund geschoben hatte, räusperte sich Amberlyn.

»Warum brauchst du das Geld überhaupt?«, fragte sie. »Hast du denn kein Fußball-Stipendium?«

»Warum willst du das wissen?«, fragte ich zurück. »Das ist dir doch schon jahrelang egal.«

»Da redet die Richtige.«

Ich nahm den letzten Schluck von meinem inzwischen lauwarmen Tee. »Was soll das jetzt wieder heißen?«

»Wo ist dein neuer Freund?«

Der Tee blieb mir im Halse stecken. »Geht dich nichts an.«

Sie faltete ihre Serviette. »Du hast ihn abgeschossen, oder?«

»Warum glaubst du das?«

»Weil du gut darin bist.« Sie nippte an ihrem Tee, funkelte mich jedoch böse über den Rand ihrer Tasse hinweg an.

»Da redet die Richtige.« Ich wiederholte ihre Worte, ohne genau zu wissen, worauf sie abzielte.

»Das *glaube ich*, weil du Angst davor hast, dich an Leute zu binden. Du glaubst nämlich immer, dass sie dich im Stich lassen werden.«

»Das passiert auch meistens, ja.«

»Aber weißt du was?« Sie stellte ihre Tasse ungewöhnlich heftig ab. »Auch du lässt andere einfach im Stich.«

»Heute hast du's aber mit den kryptischen Aussagen.«

Sie schob ihren Teller von sich weg und lehnte sich zu mir. »Hast du denn seit deiner Verletzung Zeit mit deinem Fußballteam verbracht? Bist du zu Spielen gegangen? Trainingseinheiten? Teamevents? Bist du nicht, oder?«

Ihre Worte trafen mich wie Kugeln.

Ich antwortete nicht. Sie konnte ja gar nicht wissen, wie es war, ihnen dabei zuzusehen, wie sie etwas genossen, das ich nie mehr haben würde.

»Und Luke?«, fuhr sie fort. »Lass mich raten: Du hast beschlossen, dass es zu schwierig wäre, mit jemandem zusammen zu sein, der auf einem anderen Kontinent lebt, also hast du ihn verlassen und machst einfach weiter.«

Genau in die Mitte. Mit Worten zielte sie besser als mit Dartpfeilen.

»Lieber weitermachen, als über die Vergangenheit und Dinge nachgrübeln, die man nicht ändern kann.«

»Auch, wenn das Leute verletzt? So wie damals, als ich dich gebraucht habe?«

»Wovon redest du?« Ich hatte das Gefühl, dass wir beide komplett unterschiedliche Unterhaltungen führten, und ich wollte an keiner von beiden teilnehmen.

»In der sechsten Klasse.«

»Stimmt, du warst weg, und als du wiedergekommen bist, warst du zu cool für mich. Ich war bloß die dumme Sportskanone, die immer in verrückten Situationen gelandet ist und zu laut geredet hat. Aber du wolltest ernste, passendere Freunde.«

»Ich war weg, weil meine Großmutter einen Schlaganfall hatte. Hast du überhaupt mal daran gedacht, mich anzurufen? Dich nach mir zu erkundigen?«

Warum konnte ich mich daran nicht mehr erinnern? Hatte sie mir von ihrer Großmutter erzählt und ich hatte es damals vergessen? Oder hatte sie darauf gewartet, dass ich die Initiative ergriff? Ich stach mir mit den Zinken der Gabel in die Fingerspitzen.

War es denn möglich, dass ich mich all die Jahre über geirrt und sie mich gar nicht verlassen hatte?

»Außerdem«, sie verschränkte die Arme, »war es dir egal, als ich zurückgekommen bin. Du hast mich mit Fußball ersetzt, und es schien dich nicht zu interessieren, ob ich anders weitergemacht hab.«

Da waren unsere Erinnerungen aber sehr verschieden. »Ich dachte, du wolltest nicht mehr mit mir befreundet sein.«

»Du hättest ja mal fragen können.«

»Und riskieren, dass du mir eine Abfuhr erteilst? Nein, danke.« Ich zwang mich dazu, die Gabel auf den Tisch zu legen. »Selbst weiterzumachen war einfacher, als zuzugeben, dass ich dich vermisst habe und das Risiko einzugehen, dass es dir egal gewesen wäre.«

In ihren Augen blitzte es. »Genau darum geht es mir ja! Du bist wütend auf andere, weil sie dich verlassen, aber du tust genau dasselbe!«

Erneut spulte sich der gestrige Tag in meinem Kopf ab. Ich wusste, dass ich mich letztendlich von Luke würde verabschieden müssen, also hatte ich es einfach hinter mich gebracht. Dafür hatte ich keine Verteidigung.

»Hast du überhaupt echte Freunde?«, fragte Amberlyn.

»Ich habe viele Freunde.«

»Aber *echte*. Die dir nahestehen. So wie wir damals.«

Wie Luke und Nick, die ich beneidet hatte. Wieder einmal durchschaute mich Amberlyn viel zu gut. Ich war mit allen im Fußballteam befreundet. Hatte viele männliche Kumpels aus den anderen Teams. Aber niemanden, den ich nachts anrufen konnte, um Geheimnisse zu teilen. Niemanden, auf den ich mich verließ, den ich brauchte, dem ich vertraute.

Außer Luke, flüsterte eine Stimme in meinem Kopf. Ich befahl ihr, die Klappe zu halten.

Es gab einen guten Grund dafür, warum ich mich so verhielt.

»Du willst also wissen, warum ich das Geld brauche?« Ich warf meine Serviette auf den Tisch. »Weil die eine Sache, die ich an mich ranglassen habe, weg ist. Das hier?« Ich streckte mein Bein aus und deutete auf mein Knie. »Das ist *nichts*. Aber die anderen Neuigkeiten, die ich nach der OP bekommen habe? Die Neuigkeiten einer Blutkrankheit? Ich. Kann. Nie. Mehr. Fußball. Spielen.«

Auf den Schrecken in ihrem Gesicht hatte ich zwar abgezielt, doch das gab mir auch kein besseres Gefühl.

»Deshalb lasse ich nichts und niemanden mehr an mich heran. Wenn man etwas will – wenn dir etwas *wirklich* wichtig ist –, führt das nur zu Enttäuschungen.«

Sie verzog den Mund. »Was für eine deprimierende Art zu leben.«

»Und was ist mit dir? Perfekte Noten, jede außerschulische Aktivität, die je erfunden wurde – wobei du wahrscheinlich auch noch neue dazuerfunden hast. Warum brauchst *du* das Geld denn?«

Nachdem ich die Worte erst einmal ausgesprochen hatte, war ich wirklich neugierig. Alle anderen hatte ich nach ihren Geschichten gefragt – nur nicht die eine Person, die mir nahegestanden hatte, diejenige, von der ich angenommen hatte, alles zu wissen.

»Ja, meine Noten waren perfekt. Für sieben von acht Halbjahren. Im achten? Bin ich durch alles durchgefallen und musste Ferienkurse belegen, weil ich damit beschäftigt war, meine Großmutter zu pflegen, nachdem sie in meinem letzten Jahr einen Rückfall hatte. Aber das ist ja noch so eine Sache, die dir egal ist, weil es zu schwierig ist.« Sie machte eine Pause, gerade lange genug, damit mich ihre Worte wie Nägel durchbohren konnten. »Ein schlechtes Halbjahr war zwar nicht genug, als dass mich alle Colleges abgelehnt hätten. Ich bin bei der University of Nevada, Las Vegas, im Eventmanagement reingekommen. Aber die reißen sich nicht grade ein Bein aus, um mir Geld anzubieten. Und die Arztrechnungen waren auch nicht billig. Meine Familie braucht die Hilfe.«

Jetzt ergaben Amberlyns Kommentare zu ihrer Familie auch Sinn. Aber warum musste sie meine Weltanschauung noch mehr durcheinanderbringen? Wir waren schon seit Jahren nicht mehr befreundet. Sie hatte kein Recht, mich so herauszufordern.

Ich stand auf und ging hinaus.

»Das schockt mich ja total, dass du jetzt einfach wegläufst, so wie immer«, rief sie mir nach.

Ich stürmte in die Eingangshalle. Al, mein omnipräsenter Schatten, wollte mir nacheilen.

»Geh mir nicht nach, Alexis. Ich mein's ernst.« Ich marschierte hinaus und knallte die Tür zu.

Ich lief los und joggte die schicke Straße entlang, bis mir auffiel, dass ich beim Laufen über das unebene Kopfsteinpflaster stolpern könnte. Und hinfallen. Und bluten. Und sterben.

Blöde Gene.

Ich bremste mich zu einem schnellen, wütenden Gang.

Eigentlich wollte ich zu dem Park, der den *Buckingham Palace* umgab und den Luke – hör auf, an ihn zu denken! – erwähnt hatte, allerdings landete ich in einem anderen.

Gras wuchs unter gigantischen Bäumen, und in einem gepflasterten Bereich gab es Springbrunnen und Blumentöpfe. Ich folgte einem Pfad durch hohe, sich wiegende Gräser hindurch, kam an einem schlammigen Teich vorbei und zu einem weiteren, ordentlich gemähten Stück Rasen.

Wo eine Gruppe von Kindern in Schuluniformen einen Fußball herumkickte.

Ich konnte ihm einfach nicht entkommen. Dieses Land bestand darauf, mich mit seiner Besessenheit von diesem blöden Sport zu verspotten.

Als der Ball aufprallte und davonrollte, brach eine Welle über mich herein.

Ich brauchte diesen Ball. Musste für immer laufen und dribbeln und schießen und ihn vergessen, ihm davonlaufen, dem ein Ende setzen. Musste dorthin, wo ich nicht existierte. Wo ich nicht Britt Hanson war, sondern das Mädchen mit dem Ball, und wo nichts anderes zählte.

Die Kinder liefen weiter und ließen den Ball zwischen sich hin und her springen, mit Knien, Beinen und Köpfen. Mein Blick ruhte auf dem Ball, bis ich ihn nicht mehr sehen konnte.

Ich fühlte mich leer. Als hätte man mich von innen ausgekratzt. Wenn ich ihnen den Ball klauen und weglaufen würde, was dann? Ein paar Minuten der Vergessenheit? Das würde den Wettbewerb, den ich verlieren würde, auch nicht auslöschen. Ich musste mir immer noch überlegen, was ich mit meiner Zukunft anfangen wollte. Und ich musste aufhören, mein Herz vor allem zu verstecken, was mir vielleicht wehtun könnte.

Ich ließ mich auf das Gras sinken, legte mich auf den Rücken und starrte in die Bäume und den Himmel, ohne beides wirklich zu sehen.

Nach mindestens zwanzig Minuten der Taubheit setzte ich mich auf. Was war nur aus mir geworden? Ein Feigling, der aufgab? Der Wettbewerbe einfach verschenkte, weil sie schwierig waren? Der Leute von sich wegstieß, denen man wichtig war?

Amberlyn hatte mir vorgeworfen, wegzulaufen. Zum ersten Mal wurde mir klar, dass es viele Arten gab, davonzulaufen – und nicht alle davon waren körperlich.

So wollte ich nicht sein.

So verhielten sich die Helden und Heldinnen in all den Büchern auch nicht.

Ich stand auf und klopfte das Gras von meiner Hose ab.

Ich war eine Siegerin. Eine Kämpferin.

Und so leicht würde ich mich nicht wegen dem hier – wegen allem – geschlagen geben.

★

Auf dem Weg zu Ms Cs Wohnung umklammerte ich fest mein Handy. Luke hatte seine Nummer darin eingespeichert – für Notfälle, hatte er gemeint. In meiner Geschichte zählte eine Entschuldigung als Notfall.

Mein Finger schwebte über dem Anruf-Button. Ich biss mir auf die Innenseite der Wange. Hielt den Atem an. Drückte darauf.

Sofort setzten Zweifel ein. *Was sollte ich bloß sagen?*

Das Handy klingelte einmal, bevor die Mailbox ansprang, und eine automatische Ansage verkündete, dass sie voll war.

Natürlich. Weil es so nicht schon schwer genug war. Ich ließ das Handy sinken und starrte es finster an.

Als ich die Wohnung betrat, wartete Al im Wohnzimmer auf mich.

Ohne ihr die Zeit zu lassen, mich zu fragen, warum ich weggelaufen war, fragte ich selbst: »Kannst du mir sagen, in welchem Krankenhaus Lukes Dad liegt?«

Plan B: Unangekündigt auftauchen.

Sie kniff die Augen zusammen. »Warum brauchst du diese Information?«

Ich starrte sie so ausdruckslos an, dass Luke stolz auf mich gewesen wäre. »Was glaubst du denn?«

Sie antwortete nicht.

»Komm schon, Al.« Ich fuchtelte mit dem Handy herum. »Ich werde *jedes* Krankenhaus in London abtelefonieren, wenn's sein muss. Wie lange meinst du, dauert das?« Ich wollte gar nicht wissen, wie viele Krankenhäuser es in einer Stadt dieser Größe gab.

»Ich kann nicht.« Al verschränkte die Arme vor der Brust. »Tut mir leid.«

»Warum nicht? So eine Hilfestellung hat doch mit dem Wettbewerb nichts zu tun.«

»Vielleicht will ich ja, dass du gewinnst«, sagte sie, »und wenn du den halben Tag dafür brauchst, ist es eher unwahrscheinlich, dass das passiert.«

»Ich weiß deine Sorge zu schätzen. Aber das ist meine Entscheidung. Hilf mir, und du ersparst mir mehrere Stunden Zeit«, erwiderte ich.

Sie funkelte mich an.

Ich funkelte zurück. In diesem Spiel war ich ein Profi.

Sie seufzte. »Na gut.«

»Warst du denn nicht sauer auf mich, wegen der Art und Weise, wie ich ihn abserviert habe? Du solltest dich freuen.«

»Ich will schon, dass du die Sache mit meinem Cousin wieder geradebiegst.« Sie schaute finster drein. »Aber ich will auch, dass du diesen Wettbewerb hier ernst nimmst.«

»Das tue ich ja. Aber zuerst muss ich das mit Luke wiedergutmachen. Du musst auch nicht mitkommen. Das ist ja kein Teil des Wettbewerbs.«

Sie musterte mich. »Ich glaube schon.« Sie stand auf. »Also dann, los.«

Al ging voraus und brachte uns zu einem riesigen Gebäude, das komplett aus blauen Fenstern bestand.

Vor der Eingangstür zögerte ich und starrte das Schild an, auf dem *THE ROYAL HOSPITAL LONDON* stand. Übelkeit blubberte in meinem Magen auf. Ich war nicht wegen mir hier. Nichts würde schiefgehen. Ich würde Luke unterstützen und mich entschuldigen, das war alles.

Ich marschierte hinein, auf den Empfangstresen zu und wappnete mich innerlich gegen den Geruch von Medikamenten und abgestandener Krankenhausluft. »Hallo, ich bin hier, um Mr Jackson zu besuchen.«

»Vorname?«, wollte die Krankenschwester wissen.

»Äh.«

Sie sah mich flüchtig an. »Äh Jackson?«

Al seufzte. »John. John Jackson.«

Die Dame tippte auf ihrer Tastatur herum. »Sind Sie Familie?«

»Nein, aber ...«

»Ich bin seine Nichte«, fuhr Al dazwischen. Ich spürte, wie sie gedanklich wegen mir die Augen verdrehte.

»Zimmer 212. Nehmen Sie den Lift und gehen sie dann nach rechts.«

Als wir im Aufzug waren, sagte ich: »Gut, dass du mitgekommen bist.«

Al schüttelte bloß den Kopf.

Vor Zimmer 212 blieben wir stehen. Mein Herz schlug wie wild. Ob Luke da drinnen war? Wie würde er reagieren? Wäre er sauer? Was sollte ich sagen? Ich holte tief Luft und streckte den Kopf zur offenen Tür herein.

Die einzige Person in Mr Jacksons Zimmer war Mr Jackson.

Ich trat zurück und schaute mich um. Ein Aufenthaltsraum für Krankenschwestern, ein Snackautomat, ein Typ in einem Rollstuhl. Aber keine Spur von Luke. Vielleicht holte er sich nur kurz was zu essen. Das Herz wurde mir ganz schwer, schlug aber auch langsamer.

Während Al mit ihrem Onkel sprach, blieb ich in der Nähe der Tür stehen und versuchte, außer Sichtweite zu bleiben. Mr Jackson hatte verwuschelte braune Haare in demselben Farbton wie Luke, nur, dass er an den Schläfen graue Strähnen hatte. Tiefe Ringe unter seinen Augen verrieten, dass er schon eine Ewigkeit nicht mehr geschlafen haben musste, und wahrscheinlich hatte er sich seit drei oder vier Tagen nicht mehr rasiert. Ich konnte ihn mir gut als Professor vorstellen. Aber egal wie sehr ich es versuchte, ich konnte diesen blassen, zerbrechlichen Mann nicht als jemanden sehen, der betrogen hatte, gefeuert wurde und die Zukunft seines Sohnes ruiniert hatte.

Nachdem sich Al und Mr Jackson kurz zwanglos unterhalten hatten, fragte Al: »Wo ist eigentlich Luke?«

»Er ist weggegangen. Meinte, er hätte da etwas zu erledigen.«

»Wo ist er denn hin?«

»Hat er nicht gesagt.

Weg? Weggegangen wohin? Also zu einem Laden, um sich was zu essen zu holen? Um im Waisenhaus zu helfen? Ich musste ihn sehen.

Ich ging den Korridor etwas weiter hinunter und versuchte, noch mal anzurufen. Er ging immer noch nicht ran und Platz, eine Nachricht zu hinterlassen, war auch nicht. Dieser neue Plan begann nicht sonderlich vielversprechend. Gut, dass ich nicht abergläubisch war.

Ich schlug das Handy gegen meine flache Hand. Dann rief ich Amberlyn an.

»Am? Ich bin's. Kannst du mir Nicks Nummer geben?«

»Was?«

»Lukes Freund Nick. Ich weiß, dass er sie dir eingespeichert hat. Ich muss Luke finden, und er wird wissen, wie.«

In der Leitung herrschte so lange Schweigen, dass ich schon dachte, sie hätte aufgelegt. Nicht, dass ich ihr nach dem Frühstück einen Vorwurf daraus gemacht hätte. »Okay. Ich schreib sie dir. Britt?« Ein kurzes Zögern lag in ihrer Stimme.

»Ja?«

»Viel Glück.«

Ich zögerte ebenfalls. »Danke, Am.«

Ich hielt den Atem an und wählte die Nummer, die sie mir geschickt hatte.

»Hallo?«

»Nick? Hier ist Britt. Lukes Freundin. Aus Amerika.« Als ob ich seine Erinnerung hätte auffrischen müssen.

»Hey. Was ist los?« Er klang fröhlich und ehrlich neugierig.

»Hör zu: Weißt du, wo Luke gerade ist? Ich bin im Krankenhaus bei seinem Dad, aber Luke ist weg, und er geht nicht an sein Handy.«

»Er ist hier. Warum?«

Mir stockte der Atem. »Hier bei dir?« So viel also dazu, ihn zu überraschen.

»In diesem Moment gerade nicht. Aber er ist für einen Tag in Oxford.«

Er war freiwillig nach Oxford zurückgekehrt? »Ich muss ihn sehen.«

»Er meinte, du würdest heute an deinem Projekt arbeiten.«

»Ach ja?« Nick klang überhaupt nicht so, als wäre er sauer auf mich. Hatte Luke ihm denn nicht erzählt, was ich getan hatte? Natürlich hatte er das nicht. Luke war viel zu nett, als dass er gleich seinem besten Freund gegenüber ausplappern würde, dass das Mädchen, das er kennengelernt hatte, sich wie ein Vollarsch verhalten hatte. Jetzt fühlte ich mich noch schlechter. Oder bedeutete das, dass ich Lukes Gefühle betreffend falsch gelegen hatte und es ihm gar nicht wichtig genug war, überhaupt zu erwähnen, was passiert war? »Ich meine, ja, ich arbeite schon daran. Aber das kann ich auch im Zug fertigmachen. Ich muss mit ihm reden.«

»Ruf mich an, wenn du da bist. Dann treffen wir uns bei den Schlafsälen.«

»Danke. Sag ihm aber nicht, dass ich angerufen habe, okay?«

»Klar, kann ich machen.«

»Danke, Nick.«

Sah wohl ganz so aus, als würde ich noch mal nach Oxford fahren.

KAPITEL 28

Wir verließen das Krankenhaus wieder, und ich erzählte Al, was ich herausgefunden hatte.

»Jetzt musst du aber wirklich nicht mitkommen«, sagte ich. »Ich war ja schon mal in Oxford. Ich komme zurecht.«

»Bestimmt, aber ...«

»Aber du hältst es nicht aus, von mir getrennt zu sein? Okay, na dann.« Ich marschierte zielstrebig über den Parkplatz.

Ein halbes Lächeln stahl sich auf ihr Gesicht, doch dann verschwand es wieder. »Bist du dir sicher? Zwei Stunden, um jemanden im Krankenhaus zu besuchen, ist eine Sache. Nach Oxford zu fahren, wird fast den ganzen Tag dauern. Ich will dir ja nicht zu nahetreten, aber deine Erzählungen schreiben sich nicht direkt von allein.«

Da hatte sie auch wieder recht.

Ich blickte über das Meer aus Autos. Am hinteren Ende des Parkplatzes fiel mir ein Wohnwagen auf, und ich musste an die Humphreys denken. Vor allem an Mrs Humphrey, die angehende Kamerafrau.

Andere Momente der Reise überschlugen sich in meiner Erinnerung, zusammen mit Lukes Kommentaren zu meinen Künsten als Geschichtenerzählerin.

Da keimte eine Idee in mir auf.

Ich wirbelte zu Al herum. »Ich hab's mir anders überlegt. Du musst mitkommen. Ich brauche dich.«

Sie hob eine Augenbraue.

Das könnte funktionieren. Das würde ich schon bewerkstelligen. »Wo kann ich eine Videokamera kaufen?«

Vor einer Woche hätte sie noch gesagt, dass diese Information außerhalb der akzeptablen Hilfeparameter läge. Jetzt suchte sie auf ihrem Handy herum und brachte mich zum nächsten Laden.

Ich kaufte die billigste Kamera, die sie hatten – die praktisch nichts anderes konnte, außer Filmen.

»Okay«, sagte ich. »Dann mal los.«

*

Sobald wir im Zug saßen, gab ich Al die Kamera. Während sie die Bedienungsanleitung las, holte ich den Richtlinienzettel heraus, den uns Ms C an unserem ersten Tag gegeben hatte.

Vor lauter Nervosität zog sich mir der Magen zusammen. Wonach ich suchte, stand allerdings nicht in den Regeln. Doch ein kalkuliertes Risiko einzugehen konnte sich ja manchmal auszahlen ... oder?

»Würdest du dir die Mühe machen, mir das zu erklären?« Al klappte den kleinen Bildschirm zur Ansicht auf.

Ich strich mir die Haare seitlich am Kopf glatt und zog meinen Pferdeschwanz fest. Dann machte ich den Zopf wieder auf und schüttelte die Haare aus. Dann überlegte ich es mir doch wieder anders und band sie erneut zurück. »Eine der bedeutsamsten Eigenschaften der *Canterbury Tales* war, dass es normale Geschichten von einfachen Leuten waren.« Ich durchstöberte mein Gehirn nach dem Wort, das Luke benutzt hatte. »In Mundart. So, wie sie wirklich gesprochen hätten.«

»Okay ...«, meinte Al.

»Sie haben ihre eigene Stimme benutzt. Und die Pilger haben ihre Geschichten laut vorgetragen.« Ich wischte mir einen unsichtbaren Fussel von der Schulter und zog mein T-Shirt straff. Wenn ich gewusst hätte, dass ich mich selbst filmen würde, hätte ich etwas Hübscheres als mein Fußballtrikot angezogen. »Darin bin ich gut. Im Schreiben nicht. Also werde ich die Geschichten auf meine Art erzählen und hoffen, dass Ms C das gefällt.«

Al legte den Kopf schief. »Interessant.«

»Es ist riskant. Vielleicht disqualifiziert sie mich auch automatisch. In den Regeln steht, dass wir unser Notizheft abgeben sollen. Da die Aufgabe in Canterbury ja auch daraus bestand, etwas laut vorzutragen, setze ich jetzt einfach mal darauf, dass sie Videos nicht komplett hasst.«

»Das ist ziemlich clever.«

»Fang jetzt nicht an, nett zu mir zu sein, Al. Damit kann ich nicht umgehen.« Ich nickte zu der Kamera hin. »Kannst du die bedienen?«

Sie sah sich in dem relativ vollen Zug um. »Bist du dir auch wirklich sicher, dass du das hier machen willst?«

»Hab keine andere Wahl. Ich muss Luke sehen, und die Deadline für meine Erzählungen ist morgen früh. Ich hab keine Ahnung, wie lange ich dafür brauche.« Ich grinste. »Ich rede ja gerne.«

»Hast du vor, persönliche Sachen zu erzählen?«

Ich zuckte mit den Schultern. »Ich trage besser vor, wenn ich ein Publikum habe.«

Alexis' in Falten gelegte Stirn und zusammengepresste Lippen verrieten mir, dass sie lieber einen Tod durch tausend Schnitte an Papier wählen würde, als auch nur etwas entfernt Persönliches vor komplett Fremden preiszugeben. Ich glaubte, dass das teilweise davon kam, dass sie Engländerin war, aber auch, weil sie Al war – doch ich hatte keine solchen Hemmungen.

Außerdem ... Wie ich ihr schon gesagt hatte, gab es keinen anderen Weg, wenn ich Luke sehen wollte.

»Bist du bereit?«, fragte ich.

Sie drückte auf ein paar Knöpfe und setzte sich so hin, dass sie sich ans Fenster anlehnen konnte, dann richtete sie die Kamera auf mich. »Sag an, wann.«

Ich rutschte ein bisschen auf dem Sitz herum, bis ich den richtigen Winkel zur Kamera fand. Dann atmete ich tief ein. »Action.«

Ein rotes Licht leuchtete auf. Ich schaute in die Linse, stellte mir dabei aber Lukes Gesicht vor. Das von Al. Nick. Ms C. Das fühlte sich richtig an. Ich konnte es schaffen.

»Zu Chaucers Zeiten und auch jetzt noch ist eine Pilgerfahrt ein Symbol. Ein Mensch begibt sich auf eine Reise mit einem bestimmten Ziel, doch dieses spiegelt nicht den *wahren* Sinn der Reise wider. Dieses Ziel zeigt am Ende nicht, was er in Wirklichkeit sucht und durchlebt. Eine weise Lehrerin sagte mir einmal, dass das Reisen einen verändert, wenn man es zulässt, also werde ich davon erzählen, wie mich meine Reise durch England verändert hat – und wie das Ziel, von dem ich dachte, es unbedingt erreichen zu müssen, eigentlich ein ganz anderes war.«

Ich begann mit meiner Erzählung ein paar Wochen vor Ms Cs Einladung, mit der Verletzung und der Geschichte, die ich Luke erzählt hatte. Das diente damals als Proberunde. Dieses Mal kamen mir die Worte leichter über die Lippen, da ich sie schon einmal ausgesprochen hatte.

»Wie würdest du reagieren, wenn du herausfindest, dass die eine Sache, die du im Leben tun wolltest, für immer weg ist?« Ich kämpfte gegen den Impuls an, an meinen Haaren zu ziehen, und beschränkte mich darauf, die Hände außer Sichtweite der Kamera fest ineinanderzukrallen. »Vor einer Woche hätte ich noch gesagt: Ignorier das Problem. Versteck dich unter einer Decke wie ein Kind, das glaubt: *Wenn ich dich nicht sehen kann, kannst du mich auch nicht sehen.* Doch ein kluger Freund hat mir gesagt, dass der Teppich irgendwann nicht mehr flach daliegt, wenn man immer mehr Dinge darunter kehrt. Früher oder später stolpert man darüber. Und an dieser Stelle kommen wir nun zu dem Umschlag in meinem Schließfach.«

Mir fiel auf, dass sich die Dame vor uns zum Zuhören weiter in die Mitte zwischen die Sitze lehnte. Der Typ gegenüber von mir im Korridor hatte seine Kopfhörer rausgenommen. Doch ich würde das durchziehen. Sie konnten so viel lauschen, wie sie wollten.

Beginnend bei dem Umschlag sprach ich darüber, dass ich mich gefragt hatte, warum Ms C eine mittelmäßige Schülerin ausgewählt hatte, und dass ich fürchtete, keine Chance zu haben. Über meinen ersten Flug. Den Besuch im Waisenhaus. Dabei erwähnte ich auch, wie ich Luke getroffen hatte und dass er mich viel zu gut verstand für jemanden, den ich gerade erst kennengelernt hatte.

Ich versuchte, weniger dramatisch, dafür aber überlegter zu sein als in anderen Situationen, wenn ich laut Geschichten erzählte, dabei aber immer noch die Atmosphäre gut zu beschreiben und die Action nicht zu vergessen.

Nachdem ich mit der Beschreibung des ersten Tages fertig war – wobei ich eventuell mit meinen Künsten als Taschendiebin etwas übertrieben und alles erwähnt hatte, was ich aus den Aufgaben und von Luke über Dickens gelernt hatte – sagte ich: »Cut.«

Al machte die Kamera aus.

Ich ließ die Schultern nach unten sacken und trank gierig etwas Wasser. Sogar für meine Verhältnisse musste man hier eine Menge reden.

»Du bist ja ein Naturtalent vor der Kamera«, meinte Al.

»Nur schade, dass ich keine Zeit mehr haben werde, das zu bearbeiten. Ms C wird mich ungefiltert hören müssen. Ich hoffe, mir reicht die Zeit für die ganze Woche. Vielleicht muss ich die ganze Nacht aufbleiben.«

Ihre Lippen bebten. »Ich sollte dir ein Stativ kaufen.«

»Ne ne, du wolltest helfen, also bleibst du jetzt auch, bis ich fertig bin.«

»Na super.«

Bei der Beschreibung von Glastonbury machte ich aus dem Schwertkampf eine epische Sage, die eines Films würdig gewesen wäre, und ließ keine Details von Alexis' unglücklichem Zusammentreffen mit dem Kuhfladen aus. Ihr wütender Blick durchbohrte mich von hinter der Kamera.

Ein paar Fahrgäste kicherten. Ich setzte mich aufrechter hin. Zu wissen, dass sie genauso reagierten, wie ich das wollte, verlieh mir Sicherheit.

Ich erzählte, wie König Artus mich zum Nachdenken darüber angeregt hatte, was ich tun sollte, und dass mir die Gedanken an die Zukunft und den Sinn meines Lebens keine Angst mehr machten. Allerdings ging der meiste Dank dafür an Luke. Über den ich jetzt gerade *nicht* nachdachte.

»Hey, seid mal ein bisschen ruhiger da drüben«, rief jemand ein paar Reihen weiter vorne.

»Pssst«, sagte wer anderes. »Ich will das hören.«

»Ich auch«, stimmte noch jemand anderes zu.

»Nur weiter, Mädel«, rief eine vierte Stimme.

Die Kamera erzitterte unter Als stummem Lachen. Würden die Kommentare der anderen Fahrgäste auch auf der Aufnahme sein? Ich lächelte und machte tatsächlich weiter, beschrieb die Anhalterfahrt mit der verrückten Wohnwagen-Familie und wie diese Erinnerungen an meine eigene Familie und Hoffnung für die Zukunft geweckt hatte.

»Hiervor habe ich mich jahrelang gedrückt. Das habe ich noch nie zu jemandem gesagt, aber … Ich vermisse meinen Dad.« Mir fiel meine Unterhaltung mit Luke wieder ein, über Vergebung, und ich wünschte, er wäre hier, um dieses Eingeständnis mitzuerleben. »Ich bin immer noch sauer auf ihn, dass er uns verlassen hat, aber ich entscheide mich dafür, ihm zu verzeihen.«

Ich hielt inne. Über meinen Dad zu reden, erfüllte mich mit einer Sehnsucht nach meiner Mom, was seltsam war. Wir standen uns nicht nahe. Wir telefonierten nie, sondern beschränkten uns auf Textnachrichten. Aber jetzt musste ich plötzlich ihre Stimme hören.

»Warte kurz«, sagte ich zu Al, während ich mein Handy hervorkramte. In Kalifornien war es zwar noch super früh, aber Mütter hörten doch immer gerne von ihren Kindern, oder? Unsere App für Textnachrichten erlaubte auch Anrufe.

»Britt?« Mom ging mit panischer Stimme ran. »Ist alles in Ordnung?«

»Ja, alles gut. Ich wollte bloß mit dir reden.« Ich hatte nicht daran gedacht, dass ein seltener Anruf sie erschrecken könnte. Ups.

»Ach so.« Sie klang überrascht. »Das ist ja nett.«

»Tut mir leid, wenn ich dich aufgeweckt hab.«

»Für dich würde ich zu jeder Zeit aufstehen. Wie läuft es so mit dem Wettbewerb?«

Ich zupfte an einem Faden im Sitz herum. »Ich glaube, ganz okay. Das werde ich dann morgen rausfinden. Ich weiß, dass ich gewinnen muss.«

»Es ist doch auch in Ordnung, wenn du nicht gewinnst. Mich freut es nur, dass du diese Erfahrung machen kannst.«

»Aber das College ... Das Geld. Das brauchen wir doch.«

»Ich werde dich nicht anlügen und behaupten, es wäre alles ganz einfach, aber uns fällt schon etwas ein.«

Ich seufzte. »Tut mir leid, dass ich es uns nicht so einfach gemacht hab, wie Maya und Drew.«

»Hey.« In ihrer Stimme schwang eine ungewohnte Schärfe mit. »Du gehst deinen eigenen Weg, nicht den deiner Geschwister. Ich hab dich immer lieb. Und ich bin auch immer stolz auf dich.«

Mein Hals fühlte sich ganz eng an.

Ihre Stimme wurde weicher. »Du hattest ein hartes Jahr, aber du hast dich da durchgekämpft – und das wirst du auch weiterhin tun, egal, was in dieser Woche passiert. So bist du eben. Eine Kämpferin.«

»Danke Mom«, presste ich hervor. »Ich ruf dich morgen wieder an.«

Ich starrte mein Handy an. Ich war so damit beschäftigt gewesen, dem Dad zu gefallen, der uns verlassen hatte, dabei hätte ich mich die ganze Zeit über lieber auf den Elternteil konzentrieren sollen, der geblieben war. Während ich mehrmals fest blinzelte, starrte Al aus dem Fenster und tat so, als würde sie mich gar nicht bemerken. Zum ersten Mal wusste ich ihre Liebe zur Privatsphäre zu schätzen.

»Also, worauf warten wir?« Ich räusperte mich. »Lass uns weitermachen.«

Als sie die Kamera wieder hob, erzählte ich in allen Einzelheiten von der Sherlock-Aufgabe und rekapitulierte nochmals die Geschichte von unseren gestohlenen Zeltstangen, die ich in Canterbury schon vorgetragen hatte. Diesmal kam Spence als skrupelloser Konkurrent darin vor, der uns sabotierte. Bei meinem ungeplanten Badegang in Bath führte ich seine Rolle noch weiter aus.

Dann beschrieb ich den Rest von Bath, wobei ich meine neue Bewunderung für Jane Austen nicht ausließ, die sich ihren eigenen Weg durchs Leben gebahnt hatte, und endete mit dem Satz: »Was meine Persönlichkeit angeht, bin ich zwar Lydia Bennet näher als ihren Schwestern, aber die echten Heldinnen waren diejenigen, die aus ihren Fehlern gelernt haben, und das versuche ich nun auch.«

Ich legte noch eine Pause ein, und durch die Sitze hindurch riskierte die Dame vor mir einen kurzen Blick auf mich.

Angesichts so einer unverhohlenen Zurschaustellung von Neugier zog Al eine Augenbraue hoch.

Die Frau zeigte mir die Daumen nach oben und schaute wieder nach vorne.

Je näher wir Oxford kamen, desto langsamer wurde der Zug. Das Filmen hatte mich davon abgelenkt, was als Nächstes kommen würde, doch meine Erzählungen waren noch nicht zu Ende. Falls Jane Austen zusah, hoffte ich, dass sie mir bei einem Happy End für diesen Teil der Geschichte behilflich sein würde.

Diesmal fand ich mich besser in der Stadt zurecht. Al und ich gingen schweigend nebeneinander her, und die Ruhe war wohltuend. Ich fand die Tür, durch die Nick uns eingelassen hatte, und versuchte, die Erinnerung daran wegzuschieben, wie Luke und ich in der Dunkelheit Geheimnisse ausgetauscht hatten, wie er mir vorgelesen und mich beinahe geküsst hatte.

Heute saß ein winziger alter Mann in dem Pförtnerhäuschen. Hoffentlich sollte dieser kein Wachposten sein, denn den hätte ich auch mit einer Feder ausknocken können. »Kann ich Ihnen helfen?«

»Ich bin hier, um Nick zu besuchen.« *An dessen Nachnamen ich mich nicht mehr erinnere.* Mann, ich war echt ein hoffnungsloser Fall.

»Wer sind Sie denn?« Er setzte sich in seinem Stuhl auf, damit er mich über den unteren Rand des Fensters ansehen konnte.

»Britt. Er erwartet mich schon.«

Er legte die Stirn in Falten, hob jedoch einen Telefonhörer hoch. »Irgendein amerikanisches Mädchen … Alles klar. Er sagt, dass er sich gleich mit Ihnen trifft.« Er nickte nach drinnen. »Sie können reingehen.«

Ich betrat den Innenhof, wobei mein Blick sofort die Stelle wiederfand, an der Luke und ich im Gras gelegen hatten. Ich musste damit aufhören, bei allem, was ich sah, an ihn zu denken – nur für den Fall, dass das hier schlecht ausging. Und Luke hatte jedes Recht, das hier schlecht ausgehen zu lassen.

Wir setzten uns auf eine Bank, doch nicht einmal eine Minute später kam Nick schon herunter.

»Hallo noch mal«, sagte ich, denn was sagte man schon zu jemandem, der einen alles vollbluten gesehen, einem Stechkahn fahren beigebracht und dessen besten Freund man quasi abserviert hatte?

»Hallo.« Er umarmte mich. »Dein Kinn sieht ja …«

»Grässlich aus. Ja, ich weiß.«

Er lachte. »Was machst du denn hier?«

»Ich nehme mal an, Luke hat dir nichts erzählt ...« Ich beschloss, den Gedanken nicht zu Ende zu führen.

»Er schien bedrückt zu sein, aber ich dachte, das wäre wegen seinem Dad.«

»Vielleicht, aber ich ...« Ich verstummte. »Na ja. Jedenfalls bin ich hier, um mich zu entschuldigen.«

Er nickte, als wäre das ganz normal, und bedrängte mich nicht wegen Einzelheiten. Dafür dankte ich ihm stumm.

»Weißt du, wo er ist?«, fragte ich.

»Er meinte, er hätte da etwas zu erledigen, aber er hat mir nicht gesagt, was. Ich treffe ihn dann zum Mittagessen.« Er deutete mit dem Daumen über seine Schulter. »Willst du mitkommen?«

»Danke.«

Auf dem Weg zur Hauptstraße füllte Nick die Stille damit aus, mich nach Amberlyn, meinem restlichen Ausflug und noch mal Amberlyn auszufragen. Außerdem erzählte er mir dieselbe Geschichte wie Luke, nämlich, wie er damals genäht wurde.

Bei einem Restaurant in der High Street hielt Nick an. Durch das Fenster konnte ich Luke erkennen, der schon an einem Tisch saß und wartete. Dieselbe Jacke. Dieselben Haare, die ihm in die Stirn fielen. Dieselben Lippen, die sowohl weich als auch fordernd sein konnten ... Vor Nervosität drehte sich mir der Magen um – wie Kleidung im Trockner beim Schleudergang, weswegen ich mir die zitternden, feuchten Hände an den Oberschenkeln abwischte.

Nick ging zuerst rein, und Luke stand auf, als er seinen Freund erblickte. Ich folgte Nick unsicher und spähte hinter ihm hervor, sobald wir am Tisch ankamen. Luke erstarrte, etwas Unbekanntes blitzte in seinen Augen auf, doch dann verbannte er jegliche Emotion aus seinem Gesicht.

»Kann ich kurz was sagen?« Ich trat hinter Nick hervor. »Bevor du irgendetwas sagst? Wenn du dann willst, dass ich gehe, mache ich das auch.«

Er nickte einmal kurz.

Ich klammerte mich an einer Stuhllehne fest, das Holz war leicht klebrig. *Sag's einfach.* »Ich war so ein Idiot. Erst durch Amberlyn bin ich darauf gekommen. Mein ganzes Leben lang war ich daran gewöhnt, dass mich Menschen verlassen, deshalb hatte ich Angst davor, jemanden oder etwas an mich heranzulassen. Dass ich den Fußball verloren habe, hat es noch schlimmer gemacht. Dann hab ich dich getroffen, und ich mochte dich, aber ich konnte immer bloß daran denken, dass ich ja nur eine Woche hier bin. Wenn ich dich also an mich heranließe, wäre es scheiße, wenn ich wieder heim musste. So wie dir gegenüber diese Woche habe ich mich noch nie jemandem gegenüber geöffnet.«

Sein Gesicht verriet nicht das Geringste.

Doch ich ignorierte mein Herz, das mir wild in den Ohren dröhnte. Den Kellner, der Teller mit köstlich duftenden Burgern vorbeitrug. Al und Nick und die rund anderen zwanzig Gäste, und sprach drängend weiter: »Amberlyn hat gesagt, dass ich wegen meiner Angst vorm Verlassenwerden genau das tue – nämlich die Menschen selbst verlasse, ohne ihnen überhaupt eine Chance zu geben. Irgendwoher wusste sie, dass ich das bei dir genauso gemacht habe. Vorher hat es bloß funktioniert, weil ich nie jemanden hatte, bei dem es mir genug ausgemacht hätte, ihn oder sie zu verlieren. Aber ich will dich nicht verlieren. Falls ich dich aber trotzdem verliere, dann wenigstens nicht deswegen, weil ich weggerannt bin oder zu viel Angst hatte, es überhaupt versucht zu haben. Es tut mir leid. Vor allem, dass ich weggegangen bin, als du mich gebraucht hast. Du warst für mich da, und ich hätte auch für dich da sein müssen. Kannst du mir verzeihen?«

Wieder einmal wurden komplett fremde Menschen Zeugen meiner intimsten Gedanken und Gefühle. Mitten in einem vollen Restaurant sahen Luke und ich uns an. Gäste in der Nähe waren verstummt, obwohl sie so taten, als würden sie uns nicht beobachten. Auch der Kellner stellte die Burger langsamer als nötig auf den Tischen ab.

Normalerweise konnte ich in Lukes Gesicht lesen, doch jetzt erkannte ich, warum ihn diese Fähigkeit überrascht hatte. Sein Gesicht war leerer als mein nutzloses Notizheft.

Ich wollte so, *so* dringend das Schweigen brechen. Doch ich hatte schon gesagt, was ich sagen musste. Der Rest hing von ihm ab.

»Können wir kurz rausgehen?«, fragte er.

»Ach so. Ja klar.« Da hatte ich ja mal wieder richtig gepunktet, indem ich ihm meine Gefühle gestanden und ihn an einem öffentlichen Ort in Zugzwang gebracht hatte.

Ich ging voraus zur Tür.

Wir traten auf die High Street hinaus, wo Studierende, einkaufende Passanten und Touristen ihren Angelegenheiten nachgingen – sich unseres Dramas vollkommen unbewusst.

Sobald wir alleine auf dem Gehweg waren, wandte sich Luke mir zu.

Ich hielt den Atem an, als ob mir das dabei helfen würde, zwanzig weitere Entschuldigungen für mich zu behalten, die auch keine größere Auswirkung mehr auf ihn hätten als die, die ich schon vorgebracht hatte.

Wir musterten uns gegenseitig, und währenddessen gingen mir die letzten paar Tage durch den Kopf. Die Geheimnisse, die wir miteinander geteilt hatten, wie viel Spaß wir gehabt hatten. Wie ich ihn stehengelassen hatte. Wenn ich fest genug an die guten Dinge dachte, dann könnte ich sie ihm vielleicht in sein Gehirn projizieren und ihm so einen Grund geben, mir zu verzeihen.

Seine Arme umfingen mich, noch bevor ich überhaupt verstand, was passierte. Ich war sowieso schon außer Atem, aber jetzt wurde meine Nase auch noch an seine Schulter gedrückt. Ich drehte das Gesicht und schnappte nach Luft. Seine Arme gaben nicht nach. Meine schlossen sich um seine Taille.

»Du hast mich ziemlich verletzt«, sagte er, wobei sein Atem meine Haare kitzelte. »Aber ich war nicht überrascht. Schon seit dem ersten Mal, als du mich zurückgewiesen hast, hab ich versucht, mich davon zu überzeugen, dass es besser so ist. Dass die Menschen einen eben enttäuschen, dass es nicht weiter schlimm ist. Aber ich konnte mich einfach nicht von dir fernhalten.«

Ich spürte zögerliche Hoffnung in mir aufkeimen.

»Ich hatte gehofft, dass du meine Gefühle erwidern würdest, aber wir kennen uns ja erst seit einer Woche. Du musst bald wieder nach Hause fliegen. Und ich wusste, dass du mit Gefühlen nicht gut umgehen kannst. Ich denke mal, ich hab so was in der Art schon von dir erwartet.«

»Ein Teil von mir wollte, dass du mir nachläufst.« Ich sprach gegen seine Brust, da ich Angst hatte, dass er sich vielleicht in Luft auflöste, wenn ich ihn losließ. »Dass du mich beim Weglaufen aufhältst.«

»Das hätte ich auch tun sollen. Ich wusste, was mit dir los war, aber ich hab dich trotzdem gehen lassen. Wenn man schon erwartet, dass etwas nicht klappt, macht es das irgendwie erträglicher, wenn dann wirklich etwas Unschönes passiert.«

Ich nickte an seiner Schulter. Leute eilten an uns vorbei, und irgendwo ertönte eine Fahrradklingel.

»Aber ich bin es leid, so zu leben«, fuhr Luke fort. »Immer in der Erwartung, dass die Leute mich enttäuschen werden. Ich bin jetzt bereit zu erwarten, dass auch gute Dinge passieren können.«

Mein Herz wurde munterer. »Bin ich denn eines von diesen guten Dingen?«

»Ganz sicher.« Er lockerte seinen Griff um mich und lehnte sich nach hinten, um mich ansehen zu können.

Ich schluckte.

Seine Hand glitt an meinem Arm hinunter und blieb dann auf meiner Hand liegen. »Du schätzt Dinge an mir, die ich nicht für wichtig gehalten habe. Du machst die Welt freundlicher. Du bist schön und zielstrebig und etwas Besonderes, und ich habe keine Ahnung, wie ich mein bisheriges Leben ohne dich ausgehalten habe.«

Wärme überspülte mich von Kopf bis Fuß wie eine Welle.

»Du bist aber auch nicht *so* schlecht.« Ich drehte seine Hand so, dass ich meine Finger zwischen seine gleiten lassen konnte. »Ich kann ich selbst sein, und du magst mich immer noch. Du forderst mich zum Nachdenken heraus und bringst mich zum Lächeln. Du machst, dass ich ein besserer Mensch sein will.« Ich legte eine Hand an sein Gesicht, zögerte, doch er neigte schon den Kopf. Ich fuhr mit den Fingerspitzen über seine Wange. »Ich kenne dich zwar erst seit einer Woche, aber ich habe das Gefühl, dass du der beste Freund bist, den ich je hatte.«

Sein Blick wurde weicher.

»Verzeihst du mir, dass ich weggelaufen bin?«, fragte ich.

»Wenn du mir verzeihst, dass ich dir nicht nachgelaufen bin.«

»Abgemacht.«

Er beugte den Kopf ganz zu mir hinunter, wobei eine Spur von Pinie und der federleichte Hauch seines Atems meine Wange streiften. Seine weichen Lippen verlangten nach meinen, als würden wir uns schon seit einer Ewigkeit küssen.

Eine meiner Hände wanderte in seine Haare, während die andere seine Taille umgriff. Seine Hände legten sich auf meinen Rücken, meinen Nacken, meine Wange, meine Haare. Ich ignorierte die Leute, den Verkehrslärm, das geschäftige Leben, das um uns herum einfach weiterging. Ich hätte den ganzen Tag hier stehen können.

Auf einmal löste sich Luke von mir und ließ meine Lippen einsam und kalt zurück. »Was machst du überhaupt hier?« Er klang beinahe sauer. »Du hast doch einen Wettbewerb zu gewinnen!«

»Daran arbeite ich schon. Aber jede Geschichte braucht ein Happy End, also musste ich zuerst dich sehen.« Mein Blick wanderte zu seinen Lippen.

Er näherte sich mir wieder, blinzelte dann aber und riss seine Aufmerksamkeit von meinem Mund los, hoch zu meinen Augen. »Lass uns was essen, damit du … Was *machst* du überhaupt? Hast du ein neues Notizheft gekauft?«

»Nicht direkt. Ich erklär's dir später.« Ich gestikulierte zu der menschenüberlaufenen Straße hin. »Ich bin bloß hier, weil ich versucht hab, anzurufen, aber deine Mailbox war voll.«

Luke zog sein Handy aus der Hosentasche und senkte den Kopf. »Akku ist leer. Tut mir echt leid.«

»Na ja«, ich stieß ihn leicht an und grinste, »solange du mich nicht ignoriert hast.«

»Definitiv nicht. Ich war bei einem Termin und hab es nicht mitbekommen.« Seine Augen weiteten sich. »Vermutlich sollte ich dir – und Nick – mal sagen, warum ich überhaupt hier bin. Komm mit.«

Mit einem letzten längeren Blick auf meine Lippen nahm er meine Hand und führte mich hinein.

Einzelne Gäste lächelten uns im Vorbeigehen an. Zumindest hatten wir ihnen den Tag versüßt.

»Hey, Kumpel«, sagte Nick, als wir uns hingesetzt hatten, und grinste mich an. »Verrätst du mir jetzt endlich, was du heute getrieben hast? Von dem Offensichtlichen mal abgesehen?« Er schaute mich an und ließ seine Augenbrauen tanzen.

Luke zog erneut den Kopf ein, wobei ihm die Haare vor die Brille fielen. Das war sein schüchterner, nervöser Blick. Mir gefiel es, dass ich ihn gut genug kannte, um zu wissen, was dieser Gesichtsausdruck bedeutete.

»Ich hab mit der Literaturfakultät in Oxford gesprochen.« Wenn Luke der Typ für nervöse Gesten wäre, hätte er mit etwas herumgespielt, mit dem Bein gewippt, mit den Fingern auf der Tischplatte getrommelt. Stattdessen faltete er die Hände und legte sie auf den Tisch. »Darüber, ob man sich als Erstsemester für einen Studentenaustausch bewerben kann, bevor man überhaupt irgendwelche Kurse besucht hat.«

»Studentenaustausch?«, wiederholte Nick.

»Ist das wie ein Auslandssemester?«, fragte ich.

»Sie haben meine Situation verstanden«, fuhr er fort. »Und waren wirklich sehr hilfsbereit, mir ein Programm an einer anderen Universität zu suchen, das mir einen Studienbeginn im Herbst erlauben würde, ohne dass ich zusätzliche Prüfungen ablegen muss. Zumindest noch nicht.«

Mein Gehirn konnte nicht verarbeiten, was er da gerade sagte. »Du würdest also ... an eine andere Hochschule gehen. Literatur studieren. Und ...«

»Und ein bisschen hier rauskommen. Mir Zeit geben für die Entscheidung, ob ich es nach allem, was mit meinem Dad vorgefallen ist, ertragen kann, zurückzukommen, und Oxford nicht gleich für immer aufgeben zu müssen.«

Nicks Augen waren weit aufgerissen, und sein Mund stand ebenfalls weit offen. »Das ist ja super, nehme ich mal an. Schade nur, dass ...«

»Ich weiß, Nick«, entgegnete Luke etwas leiser. »Aber ich kann nicht.«

Nick fuhr sich mit einer Hand durch die unordentlichen Haare. »Ich weiß, Kumpel. Freut mich, dass das so klappt.« Sein Lächeln wirkte allerdings gezwungen. »Wer weiß, vielleicht können wir ja eines Tages eine Wohnung zusammen mieten und Filme-Marathons machen und von Keksen leben und jeden Tag Stechkahn fahren gehen.«

Lukes Mund verzog sich zu einem traurigen Lächeln. »Vielleicht, ja.«

»Wo gehst du denn hin?«, fragte Nick.

»Sie haben drei Hochschulen mit freien Plätzen ausfindig gemacht. Ich hab ein paar Tage Zeit, um mir ihre Programme anzusehen und mich dann zu entscheiden.« Er blickte erneut zu Boden. Dann sah er wieder auf. »Ich sag dir Bescheid, sobald ich mich für eine entschieden habe.« Sein Blick war eine Warnung an Nick, ihn nicht damit zu bedrängen, was mich natürlich wahnsinnig neugierig machte.

»Das klingt echt toll.« Zum ersten Mal hatte Al etwas gesagt, und ich fragte mich, ob sie das nur tat, um mich davon abzuhalten, ihn auszufragen. »Was sagt dein Dad denn dazu?«

»Er war zwar nicht sehr begeistert, aber er unterstützt mich. Ich werde heute mit ihm reden. Und wo wir schon von London sprechen...« Er wandte sich mir zu. »Muss hier nicht jemand eine Aufgabe bis morgen abgeben?«

»Wenn wir zusammen zurückfahren«, meinte Al, »übernimmst du aber mal.«

»Was übernehmen?«, fragte Luke.

»Das wirst du dann schon sehen.« Einer ihrer Mundwinkel wanderte nach oben. »Vertrau mir. Du wirst begeistert sein.«

KAPITEL 29

Nachdem sich Luke von Nick verabschiedet und ich ihn umarmt und ihm für seine Hilfe gedankt hatte, kehrten Luke, Al und ich zum Bahnhof zurück.

Al setzte sich vor uns, kramte in ihrer Tasche herum und gab Luke die Kamera. »Viel Spaß.«

»Ach, du willst das also echt nicht zu Ende bringen?«, fragte ich.

Sie grinste. »Ich dachte mir, dass du seine Gesellschaft vorziehst.«

Er drehte die Kamera in der Hand und zog die Augenbrauen hoch.

»Ich erzähle meine Geschichten im Chaucer-Stil«, erklärte ich.

Das Leuchten, das in seine Augen trat, brachte mein Inneres zum Tanzen. »Das ist super.«

»Das findet Ms C hoffentlich auch. Für die Idee muss ich mich allerdings bei dir bedanken. Du warst derjenige, durch den ich draufgekommen bin, dass ich gut im Geschichtenerzählen bin. Ich tue einfach so, als hätte ich ein Publikum – wobei, auf der Hinfahrt hatte ich tatsächlich eines. Der halbe Zug hat zugehört. Und hatte eine Meinung dazu.« Ich nickte zu der Kamera hinüber. »Kannst du die bedienen?«

Er machte die Kamera startklar und lehnte sich ans Fenster.

»Wo war ich stehengeblieben?«

»Bath«, erinnerte mich Al.

»Was würde ich nur ohne dich tun, Al?«

»Einen Zug nach Frankreich besteigen. Ertrinken. Zum Schlafen auf einer Parkbank landen. Verhungern.«

»Okay, okay, ich hab's kapiert. Du ganz allein hast mich gerettet.«

»Ich wollte bloß sichergehen, dass mein Teil der Arbeit auch vernünftig anerkannt wird.«

»Und wie der anerkannt wird.« Ich wandte mich Luke zu. »Bereit? Action.«

Da ich ja wusste, dass Luke jetzt die Kamera hielt, fiel es mir schwer, die richtigen Worte zu finden, um Oxford zu beschreiben. Dort hatten wir persönliche Dinge miteinander geteilt. Aber Ms C musste auch nicht alles wissen, also beschrieb ich unseren Ausflug in den Pub und täuschte etwas über die Tatsache hinweg, dass meine literarische Diskussion nicht die tiefgründigste von allen gewesen war. Ich zwang mich dazu, meine Unsicherheit zu erwähnen, was Amberlyn anging.

Das brachte mich auch zu einer kurzen Nacherzählung dessen, was ich Luke über meine Verletzung anvertraut hatte, wie es sich angefühlt hatte, zum ersten Mal darüber zu sprechen.

Luke hielt die Kamera vor die untere Hälfte seines Gesichts, sodass ich mich bei den schwierigeren Stellen auf seine Augen konzentrieren konnte und dabei immer noch fast in die Linse sah. Obwohl seine Reaktionen subtiler waren als die der meisten Leute, konnte ich sein Lachen, Mitgefühl und Interesse doch an den Schlüsselstellen erkennen, was mir den Mut zum Weitermachen gab.

Nun war ich richtig in Fahrt. Ich ging zum Bahnhof in Birmingham über und berührte die Naht an meinem Kinn. Ein Ende des Fadens spitzte heraus. Aber in der Kamera sah es super aus.

»Vor der Knieoperation habe ich immer gedacht, ich wäre unbesiegbar. Sogar danach fiel es mir schwer, zu akzeptieren, dass sich *wirklich* etwas verändert hat. Nun ist mir klar, dass mein Leben von jetzt an anders sein wird als vorher ... Aber das bedeutet nicht, dass es nicht trotzdem gut sein kann. Und Cut.«

Ich brauchte Wasser, und ich musste nachdenken.

»Du machst das echt super.« Luke ließ die Kamera sinken. »Du hältst Augenkontakt mit der Kamera und betonst immer genau an der richtigen Stelle. Du erzählst deine Geschichte auf eine Art und Weise, bei der du dir selbst treu bleibst, baust aber auch neue Sachen mit ein, die du gelernt hast. Das ist ziemlich gut.«

»Ohh, hör auf damit. Ich werd ja schon ganz rot.« Ich stupste sein Bein an. »Also, Schottland ...«

»Erzähl alles«, sagte er.

»Du weißt doch gar nicht, was ich überhaupt fragen wollte.«

»Du hast gerade überlegt, ob du unseren nächtlichen Ausflug mit reinnimmst oder nicht. Das solltest du schon. Hat dich der denn nicht hierzu inspiriert?« Er hielt die Kamera hoch.

»Tatsächlich schon, ja.«

»Dann nimm es mit rein.«

Ich machte eine Dose *Ribena* auf, trank die Hälfte in einem Zug leer und gab den Rest Luke.

Ein Lächeln umspielte seine Lippen.

Ich wedelte mit der Hand zur Kamera hin. »Okay, los.«

Ich erzählte von unserer Nacht, dem Jongleur, dem Kabarettisten. Beim Sprechen kam mir eine Idee, eine grobe, aber doch eine, die, mit etwas Feinschliff, vielleicht vielversprechend war. Aber jetzt war nicht der richtige Zeitpunkt, um darüber nachzudenken.

Alexis' Gesicht tauchte am Rande meines Blickfelds auf, und mir fiel ein, dass sie von dieser Nacht ja gar nichts wusste. Ich ignorierte sie und ging zu der Burg und dem Irrgarten über. Dass ich Luke im Regen geküsst hatte, ließ ich aus. Diese Details musste Ms C dann auch wieder nicht wissen. Und Al auch nicht, obwohl sie sich das wahrscheinlich denken konnte. Luke grinste, als ihm klar wurde, dass ich diesen Teil ausgelassen hatte, und ich musste mich zusammenreißen, um beim Thema zu bleiben.

»Ich habe immer schon gerne mit anderen konkurriert. Aber ich glaube, dass der Sieg am schönsten ist, wenn man ihn sich verdient hat. Ich bin nicht wie Macbeth oder Spence, die Abkürzungen oder Betrug in Kauf nehmen. Ja, ich kämpfe für das, was ich will, und gebe alles. Aber es gibt Grenzen, die ich nicht überschreite.«

Nachdem ich mit Schottland fertig war, war es schon später Nachmittag, und wir näherten uns London. Canterbury musste ich noch beschreiben, aber ich konnte nicht in die Wohnung zurückkehren und riskieren, dass die anderen mich hörten.

Luke steckte die Kamera in meine Tasche. »Willst du mit ins Krankenhaus fahren? Dann können wir irgendwo hingehen, bis du fertig bist.«

»Wie ist es gestern mit deinem Dad gelaufen? Hat er es dir erklärt?«

»Noch nicht. Vom Reden wird er schnell müde.« Er holte die Uhrenschachtel aus seiner Tasche und klappte den Deckel auf. »Aber er hat sich entschuldigt.«

Ich betrachtete das schimmernde Goldarmband und seine polierte Oberfläche. »Hast du ihm verziehen?«

»Ich hab's ihm nicht gesagt, aber … Ich glaube, indem ich dir zugehört habe, habe ich erkannt, dass das Leben zu kurz ist, um nachtragend zu sein.«

Luke starrte die Armbanduhr an, dann ließ er sie aus der Schachtel und um sein Handgelenk gleiten.

Luke führte mich zum Zimmer seines Dads. Mr Jackson hatte die Augen geschlossen, doch als wir eintraten, blinzelte er und öffnete sie.

Zögernd blieb ich im Türrahmen stehen, aber Luke zog mich weiter hinein.

»Dad, das ist Britt. Das Mädchen, von dem ich dir erzählt habe.«

Was hatte er seinem Vater wohl erzählt? Ich wollte gerade die Hand ausstrecken, bis mir auffiel, dass er ja Infusionen in den Armen hatte, also winkte ich stattdessen nur. »Hi.«

Kleine Fältchen bildeten sich in Mr Jacksons Augenwinkeln, als ob das das Maximum eines Lächelns wäre, das er gerade zustande bringen konnte. »Es freut mich, dass du Luke so glücklich gemacht hast.«

Nervös trat ich auf dem Linoleumboden von einem Fuß auf den anderen. »Ich hoffe, Sie fühlen sich schon besser.«

»Ich bin nach Oxford gefahren, Dad.« Luke setzte sich auf die vordere Kante des Stuhls im Zimmer, ließ meine Hand dabei allerdings nicht los. Obwohl ich fand, dass ich hier nicht dabei sein sollte, hatte Luke ganz klar andere Vorstellungen. Also stand ich neben ihm und drückte seine Finger.

»Ich werde ein Jahr lang im Ausland studieren«, fuhr er fort. »Später erzähl ich es dir dann genauer, aber ich wollte dir erstmal nur Bescheid sagen, dass das bewilligt wurde. Ich gehe erst in einem Monat weg, und die Ärzte sagen, dass du bis dahin wieder auf den Beinen sein wirst.«

Mr Jackson schüttelte den Kopf. »Mach dir um mich keine Sorgen.«

»Mache ich aber. Es tut mir leid, dass ich weggelaufen bin.« Lukes Griff um meine Hand wurde fester, wobei ich nicht glaubte, dass er das absichtlich machte.

Sein Dad nickte, öffnete den Mund, doch anstatt etwas zu sagen, sackte er zurück auf sein Kopfkissen.

Luke stand auf und fasste seinen Dad bei den Schultern. Sein Jackenärmel rutschte nach oben, und die goldene Armbanduhr kam zum Vorschein. »Wir lassen dich jetzt erstmal ruhen, aber ich wollte dir sagen, dass … ich dir verzeihe. Ich hätte dich nicht so beschuldigen dürfen, wie ich es getan habe. Ich weiß, dass du mich nicht verletzen wolltest. Wenn du hier rauskommst, reden wir darüber.«

Mr Jackson lugte auf die Armbanduhr, und seine Augen warfen erneut Fältchen. »Hab dich lieb, Sohnemann.« Die Worte flüsterte er nur noch, da er bereits in den Schlaf abdriftete.

Wir standen in dem Krankenhauszimmer, und die einzigen Geräusche waren der schwere Atem seines Dads und die piepsende Maschine. Luke vergrub kurz die Nase in meinen Haaren, dann schlichen wir auf Zehenspitzen hinaus.

Al begleitete uns zu Lukes Wohnung. Vermutlich hatte sie vor, das durchzuziehen, bis ich auch wirklich fertig war.

Lukes Viertel bestand aus einer Reihe von Mehrfamilienhäusern mit mehreren Wohnungen, wie das von Ms C, doch diese hier waren aus getünchtem Backstein, und es fehlten die zu Skulpturen getrimmten Büsche, die Angestellten in Anzügen und die Marmorlobbys.

»Tut mir leid wegen der Unordnung«, entschuldigte sich Luke, als er die Tür aufsperrte und mit dem Fuß einen Stapel Zeitungen aus dem Weg schob.

»Du warst ja gar nicht in der Stadt. Diesmal kann ich dir also noch verzeihen.« Ich grinste, und er warf mir einen gespielt bösen Blick zu.

Die Wohnung war Standard – unten gab es ein kleines Wohnzimmer, ein Esszimmer, eine Küche und die Treppe, die in den ersten Stock hochführte. Der Wohnzimmertisch und die Couch waren übersät mit Zeitungen und Büchern. Auf dem großen Esstisch häuften sich Teller und Teetassen. Rasch schob Luke alles auf dem Tisch zu einem Haufen zusammen, hob es gesammelt auf die Küchenarbeitsfläche hinüber und zog dann die Kamera heraus.

Ich positionierte mich vor der Wand und machte bei unserer Rückkehr aus Schottland weiter. Die Tatsache, wie dumm ich gewesen war, Luke zu verlassen, beschönigte ich nicht. Vor der Kamera gab ich genau dieselben Ängste zu, wie die, die ich ihm gegenüber gestanden hatte. Dass ich sie mit Worten benannte und sie hinaus zu den Menschen schickte, damit sie sie hören konnten, fühlte sich an, als ließe ich sie frei. Danach hatten sie keine Macht mehr über mich.

Luke warf mir ein ermutigendes Lächeln zu, um mich daran zu erinnern, dass er mir verziehen hatte, und bevor ich weitermachte, erwiderte ich es kurz.

Ich gab zu, dass ich Canterbury nicht wirklich zu schätzen gewusst hatte, weil ich über ihn nachgedacht hatte. Sein leises Lächeln und seine leuchtenden Augen brachten mich fast dazu, mit dem Filmen aufzuhören, damit ich ihn wieder küssen konnte, doch ich machte weiter. Interessiert legte Luke den Kopf schief, als ich von der Kathedrale und den Pilgern erzählte, denn die hatte er ja verpasst. Ich beschrieb, wie mir die Geschichten meiner Mitstreiter noch mehr Sorgen bereiteten.

Obwohl ich Spences Scherze bereits erwähnt hatte, erzählte ich alles, was er zugegeben hatte, nochmals detailgetreu nach. Ich wollte ihn zwar nicht komplett als den Bösen darstellen, aber Ms C musste wissen, was er getan hatte. Lukes finsterer Blick verriet, dass er nichts gegen ein Aufeinandertreffen mit Spence hätte.

Vor der finalen Zusammenfassung hielt ich kurz inne, um ihn anzusehen.

»Manchmal braucht man andere Menschen, die einem dabei helfen, sich selbst deutlicher zu sehen. Ich hatte das Glück, diese Reise mit jemand Besonderem teilen zu können, der das für mich getan hat. Ich frage mich, was Chaucers Pilger wohl dachten, als sie am Ende ankamen. War es die Reise wert gewesen? Hatten sie etwas dabei gelernt? Oder ist ihnen klar geworden, dass es schon genug war, einfach zusammen unterwegs zu sein und sich die Geschichten der anderen anzuhören? Cut.«

Ich sackte auf meinem Stuhl zusammen. »Jetzt ist alles im Kasten.«

Luke drückte ein paar Knöpfe auf der Kamera. Als er fertig war, sah er mich durchdringend an. »Das ist gut, Britt. Echt gut. Ich bin stolz auf dich.«

Meine erste Eingebung war, das Kompliment einfach wegzuwischen, aber ich widerstand dem Drang. »Ohne dich hätte ich das nicht geschafft.«

Er schnappte sich einen Laptop vom Boden. »Willst du es dir ansehen?« Er steckte erst die Kamera und dann einen USB-Stick an den Computer an.

»Bist du verrückt geworden?« Ich erschauderte. »Natürlich nicht. Dann finde ich bloß Sachen, die ich ändern will, und dafür hab ich keine Zeit mehr. Wenn ich es mir nicht anschaue, kann ich einfach loslassen.«

Luke tippte auf dem Computer herum. »Manchmal kann diese ganze *Ich-schaue-nicht-zurück-Sache* auch gut sein, glaube ich. Dafür bewundere ich dich. Du stellst dich nicht selbst infrage. Was getan ist, ist getan, und du machst dich nicht wegen der Vergangenheit verrückt.«

»Und ich dachte, ich hab versucht, genau das abzulegen?«

»Kommt auf die Situation an. Es ist in Ordnung zuzugeben, dass man etwas bedauert oder etwas zu Ende bringen muss. Aber es kann auch hilfreich sein. Wie jetzt gerade: Du hast dein Bestes gegeben, also bist du fertig. Hier.« Er gab mir den USB-Stick. »Verlier den nicht.«

Ich drehte ihn in der Hand und steckte ihn in die Hosentasche. »Das letzte Video, das ich gedreht habe, war für die Colleges.«

Luke zog die Augenbrauen hoch und wartete.

Ich konnte darüber reden. Ich konnte es schaffen. »Wie ein Imagefilm. Clips von mir beim Fußballspielen – aus Spielen, aus Trainings, als ich mit meiner Technik am Ball angegeben habe. Um sie an die Sportfakultäten zu schicken.«

Luke kaute auf seiner Lippe herum. Sein Blick wurde weicher. »Das war offensichtlich erfolgreich. Auch wenn das Ergebnis nicht das ist, auf das du gehofft hast, hast du das Fußball-Stipendium bekommen. Und ich habe da so ein Gefühl, dass dir dieses Video dabei helfen wird, ein anderes zu gewinnen.«

Damit hatte er genau das Richtige gesagt. Kein Mitleid, sondern einfach bloß Vertrauen in mich. Wir lächelten uns an, und das Schweigen dehnte sich aus, warm und sanft.

Ich stand auf. »Ich sollte dann mal gehen. Es ist schon spät, und das hier muss ich gleich morgen früh abgeben.«

Er nickte.

»Ich weiß nicht genau, wie der Plan aussieht. Am Morgen müssen wir dort sein, aber Ms Carmichael muss sich dann ja unsere Geschichten ansehen, keine Ahnung also, was ich den ganzen Tag über machen soll. Ich ruf dich an.«

»Das solltest du lieber.« Mit einem neckischen, wütenden Blick verengte er die Augen.

»Das werde ich. Versprochen.«

Er begleitete mich zur Tür, Al schlenderte langsam hinter uns her. Wir blieben stehen und traten von einem Bein auf das andere. Erst warf ich einen Blick auf seine Lippen, dann auf Al. Luke strich sich die Haare aus den Augen.

»Ach so, macht nur.« Al schob sich zwischen uns durch und hinaus in den Hausflur. »Wartet bloß, bis ich draußen bin.«

Lukes Kichern klang nervös, aber ich lachte laut auf.

Nachdem sie die Tür hinter sich zugezogen hatte, gab mir Luke einen kurzen, aber innigen Kuss und strich mir die Haare von der Wange.

»Gute Nacht«, sagte er, sein Blick auf meinen Mund gerichtet, seine Stimme leise und rau.

Ein köstlicher Schauer überlief mich, und ich musste mich zum Gehen zwingen.

»Bitte keine Details«, kommentierte Al.

Ich tätschelte ihre Schulter. »Nicht im Traum.«

Als wir Ms Carmichaels stille Wohnung erreichten, war es schon lange dunkel. Ich wünschte Al eine gute Nacht und fiel ins Bett.

Obwohl es schon so spät war, lag ich wach da und dachte darüber nach, was Luke gesagt hatte. Ich hatte gelernt, dass ich es überleben würde, über die Vergangenheit nachzudenken und zuzugeben, dass ich einen Abschluss brauchte oder verletzt war. Doch nach vorne, anstatt zurückzuschauen, würde trotzdem mein natürlicher Instinkt bleiben. Und das war auch in Ordnung so.

★

Als ich am Morgen das Speisezimmer betrat, waren Amberlyn, Spence und Peter bereits dort. Wir aßen schweigend und warfen uns gegenseitig wütende Blicke durchs Zimmer zu wie Frisbees. Oder wie Ninja-Wurfsterne. In stillschweigender Übereinkunft trotteten wir nach dem Frühstück ins Wohnzimmer, um zu warten.

Entweder hatte Ms Carmichael Spionagekameras in ihrer Wohnung montiert, oder einer unserer Betreuer hatte ihr verraten, dass wir bereit waren, denn es waren kaum fünf Minuten vergangen, da stieß sie bereits zu uns, wieder einmal gekleidet, als träfe sie die Queen. Ihr Schrank musste so groß wie ein ganzes Zugabteil sein, damit all die bunten Ensembles aus Röcken und Blazern hineinpassten.

Sie setzte sich auf die vordere Kante eines Sessels. »Ich hoffe, ihr hattet diese Woche Spaß und habt etwas dabei gelernt.«

Wir nickten unterwürfig wie diese Puppen mit Wackelkopf.

»Heute werde ich Ihre Geschichten bewerten, und wenn ich damit fertig bin, treffe ich mich nach dem Abendessen mit jedem von Ihnen einzeln, um sie zu besprechen. Bitte lassen Sie Ihre Abgaben hier auf dem Tisch.«

Amberlyn, Peter und Spence legten ihre Notizhefte vor ihr auf einen Stapel. Meinen USB-Stick legte ich oben drauf.

Ms Carmichael legte den Kopf schräg, sagte aber nichts dazu.

Spence grinste dreckig. »Wo ist denn dein Notizheft, Hanson?«

»Sag du's mir doch, Lopez«, gab ich mit einem kühlen Blick zurück.

Peter und Amberlyn funkelten ihn ebenfalls wütend an.

Ms Carmichael stand auf, woraufhin wir verstummten, und nahm unsere Sachen. »Ich habe viel zu lesen.« Damit verschwand sie aus dem Zimmer.

Nachdem sie weg war, vermieden wir es, uns anzusehen. Ich stand als Erste auf und kramte mein Handy hervor, während ich auf die Tür zuging.

»Wo gehst du denn hin?«, rief Amberlyn mir hinterher.

»Ich werde wohl kaum den ganzen Tag hier rumsitzen. Wir sind in London, verdammt noch mal. Es wird Stunden dauern, um sich durch unsere Arbeit zu graben – außer, eure Notizhefte sind leer. Was mir auch recht wäre.«

»Das hättest du wohl gerne«, meinte Spence. »Was soll das mit dem USB-Stick?«

»Wirst du dann schon sehen.«

»Aber«, sagte Amberlyn, »was willst du denn machen?«

»Mir die Kronjuwelen ansehen? In Museen gehen? Tee trinken mit der Queen?«

Alles, was mich genug beschäftigte, damit ich mir nicht Ms Carmichael vorstellen musste, wie sie sich dieses persönliche Video von mir ansah. Und alles, was Luke vorgeschlagen hatte.

Amberlyn setzte sich auf, als wollte sie mir noch etwas sagen.

»Willst du mitkommen?«, fragte ich sie, bevor mir klar wurde, was ich da gerade tat. *Idiotin.*

Sie wollte so gerne Ja sagen. Das erkannte ich an ihrer zum Aufbruch bereiten Körperhaltung und der Sehnsucht auf ihrem Gesicht. Doch sie schüttelte den Kopf. Für die Jungs sprach ich die Einladung nicht erneut aus. Also zuckte ich bloß mit den Schultern und ging.

In der Lobby holte mich Al ein. »Warte, Britt.«

»Musst du mich immer noch babysitten?« Ich lächelte, damit sie wusste, dass es mir nichts ausmachte.

»Nein, heute bist du alleine unterwegs.« Sie zog ihren Blazer straff. »Ich wollte nur kurz mit dir reden.«

»Ach so«, sagte ich neugierig. »Okay.«

»Ich hab mir die Kassenzettel angesehen und nach dem zu urteilen, was Ms Carmichael einem jeden von euch zur Verfügung gestellt hat, sollten wir in der Lage sein, eine ordentliche Summe an das Waisenhaus zu spenden.«

»Das ist ja super.«

Wenn ich schon nicht gewann, dann hatte ich wenigstens etwas Gutes getan.

Sie nickte. Zögerte. »Es war mir eine Ehre, dir diese Woche helfen zu können.«

Ich schluckte ein Lächeln hinunter. »Ich dachte, du hast mir gar nicht geholfen?«

»Du weißt schon, was ich meine.« Sie warf mir einen Blick zu, verdrehte dann die Augen und schüttelte den Kopf.

»Dieser frustrierte, genervte Blick wird mir fehlen. Außerdem ist ›Ehre‹ ein bisschen übertrieben, findest du nicht?«

Sie zog eine Schnute und knuffte mich leicht.

Ein lautes Lachen entkam meinem Mund und hallte von den Marmorböden wider. Ich schluckte es hinunter und zwang mich dazu, ernst zu werden. »Danke, Al. Du warst echt super. Und du kannst ruhig zugeben, dass es dir auch Spaß gemacht hat. Ich werd's auch keinem verraten.«

»Zumindest war es nicht komplett schrecklich. Das hat mir vielleicht … eine nötige Pause verschafft.«

»Und was jetzt?«, fragte ich. »Noch mehr Jobs als Nanny oder gehst du wieder zurück zur Buchhaltung und in dein langweiliges Büro?«

»Woher willst du wissen, dass mein Büro langweilig ist?«

»Weil du die Buchhaltung machst.«

Sie lächelte. »Ich mag meinen Job eigentlich ziemlich gerne. Meistens. Zumindest den Teil, der im Büro stattfindet. Was meine Arbeit als Nanny angeht, bin ich weiterhin unschlüssig.«

»Wie auch immer. Diese Woche hat dir Spaß gemacht.«

»Ich habe nicht *jede* Sekunde davon gehasst.«

Ich lachte erneut.

Sie musterte mich. »Ich glaube, dass du eine gute Chance hast. Ms Carmichael mag Leute, die unkonventionell denken und keine Angst vor Veränderung haben. Du hast beides diese Woche bewiesen. Ich bin stolz auf dich.«

»Danke. Dafür, und dass du mich vor dem Gefängnis bewahrt hast. Solltest du jemals nach Kalifornien kommen, besuch mich.«

»Das werde ich.« Sie zögerte, dann streckte sie mir die Hand hin.

Ich ignorierte ihre Hand und umarmte sie. Kurz. »Mach's gut, Al.«

★

Luke und ich machten eine Blitz-Tour durch die Stadt. Wir fingen beim *Tower of London* an, in dem verrückte Folter und Gemetzel in der Vergangenheit stattgefunden hatten. Ein Typ in einer schicken Uniform erzählte uns Geschichten von Mord und Hochverrat. Dann suchte ich mir mein zukünftiges Diadem unter den Kronjuwelen und mein Schwert aus der Waffenkammer aus, wobei ich meinen Tag als Ritterin erneut durchlebte.

Als Nächstes gingen wir zum *British Museum* weiter. Luke gefiel der Stein von Rosetta, mir die Mumien. Wir lachten über die gruselige Moorleiche, von der er mir erzählt hatte – was mir vorkam, als wäre es ewig her. Wir aßen *Fish and Chips* und redeten über alles und nichts. Nicht über Dads, nicht über Colleges und auch nicht über Wettbewerbe. Wir hielten Händchen und küssten uns an öffentlichen Orten und lachten und genossen den Zauber Londons.

Unseren letzten Halt legten wir bei *Westminster Abbey* ein, einer wunderschönen alten Kirche. Luke führte mich zur *Poets' Corner*, wo Statuen, Plaketten und Grabplatten aus Marmor an berühmte

Schriftsteller und Schriftstellerinnen erinnerten. Wir fanden Geoffrey Chaucers Grabstätte und die von Charles Dickens, außerdem Denkmäler für Jane Austen, C. S. Lewis und William Shakespeare.

Irgendwie war ich froh, dass es jetzt zu spät dafür war, das in eine Geschichte zu verpacken. Es war einfach ein ruhiger Moment mit Menschen – tot und lebendig –, die meine Reise geprägt hatten, und ich dankte ihnen für ihre Inspiration.

Zum Abendessen brachte mich Luke wieder zurück zu Ms C, und ich versprach ihm, ihn heute Abend anzurufen, nachdem ich von meinem Schicksal erfahren hatte.

Drinnen saß Amberlyn auf demselben Fleck auf dem Sofa, jedoch in einem Rock und einem Blazer, als wartete sie auf ein Vorstellungsgespräch.

Ich blieb im Türrahmen stehen. »Bist du den ganzen Tag hier sitzen geblieben?«

»Natürlich nicht. Priya und ich sind zu *Harrods* gefahren. Aber ich wollte in der Nähe sein, für den Fall, dass Ms Carmichael mich gebraucht hätte.«

»Hast du schon mit ihr gesprochen?«

Sie seufzte. »Nein. Hab sie noch nicht gesehen.«

»Wo sind die Jungs?«

Sie sah nach hinten zum Speisezimmer. »Da gibt's gerade Abendessen.«

»Cool. Ich bin am Verhungern.«

Nach einer weiteren peinlichen Mahlzeit saßen wir vier erneut schweigend da und warteten.

Zuerst rief Ms Carmichael Spence zu sich. Eine halbe Stunde später, die mir wie dreitausend Stunden vorkam, schlurfte er wieder heraus, mit finsterem Blick, der Peters sonstigem Gesichtsausdruck Konkurrenz machte.

»Und?«, fragte ich. »Was hat sie gesagt?«

Hoffentlich hatte sie ihn für seinen gemeinen Betrug disqualifiziert.

Ein Muskel zuckte in seinem Kiefer. »Danke, dass du mich in Schwierigkeiten gebracht hast.«

Ich versuchte gar nicht erst, ein Schnauben zurückzuhalten. »Du hast dich selbst in Schwierigkeiten gebracht. Und ich werde mich nicht dafür entschuldigen, die Wahrheit gesagt zu haben.«

Amberlyn funkelte ihn wütend an. »Ich habe dir doch gesagt, dass Ms Carmichael das nicht gutheißen wird.«

»Warum versteht heutzutage kein Mensch mehr Spaß?« Damit stampfte er nach draußen.

Amberlyn und ich sahen uns an und verdrehten die Augen. Natürlich würde jemand, der anderen solche Streiche spielte, auch allen außer sich selbst die Schuld für die Konsequenzen geben.

Als nächstes rief Ms Carmichael Peter auf, und als er wieder herauskam, wirkte er erleichterter als zuvor. Er sah mich nicht einmal finster an. Seine gute Laune bedeutete bestimmt, dass er einen tollen Kurzroman geschrieben hatte, der Ms C sehr gefallen hatte.

Dann war Amberlyn an der Reihe. Ich ging auf und ab. Rückte herumliegenden Schnickschnack auf jeder Oberfläche zurecht. Fuhr mit einem Finger über die Regale, um zu kontrollieren, dass Ms Cs Zimmermädchen auch gute Arbeit leistete. Tat mir eine zweite Ladung von einem klebrigen Dessert auf, das anscheinend meine Zähne zusammenkleistern wollte.

Schließlich kam Amberlyn mit leuchtenden Augen zurück, als hätte sie dieses Bewerbungsgespräch total souverän absolviert und wäre auf dem besten Wege, ein hohes Tier im Management zu werden.

Ihre und Peters Freude verhießen bestimmt nichts Gutes für mich.

»Geh zu ihr«, sagte sie.

Es war Zeit.

KAPITEL 30

Ms Carmichael saß mit gefalteten Händen hinter einem wuchtigen Schreibtisch und betrachtete mich, wie eine Königin einen Bittsteller betrachtete. »Bitte setzen Sie sich.«

Das tat ich, auf einen Stuhl vor dem Schreibtisch.

»Ms Hanson, wissen Sie, warum ich Sie für diesen Wettbewerb ausgewählt habe?«

»Ehrlich? Das frage ich mich schon seit Wochen.« Ich setzte mich auf meine Hände, um mich davon abzuhalten, an Gegenständen auf ihrem Schreibtisch herumzufummeln.

Sie setzte ihre Brille ab und ließ sie an der Kette um ihren Hals baumeln. »Sie sind ein höchst frustrierender Typus von Schülerin.«

»Das kann ich gut verstehen.«

»Nicht, weil Sie nicht intelligent wären«, fuhr sie fort, als hätte ich nichts gesagt. »Im Gegenteil. Sie sind klug. Sie haben ein breites Vokabular. Ihre Grammatik ist immer einwandfrei. Doch Sie denken nicht sehr gerne nach.«

»Ja«, bestätigte ich, »das finde ich ziemlich deprimierend.«

Sie holte tief Luft und zählte gedanklich wahrscheinlich bis zehn. »Ich habe Sie ausgewählt, weil Sie noch unangetastetes Potenzial haben. Weil Sie sich selbst nicht herausfordern wollten, dies aber gebraucht haben.«

»Danke?«

Sie schüttelte den Kopf und klappte ihren Laptop auf. Mein USB-Stick ragte aus der Seite heraus.

»Ms Carmichael?«, sagte da eine Stimme hinter mir. Ich wirbelte herum und erblickte einen von ihren Assistenten. »Ein Anruf von …« Er warf einen Blick auf mich. »Ein wichtiger Telefonanruf.«

»Nun gut.« Sie erhob sich. »Ich bin sofort wieder da.«

Eigentlich hätte ich enttäuscht sein müssen, dass die Entscheidung nun noch länger hinausgezögert wurde, aber sobald sie den Raum verlassen hatte, drehte ich mich um. Vielleicht fand ich hier im Büro ja einen Hinweis auf sie.

Schreibwaren auf ihrem Tisch verrieten mir ihren vollen Namen – Patricia M. Carmichael. Bücherschränke aus Mahagoniholz. Eine Zimmerpflanze.

Mein Blick sprang auf das Bücherregal zu meiner Rechten. Darin standen in ganzen zwei Reihen Bücher, die ich erkannte – alle Rücken waren in demselben Stil gehalten. Sie besaß das ganze literarische Werk von C. M. Patricks, der berühmten Autorin der vierundzwanzig *Elven-Realms*-Romane. Die ersten zwei hatte ich gelesen – Drama, verbotene Liebe, Intrigen im Stile Macbeths, epische Schlachten. Meine Schwester hatte sie geliebt. Sogar mein Bruder und meine Mom hatten ein paar davon gelesen.

Ich zog eines aus dem Regal und machte das Buch ganz hinten auf, um mir die Innenseite des Umschlags anzusehen. Wie immer fehlte das Foto der Autorin. Meine Schwester hatte sich darüber beschwert, dass Patricks nie irgendwo Bücher signierte oder in der Öffentlichkeit auftrat, keine sozialen Medien hatte und super geheimniskrämerisch war. Ich überflog die Biografie.

C. M. Patricks ist die Autorin der *New York Times*-Bestseller-Serie *Elven Realms*. Wenn sie nicht gerade schreibt, trinkt sie gerne Tee, liest klassische Literatur und sieht sich Verfilmungen von klassischer Literatur an. Ihre Zeit teilt sie zwischen London und Kalifornien auf.

Warum hatte Ms Carmichael die, aber sonst keine Bücher? Sie waren wahnsinnig beliebt, es gab auch Gerüchte über eine Filmreihe, aber sie waren wohl kaum vergleichbar mit Chaucer oder Dickens. Sie wirkte nicht wie jemand, der ...

Moment mal ... Klassische Literatur. Tee. Die Filme, die sie uns anschauen ließ. London und Kalifornien.

C. M. Patricks. Patricia M. Carmichael.

»Schließen Sie die Tür«, sagte ich gerade, als Ms C zurückkam.

»Wie bitte?«, erwiderte sie und nahm hinter ihrem Schreibtisch Platz.

Ich hielt das Buch hoch. »Das sind so was von Sie.«

Ihr Gesicht war ausdruckslos. »Ah.«

»*Ah*? Das ist alles? Aber vermutlich schon, oder? Sie haben sich letztes Jahr als Autorin zurückgezogen. Meine Schwester war so traurig, als sie herausgefunden hat, dass es keine weiteren Bände mehr geben würde. Stattdessen haben Sie beschlossen, als Lehrerin zu arbeiten, nicht wahr? Dann ergibt es auch Sinn, dass Sie ehrenamtlich aktiv sind. Und Englisch unterrichten.« Die Gedanken kamen jetzt zu schnell aufeinander, um sie alle in meinem Kopf zu behalten. »Sie sind C. M. Patricks.«

»Ich wäre Ihnen dankbar«, sie faltete formell die Hände auf dem Schreibtisch, »wenn Sie etwas leiser sprechen würden. Während meine Angestellten meinen Künstlernamen kennen und sich der Geheimhaltung verpflichtet haben, haben es Ihre Klassenkameraden und Klassenkameradinnen nicht herausgefunden. Und mir wäre es auch lieber, wenn das so bliebe.«

Ich starrte sie an und war ein seltenes Mal in meinem Leben sprachlos. Ich redete mit einer berühmten Autorin. Diese berühmte Autorin hielt meine Zukunft in Händen.

Ich stellte das Buch wieder zurück in das Regal. »Ihr Geheimnis ist bei mir sicher.«

»Könnten wir dann nun wieder zur aktuellen Angelegenheit übergehen?«

»Ach ja, richtig. Stimmt.« Ich zwang mich dazu, nicht mehr mit offenem Mund die Bücher anzustarren.

»Ihre Erzählungen waren ... unkonventionell.« Ihre Stimme verriet nicht, ob sie das gut oder schlecht fand. »Würden Sie mir bitte erklären, weshalb Sie sich dazu entschlossen haben, ein anderes Format zu wählen?«

»Das mit dem Notizheft hab ich ausprobiert, versprochen. Aber es hat nicht funktioniert. Ich hatte nicht das Gefühl, dass ich darin einfangen könnte, was wirklich passiert ist. Wenn Sie mein Video angesehen haben, wissen Sie, dass ich Dinge über mich selbst gelernt habe. Also, dass ich gerne im Mittelpunkt stehe und viel rede, so ungefähr.«

Sie presste die Lippen aufeinander. Um Erheiterung zu verbergen? Oder Genervtheit?

Ich schluckte schwer. »Ich hab über Chaucer nachgedacht, und dass die meisten seiner Pilger nicht schreiben konnten. Sie waren auf Reisen, also haben sie sich ihre Geschichten beim Gehen oder um ein Lagerfeuer herum oder über einem gegrillten Eichhörnchen und Schiffszwieback – oder was auch immer sie gegessen haben – laut erzählt.«

Eine Augenbraue zitterte. »In der Tat.«

»Es erschien mir passend. Das war ganz im Sinne der *Canterbury Tales* und auch in ... meinem Sinne.«

»Interessant. Ich muss ehrlich zugeben, dass ich überrascht war.«

Ich hielt den Atem an.

Sie trommelte mit den Fingern auf den Schreibtisch. »Scheinbar haben Sie ein ziemliches Abenteuer erlebt.«

Wie es aussah, würde ich nicht herausfinden, ob sie Überraschungen mochte oder nicht. »Das könnte man so sagen. Wenn ich fragen darf ... Haben die anderen, ich meine, waren sie ...?«

Die anderen. Peter wollte Kreatives Schreiben studieren und war bereits ein Schriftsteller. Toll.

»Genau wie den anderen verrate ich Ihnen, dass Mr Lopez disqualifiziert wurde. Ich halte nichts von Leuten, die ihre Mitstreiter sabotieren oder sich den Regeln widersetzen.«

Mir drehte sich der Magen um. Ich setzte mich anders hin und ballte die Hände zu Fäusten. Theoretisch hatte ich mich auch den Regeln widersetzt, indem ich mich dazu entschlossen hatte, das Notizheft zu ignorieren. Hielt sie also auch nichts von mir? Würde ich Spence auf der Liste der Disqualifizierten Gesellschaft leisten?

»Abgesehen davon«, fuhr sie fort, »waren die Erzählungen Ihrer Mitstreiter nicht so ... bunt.«

»Ich bin so jemand, dem immer Sachen passieren.« Ich versuchte positiv zu klingen, fröhlich, und nicht so, als würde ich gleich *Fish and Chips* auf ihren glänzenden Schreibtisch speien.

»Genau. Aber sind Sie auch so jemand, der aus diesen Sachen lernt?«

Ich brauchte Luft. Meine Geheimnisse einer Kamera anzuvertrauen, war das eine. Sie einer berühmten Autorin zu erzählen, etwas anderes. »Ich glaube schon. Sie haben das Video ja gesehen.«

Sie nickte und rückte einen Stapel Papiere auf dem Schreibtisch zurecht. »Was würden Sie mit dem Geld tun, falls ich es Ihnen geben würde?«

Jetzt ging es um alles. »Ich nehme mal an, dass Sie schon wussten – bevor ich kam –, dass ich nicht mehr Fußball spielen kann.« Ihr Nicken bestätigte mir das. »Mein Lebensplan war es, an der UCLA und dann im Profifußball zu spielen. Ich will nicht arrogant klingen, aber ich war gut genug, also brauchte ich keinen Plan B.«

»Bis zur Diagnose.«

»Ja. Bis dahin.« Verlieh Reichtum einem Menschen Zugang zu medizinischen Unterlagen? Oder hatte meine Mutter ihr das gesagt, als sie telefoniert hatten? »Ich war nicht bereit, zuzugeben, dass ich verloren war. Wie soll man akzeptieren, dass der eigene Traum gestorben ist? Können Menschen denn mehr als einen Traum haben? Oder ist das wie bei Seelenverwandten? Man hat einen Seelentraum, und wenn man damit scheitert oder ihn verpasst ... Pech gehabt? Man muss sich mit etwas ... Geringerem zufriedengeben.«

»Und zu welcher Schlussfolgerung sind Sie gelangt?«

»Ich glaube nicht an Seelenverwandte. Warum also habe ich an Seelenträume geglaubt? Mir ist klar geworden, dass es viele Dinge gibt, die ich tun kann und die mir Spaß machen.« Ich musterte ihre Büchersammlung. Wie viel Zeit und Hingabe brauchte es, um so viele Bestseller zu schreiben? Ich holte tief Luft. »Die größte Sache, die ich gelernt habe, ist, dass es in Ordnung ist, etwas zu wollen. Ich habe eine Sache gefunden – mehr als eine –, die ich wieder *will*. Nach meiner Verletzung, aber sogar davor, mochte ich es nicht, wenn mir Sachen wichtig waren. Ich habe immer angenommen, ich würde sie wieder verlieren, also war es einfacher, gar nichts zu wollen. Aber dann hab ich die eine Sache verloren, von der ich dachte, das ginge gar nicht. Es war schrecklich, aber ich habe es überlebt. Und jetzt bin ich bereit dazu, Dinge zu wollen. Und Menschen.«

»Luke Jackson?«, fragte sie. Versteckte Ms Carmichael da etwa wirklich ein Grinsen?

Ich lächelte. »Zum Teil. Sie würden ihn mögen. Er will auch mal Englisch unterrichten. Und ...« Es war in Ordnung, das laut auszusprechen. Ich würde das sagen, was ich sagen wollte, und dafür arbeiten. Und wenn es dann nicht passierte, wäre es auch okay. »Falls ich das Geld gewinne«, fuhr ich fort, »könnte ich an der UCLA anfangen. Ich werde Journalismus studieren und Sportreporterin werden. Sportler und Sportlerinnen interviewen. Ihre Geschichten erzählen.«

Na also. Ich hatte es gesagt. Und ich fühlte mich nicht anders als vorher, außer vielleicht selbstbewusster. So, als ob ich es jetzt durchziehen müsste, weil ich es gesagt hatte.

»Bemerkenswert.« Sie hob eine Augenbraue. »Ihnen ist aber schon klar, dass Journalismus oft damit zu tun hat, die Geschichten erst zu finden? Zu bestimmen, was wichtig ist? Themen und ihre tiefere Bedeutung zu erschließen?« Ihr verstecktes Grinsen breitete sich nun voll auf ihrem Gesicht aus.

»All die Dinge, die Sie in meinen Essays bemängelt haben? Das verstehe ich.« Ich deutete auf den USB-Stick. »Aber das ist auch eine Sache, die ich auf diesem Ausflug gelernt habe. Genau, wie Sie gehofft hatten.«

»Ja, ich glaube, dass Sie das gelernt haben.« Sie zog den USB-Stick ab und reichte ihn mir. Dann klappte sie den Laptop zu. »Wenn Sie bitte mit den anderen im Wohnzimmer warten würden. Ich stoße gleich zu Ihnen.«

Ich suchte ihr Gesicht nach einem Anzeichen ab – irgendeinem Anzeichen dafür, dass sie beeindruckt, erfreut oder genervt war. Zumindest hatte sie mir nicht gesagt, dass ich disqualifiziert war. Noch nicht.

An der Tür verharrte ich und legte meine Handfläche an den Türrahmen aus geschnitztem Holz. »Ms Carmichael? Ich danke Ihnen. Für diese Gelegenheit.«

Ein echtes Lächeln ließ ihr Gesicht weicher werden. »Wirklich sehr gern geschehen.«

Die anderen warteten im Wohnzimmer, Spence eingeschlossen, der zurückgekommen sein musste, während ich mit Ms C gesprochen hatte.

Amberlyn setzte sich aufrechter hin. »Hat sie irgendwas gesagt?«

Ich nahm meinen Platz auf dem Sofa wieder ein. »Sie kommt gleich.«

Peter saß gebeugt auf der Couch, sein Blick war jedoch auf den Flur zu ihrem Büro gerichtet. Ich wippte mit dem Fuß.

Spence lümmelte auf einem anderen Sofa in der Ecke, mit einer Cap auf dem Kopf, die sein Gesicht verbarg, und verschränkten Armen. Wenn er auch da war, obwohl er disqualifiziert worden war, bedeutete das, dass ich es vielleicht auch war? Aber das hätte sie mir doch gesagt, oder? Mein Fuß wurde noch schneller.

Ms Carmichael betrat den Raum und setzte sich in ihren gewöhnlichen Sessel. Sah sie einen von uns mehr an als die anderen? Verbarg sie ein Lächeln? Welche Gedanken gingen ihr durch den perfekt frisierten Kopf?

»Zuerst einmal danke ich Ihnen für Ihre ausgezeichnete Arbeit. Es hat mir Spaß gemacht, von Ihren Reisen zu hören und das Gefühl zu haben, mit Ihnen gereist zu sein. Ich bin sehr erfreut darüber, zu welchen Ergebnissen dieses ungewöhnliche Unterfangen geführt hat. Obwohl«, ihr Mund bekam einen harten Zug, und sie kniff die Augen zusammen, »ich enttäuscht bin, dass einer von Ihnen seine Energie auf seine Konkurrenten verschwendet hat, die er besser in die Betrachtung von sich selbst investiert hätte.«

Ich musste jedes Quäntchen an Willensstärke aufbringen, um meine Aufmerksamkeit nicht von Ms C abzuwenden und Spence hämisch anzusehen. Vor allem, da ich ja nicht wusste, ob ich ebenfalls in Ungnade gefallen war.

»Ich hoffe«, fuhr meine Lehrerin fort, »dass auch diejenigen, die nicht gewinnen werden, schöne Erfahrungen machen konnten. Etwas gelernt haben, ein neues Land und neue Dinge kennengelernt haben.«

»Ja, Ms Carmichael.« Amberlyn nickte wie eine dieser Hundefiguren mit Wackelkopf auf dem Armaturenbrett in einem Auto. »Ich danke Ihnen vielmals für diese Reise.«

Schleimerin, dachte ich, allerdings mit weniger Feindseligkeit als zuvor. Ich brachte nur ein Nicken zustande.

»Alle von Ihnen haben ebenfalls gute Texte präsentiert. Ich weiß Ihre einzigartigen Herangehensweisen an die Erzählung Ihrer Geschichten zu schätzen. Mr Finch hat außergewöhnliche Fähigkeiten im Geschichtenschreiben bewiesen.«

Sein ewig finsterer Gesichtsausdruck hellte sich auf. Er konnte gar nicht wissen, was das von einer Bestsellerautorin für ein Kompliment war.

»Ms Hartsfield hat aufgezeigt, dass sie Themen exzellent erfasst, und was alle klassischen Schriftsteller und Schriftstellerinnen einzigartig und bedeutend macht.«

Amberlyn lächelte und sah uns alle an, als heische sie auch nach unserer Zustimmung.

»Von Mr Lopez' verschiedenen Stilen und dem Verständnis der Ausgangstexte war ich beeindruckt, obwohl er wenig Sportlichkeit bewiesen hat.«

Er löste sich nicht aus seiner beleidigten Position in der Ecke.

»Und Ms Hanson hat einen ungewöhnlichen Blickwinkel gewählt, den ich nicht erwartet habe.«

Ich wartete. Mein Magen zog sich zu einem Knoten zusammen. Doch sie sprach nicht weiter. Sie hatte die anderen gelobt, sogar Spence, aber nichts weiter getan als darauf hinzuweisen, dass ich unfähig war, grundlegende Regeln zu befolgen. Kein gutes Zeichen.

»Ich hoffe, dieser Ausflug hat Sie verändert und zur Folge, dass Sie einen neuen Blick auf die Welt, Bücher oder sich selbst haben.«

Komm endlich zum Punkt.

»Was den Gewinner oder die Gewinnerin angeht, war es eine schwierige Entscheidung.« Sie betrachtete uns alle.

Ich grub meine Fingernägel in die Armlehne des Sofas und hinterließ Dellen im Leder. Würde sie uns einen nach dem anderen eliminieren? Uns Rosen übergeben? *Jetzt sag schon was!*

»Doch ich musste mich entscheiden. Die einhunderttausend Dollar gehen an ...« Sie legte eine Pause ein, wie diese blöden Reality-Show-Moderatoren.

Mein Herz hämmerte, und der Knoten in meinem Magen zog sich noch fester zusammen. Ein winziger Hoffnungsschimmer, der sich verzweifelt festkrallte, rang mit der Logik in meinem Kopf, der immer wieder die Worte vom ersten Tag in ihrem Kursraum wiederholte – dass ich gegen Peter und Amberlyn keine Chance hatte und Hoffnung etwas für Dummköpfe war.

»Brittany Hanson.«

Ich konnte mich nicht bewegen. Sie hatte meinen Namen gesagt. Moment mal. *Hatte sie wirklich meinen Namen gesagt?* Das musste ich mir nur eingebildet haben. Das hatte ich doch bloß in meinem Kopf gehört, und in echt hatte sie noch gar nichts bekanntgegeben.

»Gut gemacht, Britt«, sagte Spence, nicht ganz ohne Begeisterung.

»Mhm.« Amberlyn rutschte auf ihrem Platz herum. »Glückwunsch.«

Mein Herzschlag hallte mir in den Ohren wider. Mein Magen fühlte sich so schlecht an wie vorher.

»Sind Sie sich da denn sicher?«, fragte ich. Bestimmt hatte ich mich verhört.

»Ja.« Ms Carmichael lächelte, diesmal richtig. Und zwar mich an. »Ziemlich sicher. Mir hat Ihre unkonventionelle Denkweise gefallen, und angesichts der Kreativität und Ihrer Einsicht, die Sie gezeigt haben, war ich freudig überrascht, sowohl was die Herangehensweise als auch die Geschichten angeht. Gut gemacht.«

»D-danke.« Ich löste meine Finger von der Armlehne des Sofas. Meine Glieder zitterten, und mein Atem kam nur stoßweise. »Wow. Ich habe das Gefühl, dass ich Sie umarmen sollte. Soll ich Ihnen die Hand schütteln?«

»Ein Dankeschön ist vollkommen ausreichend. Zusammen mit dem Versprechen, dass wir in Kontakt bleiben und Sie mir von der Universität erzählen.«

Die Universität. Ich würde aufs College gehen. Der Schock verging und wurde von Aufregung abgelöst, die durch mich hindurchschoss. »Ja-ja. Definitiv. Das werde ich. Danke.«

»Ich werde mich mit Ihnen in Verbindung setzen, um die Einzelheiten zu klären.« Sie wandte sich an die anderen. »Ihre Flüge gehen morgen Vormittag um zehn Uhr. Finden Sie sich bitte mit

Ihrem Gepäck hier ein und seien Sie um halb acht für die Abfahrt bereit. Bis morgen.« Damit ging sie hinaus.

Wackelig stieß ich den Atem aus und fühlte mich dabei taub und zittrig.

»Was war denn deine überraschende Herangehensweise?«, wollte Spence wissen.

»Tja, das wirst du wohl nie herausfinden.«

Er grunzte, hievte sich vom Sofa hoch und bot mir die Faust an, ohne jegliches Zeichen von Reue in seinem Gesicht. Würde es mich zu einer eingebildeten Siegerin machen, wenn ich ablehnte? Ich stieß mit meiner dagegen. Er hatte bekommen, was er verdient hatte – dadurch fühlte ich mich besser.

Er marschierte hinaus, und Peter schlich ihm nach.

»Peter?«, rief ich ihm hinterher.

Er blieb stehen.

»Es, äh, tut mir leid, dass ich dich beschuldigt habe. Wegen der Sachen, die Spence gemacht hat.«

Sein Blick schoss für eine Millisekunde zu meinen Augen hoch. »Egal.« Und damit war er weg.

Na super. Ich hatte meinen Teil zumindest getan.

Amberlyn saß weiterhin da. »Ich freue mich für dich. Wirklich.«

»Danke, Am. Und … es tut mir leid. Das, was zwischen uns passiert ist.« Ich bohrte den Zeh in den Rand des Teppichs. »Vermutlich war das mindestens zur Hälfte auch meine Schuld. Ich hätte dir nicht all die Jahre über die Schuld dafür geben sollen.«

»Ja, na ja, aber ich war ekelhaft zu dir, also tut es mir auch leid.«

Ich überlegte, ob ich sie umarmen sollte, aber sie stand nicht so auf Berührungen, deswegen streckte ich ihr stattdessen die Hand hin. »Viel Glück.«

»Dir auch.« Wir schüttelten uns die Hände wie Erwachsene, und sie ließ mich allein.

Wir würden zwar nicht weiterhin miteinander in Kontakt bleiben oder wieder eng befreundet sein, aber es war passend, dass sie diejenige war, die mir geholfen hatte zu erkennen, dass ich wieder Freunde haben *konnte*. Und ich war froh, dass ich diesen Teil meines Lebens nun auf eine befriedigende Art und Weise ruhen lassen konnte.

Jetzt zum lustigen Teil. Ich rief Luke an. Meine Mom würde ich mir für später aufheben.

»Sag nichts«, ging er ran. »Ich bin draußen.«

Ich rannte die Treppe hinunter, durch die Lobby und sah ihn auf den Eingangsstufen sitzen.

Er sprang auf. »Al hat mir verraten, wann ich kommen soll. Also?«

»Ich hab gewonnen!«

»Wusste ich's doch.«

»Das ist alles?«, ich knuffte ihn. »Kein Theater wegen mir? Kein Jubelgeschrei? Kein Siegestanz?«

Er rückte seine Brille zurecht. »Ich bewundere deine Genialität? Bin beeindruckt von deiner Großartigkeit? Fühle mich geehrt, dich zu kennen?«

»Schon besser ...«

Er umfing mich in einer Umarmung und wirbelte mich lachend herum.

»So hatte ich mir das schon eher vorgestellt.«

Als er mich absetzte, ließ ich mich auf die oberste Stufe fallen, und er setzte sich dazu.

»Was wirst du mit dem Geld anfangen?«

»Ich habe beschlossen, Sportjournalismus zu studieren. Ich weiß nicht, ob die UCLA so einen Studiengang anbietet. Hoffentlich. Dieses Jahr werde ich das Grundstudium machen und recherchieren, was ich für Optionen habe.«

»Das klingt super.« Seine Augen leuchteten. »Das ist perfekt für dich.«

»Dafür muss ich mich bei dir bedanken.« Ich lehnte mich mit der Schulter an ihn. »Dafür, dass du mir dabei geholfen hast, herauszufinden, wer ich sein will. Nicht *was*, sondern *wer*.«

Er verschränkte unsere Finger miteinander. »Ich muss dir auch noch was erzählen.« Er fuhr mit dem Daumen über meinen Handrücken.

»Ach ja? Hast du dich für ein College entschieden?«

»Das hab ich.« Ein kleines Grinsen huschte über sein Gesicht, doch er versteckte es schnell wieder. »Es hat mir echt Spaß gemacht, dir diese Woche mein Land zu zeigen.«

»Themenwechsel gefällig?«

Er grinste erneut. »Was würdest du dazu sagen, wenn du mir jetzt deinen Bundesstaat zeigst, sobald ich mich in der Literaturfakultät der UCLA eingeschrieben habe?«

»Hör auf! Wirklich?« Ich umarmte ihn stürmisch. »Das wäre ja fantastisch!«

Er lachte und erwiderte die Umarmung, wobei er sein Gesicht in meinen Haaren vergrub. »Hoffentlich glaubst du jetzt nicht, dass ich ein Stalker bin. Ich weiß, dass wir nicht offiziell zusammen sind oder irgendwie so was.« Er löste sich, zog den Kopf ein und schaute von unten zu mir hoch. »Aber ich würde gerne mehr Zeit mit dir verbringen.«

Ich strich ihm die Haare aus den Augen, und meine Finger verweilten auf seiner Wange. »Das würde ich auch gerne.«

Er lächelte. »Es gab drei Hochschulen zur Auswahl, und ich verbringe mein Auslandsjahr viel lieber in Südkalifornien als in New York oder Michigan. Vor allem, da du ja in Kalifornien bist.«

Jetzt trat auch ein Lächeln auf mein Gesicht. »Bloß ein Jahr?«

»Fürs Erste. Ich werde sehen, wie es so läuft. Du hattest recht damit, dass ich wegen meinem Dad nicht das aufgeben sollte, was ich will. Aber die Universität ist bloß ein kleiner Teil davon. Ich kann ja trotzdem Professor werden, unabhängig davon, wo ich meine Ausbildung absolviere. Vielleicht kehre ich dann nach Oxford zurück, vielleicht aber auch nicht.«

»Vielleicht gefällt dir Kalifornien ja aber auch so gut, dass du für immer bleibst?«

Er lehnte sich langsam zu mir. Entschlossen. Ließ eine Hand an meinen Hinterkopf wandern. Sein Blick nagelte mich fest. »Es besteht da eine gewisse Chance, dass es mir *so gut* gefallen wird.«

Ein Schauer überlief mich, als sich seine Lippen meinen näherten.

Ich hatte vielleicht einen Traum verloren, doch deswegen war das noch lange nicht das Ende der Geschichte – und jetzt hatte ich jemanden, mit dem ich ein neues Kapitel schreiben konnte.

DANKSAGUNG

Nachdem ich jahrelang von diesem Moment geträumt habe, fühlt es sich unwirklich an, diese Worte zu schreiben. Ich bin so vielen Leuten dankbar, die mir auf dieser Reise geholfen und mich bestärkt haben.

Ein riesiges Dankeschön an meine Familie, dafür, dass sie an mich geglaubt und meinen Traum voll und ganz unterstützt haben, und für die endlosen Stunden, in denen sie mir beim Brainstorming geholfen, mir beim Herumfaseln zugehört und meine chaotischen Entwürfe gelesen hat. Ich hab euch alle mehr lieb, als man mit Worten ausdrücken kann.

Außerdem danke ich meiner Agentin, Eva Scalzo, die unglaublich hart für mich gearbeitet und nicht aufgegeben hat. Danke, dass du mir dabei geholfen hast, diesen Traum wahrwerden zu lassen, und an dieser Stelle: auf noch ganz viele gemeinsame Bücher!

Danke an meine Verlegerin, Wendy Loggia, die an meine Geschichte geglaubt und sie auf Hochglanz poliert hat, ebenso danke an Hannah Hill, Alison Romig, Jen Strada und an den Rest des Teams bei Delacorte Press. Ein besseres Zuhause für dieses Buch hätte ich mir nicht wünschen können, und ich bin euch so dankbar dafür, dass ihr mich in der Familie willkommen geheißen habt. Danke an Ray Shappell für das Coverdesign und an Libby VanderPloeg für die absolut wunderschönen Illustrationen.

Ohne die Pitch-Wars-Gemeinschaft wäre ich nicht hier: meinen Mentor, Marty Mayberry, die erste Person, die vor Jahren an diese Geschichte geglaubt hat und mich seitdem unterstützt hat. Brenda Drake, die unzählige Stunden investiert, um Autoren und Autorinnen zu helfen. Und an den Jahrgang von 2015, der einem auch darüber hinaus eine Gemeinschaft, Rat und Unterstützung zukommen lässt.

Mein Partner für Kritik, Jason Joyner, hat buchstäblich alles gelesen, was ich schreibe, auch die Rohversionen, und mir unschätzbares Feedback gegeben. Danke, dass du mich weiterhin anfeuerst und daran geglaubt hast, dass dieser Tag kommen würde.

Dem Rest des Teams: Tina Gollings, Josh Hardt, J. J. Johnson, Steve Rzasa, Liberty Speidel und Josh Smith. Danke für eure Ratschläge und Ermutigungen, und auch für die unzähligen GIFs und den ganzen Sarkasmus. Freunde wie ihr sind es, warum sich die Reise lohnt.

Amanda Stevens, deine Liebe zu Britt und Luke war so eine Ermutigung. Danke für deinen Einblick in die Figuren und das Brainstorming, und dafür, dass du immer da warst, um mir zuzuhören.

Danke an alle anderen Schriftsteller:innen, die die frühen Entwürfe gelesen und mir dabei geholfen haben, die Geschichte zu formen: Sara Ella, John Otte und Charity Tinnin.

An das England-Team: Aileen, Deborah, Kim, Kristen, Tracy und Vikki, danke, dass ihr mit mir Abenteuer in England erlebt habt und geduldig wart, wenn ich zum Notizen machen anhalten und Fremden irgendwelche Fragen stellen musste.

Danke auch an meine frühere Englischlehrerin an der Highschool, Mrs Brannock, die als Inspiration für Ms Carmichael gedient und mich gelehrt hat, englische Literatur zu lieben und obsessiv jede Jane-Austen-Verfilmung anzusehen, die je gedreht wurde.

Danke an dich, Leser oder Leserin, dass du dieses Buch gefunden hast: Ich hoffe, dir hat Britts Reise gefallen und dich dazu ermutigt, deine eigenen Geschichten zu erleben, neue Träume zu träumen und deinen Sinn im Leben zu finden.

Und schließlich danke ich auch Jesus, meinem Erlöser und König, für Deine Liebe, Deine Rettung und Deinem Ruf, Dir zu folgen und das ultimative Abenteuer mit Dir zu erleben.

DIE AUTORIN

Becky Dean ist ein Fan von Abenteuern, sowohl echten als auch erfundenen. Wenn sie nicht gerade schreibt oder reist, kann man sie beim Teetrinken, Science-Fiction-Serien-Gucken oder beim Zitieren von *Der Herr der Ringe* antreffen. Obwohl sie mit ihrem Mann in Texas wohnt, bleibt sie im Herzen ein Mädchen aus Südkalifornien.

DIE ÜBERSETZERIN

Susanne Just, geboren 1994 in München, liebte schon als Kind Bücher, Geschichten und Gedichte und konnte vor der ersten Klasse lesen und schreiben. Ihre Leidenschaft für Sprache hat sie dazu gebracht, Anglistik und literarisches Übersetzen an der LMU München und an der Westminster University in London zu studieren. Seit 2019 lebt sie in Palermo und arbeitet als freiberufliche Literaturübersetzerin aus dem Englischen und Italienischen.

Du möchtest nichts verpassen?

Dann **folge uns** auf Instagram und TikTok und werde Teil der

Arctis-Community!

- 🔥 Spannende Insights aus dem Verlagsleben
- 🔥 Exklusive News rund um unsere Autor:innen und Bücher
- 🔥 Tolle Aktionen und Gewinnspiele
- 🔥 ... und vieles mehr!

Hier findest du die aktuelle Verlagsvorschau, alle Leseproben und weitere Links.